書下ろし

TACネーム アリス
地の果てから来た怪物(上)

夏見正隆

祥伝社文庫

目次

プロローグ

●埼玉《さいたま》　所沢《ところざわ》
国土交通省・東京《とうきょう》航空交通管制部

「ルクセン・カーゴ〇〇九、ルクセン・カーゴ〇〇九、ディス・イズ・トーキョー・コントロール（ルクセン・カーゴ〇〇九便、こちらは東京コントロール）」

薄暗い管制ルーム。

静かにざわめく暗がりは、細長い体育館のような空間だ。

横長の管制卓。ずらりと並ぶレーダー・ディスプレーの一つ——日本海《にほんかい》北部セクターの担当管制席で、ヘッドセットを頭にかけた女性管制官が画面上の青色の三角形シンボルの一つを呼んだ。

「ルクセン・カーゴ〇〇九、ドゥ・ユー・リード（聞こえますか）？　ディス・イズ・トーキョー・コントロール」

東京航空交通管制部は、わが国と、その周辺の広大な空域を統制する『東京コントロール』の中枢だ。

しかしここ所沢《ところざわ》には、飛行場も滑走路もない。

空を掃《は》くように回転するレーダーのアンテナすらない。

どちらかと言えば、ひなびた地方都市の、田園風景の只中《ただなか》に二重の金網フェンスに囲われた広大な施設があり、平屋建ての管制棟が立ち並んでいる。

勤務する管制官たちから『収容所』とも呼ばれる施設の内部は、二十四時間、同じ薄暗さに保たれた空間にレーダー情報画面ばかりが並ぶ。ここには、日本列島周辺各所に配置された航空路監視レーダーからの情報が通信回線で流れ込み、処理されて、各セクターの管制卓の画面にリアルタイムで表示される。

CGで表現された地図の上をわずかずつカク、カクと移動する無数の三角形シンボルには、その横にデジタルの数字と記号が浮かび、三角形それぞれがあらかじめフライトプラン（飛行計画）を提出して航行している航空機であることを示す。

ざわめく声は、日本列島の上空、および周辺の洋上を航行するあらゆる航空機との間で交わされる交信だ。

「ルクセン・カーゴ〇〇九、ディス・イズ・トーキョー・コントロール」

「どうした、河合《かわい》」

管制卓の後方に立ち、いくつかの画面の様子を俯瞰《ふかん》して、情況に応じて指示を出したり、管制官がミスをしそうな時にすかさず割り込んで援助するのがスーパーバイザー（統括管制官）だ。

ワイヤレスのヘッドセットをつけたワイシャツ姿のスーパーバイザーが、呼び出しを繰り返す女性管制官の席に歩み寄り、覗《のぞ》き込んだ。

「何か問題か」

「これを」

二十代の女性管制官は、マニキュアをした指で画面上の一点を指す。

日本海。真ん中より少し北。

「ルクセンブルク貨物航空〇〇九便。ルクセンブルク発、小松《こまつ》行き」

「――――？」

スーパーバイザーは眉をひそめる。

レーダー画面と言っても、昔のように円《まる》い画面の上を電波の筋が回転するようなものではない。長方形の大型ディスプレー上に、簡略化された地形図と航空路がＣＧで表現され、デジタル処理された航空機の位置が三角形シンボルで浮かぶ。無数の小さな三角形が整然と、白い航空路の直線の上をゆっくり移動する。

ませんでしたが」

「シベリアからY《ヤンキー》三〇一で南下中です。十分ほど前、イニシャル・コンタクトを済ませましたが」

女性管制官の指が示す白線は、ロシアのハバロフスクから日本海を南下し、能登《のと》半島へ一直線に伸びる航空路だ（Y三〇一というのは航空路の名称）。

イニシャル・コンタクトとは『初期通信設定』のことだ。国際線を飛ぶ民間航空機は、あらかじめ出発前にフライトプランを出発国の管制機関へ提出する。

提出された飛行計画は、国際機関を通じて、通過する国、目的地である国の管制機関へ通報されてくる。

航空機は、『空の国境』ともいえるFIRバウンダリーを通過する際に、自機のコールサインを添えて次の通過国の管制機関を呼び出す。管制機関は、通報されている飛行計画と照合を行ない、航空機との間に通信を設定して、以後は指示に従うよう通告する。

もしも、国境に相当するFIRバウンダリーを越えて来ようとする航空機に、照合出来るフライトプランのデータが無かった時。

管制機関は、その航空機との通信設定に努めるが、同時にそれは『未確認航空機』として自動的にその国の防空司令部へ通知され、万一の事態に備え、空軍の要撃機《ようげきき》（わが国で言えば航空自衛隊のスクランブル機）が緊急発進することになる。

初期通信設定を済ませ、シベリアから航空路を南下して来る航空機――それもコールサインも素性《すじょう》もはっきりしている民間貨物機であれば、少なくとも怪しい存在ではない。

しかし。

女性管制官は、画面上の青い三角形を爪の先で指す。

「ルクセンブルクから、シベリア空路で飛行して来た貨物便ですが。スケジュールよりも八時間遅れです」

「八時間……？」

スーパーバイザーは腕組みをした。

「ヨーロッパの天候は、特に悪くはないだろう」

「はい。他のシベリア空路の便に、大きな遅れを出しているものはありません」

「機体のトラブルか何かで、遅れたのかな」

「そこまでは、分かりませんが。ただ、先ほどから、わずかに飛行高度が上下しているんです。様子が変――あ」

説明するうちに、〈ＬＵＸ〇〇九〉と便名表示のついた三角形はカクッ、という感じで画面上に引かれた航空路の白い線から外れた。沿岸の航空路監視レーダーが、アンテナを一回転させるのに四秒かかる。画面上のシンボルは、四秒おきに位置が変わる。

「コースからずれ始めました。こちらの呼び出しにも応答ありません。変です」

「小松行きの、カーゴ機か。機種は」

「747－8です」

「――――」

スーパーバイザーは、一瞬、考える表情になったが。

すぐにマニュアル通りの行動をとった。

管制卓に後方から手を伸ばし、パネルに埋め込まれた形の赤い受話器を取った。

「――航空総隊司令部。こちら所沢。東京コントロールです」

第Ⅰ章　迷走する貨物機

1

●ロシア　沿海州
コムソモリスク・ナ・アムーレ郊外

「こっちだ、常念寺《じようねんじ》」

風が吹いている。

見渡す限りの草地だ。膝《ひざ》まで丈《たけ》のある草を踏み、秀《ひい》でた額《ひたい》の銀髪の男が先に立つ。

「足元に気をつけろ。刈っても刈っても、ひと夏過ぎると伸びてしまってな」

「――――」

常念寺貴明《たかあき》は、黒いコートの上半身を前傾《ぜんけい》させるようにして、後に続く。

風が強い。

この季節、気温はまだ氷点下にはならない。しかしこの風速では……。防寒着がなければ、体感温度はかなり低くなるだろう。

もしも粗末《そまつ》な服装だったなら。

凍《こご》える寒さか。

それが毎日――

（――――）

常念寺は、若い長身のＳＰが「自分が先に立ちます」というのを断わり、銀髪の男に続いて草むらへ分け入った。

銀髪の男は、強い風にも歩く姿勢がぶれない。のし、のしという感じで前を行く。常念寺より二回りも上の年齢だが、強靭《きようじん》な肉体の持ち主であることは、柔道着姿の写真が多く出回っていることで知れる。しかし着痩《きや》せして見えるのか。スーツ姿を目の前にすると、いかつい印象はない。

常念寺は学生時代にレスリングの選手だったが、現在は身体《からだ》の鍛錬《たんれん》にあてる時間は無い。わずかな隙間《すきま》の時間に、官邸の地下に設置したジムで筋力トレーニングをするのがやっとだ。

「ここだ、常念寺」

銀髪の男は立ち止まり、秀でた額の顔で周囲を見回した。灰色の目。黒いコートを風になぶらせ、常念寺が横へ追いつくのを待った。

「――――」

常念寺は見渡す草地の光景に、息を呑《の》んだ。

一面に吹きわたる風。

ここは……。

なぶられる草の波の中に見え隠れして、無数に何かがある……。灰色の石塊《せっかい》らしきものが無数に――見渡す限りに並んでいる。

これらの、朽《く》ち果てた石の塊《かたまり》のように見えるものは……。

常念寺は思わず、身を包んでいたコートの前ボタンを外した。

「総理？」

すぐ後ろに立つSPが、怪訝《けげん》そうな声を出す。

常念寺は構わずにコートを脱いだ。カシミアの分厚いコートなので、ずっしり重かった。それを背後のSPに手渡す。

「持っていてくれ」

「――は、はい」

「常念寺、どうした」

日本の若い総理大臣が、寒風の中でコートを脱ぎ、辺り一面に並ぶ朽ちた墓標《ぼひょう》の群《む》れへ向かって両手を合わせたので、銀髪のロシア大統領も怪訝な表情になる。

だが常念寺は構わずに、手を合わせて墓標の群れへ黙《もく》とうをした。

「どんなに、寒かっただろう」

目を閉じたまま、常念寺貴明は言った。

「寒い思いをされて、死んでいかれた人たちの冥福《めいふく》を祈るのに、自分だけが暖かい恰好《かっこう》をするわけにいかない」

「そうか」

銀髪の男はうなずくと、自分もコートの前ボタンを外した。

「大統領?」

ロシア側の警護官が、驚いた声を出すが、

「持っていてくれ。俺もそうする」

銀髪の男——ウラジミール・ラスプーチンもコートを脱ぐと、常念寺と並んで墓標の群れへ手を合わせた。

「帰りは、俺の車に乗れ。常念寺」

ラスプーチンは黙とうを解くと、言った。

思いついたような表情だ。

「会議場のホテルまで、一緒に戻ろうじゃないか」

「あなたの車に？」

常念寺貴明は目をしばたたく。

風が強い。

振り返ると、草地の入口の吹きさらしの道路に、黒い車列が止まっている。主《あるじ》を待つ大型リムジンの前後に、ダークスーツ姿の警護官たちが立ち、警戒にあたっている。

午前中のレセプションの後、午後の本会談に入る前に〈墓参り〉をしたい。

そう希望したのは常念寺だった。大統領が「それなら俺が案内しよう」と言い、車列を仕立ててくれた。しかしもちろん、市内からここへの往路は、日本側とロシア側で別々の車だった。

「いいのですか？」

「いいさ」

ラスプーチンはうなずく。

ロシア帝国の歴史に登場する怪人と、奇《く》しくも同じ名前の大統領は、もう十年にわたってその地位にある。剛腕《ごうわん》を発揮して来た。生命を狙《ねら》う者は無数にいる——そう聞いている。身辺警護は見た目にも厳重を極めていた。

「中で、話をしようじゃないか」


「俺は柔道をする」

リムジンが走り出すと、ウラジミール・ラスプーチンは口を開いた。

「そのせいで親日家と見られているが、別にそうではない。柔道は、旧KGBの訓練生だった頃に護身術として習った。工作員として活動するため、必要に迫《せま》られて身につけたのだ。だが以来、身体を鍛《きた》え、身を護《まも》るのによいから続けている」

「私もレスリングをしていましたが」

常念寺はうなずく。

「格闘技は、身体を鍛えるのに最適だと思います」

「うむ」

諜報《ちょうほう》機関出身だというロシア大統領はうなずく。

「君の身体を見た時に、そう思ったよ」

「身体を、ですか」

「工作員が、人と会って、最初にどこを見ると思う。まず第一に観察するのは『そいつと素手で闘《たたか》って倒せるか』だ。本能的に、そういう目で見る。俺が現在でも筋肉むき出しの写真をわざと公開するのは、襲《おそ》いかかっても簡単には倒せないぞ、と示すためさ」

「――――」

「いいものを見せてやろう」

銀髪の男は、スーツ姿の上半身を屈《かが》めると、リムジンの車室の床のカーペットをめくった。長方形の蓋《ふた》が現われる。

一か所を押すと、蓋はばねの力で撥《は》ね上がる。

「この車が襲撃されたら、こいつで反撃するんだ」

「……………」

常念寺は目を見開く。

床の蓋の下に隠されていたのは、黒光りする銃器だ。自動小銃か。特徴あるバナナ状の弾倉――それだけではない、グレーに塗《ぬ》られた、丸っこい小型のパイナップル状の物体もある。

「まさか、あなたがご自身で撃つのですか」

「当たり前だ。自分の身は、自分で護る」

「……………」

「今の新型は、どうもな。俺にはこのＡＫ47が、ちょうどいいんだ」

ラスプーチン大統領は笑って、隠しコンパートメントの蓋を閉じた。

あざや、タコの見える両の手のひらをぱん、ぱんとはたく。

常念寺には分かる。格闘技を、長年してきた者の手。

「柔道では、闘う相手に対しては、まず礼をするだろう」

「はい」

「倒した相手に対しても、試合の後に礼をする。こんな習慣は、西洋の武術には無い」

銀髪のロシア大統領（旧ソ連崩壊の時にはKGB工作員だったらしい）は、振り返って車の後方をちらと見た。

「特に日本が好きでなくても、長年、柔道着を着ていると、分かることはある。君たちの礼節《れいせつ》、そして我慢強さについてだ」

「我慢強さ、ですか」

「そうだ。あの人たち——墓の下にいるあの人たちの我慢強さのおかげで、今日のわが国の沿海州のインフラはある。鉄道、道路、水道。全部だ。大戦終結時に、当時のソビエト共産党が無理やりに拉致《らち》して来た、あの人たちのおかげで」

「…………」

「常念寺」

「はい」

他国とはいえ、政治外交の世界では十年以上も任にある大統領は先輩だ。

常念寺は、政治家の後輩として敬意は持ちながら、出来るだけ対等の態度でいようと考えていた。

ハバロフスクの隣、アムール川の河口に位置する都市で、日ロ首脳会談を行なう。

常念寺も、政権の座についてから会談を希望してはいたが、具体的に場所と日程のオファーをして来たのはロシア側からだ。

ロシアは、現在、石油や天然ガスなどの自然資源以外に輸出品が無く、原油価格が上下するたびに一喜一憂する国家運営だ。軍事大国のように見えて（実際に軍事大国だが）、工業製品はまったく輸出出来ていない。ロシア製の自動車、などというものは日本でもアメリカでも、アジアでも見たことが無い。

特にシベリア東部と沿海州では、厳しい自然環境もあり、天然ガスを掘る以外に産業も無いから、人口密度が低い。国境を接する中国《ちゅうごく》東北部から中華人民共和国《ちゅうかじんみんきょうわこく》の農民が越境して来て、勝手に耕作をしても取り締まることも追い出すことも出来ないでいる。中国東北部の人口は数億人、対する国境をまたぐロシア東部の人口は、二ケタ少ないといわれる。圧倒的に人が少ない。このままでは中国に侵食されてしまう。

「ロシア東部の国民は、日本人に対しては密《ひそ》かに畏怖《いふ》の念と、尊敬の念を抱いている」

豪腕と評される大統領は、しかし静かな面持《おもも》ちで言った。

「自分たちの使っている鉄道や道路を、造ったのは誰か。寒さに耐《た》えて造ったのは日本人たちだ。シベリア抑留民《よくりゅうみん》と呼ばれる人たちだ。あんなに我慢強い人々はないと——スターリンに無理強《じ》いされたとはいえ、驚くべき我慢強さだったと。今の世代の人間はじかに見てはいない、しかし祖父母から語り継がれ、知っている」

「…………」

「過去の不幸なことについては、清算の仕方もあろう。俺は率直に思うが、これからこの東シベリアを開発し、発展させるパートナーは、日本人以外にはない」

「——わが国にとりましても」

常念寺は、頭の中で慎重に言葉を選んで、応えた。

「長年のデフレから脱却し、停滞している経済を再び成長させることが必須です。そのためには新たなフロンティアが必要です。こんなすぐ近くに、それがあるのです」

「うむ」

ラスプーチンはうなずいた。

「我々の利害は、一致していると思う。しかし障害も多い。常念寺、君は何かいいアイディアを持っていないか」

来た。

「では大統領、こうしてはいかがです」

すかさず常念寺は返した。

「まず北方《ほっぽう》四島のうち二島を返してください」

「あの島をか」

ラスプーチンは、少し表情を曇らせる。

またその話をするのか――という顔だ。

「しかしなぁ」

「聞いてください」

常念寺は畳《たた》みかける。

「あなたは、お国の国民に対して、シベリア抑留民の功績について説明された上で『あの二島は今後の協力を得るため日本へプレゼントした。しかし、施政権《しせいけん》は引き続きロシアのものだ』と言います。一方、私は自国民に対しては『二島は返してもらった。施政権はしばらくロシアに残るが、主権はわが国のものだ』と言います。お互いに、国民の信任は大事です。選挙もあります」

「う、うむ」

「島について、あなたが一番懸念されるのはアメリカのことでしょう」

「…………」

「ポイントは、施政権がロシアに残ることです」常念寺はひと膝、乗り出す。「施政権があなたの国のものなら、たとえ日本の領土であっても、アメリカ軍は安保条約をたてに歯《はぼ》舞群島《まいぐんとう》、色丹島《しこたんとう》へレーダーサイトや基地を置くことは出来ません。日米安保の対象となるのは、あくまで『日本の施政が及んでいる土地』だけだからです。竹島《たけしま》問題に関わりたくなくて、アメリカがいつも口にしている言い訳を逆手《さかて》に取ります」

「う、ううむ……」

「次の段階として、択捉島《えとろふとう》にわが国の自動車メーカーの工場を進出させます」

二回り歳上の大統領の顔を覗《のぞ》き込み、常念寺は続けた。

「よろしいですか。シベリアの人々は、わが国の民間業者が輸出した日本製の中古車に乗ることが多いと聞きます。寒くても壊れないから重宝されている。その市場へ、択捉島の工場で作った『ロシア製の日本車の新車』を投入する。売れますよ」

「ううむ」

銀髪の大統領も、膝を乗り出すようにした。

「俺が、言うのもなんだが、常念寺。ロシア人は正直だ。合弁《ごうべん》企業を作っても、決して中国のようにはならない。トラブルは起こさせない。約束しよう」

「それは有難い」

「自動車工場の規模は、どれくらいだ」

「私の目論見《もくろみ》では。まず最初の投資で、現地採用従業員五千人。積み出し用の港湾と空港、観光産業の整備にも同時に着手します。貨物船ターミナル、新空港、スキー場およびホテルの建設と運営に、少なく見積もって一万人。氷河ツアー、流氷ツアー、ご先祖の墓参りに来られる人たちも入れ、日本本土からの初年度の来訪観光客が十万人」

「常念寺」

大統領は、指を鳴らした。

リムジンの向かい合わせの席にいた警護官がうなずき、革張りの座席の横のコンパートメントを開いた。

透明な液体を容《い》れたボトルと、小ぶりのグラスが二つ、現われた。

「どうだ。ホテルにつくまで、一杯やろうじゃないか」

●東京都内

地下鉄丸《まる》ノ内《うち》線　四谷《よつや》付近

同時刻。

「畑中美鈴《はたなかみれい》さん、職務質問します」

舞島《まいじま》ひかるは、声が出ない程度に、小さく口を動かしてつぶやいた。ショートカットにした頭をベンチシートの後ろの窓にあずけ、閉じた目の中で繰り返した。

職務質問します。わたしはこういう者です。

目を閉じたまま、右手を上着の内側へやり、指先で固いものの角を確かめる。

地下鉄の車両は、トンネルの中を走り続けている。窓ガラスの振動が頭の後ろの皮膚に伝わる。

妙に、横揺れの振動が気になる。

普段は、気になることもないのに。

わたしの感覚が鋭敏になっているのか……?

ひかるは目を閉じたまま、〈作業〉の段取りを頭の中に浮かべていく。


(――――)


地下鉄を降りたら。

階段を上がり、直結したホテルへ入る。

ホテルのロビーで、待つ……。〈対象者〉が姿を見せたら、後方から追尾《ついび》。歩調が合わないように気をつける。一緒にエレベーターに乗り込み、相手の呼吸を読み取り、吸い込む瞬間を捉《とら》えて背後から声をかける――

手順は、頭の中でもう何度も繰り返した。

注意を集中するのは、相手の呼吸と、みぞおちだ。

なぜならば人間の身体は、何らかの動作を始めようとすると、必ず最初に息を吐《は》く。次にみぞおちの重心が移動する。重心が移動して、続いて手と脚が動き始める。その初動の瞬間さえ、目で捉えられれば。


あと駅は、いくつか――？

ふいに瞼《まぶた》の裏が白くなり、ひかるは目をしばたたいた。

眩《まぶ》しい。

地下鉄が一時的に地上へ出たのか、窓の頭上に青空が見える。

（…………）

空の一画に、白い雲を曳《ひ》いて小さな機影が行く。

わたしは。

ひかるは眩しそうに、目をすがめた。

そうだ。

わたしの、本当の仕事は……。

考えた瞬間、再び車両はトンネルに進入し、頭上の視界は黒くなった。

●東京　千代田区内幸町《ちよだくうちさいわいちょう》
帝都《ていと》ホテル

「ありがとうございます」

ひかるは、ラウンジのソファ席に紺色のパンツスーツ姿をおちつけた。

明るいベージュの色調で統一された、広い空間だ。高い天井には、古い映画に登場する異星の宇宙船のような大型シャンデリア。床も壁も磨《みが》かれているせいか、空気がきらきらした感じがする。

待ち合わせなので、入口が見える席を。

そう頼むと、ラウンジの男性スタッフは「では、こちらへどうぞ」とソファ席の一つへ案内してくれた。

紅茶を注文すると、ひかるは空間をゆっくり見回した。

気をつけろ、君は姿勢が良過ぎる。

耳に声が蘇《よみがえ》る。

待《ま》ち伏《ぶ》せる時は、もっとだらしなく座れ。だらしないくらいで、ちょうどいい――

（――分かっています）

心の中でつぶやき、パンツスーツの脚を組んだ。

短い髪に薄化粧では、就職活動中の学生に見えるかもしれない……。動きやすいように足元をローヒールにしたので、なおさらだ。

実際、わたしと同じ歳でこれから就職、という子も多いだろう……。


自分が、なぜこの場所に、こうしているのか。

一年前。二十一歳になった時、通っていた都内の私立大学を三年生でやめ、この世界に入った。いや正確に言うと『この世界の前の世界』に入った。

前の世界――自衛隊では、自分の希望する職種につけた。しかし直後に様々な事件が起きて、自分は成り行きで、今の『境遇』となった。国から求められ、自衛官としてだけではなく、国のために働くようになった――

（――――）

来た……。

表通りに面した右手のエントランスに、白いものが見えた。

〈作業〉の始まりだ。

エントランスの回転ドアが廻って、白い姿がロビーに入って来た。

ほっそりしたシルエット。

（……これは）

ひかるは、目をしばたたく。

しかし、眼球を動かして追うことはしない。

目で追わない。目は動かさず、視野の左端と右端で空間全体の様子を摑《つか》む。白い姿——白のタイトスカートのスーツ姿に、足元はヒールとストラップ付きの白いサンダル。カールさせた長い髪の横顔を、視野の中で確かめる。

確かに、〈対象者〉だ。

その顔写真は、あらかじめ見ている。夜の飲食店の店内で隠し撮りされたものだったが

——

でも印象が違う。

清楚《せいそ》な感じだ。

ひかるの人生経験では、大人の世界をそれほど見たわけではない。

装いによって女は印象が変わる、と言うけれど……。

わたしは洋服だって、そんなに持ってはいない。

大学を中途でやめ、曹《そう》候補で航空自衛隊に入った。現在でも、自分は千歳《ちとせ》基地を本拠とする特別航空輸送隊に在籍しており、通常時の職務は政府専用機の客室乗務員だ（ただし同僚よりも『業務出張』が多い）。職場は女性が多いが、みな自衛官だから、きちんとし

た人ばかりだ。尊敬出来る先輩もいた……。

「…………」

ふと

――ドスッ

一瞬、耳に音が蘇る。

（…………!?）

何だ……?

――ドスッ、ドス

「………!」

ふいに襲った、胸を圧迫される感じに、ひかるは呼吸が止まる。

これは。

まるで、衣類の詰《っ》まった布袋に銃弾が撃ち込まれるような……。

重たい響き。

この響きは。

そうか。

今村貴子《いまむらたかこ》一尉が撃たれた時の——

(——)

思わず目を閉じた。

だが閉じた瞼に、光景が浮かぶ。

のそり、と大柄な影がギャレーのカーテンを押し分けて侵入して来る。カーテンを押し分けたのは、その右手に握られた黒い物体だ。

機内の通路を追って来た、大柄な影。

こいつは。

わたしを撃ち殺そうと追って来たんだ……。

カーテンを押し分けるなり、銃口は反射的にか、床に意識なく横たわる女性幹部の身体に向き、閃光《せんこう》を放った。

ドスッ
「——う」

いけない。

ひかるは唇《くちびる》を嚙《か》み、きつく閉じていた瞼を開ける。

ロビーの空間のざわめきが、聴覚に戻って来る。

（…………）

どうしてこんな時に、思い出す……？

ひかるは舌打ちしたい思いで、視界の両端をチェックする。

白いシルエットは。

どこへ行った……？

（…………）

いた。

フロントデスクの前を横切り、後ろ姿が左手のエレベーターホールへ向かって行く。

このホテルの一階の配置は頭に入れてある。四階から上の客室へ向かうには、ロビーの奥にある六基のエレベーターを使う。ほかに階段もあるが、それは非常用だ。

駄目だ。

慌てて立つな。

ドン・ムーブ・イミディアトリィ、ビギン・ユア・アクション・ナチュラリィ・アンド・ベリィ・ケアフリィ。

別の声。

動作を起こしかけ、しかし『訓練』の中で受けた注意が、頭をよぎる。

ドント・ムーブ・イミディアトリィ――急な動作は駄目。それは視野の端であったとしても、誰かの目につく。

このロビー内には、〈対象者〉を保護するために別の工作員がいるかもしれない。

白いシルエットを追うように、急な動作で動けば、それらを刺激する。


ひかるは、まず細く呼吸した。一度息を吐いてから、努めてゆっくりと、肩に掛けていた細いストラップのバッグから横長の財布を取り出す。財布を開き、このホテルの利用クーポンを一枚つまみ出すと、テーブルの上に置いた。

エントランスを監視出来るラウンジは、有料の喫茶コーナーになっている。飲物を頼まずに座っていることは出来ない。コーヒーか紅茶を頼み、支払いはこれで済ませろ、と利用券を渡されていた（現金を出したり、カードを受け渡したりすることなく、すぐ席を立つことが可能だ）。

「お客様？」

努めてゆっくりした動作で立ち上がると、左横から呼ばれた。

銀色の盆を抱えるように持ったウエイトレスが、ひかるを見て、訊《き》いた。

「紅茶は、よろしいのですか」

「あ、いいです。すみません」

見ると、ウエイトレスは盆の上に耐熱ガラスのポット、それに陶製のカップと受け皿を載せている。

連れが来たようなので、もう行きます。支払いはそれで。

そう言おうと思ったのだが、口がうまく廻らない。

「それで、お願いします」

テーブルの上の白いクーポンを指すと、ひかるは背を向け、ロビーラウンジを出る。エレベーターホールの方へ、斜めに向かいたいが、それもしない（〈対象者〉をまっすぐに追う動線を取ると、目立つ）。いったんフロントデスクの前へ出て、それからおもむろに向きを変える──

だが

「お客様」

背後から呼ばれた。

またウエイトレスの声。

立ち止まり、振り向くと。

「お釣《つ》りは出ませんが、よろしいのですね？」

黒い制服に白エプロンの女性給仕係は、ひかるの置いて来た白いクーポンを手に、念を押すように訊いて来た。

ひかるはうなずいた。

「あ、いいんです。すみません」


ユー・メイ・ミート・サム・ヴァリアブル・シチュエーション――〈作業〉を開始すると、様々なことが起きるだろう。

そう教えたのは、アメリカ人の教官だ。

都内の、ある場所の地下に設けられた訓練施設――内閣府が災害対策予算を使い（実際に大規模災害が関東地区を襲った際には副指令センターとして機能させるらしい）、政府所有のビルの地下に造った『施設』のトレーニング・ルームで、ひかるは十三週間にわたって訓練を受けた。

指導役を務めたのは、四十代のアメリカ人だった。NSC――内閣府に付属する国家安全保障局が、CIAから急きょ、教官を招聘《しょうへい》したのだった。ひかると、さらにもう一名が投入された『新人工作員養成課程』のためだ。

「――NSCとは」

門篤郎《かどあつろう》と名乗った男――内閣府のキャリア官僚らしい三十代の男が、ひかるを現在の

〈仕事〉へ引き込んだ張本人だ。

「〈国家安全保障局〉の略称だ。総理の下で、あらゆる脅威から国の安全を守る。よく、日本版のCIAのようにいわれることが多いが、それはまったく当たっていない」

「………？」

ひかるが門篤郎から『誘い』を受けたのは、三か月前。

あの事件――政府専用機がイランのテヘランからの帰途、航行中に一名のテロリストによって制圧された〈政府専用機乗っ取り事件〉の、直後だった。

常念寺貴明総理以下、閣僚二名と多くの官僚、財界人、政府系団体職員そしてマスコミの関係者まで百数十名を乗せた747－400は、官邸スタッフの身分で乗り込んでいたテロリストによって乗っ取られた。

特輸隊客室乗務員としての、それは初フライトだった。ひかるはただ一人、催眠《さいみん》ガスの充満する機内で、眠らされるのを免《まぬが》れた。偶然だったが、犯人の撒《ま》いたガスを吸い込まずに済んだのだ。そして――

「あの〈事件〉のさなか」

門篤郎は、初対面のひかるに向けて言った。

「テロリストに制圧された機内での君の働きは、見事だった。自衛官ではあるが、工作員としての訓練などは何も受けていない君が、単独で考え、第一級の働きをしてくれた」

「い、いえ」

ひかるは、テロ犯と闘った、という意識はなかった。

ただ夢中で、必死に行動していた。飛行中の機内から外部へ助けを求めようとした。

それだけだった。

「わたしはただ必――」

「実は」

門篤郎と、空中で言葉がかち合った。

「あ、すみません」

「いや」

門は、独特のはにかむような皮肉っぽい表情になると、続けた。

「実を言うと。恥ずかしい話だが。わがNSCは、ただの情報分析機関なのだ。それ以上の存在ではない。テロ、災害、そして外国からの見えない侵略に対抗し、国を護《まも》るために情報を集めて分析し、対策を練って総理の主催する〈国家安全保障会議〉へ具申する。それが主任務であり、〈工作〉というものは出来ない。能力的に」

「………………」

「あるいは法的にね」

門は、肩をすくめた。

（────）

急がなければ。

記憶のリフレインを断ち切って、ひかるは一定の歩速を保ったまま、フロントデスク前からエレベーターホールへ向かう。

ちらと、手首の時刻を確かめる。正午まで二十分ほど。

チェックアウトをする宿泊客は、もうほとんど出館しただろう、エレベーターホールの周辺は人気《ひとけ》が無い。

〈対象者〉──白い後ろ姿は、ホールの中央で立ち止まる。慣れているのか、迷う素振りもなく、壁のボタンへ白い手を伸ばす。

ポン
すぐに上方のランプの一つが明滅《めいめつ》し、奥の一基が扉を開いた。

ひかるも、続いてホールへ歩み入る。

絨毯《じゅうたん》の敷《し》かれた、淡い橙《だいだいいろ》色の間接照明の空間だ。

だが
（──まずい）

一定のゆっくりした歩速を保ちながら『まずい』と思った。

間合いが、少し遠い。追いつけない。
白いスーツの後ろ姿は、ホールの一番奥で開いた扉へ、吸い込まれてしまう。
これでは、同じエレベーターに乗れない……。
どうする。

2

●東京　千代田区内幸町
帝都ホテル　館内

ひかるは心の中で舌打ちした。
白い姿は、奥の扉へ吸い込まれるように見えなくなる。
しまった、追いつけない。
わたしの動き出しが、わずかに遅かったか。
あんなことを想い出すから……！
待ち受けていた〈対象者〉が姿を現わした時——

脳裏《のうり》に、あの〈事件〉のさなかの光景が蘇った。

なぜ、想い出してしまったのか。ラウンジの席を立つのが、そのためにたっぷり三秒は遅れた。

さらに給仕係の女性に呼び止められた。釣銭は出ないけれどいいのか、と念を押された。それでさらに三秒。

なんてこと――

〈対象者〉と同じエレベーターに乗り込み、そこで仕掛けるはずが。

「――――」

どうする。

走るか。

ちょうど向こうに、扉を開いたエレベーターがあって、急げば間に合いそうな時。普通の人ならば少しは走る。

ロビーから、何者かがホールを監視していたとしても。

わたしが小走りになるのを、不自然とは取らないだろう。

（――くっ）

柱のランプを明滅させ、扉が閉じてしまう――

ひかるが足を速めようとした、その時。

扉は閉じなかった。

それどころか、一度は見えなくなった〈対象者〉――白いスーツ姿が、後ろ向きに扉を出て来る。

（………!?）

見やると。

開いたままのエレベーターの扉から、何かが出て来る。

そそり立つ、茶色い物――

何だ。

ひかるは駆《か》け出すのをやめる。そのままの歩調で近づく。

あれは……？

茶色く見えたものは大型の段ボール箱だ。ひと抱え以上ある段ボールが重ねて三つ。台車に載せられ、ゆっくりと出て来る。

台車に付き添うように中年の女が出て来る。後から台車を押して現われたのは、アロハシャツのような独特の彩色をした服装の男。恰幅《かっぷく》が良く、先に出た中年の女に何か早口で言う。

広東語《カントン》、か？

エレベーターは、ちょうど上階から降りて来たところだった。宿泊客が乗っていた。積み上げた段ボールには、それぞれ側面に日本の家電メーカーのロゴがある。男は押しの強い早口で何か言う。前が見えないから気をつけてくれ、とでも言っているのか。

ひかるは立ち止まると、壁に背をつけるようにして、台車に道を空《あ》けた。白いスーツ姿の女も反対の壁際で、家電製品を台車に載せて押して行く中年のカップルをやり過ごしている。

「お客様」

背後から声がして、制服のベルボーイ――ホテルの一階で客の荷物を運んだりする係をベルボーイと呼ぶのだと教わった――が一名、走り寄って来ると、広東語を話す男に「お持ちいたします」と申し出た。客が日本人でないと分かると、片言の広東語で、繰り返して同じ意味の申し出をした。

意味は通じたらしく、男は若いベルボーイに台車を任せた。ベルボーイが「チェックアウトでございますか」と広東語で問うと、男は「そうだ、そうだ」とうなずく。簡単なフレーズなら、ひかるにも聴き取れる。

制服のベルボーイが押す台車を挟《はさ》むようにして、派手な服装の男と、そのパートナーらしい女は行ってしまう。見ると女の方も、同様に独特の色彩の服だ。

「――――」

ひかるは見送るが、視野の端で、白いタイトスカートのスーツ姿が細い脚を交差させ、開いたままの扉へ向かう。

ひかるも壁際の位置から歩み出る。

自然な歩調のまま、白スーツの女と同じ箱の中へ歩み入った。

至近距離から、横顔。

美形だ。

じっくりとは見られない――韓国《かんこく》や中国の映画やドラマに、よく登場する女優のような容姿。

年齢は、ひかるよりもだいぶ年上――資料では三十歳とあった。銀座にある高級飲食店に勤務するホステスというのが、表向きの職業だ。美鈴と書いてミレイと読むのだ、と門に教わった。

ひかるは箱の奥へ歩み入りながら、何気ない動作で右手を左肩へやる。小ぶりのバッグのストラップを直し、その手の指を上着の内ポケットに滑《すべ》り込ませる。

角ばったものが、指先に触れる。人差し指に触れるものは二つ。

女は腕組みをするようにして、階数表示のあるボタンのパネルの前に立っていた。

香水の匂い。

「──どうぞ」

横顔はピンクの唇を動かし、後から来たひかるに促《うなが》した。

少しかすれた声。

「先にどうぞ」

階数ボタンの列を、形の良い細い顎《あご》で指すようにした。

あなたが先に、行き先階のボタンを押せ、というのだ。

「あ、はい」

ひかるは、口の中が渇《かわ》くのを覚えた。

右手の指先で、上着の内ポケットから薄いカードをつまみ出す。

このホテルのエレベーターは、宿泊客に渡されている部屋のキイカードをタッチパネルにかざしてからでないと、階数ボタンが反応しない。それも、宿泊している部屋のある階のボタンしか、押せない仕組みだ。

君に、九階のボタンが反応するダミーのカードを渡しておく。

新宿区の地下施設を出る前に、〈作業〉の最終ブリーフィングの場で、門篤郎からそれを渡された。〈対象者〉は、まっすぐに八階の八〇四号室へ向かう。いま渡したのは、ホテルの九階へ行けるカードだ。〈対象者〉と同乗したら、怪しまれぬよう一階上のボタンを押せ。後で九階から八階へ向かう必要が生じた場合は、階段を使え。

ピッ

ひかるは、女の左横から右腕を伸ばすようにして、キイカードをタッチパネルへかざし、九階のボタンを押した。〈9〉のボタンが点灯する。

続いて、女が自分のキイカードをかざして、〈8〉のボタンを押した。

エレベーターの扉が閉まる。

動き出す。

ひかるは女の左後ろ、間合い一メートルに立ち、扉の上の階数表示を見上げた。

滑《なめ》らかに上昇して行く。

聞こえるのは、天井の空調の音だけだ。

(──────)

ひかるはキイカードを戻すために、右手を上着の内ポケットへ入れる。カードを戻し、代わりに角ばった平たい物──カードより厚みのある革製の手帳のような物の端を、指でつまむ。

〈対象者〉の様子を見る。

女はコンパクトを手にしていた。バッグから取り出したのだ。左手に開き、自分の顔を見るようにする。

客室へ向かう前、わずかな時間を見つけて化粧の具合を確かめている――そのようなそぶりだ。

ひかるの位置からは、女のカールした髪と、顔の前の円い鏡が見えるだけだ。鏡の面を直接に見ないよう気をつける。鏡の中で視線が合ったりしたらまずい――

（――みぞおちは……？）

ひかるは女の後ろ姿の中に、みぞおちの存在を見出そうとした。見えているのは背中だけだ。

訓練施設では、エレベーターの箱のサイズに四角くテープを張ったマットの上で、〈作業〉のシミュレーションを繰り返した。

初めはアメリカ人の教官自身が〈対象者〉の役をした。

相手の身体の微妙な動きを読み、虚《きょ》を衝《つ》いて職質をかけ、相手の反応を見切って任意の同行を求めるか、襲い掛かって来たならば反撃し制圧する。

「不法滞在の嫌疑で任意同行は求めるが」

横でトレーニングを見ながら、門は言った。

「従ってくれる可能性は、ほぼ無い。これまで実例が無いからはっきりとは言えんが――しかし一度でも日本の警察に拘束《こうそく》や尋問《じんもん》を受けたら、そいつはたぶん二重スパイにされた疑いをかけられ、工作員として使われなくなる。本国へ呼び戻されて厳重な監視下に置かれ、二度とよい待遇は受けられない。任意同行をさせられるくらいなら、奴らは捜査官を殺してでもその場を脱し、麻布《あざぶ》の大使館へ駆け込んで、外交特権を使って本国へ帰るだろう。日本ではもう活動出来なくても、アジア各地へ行けば『仕事』はいくらでもある」

「『仕事』――ですか」

「そうだ」門は腕組みをし、やるせないような、困ったような表情をした。「アジア各国の要人を相手に『仕事』だ」

最初の数回は教官が相手をし、続いてはひかると同時に養成課程に入った訓練生（少し年上の女子だ）が相手役をした。トレーニングウェアで格闘のシミュレーションを繰り返し、仕上げの段階になると、通常の服装になった。

「奴が――〈対象者〉がパンツスタイルで来ることは、まずない」

門が横から、また注意をした。

「靴もハイヒールだろう。しかし、ストラップ付きのサンダルだった場合は、回し蹴りの技を容赦《ようしゃ》なく繰り出してくると思え。足首で留《と》めているから蹴っても靴が跳ばない」

NSCとして初（日本でも最初）となる〈作業〉の実施役に、選ばれたのはひかるだった。

ひかると同時に養成課程に入ったもう一人の訓練生は警察出身だった。

「依田《よだ》さんの方が、ふさわしいのではないのですか」

指名を受けた時、門へ質問したものだ。

今回は職務質問をする、という。ひかるには、そのようなやり取りの経験はない。

しかし
「依田は警察官だが、実際にテロリストを相手に闘った経験を持つのは君だ」

門篤郎は理由を言い、告げた。

「依田には今回、バックアップに回ってもらう」

もう一人の訓練生・依田美奈子《みなこ》は、ひかるよりも少し背が高い。

「あなたには、期待しているわ」

横に並んだ、髪をショートボブにした女子訓練生は、少し見下ろす視線で言った。

四つくらい年上だろうか。NSCに呼ばれてから初めて引き合わされた依田美奈子は、キャリア警察官で、門の後輩にあたるという。

シミュレーションの終盤になると、依田美奈子は白いタイトスカートのスーツに、ストラップ付きのサンダルという姿になった。これまでに観察されている、〈対象者〉が好んで着る服装だ。足元も、マットではなく板張りの床になった。

アメリカ人の教官は、横に立って指導した。

上着を羽織《はお》られると、背後からではみぞおちの動きは摑みにくい。眼でイメージしろ。

呼吸を摑むには肩甲骨《けんこうこつ》を見ろ。

ひかるにも分かる明瞭な英語で、教えた。

「――はい」

ひかるがうなずくと、手を叩《たた》いて「オーケー、ムーブ、ナウ」と促した。

「畑中美鈴さん、職務質問します」

(――――)

トレーニングの通りにやればいい。

百回くらい、繰り返したんだ。きっと出来る。

でも。

(みぞおちの動きが読めない。呼吸も読めない、何なんだ、この後ろ姿は)

自分の右斜め前、間合い一メートルに立つのは同期の訓練生ではない、〈対象者〉――

〈排除作業対象者〉の実物だ。

呼吸もみぞおちも読めない、でもやるしかない。

エレベーターは上がって行く。もう六階を超えた。

ひかるが右手の指で、革製の二つ折りのバッジ(手帳)をつまみ出すのと、白スーツの女が右手でバッグから口紅のような物を取り出すのは同時だった。

いいか、こいつは『警察官』としての身分証だ。門はひかるにバッジを手渡しながら、告げた。君には警察庁保安部外事課特別捜査官の身分を、同時に付与する。内閣府の人事権で、正式に発令した。開いてみろ、君の『身分』が載っている。

縦に二つ折りになった、革製の手帳のようなものを開くと。眩《まば》ゆい金色の紋章《もんしょう》（『桜の代紋《だいもん》』とか呼ぶらしい）と、ひかるの正面上半身の写真が現われた。写真の下側に、門が告げた通りの所属組織名と、階級が記載されている。

「警部、ですか？　わたしが」

「そうだ」

門はうなずいた。

「これからは〈作業〉中に、現場において事情を知らない所轄警察官とバッティングすることもあるだろう。だがそいつを見せれば、たいていは『ご苦労様です』と敬礼され、邪魔はされない」

「――――」

「それに」門は腕組みをした。「それだけの重責を担うのだ。本当ならキャリアの依田と同じく、警視にしたっていいくらいだ」

「――畑中」

声を出そうとしたが、喉《のど》がかすれた。

「畑中美鈴さん、職——」

最後まで言えなかった。

はうっ、と気合いのこもった呼吸のようなものがひかるの言葉を遮《さえぎ》り、同時に目の前で風が吹くような感覚がした。

「………！」

ブンッ、と自分の眉間《みけん》に何かが迫り、ひかるの運動神経は反応した。右手のバッジを投げ捨て、体《たい》を沈めながら左手で眉間に迫った相手の右手首を摑みとり、同時に相手の身体を力いっぱい引き寄せながら左足で床を蹴り、パンツスーツの右膝を向き直らせた相手のみぞおち付近へ、めり込ませた。引き寄せる力と床を蹴る力を合わせ、思い切り膝蹴りした。

「グフッ」

同時に摑み上げた女の右手で、何か破裂するようなバチッ、という響き。

ひかるの左耳に、至近距離で火花が散ったかのような破裂音。

パチパチッ
だが女は、それ以上は動かなかった。

（や）

やったか……⁉

格闘のパターンは、ああ来たらこうする、こう来た時は――と十数種類のケースを想定し、依田美奈子を相手に組み手の練習をした。その一つが当たった。身体の方で、勝手に反応して動いてくれた……。

どさり

ひかるが突き放すと、小さな顔の女は白目をむき、エレベーターの床に転がった。身体を丸めるようにし、ピンクの唇からごぼ、ごぼっと泡をあふれさせ、痙攣《けいれん》した。

「――はぁ、はぁっ」

ひかるは肩で息をすると、床に片膝をつき、投げ捨てたバッジを右手で拾うのと同時に左手で上着の裾《すそ》を払った。腰のベルトにホルダーで留めた手錠を露出させ、左手の一挙動で掴みとる。チャッ、と金属音。

一瞬だけ、ちらと天井を見やる。天井には防犯用の監視カメラがあり、今のこの行動はすべて録画されている。あせらず、手順どおりにやらなくては。

右手のバッジを、床で白目をむく女に向ける。

「畑中美鈴さん、あなたは今、職務質問しようとした警察官に対し、暴行を加えようとしました。公務執行妨害および傷害未遂の現行犯で逮捕します。時刻――」

腕時計をちらと見る。

「――時刻、十一時四十八分」

言い終わるが早いか、ひかるは片膝をついたまま、女の右腕を摑む。指を開かせ、手の中に握られていた口紅のような物――たった今火花を飛ばした細い物体を、摑みとる。

やっぱり。

口紅型スタンガンか……。

そのような護身用の武器があるとは、聞いていた。小型だが大男でも一撃で悶絶《もんぜつ》させると言う。女性が所持して、狭い場所での格闘に使うには最適だろう。しかしひかるたちを教えたCIAの教官はアメリカ海軍のシールズ出身だったせいか、君たちも使え、とは言わなかった。道具なんか、手から取り落としたら最後だ。あくまで身体でねじふせて制圧するのだ。

ひかるは、摑み上げた女の右手首に、一挙動で手錠の輪をかけた。続いて前屈《まえかが》みの姿勢で横たわる女の左足首を摑み上げると、手錠のもう片方を足首に掛けた。

チャッ
「――――!」

その時ひかるは、女のもう片方の右足の爪先――ハイヒールサンダルの尖端から、鈍い銀色の刃が突き出ているのを見て、大きな眼をさらに見開いた。

危なかった――

今、一撃で倒さなかったら……。スタンガンに気を取られる隙を突いて、この刃で蹴られていた。刃先には多分、毒が塗《ぬ》られている。

「はぁ、はぁ」

悶絶させた女の身体の動きを完全に封《ふう》じると、ひかるは肩で息をしながら右手で上着の裾を払い、腰ベルトに固定した携帯電話を摑んだ。

ポン

だが同時に、扉の上の階数表示が〈8〉を示し、エレベーターが上昇をやめるのが感じ取れた。

扉が、左右に開く。

開いた扉のすぐ外側に、白い姿が立っている。

すらりとした上背。

依田美奈子だ。右手にスマートフォンを持ち、その画面を見ていた。

エレベーターの監視カメラの画像が、支援してくれる〈回収班〉の工作によって、美奈子の携帯へもリアルタイムで送られていた。

「やったわ」

美奈子は自分の手にした小さな画面と、左右に開いた扉の内部を見比べるようにして、うなずいた。カールした長い髪は、かつらだ。

「正当防衛です。倒しました」

ひかるが、片膝をついた姿勢から告げると、

「見ていたわ。録画もされてる」

「はい」

「あとは、〈回収班〉に任せましょう」

美奈子はちらと床に転がる女に目をやり、左手をエレベーターの中へさし入れると、階数ボタンの並ぶパネルの一番下の蓋を開いた。手早い動作。

エレベーター内のスイッチ類の配置、操作の方法はあらかじめ調べられ、二人とも慣熟《かんじゆく》させられている。美奈子の白い手が動き、蓋の中に現われた赤いスイッチを押し上げる。

消防士が消火活動の時に使う、エレベーターをその階に停止させておくスイッチだ。

「さぁ」

美奈子は、エレベーターの外の通路の一方を、目で指した。

「行きましょう、部屋へ」

「はい」

3

●東京　千代田区内幸町
　帝都ホテル　八階

「こっち」

依田美奈子は先に立つと、赤茶色の絨毯が敷かれた通路を、左手へ進んだ。

白いタイトスカートのスーツ。白いストラップ付きのサンダルは、全く同じものではないが、たった今エレベーターの箱の中で倒した『畑中美鈴』とそっくりの印象だ。

「はい」

ひかるは、立ち上がって続こうとするが。

（――そうだ）

思いつき、床の隅に手を伸ばした。

転がっている銀色の筒――口紅型スタンガンを、素早く拾い上げた。

わたしが正当防衛で反撃をした、証拠の物件だ。後で必要になるかもしれない。これは押収しておこう。

拾い上げた銀色の〈口紅〉を上着の右のポケットへ突っ込むと、立ち上がって美奈子に続いた。

依田美奈子の白い背中を追うように、速足で進む。

倒した『畑中美鈴』は、そのままだ。このフロアをひそかに監視している〈回収班〉のメンバーが来て、すぐに運び出すだろう。

（――――）

それよりも。

ひかると依田美奈子には、さらに課せられた重要なタスクがある。

いや、これから先は〈作業〉の第二段階だ。警察庁キャリアとして官僚の経験がある美奈子の方が主体となる。

美奈子は言葉もなく進む。

八階の通路に人影はない。すでにチェックアウトする泊り客は出館し、午後三時のチェックインに備えて清掃《せいそう》をするスタッフは、まだ姿を見せていない。通路の左右にずらりと並ぶ客室ドアの内側に、もし人がいるとすれば、連泊をする客であって外に用事のない者か、デイユースといって昼間だけ部屋を使う客だけだ。

それでも天井の各所には監視カメラがあり、ひかると美奈子の動きはすべて、録画されているはずだ。

奴らを排除する。合法的に。

ひかるが、千歳基地を訪問した門篤郎からリクルートを受けた時。NSCの一員となることを承諾したのは、その言葉によってだった。

外国の工作員が、わが国には無数に侵入し、今この時にも活動している。スパイ天国という言葉を、君は聞いたことがあるか。

スパイ天国——

わが国がそう呼ばれていることを、舞島二曹、君は知っているか？　千歳基地の特輸隊司令部の応接室で、人払いをしたうえで門はひかるに重ねて問うた。

あの〈政府専用機乗っ取り事件〉の直後。二等空曹へ昇進したばかりのひかるを訪ねてきたのは、二人。

細身を黒服に包んで無精ひげを伸ばした門篤郎と、もう一人は、パンツスーツ姿の背の高い三十代の女性だった。女性の方は、内閣府の危機管理監だと自己紹介した。

すごいな、とひかるは思った。

でも
スパイ天国……？

何のことだろう。

「無理もないわね」

首を傾《かし》げるひかるに、女性（この人もキャリア官僚らしい）が言った。

「舞島ひかる二曹。福島《ふくしま》県出身。R女学院大学を三年で中退、空自へは曹候補で入ったのね」

「――はい」

自分の経歴を、何も見ないでそらんじて見せる女性官僚を、ひかるは見上げた。

この人も背が高い。低い声と男っぽい仕草は、宝塚《たからづか》の女優のようだな、と思った。

「ご家族のことは、調べました。お気の毒でした」

「は、はい」

「特別輸送隊へは、希望して？」

「客室乗務員が、志望でした。もともと」

「CA志望――なるほど」

女性官僚は、腕組みをして、納得したようにうなずいた。

「では舞島二曹――いえ舞島ひかるさん。普通に暮らしていたら、気にもならないことかもしれない。でも、わが国には外国のスパイを取り締まるための法律が存在しない――このことについてはご存じかしら」

「――？」

「確かに、〈特定秘密保護法〉という法律は数年前に施行されました。国の安全に関する秘密を、暴力や不正なアクセスなどによって取得した者は、十年以下の懲役《ちょうえき》に処されます。しかし外国工作員による活動を、この法律ですべて摘発《てきはつ》することは出来ません。例えば、日本以外の国で、よその国から来た工作員がスパイ活動——破壊工作や浸透工作をして見つかれば、問答無用で逮捕されます。国によっては死刑となります。でもわが国では無理。その人物が外国工作員と判明していても、外国工作員であるということだけをもって捕まえることは出来ません」

「〈特定秘密保護法〉に抵触する証拠がない限り、微罪《びざい》の別件でパクっても、すぐに釈放しなくてはならない」

門が腕組みをした。

「外国工作員は、やりたい放題だ」

「——あの秘書官は」

ひかるは、政府専用機747を単身で乗っ取った男を思い出して、訊いた。

「あの総理秘書官は、中国の工作員だったのですか」

「正確に言うと、工作員ではない」

門が言った。

「『日本は中華冊封《さくほう》体制の中に入って、中華帝国の中で偉《えら》くなるべきだ』——そういう思想を持った一種の思想犯であることが、尋問《じんもん》の中で判明している」

「アメリカの属国ではなく、中国の属国となって、中国共産党の中で出世したほうがよい。それが正しい日本の道だと、取り調べをする係官に向かって一席ぶったそうだ。結果的に奴は、その思想を羽賀聖子《はがせいこ》と中国共産党に利用された」

「思想のために」

ひかるは、自分の言葉に怒りがこもるのを覚えた。

「思想などのために、何人も殺したのですか」


今村一尉は、わたしの目標だった。

ひかるは思った。

今村一尉のような客室乗務員になりたい、と思っていた。

あの総理秘書官の男――

イラン訪問の政府専用機に乗り、総理の秘書官として職務をこなしていた。

それが……。

「九条圭一《くじょうけいいち》秘書官を操っていたのが」

門は続けた。

「羽賀聖子議員だ。そして羽賀聖子を陰で操っていたのが、中国共産党がわが国へ送り込

んだ工作員だ。長い時間をかけ、浸透した。羽賀聖子は父親の代から親中派だったが、

『共産党が日本を支配した暁《あかつき》には〈新疆《しんきょう》日本自治区〉の初代総督《そうとく》にしてやる』と吹き込まれ、政府専用機を乗っ取って総理以下を皆殺しにする計画を実行に移した。君の」

「――――」

「君の働きがなければ、今頃わが国はどうなっていたか」


それ以上、思い出している余裕もない。

前を行く依田美奈子が、立ち止まった。

（――――）

八〇四号室の扉の前か。

ひかるは記憶のプレイバックをやめ、美奈子の白いスーツの背の一メートル半ほど後ろで、手はず通りに立ち止まる。室内から通路の様子を見るビュー・ホールの視野に入らないようにするためだ。

ＣＩＡの教官に教わった通り、立ち止まったならば必ずぐるりと周囲を三六〇度、素早く見回して『クリアリング』を行なう。

ポン
依田美奈子がドア脇の呼び鈴《りん》を押し、壁の中のどこかでチャイムが鳴った。

美奈子は無言で、茶色いドアの前でカールした長い髪を直す。白い顔は通路の左手へ向け、誰かが来ないか、と気にする素振りだ。

ドアの内側からビュー・ホールで覗いた時に、顔がはっきりとは見えないだろう。

果たして、室内の人物――〈保護対象者〉はドアを開けてくれるのか……?

もしもスムーズに入室出来ない場合。その時は室内の人物に対して身分を開示し、ドアを開けるよう求めなくてはならない。静かな通路で、ちょっとした騒ぎになる。

捜査令状など、もともと無い。工作員を現行犯で逮捕する作業(オペレーション)だ。〈作業〉はホテル側にも全く告知せずに実行する。関係者に対して事前に知らせ、了解を得たりすれば機密が漏《も》れる。だから抜き打ちでやる――美奈子とひかるを前に、門は言った。〈作業〉の開始と共に〈回収班〉メンバーがホテルの集中警備室へ踏み込み、バッジを示して警察の捜査に協力するよう求める。警備会社のスタッフは驚くだろうが、監督官庁である警察庁の求めには従うだろう。メンバーは協力を得て、館内のすべての監視カメラをコントロールし、法的要件成立のために必要な映像を録画する。〈回収班〉の別班は八階に姿を隠し待機、〈排除対象〉の中国工作員つまり『畑中美鈴』が制圧されたことを確認したならば、ただちに公務執行妨害および傷害未遂の現行犯でこれを連行する。工作員が凶器を所持しており、周囲の人員に危害を及ぼす危険がある場合は、眠らせるなどの措置をとる。すべて合法的に、法律の範囲内でやってのける――

ドアが内側から開かれるのは、思いのほか早かった。

微《かす》かな金属音がして、ロックが外れ、ドアが室内方向へわずかに開かれる――

ひかるの立ち位置からは直接には見えない。しかし入口に隙間が空くのは、気配で分かった。

（――――）

ひかるは、扉のある側の壁に背をつけるようにし、通路の左右を素早く目でチェックする。さっき降りてきたエレベーターの方角――エレベーターホールから、ちょうどグレーの作業服姿が二つ、ランドリー回収用の手押し車を押して現われるところだ。

このホテルの客室内で使われたシーツ、タオルなどリネン類は、清掃スタッフの手によって手押し車に山積みにされ、地下の洗濯施設へ運ばれるという。現われた手押し車には、白い布製の大きなバスケットが載《の》っている。バスケットにはすでに何か丸みを帯びた物が容れられ、車は重そうな印象だ。二つの作業服姿は、片方が車を押し、もう一方が横に付き添っていく。通路の反対側へ向かう。その突き当たりには、客用とは別の業務用エレベーターがあるはずだ。

ひかるは、その様子を目で確かめると、素早く注意を八〇四号室の扉の方へ戻した。

また微かな金属音――今度はドアチェーンがせわしない感じで外される。

（…………？）

もう少し、通路に立つ依田美奈子の姿を、ビュー・ホール越しに確かめるのかと思っていたが。

室内の人物は、疑《うたぐ》り深くはないのか。あるいは白いスーツの女を待ちかねてでもいたのか。

分厚い扉が、室内側へ引き開けられる気配。

依田美奈子の白い姿が反応し、すかさずドアの開口部へ身を滑り込ませる。強引な動作だ。室内の人物が、驚きの呼吸で何か声を発した時には、扉は美奈子の左手によって完全に押し開けられている。

ひかるは身を翻《ひるがえ》し、美奈子に続く。押し開けられた入口から室内へ踏み込み、後ろ手に素早く扉を閉じる。

「――な、なんだっ。君たちは」

男が声を上げた。

茶色い顔……？

第一印象は『茶色い顔の男』。ひかるは、くぐもった声で誰何《すいか》する男を見て、そう感じた。

この男性が〈保護対象者〉……。

男の年齢は六十代の半ば――確か資料では六十六と記載されていた。資料写真ではきちんとネクタイを締《し》め、スーツ姿で記者会見に応じる姿が、斜め下からのアングルで捉えられていた。

しかし目の前の印象は、少し違う。ホテルの備え付けらしいバスローブを着て、貧相な鎖骨《さこつ》を見せながら後ずさる。黒縁の眼鏡は記者会見の写真と同じものだが、その下の両目は見開かれ、血走った眼球が泳いでいる。

「き、君たちは、なんだ。警察を呼ぶぞ」

「警察です」

美奈子は応え、素早い動作で内ポケットからバッジを取り出すと、縦に開いた面を男の顔に向けて示した。

「わたしたちは外事警察です。赤川《あかがわ》総裁」

「――な」

「警察庁外事課、依田美奈子警視です。あなたが待っておられた畑中美鈴は、来ません。たった今、わたしたちが公務執行妨害並びに傷害未遂の現行犯で逮捕、拘束しました」

「――」

茶色い顔の男が、絶句する。

血走った眼球を見開き、目の前に立つ白スーツ姿の依田美奈子を、上目遣いに見た。

「な、何の」

「お分かりのはずです、総裁」


この男性が、日銀の総裁……。


（…………）

ひかるは、『この男がそうなのか』と思った。

政府や、国の行政にかかわる要人の顔や名前など、よくは知らない。知っているのは常念寺貴明総理くらいだ。その片腕といわれる鞍山満太郎《くらやままんたろう》外務大臣も、専用機の機内でコーヒーを出したことがあるので、顔を覚えている。

目の前の男は、政治家ではないが、国の要人だ。

日銀総裁・赤川冬彦《ふゆひこ》。六十六歳。

日本銀行の総裁は『わが国の金融政策を決めている』という。でも、具体的に何をしているのかは、よく知らない。

「赤川総裁」

美奈子の唇が、続けて言葉を紡《つむ》ぎだす。

少し緊張しているのが、ひかるには分かる。四つ年上の美奈子は、努めて低い声を出し、冷静に職務を遂行《すいこう》する捜査官を演じているように見えた。

演じている、とは妙な言い方だ。しかし地下施設を出発する前に、言葉少なに美奈子は言った。「緊張するわ。国の要人をやり込めるなんて」東京地検の首席検察官が政治家と渡り合うときみたいな、あんなふうにやって見せなくちゃ——そう小声でつぶやくと、ひかるとは別々に地下施設を出て、帝都ホテルへ向かったのだった。

「総裁。あなたは今年の二月以来、畑中美鈴を名乗る中国工作員に接触を受け、畑中美鈴が中国共産党の工作員であると知りながら、特殊な関係を持ち続けてきましたね」

「————」

茶色い顔の男は、息を呑むようにしてのけぞり、血走った眼をしばたたかせた。

「——な」何を、と言いかけた唇が震《ふる》えた。

威厳など出して見せようがない……。ひかるは見たいとも思わないが、ホテルのロゴが入った備え付けバスローブの下は裸だろう。

あの白スーツの女工作員と、この部屋で何をしようとしていたのか。

「畑中美鈴は」美奈子は続ける。「つい先ほど、不法在留の疑いで職務質問をしようとした外事課捜査員に対して暴行を加えようとし、傷害未遂の現行犯で逮捕されました。これよりただちに尋問《じんもん》が行なわれます。このホテルの宿泊客ではないのに客室階へ上がろうとしたことで、不法侵入の疑いもかけられます。公務執行妨害も重なっています」

「あの」

ひかるは、思い出して美奈子の背中に、報告するように告げた。

「靴の爪先に、刃物を仕込んでいました」

「ありがとう」

美奈子は振り向かずにうなずくと、男に向かって付け加えた。

「靴の爪先に刃物を仕込み、もう少しで捜査員を蹴るところでした。したがって銃刀法《じゅうとうほう》違反の疑いもかかります。嫌疑が四件。トータルで八日間、勾留《こうりゅう》出来ます。わたしたちは徹底的に尋問を行ない、なぜ彼女がエレベーターに乗っていたのか、どこへ行って、何をしようとしていたのか、話してもらうことになるでしょう」

「…………」

茶色い顔の男は、バスローブからのぞく喉《のど》ぼとけをゴクリと動かすと、のけぞったままよろよろと後ずさった。背後のソファの背もたれにつかまるようにして、ようやく踏みとどまる。

「お、お前たち」

喉ぼとけを上下させ、男は言い返そうとするが

「総裁」

その六十代半ばの男——資料では旧大蔵省《おおくらしよう》入省を皮切りに財務省国際局長から内閣官房参与、アジア開発銀行総裁を経て四年前に日銀総裁に就任したというキャリアを持つ男に向かい、美奈子は告げた。

「内閣府を通じて、常念寺貴明総理からあなた宛てにメッセージを預かっています」

「…………⁉」

「読みます」

美奈子は上着のポケットから素早く紙片を取り出すと、Ａ４サイズのそれを指で広げて読み上げ始めた。

「『親愛なる赤川冬彦総裁』」

「…………」

六十代の男は、半ばのけぞったまま、血走った眼で美奈子を見返す。

ひかるが思うに、男はこれまでずっと強い権力を行使する立場にいたのだから、二十代の若い女子捜査官二名を相手に、やり返すこともあるだろう。

しかし美奈子は隙を見せず、男が何か言う前に『常念寺総理からの手紙』を取り出し、読み上げ始めた。総理からじきじきのメッセージとあっては「うるさい黙れ」と押し潰《つぶ》すわけに行かないだろう。

「『総裁におかれましてはご就任以来、ありがたくも、わが政権の政策に沿う形で金融緩和政策をとられ、インフレ目標を設定するなどして、わが国の長きにわたるデフレからの脱却に貢献して下さっておられました。デフレ脱却へは、いまだ道半ばですが、わが政権の経済政策は着実に、効果をあげてきており、たとえば国民の失業率は最低水準にまで下がり、若者の就職状況は〈氷河期〉といわれた主権在民党《しゆけんざいみんとう》政権時代と比べると、目をみはるばかりの改善ぶりです。ようやく道の向こうに光明が見えてきた、と言うことが出来ます』」

「――――」

「『しかし』」

美奈子は、唇を嘗《な》めた。

「『最近になり、あなたは〈出口戦略〉と称して、続けて来た金融緩和をもうやめる、と表明され、せっかく良い方向へ進み始めたわが国の経済を、再びデフレの道へ押し戻そうとされています。ご案内の通り、わが国の中央銀行である日銀は、政府とは独立した権限を与えられており、たとえ内閣総理大臣といえども、あなたに命令することは出来ません。また総裁の人事については衆参両院の承認が必要なので、あなたを私の権限ですぐにやめさせることも出来ません。このままでは』」

「――――」

「『このままでは日本が再び、デフレに呑み込まれるのを、指をくわえて見ていなければなりません。困ったことになりました』」

印字されたメッセージを読み上げる美奈子の斜め後ろの位置で、ひかるは室内の空間を目で素早くチェックした。

ジュニアスイート、というらしい。

大きなダブルベッドの他に、ソファとテーブルの置かれた空間が広く取ってある。

角部屋であり、部屋の一角は出窓のようになっているが、床から天井まで届く窓ガラスには緞帳《どんちょう》のような遮光カーテンがかかっている。隙間から微かに、昼の陽光が差し込んでいる。

間接照明だけだ。薄暗い。

総裁が予約した部屋には。あらかじめ中国工作員の手によって、盗聴器と隠しカメラが設置されているはずだ――

（――――）

門の言葉を思い出し、ひかるは腰のベルトに固定していた携帯電話を取ると、右手の中で素早く指を動かし、サーチ機能を起動した。

ピッ
すぐにスマートフォンが不審な電波を捉え、画面には発信源の方向を示す赤い矢印が現われた。

「『赤川総裁。そこで、ご相談です』」美奈子が続ける。「『あなたの任期はまだ一年も残ってはいますが、持病をお持ちとも聞いています。この際、健康上の理由で自ら辞任をされ、のんびり療養《りょうよう》されてはいかがでしょう。そうすれば、あなたが半年前から中国の女工作員から特殊なサービスを――』ごほん」

「…………」

絶句している男の前で、美奈子は咳《せき》ばらいをすると、すぐに続けた。

「『特殊なサービスをされ、都心のホテルで昼間から密会し、あんなことやこんなことをされてよがりまくって中国共産党の命令に逆らえなくなり金融緩和をやめることにした、とか週刊誌に書かれなくても済むでしょう。いかがでしょう、すぐ辞任して頂けませんか。内閣総理大臣・常念寺貴明』」

「…………」

「総理からの追加の伝言です。二つあります」

美奈子がバスローブ姿で固まっている男にメッセージを読み上げる間、ひかるはスマートフォンの画面の矢印が指し示す方向へ、歩いて移動した。ベッドのサイドボードの上に、花を活《い》けた大きな花瓶《かびん》がある。ぎっしり活けられた白い花の束の中を手で探ると、すぐに黒い、細いチューブのような物体が見つかった。

すぐに見つかるようなところに、仕掛けてある……？

ベッドの上を撮影するのに適当なアングルなのだろうが――

（――なんか、仕事が雑）

ひかるは、盗撮用の超小型カメラに手を触れず、スマートフォンを向けると、撮影シャッターを切った。

「一つ、自らおやめになるならば、退職金は受け取られて結構です。二つ」

「依田警視」

〈保護対象者〉の男の前だ。正式な階級をつけて呼ぶのがいいだろう。

ひかるは男と対峙《たいじ》して立つ美奈子に、花瓶を手で示した。

「ありました。遠隔操作のカメラです」

「ありがとう」

依田美奈子は、男から視線を外さずにうなずいた。

「総裁、室内に中国工作員が仕掛けたとみられるカメラがありました。これにより、捜索令状が取れます。〈特定秘密保護法〉違反の疑いで、わたしたち警察は正式にこの部屋を捜索できます。あなたは拒否出来ません」

「――う、う」

「言い忘れました。二つ目の伝言は、後任の総裁については適切な人材をただちに選任し、衆参両院の承認を得られるようにするので、ご心配は無用。以上です」

「う、ううう」

会話を聞きながら、ひかるは携帯を左耳につける。あらかじめ登録した番号をコールする。

すぐに繋《つな》がる。

「班長、室内です」ひかるは通話の相手に告げた。「隠しカメラを確認しました。写真を送ります」

『〈保護対象者〉は?』

「依田さんが説得中です」

『よくやった』

門の声は、低く告げた。

『ただちに令状を申請する。一般警察を踏み込ませる、君たちはただちに撤収《てっしゅう》しろ』

「分かりました――依田警視」

「うぅうぅっ」

バスローブの男が、後ろ向きに倒れそうになるのをソファの背でこらえながら、両肩を震わせた。

「うぅうぅうう」

「依田警視、撤収です」

「分かった」

美奈子はうなずくと、バスローブの日銀総裁へ告げた。

「総裁。間もなく一般捜査員が踏み込んできます。でも心配はいりません、あなたが自らおやめになる限り、わたしたちはあなたに恥はかかせません」

「う、うぅう」

「よろしいですね」

「うぅ、う」

「では」

「――待ってくれ」

美奈子と肩を並べ、速足で出口の扉へ向かうと。

背中から、しわがれた声が呼んだ。

先ほど『何だ君たちは』と誰何した時の張りはない。搾《しぼ》り出すような声。

「わ、私の後任というのは」

「――――」

「――――」

美奈子が足を止め、振り向く。

ひかるは同時に、足は止めるが、美奈子が振り向いたのとは反対の方向を見る。二人で行動するときは、呼ばれても反射的に同じ方向を見るな――ＣＩＡの教官の注意だ。

「私の後任というのは、今スイス大使に出ている、あいつか？」

「――わたしは」美奈子の声が答える。「お答えする立場にありません」

すると「うぅ」といううめきのような声がして、どん、と床の絨毯を固いものが打つような響きがした。

（………⁉）

ひかるが周囲をクリアリングしてから、目を室内へやると、バスローブの初老の男は両膝を床につき、続いてうなだれるように両手も絨毯の上についた。「うぅ、うぅ」と――このむせびは泣いているのか……？

「行きましょ」

美奈子が促した。

ひかるも続いて、美奈子の開けた扉へ向かうが
「い、生命《いのち》が」

背後から、搾り出すようなうめき声が追って来た。

「こんなことをして、お前たちは生命がないぞ」

「――」

「――」

「お、お前たちは」

うめき声は震えた。

「おぉお前たちは、奴らの恐ろしさを知らないんだっ」

4

●日本海上空　G訓練空域
高度一五〇〇〇フィート
同時刻。

「――」

水平線が広がっている。

舞島茜《あかね》は、顔につけた酸素マスクの中で唇をすぼめ、ゆっくり息を吐《は》いた。下腹に力を入れ、細く長く息を吐く。

同時に両方の足で、左右のラダーペダルを柔らかく均等に踏んだ。

水平に直線飛行している機体――このF15Jを、両の足で優しく踏んで押さえるような気持ち。踵《かかと》は床につけ、飛行ブーツの爪先の親指で、ペダルの下端を掴むような感じだ（裸足なら良いのだが、そうもいかない）。

涙滴型《るいてきがた》キャノピーは、視界が広い。飛行服にGスーツを着装した腰の辺りまで『窓』になる感じだ。そのコクピットで、両足の親指で均等にラダーペダルを踏み、両足を柔らかく踏ん張るようにする。

踏ん張る力で、射出《しゃしゅつ》座席に五点式ハーネスで縛りつけた身体を、一定の位置に固定する（きつく締めていてもハーネスと上半身との隙間には遊びがあり、こうしないと動いてしまう）。身体を固定し、ヘルメットを被《かぶ》った頭が一定の位置で動かないようにする。

本来、ラダーはマニューバー（機動）をするとき以外、踏む必要はない。

そういうものだし、そう習ってきた。

しかし機体の姿勢と運動を検知する最大のセンサーは、自分の頭（目と耳）だ。機体に精密なマニューバーをさせるのに、頭がふらふらと細かく動くようでは、姿勢も運動も摑めない。

頭を動かさないこと。

ゴルフをしたことはないが、プロゴルファーの書いた文章を何かで読む機会があって、そこには『頭が動いているとクラブはボールに当たらない』とあった。アドレス、つまりクラブを持って構えても、頭が微《かす》かにでも動いていると、地面に置いた小さなボールにスイングさせたクラブのフェースが正確にヒットしない。

きっと似たような感じだ――そう茜は思った。

これまでに受けた訓練――戦闘機パイロットとなるための養成訓練の初等課程で、教官から『頭を動かすな』と指導された。頭が動いていると、水平線の動き――すなわち機体の細かい運動が摑めない。機体が今、どんな姿勢で、どう動いているのか連続的に摑めていないと、コントロールは巧《うま》くいかない。

でも、どうすれば激しい機動のさなか、頭を動かさずにいられるのか……？　茜は悩んだものだ。どうすればGが上下左右から容赦なくかかる中、頭を一定の位置に保ち、水平線――機体の動きを連続的に摑んでいられるのか。

ヒントは、茜自身の経験の中にあった。

合気道だ。

茜は、三歳から道着を着せられ、実家の経営する道場で毎日、妹のひかると共に稽古をした。中学三年の頃には忙しい父に代わって師範代を務めるまでになった。

合気道の稽古では、道場の床板の表面を裸足の足の親指できゅっ、と掴むようにすると、不思議に視野が安定し、四角い空間の隅々までが一度に目に入った。その姿勢で構えをし、組み合うと、襲い掛かってくる稽古相手を容易にかわして投げ飛ばせた。また茜が襲い掛かる役となって、相手に自分を投げさせても、宙でどんな姿勢でいるのか連続的に掴めた。床板に叩きつけられることはなく、必ずふわり、と着地した。

コクピットでも、子供の頃の稽古と同じようにすればいい……。

中等課程で、T４練習機を操っている最中にふと気づき、試してみた。すると、面白いようにマニューバーが決まり始めた。茜は『これだ』と思った。

急激な上達ぶりに同期生たちが驚き、茜に「どうしたんだ」と訊いてきた。茜は惜し気《おげ》なく、なぜ巧くいくのか教えた。しかし同期の男子訓練生たちが同じようにやろうとしても、理屈は分かっていても上空ではどうしても出来ない。状況に応じ、ラダーは素早く、左右どちらかへ踏まねばならない。そういう場合でも『踏む方の足だけに力を入れる』のではなく『両足の親指を使ってラダーをあるべき位置へ滑らかにセットし、キープする』

ようにするのだ。しかし激しいGの中、他の訓練生たちには出来なかった。

それは十年以上も毎日、家の道場で稽古をしていて自然に会得した茜の〈技術〉だった。

思えば、稽古の経験がない者が、真似しようとしてもなかなか出来ない。

思えば、自分は空中機動の感覚を、幼い頃から磨いていたことになる――

（――水平線は、左右の足の親指で摑む……）

自分に言い聞かせるように、両の足の親指に力をこめると。

（――――）

不思議にその瞬間。青い水平線がぴぃっ、と一本、目の前に横向きに伸びて、左右の端まで同時に視野に入った。

視界がクリアに、何もかも見える感じだ。

よし、この感じ――

茜が思うのと同時に
『――フ、ファイツ・オン！』

ヘルメット・イヤフォンに、声が入った。

声というか、荒い呼吸の混じった若い男の叫び。

白矢《しらや》だ。

この時。

舞島茜は、F15Jイーグルのコクピットに独りで座り、日本海の上空にいた。

訓練飛行だ。

〈戦闘開始（ファイツ・オン）〉のコールは、今日の訓練で対戦相手となる同期生の白矢英一《えいいち》の方が掛けることにしていた。フライト前の打ち合わせで、二人でそう決めた。

今日、実施するのは上空での〈一対一の対戦闘機戦闘〉。

合気道で言えばかかり稽古のようなもの。

こんなシンプルな科目を行なうのは、久しぶりだ。

理由はある。

年に一度、航空自衛隊では、各戦闘機部隊が対抗で技量の練度を競う〈戦技競技会〉を開催する。

全国規模で行なわれる大会が近づいていて、舞島茜の所属する第六航空団・第三〇八飛行隊でも、代表選手を選ぶ時期に来ていた。

選手となるのは、養成訓練を終え、部隊配属となって間もない若手パイロットたちだ。イーグルドライバー、すなわちF15乗りとなってから五年以内の若いパイロットの中から、大会へ出場する選手が選ばれる。ベテランでなく、若手を出場させるのは、経験の浅いパイロットに目標を与えて練磨《れんま》させようという航空幕僚《ばくりょう》監部の思惑《おもわく》があるようだった。

空自では、航空学生、あるいは防衛大学校という出身ソースの違いはあれ、〈戦技競技会〉と聞いて顔色を変えない若手パイロットはいない。

小松《こまつ》基地に本拠を置く第六航空団司令部が『昇格五年以内のパイロット全員を総当たりで対戦させ、それらの成績上位者から選手にする』と宣言してからは、なおさらだ。

今日は、その総当たり戦の初日。

舞島茜はこの日に、飛行隊の同僚であり、航空学生の同期でもある白矢英一と『対戦』することになった。

試合場は、日本海上空のG訓練空域。二機で出かけ、高度一五〇〇〇フィートでお互い三〇マイルの間合いを取ったら、あとは一対一で好きに戦え――

手持ち武装はＡＡＭ３熱戦追尾ミサイル（射程三マイル）二発、それに二〇ミリ機関砲（射程三〇〇〇フィート）五六〇発。ただし、相手の後尾《こうび》に廻り込まずにミサイルが撃てるヘルメットマウント・ディスプレーや、自機の後方の様子までを画面上に映し出して俯瞰出来るデータリンクの支援は無い。

目視圏内での格闘戦だ。

戦闘機同士の空中戦が『レーダーの時代』といわれて久しい。敵を、遠くからレーダーで発見し、先にロックオンしてミサイルを放ったほうが勝ち、といわれた（敵機が目視で見える前に勝負がついてしまうので〈目視圏外（ＢＶＲ）戦闘〉と呼ばれる）。

現代は、さらに進んで『データリンクの時代』だ。

早期警戒管制機や地上の防空レーダー網が敵の布陣をサーベイし、戦場の様子をデータとしてコクピットへ送って来る。各戦闘機のパイロットは、自機のレーダーを働かせなくても敵機が何機、どこにいるのか画面上で俯瞰が出来る。敵勢が後方へ回り込んでも、後方の様子もリアルタイムで分かる。最新鋭のＦ35になると、味方編隊のどの戦闘機にどの敵機を狙わせるのかも早期警戒管制機や防空司令部のＡＩが決定して、パイロットの意思に関係なく、勝手にミサイルを撃たせてしまう（こうなると戦闘機は単なる『空中に浮いた発射台』になってしまう）。将来は戦闘機にパイロットを乗せる必要もなくなるだろう、と言う者さえある。

だが。

「データリンクなんか、しょせん電波だ」

こう言い放つのは、茜の所属する第六航空団を預かる司令――橋本繁晴《はしもとしげはる》空将補《くうしょうほ》だ。

防大卒、自身もＦ４ファントムから始まる戦闘機乗りのキャリアを持つ橋本空将補は、電波なんか頼りにするなと言う。Ｆ４ファントムの装備していたレーダー誘導の中距離ミサイル〈スパロー〉が、狙って撃ってもなかなか当たらなかったという、そういった経験から「電波なんか頼りにならん」と発言するのか――

そう思っていたら、違った。

橋本空将補は、自身も合気道六段の段位を持っていて、小松市の地元の道場では茜とは兄弟弟子の間柄だった。基地の外でも、稽古の合間に話すことがあった。

「電波は妨害されたら、おしまいだ」

「敵に、データリンクを妨害されるのですか？」

茜は訊き返したものだ。

「でも、自衛隊のデータリンクの秘匿性《ひとくせい》は万全、と聞きましたけど」

「そんなもの、あてになるか」

ブルドッグを想わせる、いかつい風貌《ふうぼう》の橋本空将補は、道場の板の間に座って門弟たちの稽古の様子を見ながら鼻息を吹いた。

「この世に万全なものなど無い。油断をすれば、隙を見せたところから襲われる。そういうものだろう」

「――はい」

「君たち若い者は、コクピットでバーチカル・シチュエーションディスプレーをつければ、自分の周囲の情況を全部、背後まで含めて全部見られる。AWACS《エイワックス》や地上レーダーから索敵《さくてき》情報をリアルタイムでもらえるのだから、千里眼《せんりがん》どころか、背中にも目がついているのと同じだ」

「はい」

「俺たちの頃は、F4の後席に座っていて、格闘戦の最中に前席の先輩から『後ろの敵機はどこだ⁉』と訊かれて、仕方ないから規則に反して肩のハーネスを外してまで無理やりに振り返って見たものだ。だが後方の敵機が見えた試しがない、逆に、振り向く瞬間に機動されてGをかけられたら、こうだ」

橋本空将補は、手のひらを上に向けて『わけが分からなくなる』というジェスチャーをした。

「強烈な眩暈《めまい》で、その後たっぷり十秒間、使い物にならない。ああいう、俺たちの時代に比べると、今は便利になったものだ」

自衛隊には、隊員の体力練成のため、スポーツ部がある。しかし第六航空団が拠《きょ》を置く小松基地には、合気道部がなかった。

仕方なく茜は、勤務の後は市中にある民間の道場へ通って稽古をしていた。道場の主は高齢だったので、門弟の中で段位を持つ者が交代で師範代を務めていた。茜は道場では新参者だったが、技量を目にした橋本空将補から「君も師範代をしろ」と、半ば業務命令のように言われてしまった。

お陰で、基地の中では直接に言葉を交わすことなどは稀《まれ》なはずの団司令と、頻繁に雑談をしたり、戦技について談議をしたりした。

「便利だが」

橋本空将補は、稽古の様子に目をやりながら言った。

「そういう、いつも背後が見えると思って油断して構えていると、大変なことになるだろう──わが国が『スパイ天国』と呼ばれているのを、君は知っているか？」

「スパイ天国、ですか？」

「そうだ」

空将補はうなずく。

スパイ天国……。

茜は眉をひそめた。

どういうことだろう。

「いいか、舞島三尉」空将補は言った。「わが国には、昔から外国のスパイを取り締まる法律が無い。だから外国工作員はやりたい放題だ」

「────」

「あの中国が、いざという時に我々自衛隊のデータリンクを無効化するため、密かに手段を構築中なのは明らかだ。腕でかなわないんだから、他の手段で勝とうとする。そういうものだろう」

「――はぁ」

「そのため、今この時も、奴らは防衛省の官僚や、メーカーの幹部をハニー・トラップで陥《おとしい》れ、機密情報を盗み取っていると見た方がいい」

「――ハニー・トラップ……?」

また、分からない言葉。

何だろう。

「君に向かって、言いたくはないが」

橋本空将補は頭《かぶり》を振った。

「中国によるわが国への侵略は、実は二十年以上も昔から始まっている」

「中国からの侵略、ですか」

「そうだ」

「二十年も前から?」

「〈失われた二十年〉、という言葉を知っているか」

「……?」

「一九九〇年代初頭のバブル崩壊以降、わが国は深刻な不況に悩まされた。バブル崩壊は知っているだろ」

「はい」

「その後、経済を回復させる努力はされたが。少し上向くたびに消費税が増税されたりして、そのたびに景気は腰折れした。結果的に、二十年以上にわたってデフレ──デフレーションが続き、経済はまったく成長せずに来た」

「…………」

「一方、わが国の防衛費には『総額でGDPの一パーセント以下』という、〈枠〉がはめられているだろう」

「はい」

「別に、法律で決まっているわけではないが、いつの間にか国民のコンセンサスとして、そのようにされている。ならば、わが国の経済をわざと成長させないようにして、GDPを増やさないようにすれば、どうなる」

「経済が成長しないと──防衛費が増えません」

「その通りだ。しかも、防衛費には自衛官の給与も含まれる。わずかずつでもベースアップなどをして、待遇を改善すれば、総額が変わらないのだから、そのぶん装備や研究にかけられる金は減っていく。年々、減っていく」

「…………」

「その間に中国が急激に経済成長をし、経済規模においてわが国を遥《はる》かに追い抜くようになったら、どうなる?」

「……あ」

「中国共産党には、防衛費をGDPの何パーセント以下に抑《おさ》えますとか、そんな自主規制は何も無い。たとえ十三億人のうち十億人に貧しい暮らしを強《し》いても、共産党は軍事費に金を注ぎ込んで人民解放軍を増強し続ける。選挙なんか無いんだからな。やりたい放題だ。実際に今、どうなっている」

「………」

「俺が中国共産党の幹部だったなら」橋本空将補は腕組みをした。「きっとわが国の日銀や財務省の幹部のところへ女工作員を送り込み、ハニー・トラップの罠にかけて支配し、日本の経済がわざと成長しないような政策を取らせるだろう。そうやって時間をかけ、気がついたら、中国の軍事力は少なくとも規模においては日本を遥かに凌駕《りょうが》してしまう」

「………」

「実際に今、そうなりかけている気がしてならない」

「――――」

茜は、革手袋をした右手の小指だけに力を込め、操縦桿《そうじゅうかん》を握ったまま橋本空将補の言葉を思い出していた。

ハニー・トラップ——それは外国の女工作員が色香を使い、わが国の官僚や政治家などを誘惑して支配してしまうことだという（過去には実際にイージス艦の機密が漏れたことがあったらしい）。

今でも、外国のスパイを取り締まる法律が本当に無いのか、それは分からない。でも、防衛省の官僚や防衛族の政治家が中国工作員の罠にはめられず、無事で済んでいる保証は無い。自衛隊の機密情報は、今、この時もどこかから漏れているかもしれない。

わたしたちの頼むデータリンク。後ろの情況まで全部見える便利なデータリンク・システムは、いざという時には突然、使えなくなるかもしれない……。

だがそうなった時でも戦えるパイロットを育てたい。橋本空将補は言った。

「いいか。データリンクが駄目になれば、頼りは自機のレーダーだ。しかしレーダーが敵の位置を教えてくれるのは、敵機が自分の機首よりも前にいる時だけだ。ヘッドアップ・ディスプレーのターゲット・ボックスが囲んでくれるのは、敵機がほぼ自分の真ん前にいてくれる時だけだ。すれ違ったら何も分からなくなる、あとはすべて、操縦桿を握る自分の目と、勘だ。

俺は、君たち若者を『腕と目と勘』で戦える強いパイロットに育てたい。だから今度の戦技競技会でも、腕と目と勘に優れた者を代表選手に選抜する。そのため第六航空団に所属する二つの飛行隊で、経験五年以内の二十名を全員、総当たりで対戦させる」

空将補の言葉を思い出し、独りのコクピットで、茜は眼をしばたたく。

（…………）

わたし以外の十九人と、総当たり戦……。

背筋にぞくっ、という感覚が走った。

面白く、なって来た――

下腹に力を入れ、息を細く吐く。吐き切ったら一瞬で吸う。シュウッ、と酸素マスクのレギュレータが鳴る。

目を上げる。両足の親指に力を込め、ラダーペダルの下端を親指で摑むようにしていると、水平線が左右の端までクリアに摑める。前方の蒼《あお》い空間が、隅々まで目で摑める感じだ。

（――さぁ）

どこからでも来い……。

スロットルに置いた左手を、コンソールへ伸ばし、人差し指で兵装コントロールパネルの赤いマスター・アームスイッチが〈ＯＦＦ〉位置にあることを確かめる（携行《けいこう》しているミサイルは訓練用模擬弾だが、演習の開始時には必ず『実弾が出ないようにする操作』を行なう）。

左手を戻し、親指でスロットル横腹についた兵装選択スイッチを前方へクリック。

〈SRM（短距離ミサイル）〉モード。

ピッ

蒼い空間に重なり、茜の目の前のヘッドアップ・ディスプレー（HUD）に五百円玉大のFOVサークルが浮かび出た。

ヘッドアップ・ディスプレーは風防《ふうぼう》の内側に設置された透明なプレートに、様々な飛行データを投影する。

今、機の姿勢を示す小さなカモメ型シンボルは遠い水平線にぴたりと重なり、その周囲をFOVサークルが囲んでいる。プレートの左端には縦型の速度スケール、右端には同じく縦型の高度スケールが、視界を挟むように浮かんでいる。速度表示は『500』、高度表示『15000』。

続いて右下に〈SRM　2〉の表示が浮かび出る。短距離ミサイル、残弾2。

レーダーが働き始める。前方空間をサーチする。

ピピッ

途端に、計器パネル左側のバーチカル・シチュエーションディスプレー（VSD）に白い菱形《ひしがた》が一つ、浮かび出た。同時に、計器パネル右上のＴＥＷＳ（脅威表示装置）の円型スコープ上に紅い光点。

ピピピッ

来た。

白い菱形シンボルは白矢英一のＦ15だ。正面、二六マイル前方――茜の機のレーダーが捉えるのと同時に、向こうからは早くもロックオンされた。ＴＥＷＳのスコープ上の紅《あか》い光点は、そのしるしだ。

向こうの射撃管制レーダーに、ロックオンされた……。

（……ほぼ正面）

さっき訓練空域に入って、互いに背中を向け、距離を取るように分かれた。三〇マイルの間合いを取り、再び向き直って、いま対向位置についた。〈道場〉の向こうとこちらで対面して向き合った形――

（よし）

こちらもロックオンだ。

茜は右手の親指で、操縦桿の側面についた自動照準スイッチを押し下げる。

レーダーをスーパー・サーチモードに（ＨＵＤの視野に入る範囲の空中目標が自動的に

ロックオンされる）。

ピッ

茜のイーグルの機首に内蔵されたAPG63（V）1レーダーが、前方空間にぽつんと一つ浮かぶ物体をロックオンした。ただちに標的の速度、高度、加速度が自動的に測定され、白い菱形の真横に数値が現われる。『500、15000、1・5』。速度五〇〇ノット、高度一五〇〇〇フィート、一・五Gで加速中――速度のデジタル数値だけは急激に増える。『530』『535』『545』

（加速しながら、こちらへ来る――）

白矢機は、正面から対向して来る。

このまま行けば、間近をすれ違う形になる。

少しでも先手を打つのが有利、と言わんばかりに、白矢英一は向き合った茜の機をレーダーで素早くロックオンし、アフターバーナーに点火して加速し始めた。

まっすぐに、突進してくる。

相手をいち早くレーダーに捉え、同時に自分は加速して、機動に備えて速度エネルギーを溜めておこうというのだ。

セオリーに従ったやり方。

(――――)

茜は、左手に握る、左右一体型スロットルレバー(左右二基のエンジンのスロットルを一度に摑めるようにしてある。別々に動かすことも可)を意識したが。

しかしミリタリー・パワー(通常状態の最大推力)にセットしたまま、動かさない。ノッチを超えてレバーを前方へ出せば、ただちに茜の背中で二基のF一〇〇－IHI－二二〇Eエンジンがアフターバーナーに点火、莫大な推力によって機体を突き飛ばすように加速させる。

でもまだ、その時じゃない。

ピピッ

ピピッ

TEWSのアラーム音が鳴り続け、茜の機をロックオンした〈敵〉が正面から迫るのを知らせる。

VSD上の白い菱形が急速に近づく。茜は前方の水平線から目を離さず、視野の中で画面の様子を読み取った。HUD左端の速度表示は『500』――茜も五〇〇ノットで飛行している。接近する〈敵〉との相対速度は音速の二倍を優に超える。近づいて来る。VSD画面上の間合い一八マイル、一七、一六――

(――いた)

水平線の両端を目で摑んだまま、蒼い空間の奥に注意を向けていると、『そこか？』と感じた水平線よりやや上の一点にポツン、と黒っぽい影が見えた。

次いで緑色の四角形が現われ、黒っぽい点のような影を囲む。APG63レーダーの機能の一つ——HUD上でロックオンした標的の位置を緑の四角形で囲み、パイロットに知らせるターゲット・ボックスだ（茜の目の方がレーダーよりも一瞬速い）。

お互いに向き合った体勢からでは、攻撃は出来ない。今回、装備してきたのは短距離ミサイルと機関砲だけだ。熱戦追尾式のAAM3ミサイルは、相手の後方へ回り込み、エンジンの排気熱に狙いをつけなければ撃てない。機関砲も、前から来る相手に向かって撃っても当たらない。

すれ違ってからが、勝負だ。

（来た）

茜は、緑のターゲット・ボックスに囲われた機影を目に捉え、右手で操縦桿をわずかに外側——右へ傾ける。

ぐっ

水平線が、ほんのわずか左へ傾き、茜のイーグルが空中で身じろぎし、わずかに機首を右へ振る。

ほとんど同時にターゲット・ボックスに囲われる機影も、わずかに左へ移動した。正面衝突コースから、お互いにわずかに横へ進路をずらした。緑のボックスに囲われる機影が、急速に大きくなり、二枚の垂直尾翼《すいちょくびよく》をもつ飛行機の形に見えた——と思った瞬間、視界の左横を鋭い灰色の影となってすれ違った。

「………！」

5

●日本海上空　G訓練空域
F15　舞島機コクピット

茜の視界の左側を、灰色の鋭い影がすれ違った。
一瞬で後方へ消え去る。
（———！）
同時に茜は息を鋭く吐き、右手の操縦桿を左へ倒す。
ぐんっ
両足の親指でラダーは踏みしめたまま。視界の中で水平線が回転し、一挙動で垂直に近い傾きへ――すかさず操縦桿を引く。

　ずざぁあっ
　風切り音と共に、縦になった水平線は茜の額の上から下へ流れる。操縦桿をさらに手前へ引きつける。ずしんっ、と腹に鉄球を落とされるようなG。

「ぐっ」

　バンク角八〇度。ほとんど垂直になった水平線は激しく流れる。HUD左下に荷重倍数の表示。四・五、四・八、五・三――

　六G。

　ざぁああっ
　重力の六倍の荷重だ。

　HUD右端の高度スケールが、下がり始める（上向きの揚力《ようりょく》がほとんどない）。

　両足の親指で踏みつけたラダーを、右へわずかにずらし、そこでキープ。

　ぐっ、と機首が右横――海面と反対の方向へわずかに振れ、流れる水平線の位置が少し左へずれる。エンジンの推力線《すいりょくせん》がわずかに海面方向へ振れ、高度の下がりを止める。

　今度は速度スケールが減り始める。六Gの旋回《せんかい》で、運動エネルギーを消耗していく。

　四八〇ノット、四六五、四五〇――

（──コーナー速度、今）

速度表示が『４４０』になる瞬間、茜は左手に握るスロットルを、ノッチを越えて前方へ出す。突き当たるまで入れる。

ドンッ
背中から突き飛ばすような力がかかり、アフターバーナーに点火した二基のエンジンが機体を押す。

速度の減りが止まる。

高度一五〇〇〇、六G、四四〇ノットで水平旋回。

「────」

茜は息を細く吐きながら、視線を上げる。

すれ違った〈敵機〉は、どこへ行った……？

格闘戦では、すれ違った瞬間、まず互いのいる方向へ旋回するのがセオリーだ（逆方向へターンすると、たやすく後尾を取られる）。

しかしすれ違った直後、相手機の姿はレーダー画面からは消える。ロックオンも外れる。橋本空将補の言う通り、自機のレーダーで〈敵機〉が見えるのは、相手が自分の『機首の前』にいてくれる時だけだ。

すれ違ったら、もう相手の位置は自分の目と、勘で捉えるしかない。

向こうも――白矢の機も水平旋回に入っていれば、八〇度バンクのコクピットからは、目を上げれば頭の上に機影があるはず……。

視野の中で、自分のヘルメットの上の方を探す。

だが、いない。

（――やはり）

やはり、そう来たか。

茜は心の中でうなずく。

奇策に出て来た。

もしも同じ水平旋回に入れば、互いの後尾を取り合う旋回戦になる。コーナー速度（旋回率が最も大きくなる速度）を正確にキープして廻れる茜の方が、有利になる。

白矢は同期だ。茜の技量を知っている。同じように旋回しても、巧い者はコンパクトに廻る。やがて後尾に食らいつかれる――ならば、そうされないように策を取るだろう。

〈戦闘開始〉の時点から、アフターバーナーを全開にし、速度を目いっぱいつけて突っ込んで来たということは……。

（……そこか）

視野を広く取ったまま、注意を右横へ向ける。

この体勢で、右横は天頂――太陽の方向だ。

一瞬キラッ、と陽光を撥ね返し、小さな影が視界の右横の端へ吹っ飛ぶように消えた。

見えなくなった。

いた。

やはり上へ行ったか。

白矢機は、たった今すれ違った瞬間、茜の機の方向へ旋回を開始せず、そのまま引き起こして上方へ――まっすぐに急上昇したのだ。

引き起こしを続け、宙返りに入った。宙返りの頂点で背面姿勢になった瞬間、そのコクピットで『頭上』へ目を上げれば、遥かな海面を背景に、下方で水平旋回をする茜の機が見えるだろう。

一方、垂直に近いバンク角で旋回する茜の視界からは、上方へ行った白矢機は機体の陰へ入ってしまい、見えなくなる。

白矢は背面姿勢から茜の機を目に捉《とら》え、そのまま宙返りの後半に入って、急降下で茜の背後へ迫るつもりだ。白矢機からは、コクピットの『頭上』に茜の機の後ろ姿が見え続けているだろう。操縦桿とラダーペダルで軌道を修正し、茜の機の後ろ上方から襲い掛かり、ミサイルを照準し『発射』すればいい。

訓練用模擬弾だから、実際にＡＡＭ３が飛び出すことはない。しかし操縦桿のトリガーを引けば『発射』の信号が送られ、遠く小松基地の地下要撃管制室で演習の様子を映し出しているスクリーンに表示が出る。演習評価システムが自動的にミサイルの軌道を計算し、命中と判定すれば、成績として記録される。

どうする。

●日本海上空　Ｇ訓練空域
Ｆ15　白矢機コクピット

見つけた……！

「……………！」

白矢英一は、両目を見開いた。右手の操縦桿を引き付けながら視線を上げ、背面姿勢のコクピットから『頭上』を目で捜していた。

十数秒前、舞島茜のＦ15とすれ違った瞬間、相手のいる方向へ旋回するのでなく、白矢は機首を引き起こし、そのまままっすぐ宙返りに入った。

すれ違ったＦ15の姿は、いったん見えなくなるが――

今、白矢のＦ15は急上昇を終え、宙返りの頂点に差し掛かった。コクピットのキャノピーの真上に、青黒い天井のように被《かぶ》さるのは空ではなく海だ。

遥か下方の海面を背景に、旋回している双尾翼《そうびよく》の小さな機影が陽光を反射してキラッ、と光った。

いた。あそこだ、見つけた――！　そう思った瞬間には機は宙返りの頂点を通過し、たちまち宙返り後半の背面急降下に入っていく。白矢の引き付ける操縦桿の操作のまま、真っ逆さまに急降下に入る。

ずざぁあああっ

逆さまになった天地が視界の上から下へ激しく流れ、風切り音がキャノピーをなぶる。白矢はヘルメットの頭をそらし、目を上げたまま操縦桿を引き続けた。たったいま視界に捉えた〈敵機〉から一瞬でも目を離せば、その途端に見失ってしまいそうだ。

下向きのＧ。

ずんっ

「――ぐっ」

歯を食いしばり、白矢は頭を上に向けたままで操縦桿を引き続け、機を真っ逆さまから引き起こしにかかる。

来い、来い、来い……！

「うぐっ」

俺の正面へ来い――！

息は、止まってしまう。宙返り後半の、背面急降下からの引き起こしだ。機首が上がるにつれ加速度的にGが増す。白矢は同期でも身長は高い方だが、その体軀《たいく》を下向きGが座席に押し付け、押しつぶそうとする。

それでも、『頭上』に見えている機影から目は離さない。

耐えろ。耐えろ。

もう少しだ――

射撃位置につくまで、もう少し……！

激しく下向きに流れる視界。白矢は両の瞼を見開き、〈敵機〉――同期生の駆るF15イーグルの後ろ姿を見失わないよう目で追った。

頭上にあった双尾翼の小さな機影は今、白矢の額のやや上――左上方に下がって来た。見えている。次第に大きく、はっきり見えて来る。水平に左旋回を続けている。

「くっ」

その姿を追うように、操縦桿を左へ傾けた。流れる天地が、右へ傾く。海面を背景に旋回する小さな機影がぐぐっ、と白矢の目の前のやや上の位置へ、引き寄せられて来る。

もう少しだ。

傾いた水平線が、キャノピーの頭上から降って来た。青黒い海を背景に、旋回を続ける舞島茜のF15が徐々に、白矢の額の上の位置から、HUDのプレートの中へと入り込んで来る――

（――ヘルメットマウント・ディスプレーがあれば、とうに撃っているのに……！）

白矢英一は、二十四歳。航空学生出身。養成訓練を修了し第六航空団へ配属となって一年。OR（作戦要員）となって八か月。三等空尉。新人だ。

今、急降下から引き起こして、後ろ上方から襲い掛かろうとしている標的――灰色のF15を駆っているのは舞島茜。同い年の同期生だ。

舞島茜は、身長は一六〇センチそこそこ、ほっそりした女子で、髪を後ろでポニーテールに結んだ容姿はとても戦闘機乗りには見えない。

ところがこいつは、ただ者ではない。福島県の実家が道場を経営していたという。三歳の時から道場に立ち、合気道では有段者だ。

合気道は何か操縦と相通じるものがあるのか……？　あるいはもともとの才能なのか、舞島茜は空中感覚に非凡なものを持っている。加えて、スリムな身体はよくGに耐える。いつだったか「お前、何Gかけたことある？」と訊いたら、こともなさそうに「九G」と答えた。

舞島茜は訓練生の頃から、同期の中で頭一つぶん、抜けていた。一方、白矢はどちらかというと、やっと訓練を修了してイーグルドライバーになれた、という感じだ。

しかし。

技量に差があるからといって、あっさり負けるつもりはない。

舞島茜――ＴＡＣネームはアリス。

こいつに勝つには。

普通のやり方では、駄目だ。

白矢は、戦技競技会へ向けての総当たり戦の組み合わせが発表され、最初の対戦相手が舞島茜と分かった時から作戦を練っていた。

一対一の近接格闘戦。ヘルメットマウント・ディスプレーも、データリンクの支援も無し――

文字通り『腕と目と勘』で闘うドッグファイトだ。

セオリー通りにまともな旋回戦に持ち込んだら、たぶん簡単に、後ろを取られる。

自分だって、言い訳をするわけではないが、Ｆ15を最小の時間で三六〇度旋回させるにはどうしたらいいか、旋回率最大のコーナー速度とか、知らないわけではない。計算だって出来る。だが上空で敵と絡《から》み合うと、その瞬間、そんな計算とかは一切、頭から吹っ飛んでしまうのだ。視野は狭くなり、ただ力任せに、操縦桿を動かして相手機を追う、それだけになってしまう。

経験の浅い戦闘機パイロットなんて、だいたいそんなものではないのか……？　そんな皆の中で、激しく揺さぶられる機体を計算通りに操《あやつ》れる舞島茜……。やはり頭一つ、抜けている。自分の機の運動がいつも全部見えて、摑めている。何をどうすればいいか考えることが出来、その通りにやれる——当たり前のようだが、空中戦闘のさなかにそう出来るのは普通でない。

必殺技だって持っている（その〈技〉のせいで舞島茜は一度みずから空中で気を失い、戦闘機から降ろされかけた）。

あの必殺技は司令から「もうやるな」と禁じられたはずだから、あれでやられることはない（多分）。

では一対一の格闘戦で、互いにすれ違った瞬間、どう機動するか。

先輩にも、聞いて回った。コンパスで引いたみたいにきれいな旋回の出来る、Gに強いパイロットを相手に、一対一のドッグファイトで優勢に持っていく方法は……？

立体的に戦うしかないだろう、と先輩たちの誰もが言った。でもお前、スプリットSはやるなよ。

空戦の技にも名前がついている。立体的に、素早く機の向きを変える方法がいくつか。

すれ違いざま引き起こして上方へ行き、宙返りの前半を利用して一八〇度、向きを変えるのはインメルマン・ターン。一方、その場でくるりと機を背面にし、真下の海面へ向けて操縦桿を引き、『宙返りの後半』をやるのがスプリットSと呼ばれる技だ。どちらも最小時間で機の向きを変えられる。だがすれ違った瞬間のスプリットSは危険だ、と先輩パイロットたちは口をそろえて言う。

「ACM（格闘戦）をやるのなら、お互い向き合った体勢からアフターバーナー全開で突っ込んでいくだろう。速度エネルギーを溜めるだけ溜め込んでいかないと、不利になるからな。高度一五〇〇〇、間合い三〇マイルからバーナー全開で加速してすれ違うと、おそらくすれ違いの瞬間にはマッハ一・二くらいになる。マッハ一・二から背面にして、真下へ向かって引き起こしたら、お前、重力も加わるんだ。どうなると思う」

「――あ」

「だからお前、立体機動で戦うなら、悪いことは言わないから上へ向かって引き起こして、インメルマンに入れることだ。宙返りの頂点の背面姿勢から『頭上』を見れば、敵が下方を旋回しているから、お前はそのまま敵から目を離さず、宙返りの後半の背面急降下を利用して襲い掛かれ。少し軌道を修正するだけで、敵の斜め後ろ上方からフォックス・ツーをお見舞い出来る」

「なるほど」

「だが、敵もお前の手に気づけば、対抗策を打ってくるぞ。例えば、お前のことを背後に引き付けておいてから、ミサイルを撃たれる寸前にスプリットSに入る。向こうは水平旋回をしていて音速以下だから、そこから背面にして操縦桿を引いても失神するほどのGはかからない。おまけに敵の姿は、スプリットS機動に入った瞬間、お前の機首の下へ隠れてしまい、今度はお前が敵を見失うことになる」

「な、なるほど」

「ほかにも対抗策は、いろいろあるぞ」

「分かりました。全部シミュレーションして、練習していきます」

それが数日前。

白矢英一は、それからというもの、寝ても覚めてもイメージ・トレーニングをした。

舞島茜と、一対一の格闘戦にもつれ込んだ瞬間――空中で互いにすれ違った瞬間からの機動を、何度も何度も頭に描き、部屋の椅子に座って目をつぶって操縦桿を握っているつもりになって想定練習を繰り返した。

すれ違いざま操縦桿を引き、急上昇で宙返りに入れる――宙返りの頂点の背面姿勢から『頭上』へ目を上げれば、遥かな海面を背景に、水平旋回している機影が見えるはず。目で捉えたら、そのまま宙返りを続け、背面急降下から引き起こしながら軌道を修正、相手の後ろ斜め上方から襲い掛かる。使用する兵装は短距離ミサイル、AAM3だ。

一番、気をつけねばならないのは、相手の後ろ上方からミサイルを照準する時だ。AAM3は熱線追尾方式だが、照準するには標的との距離を測定するため、レーダーでロックオンしなくてはならない。ロックオンすれば、相手機のコクピットではTEWSが警報を発し、レーダーの発信源の方位をスコープ上に示すから、俺が後方から襲い掛かろうとしているのを悟られる。後方からロックオンされたと知ったら、その瞬間、敵は回避機動に入るだろう。

俺のHUDの視野の中で、反対側へ切り返すかもしれない――だがそれは、こちらに有利だ。切り返すときに必ず、俺の直前方を横切る。かえっていい的《まと》になる。相手の機影がFOVサークルの円の中へ入った瞬間、AAM3の弾頭シーカーが相手のエンジンノズルの熱を捉え、ヘルメットのイヤフォンに「ジジジジ」というトーンを鳴らす。そうしたらすかさず右手の人差し指で操縦桿のトリガーを引けばいい。

相手が旋回を止め、上方へ引き起こしたら……？　それでも同じことだ。HUDの視野に、機首上げするF15の背中が大きく映るだろう。俺はすかさず瞬間的に操縦桿を引き、FOVサークルの円の中にイーグルの上面形を捉え、トリガーを引けばいい……。

問題はやはり、相手が俺を引き付けておいて、FOVサークルの中へ機影が入り込む直前にスプリットSに入る場合か……。

ＦＯＶサークル。スロットルレバーの兵装選択スイッチで〈ＳＲＭ（短距離ミサイル）〉を選ぶと、ＨＵＤのプレートの真ん中に、五〇〇円玉大の白いサークルが浮かび出る。この円は、翼下に装着しているＡＡＭ３ミサイルの弾頭シーカー、つまり標的の熱を捉えるミサイルの〈目〉の視野を表わしている。

ＡＡＭ３を命中させるには、まずレーダーで標的をロックオンし、精確な距離を測定した上で、ＦＯＶサークルの円内に標的を入れ、ミサイルの弾頭の〈目〉に、追うべき的の熱を『見せて』やる。弾頭シーカーが熱源を捉えると、パイロットのヘルメット・イヤフォンにトーンを鳴らして知らせる（独特の「ジジジ」という音だ）。トーンを耳で確認しトリガーを引けば、ＡＡＭ３はリリースされ、熱源を追いかけて飛んで行き命中する。

もしも。

舞島茜がこちらの戦法を読み、俺があいつの機の後ろ姿をＦＯＶサークルの円内に捉える直前、機体を背面にしてスプリットＳ機動に入ったら……？

途端に、背面になった舞島機は海面へ向けて吹っ飛んで行き、その姿は俺の機首の下へ隠れる。見えなくなってしまう。

俺もすかさず機体を背面にし、同じスプリットＳで追おうとしても。こちらは急降下で速度がつき過ぎているから、旋回半径が大きくなり、大回りになってしまう。いや、それ以上に凄《すさ》まじいGがかかる。

せっかく、AAM3を放つ直前まで行きながら、取り逃がしてしまう。それどころか、舞島機がそのまま機首を上げ続け、コンパクトな宙返りに入れば、今度は同じ戦法を俺に対してやり返される――

ううむ、と白矢はイメージ・トレーニングをしながら何度も唸《うな》った。

どうする……。

「――そうだ」

白矢は、独りでイメトレをする深夜の自室で、思いついてうなずいた。

舞島のやつはきっと、俺のFOVサークルの中に捉えられる直前、スプリットSに入るに違いない。あいつのことだから、わざわざ良い的になってくれるはずはない。冷静に、俺の死角へ入る機動をするだろう。

それでも、勝つには。

ぶぉおおおっ
コクピットの風防を、猛烈な風圧がなぶる。

（――――）

白矢は、両目をカッ、と見開いたまま、HUDのプレートの上端に重なった灰色の機影

――F15の後ろ姿を睨《にら》み続けた。

あと少し――

操縦桿は思い切り引き付けたまま。HUDのG表示の数値を見る余裕すら無い、いったい何Gがかかっているのか分からない、分からないが歯を食い縛るだけだ。マスクのエアもほとんど吸えない。しかし白矢の操るイーグルは急降下から機首を引き起こしながら左へ軌道を曲げ、灰色の機影へ斜め後ろ上方から食らいついて行く。

視野がぶれる。Gに抗して操縦桿を引いているので、右腕の筋肉の震えが機首の振動になって現われるのだ。

がくがくとぶれるが、目は標的から離さない。斜めに上から下へ流れる視界で、灰色の機影がHUDのプレートの上端から、中に入って来る。

よし、ロックオン。

白矢は右の親指で、まず操縦桿の自動照準スイッチを押し下げる。レーダーが反応し、スーパー・サーチモードでHUDの視野の中の空中目標を自動的にロックオンする。

ピッ

HUDのプレートの上端にいる機影を、緑のターゲット・ボックスが囲む。距離が自動的に測定され、細かい数字が浮かび出る。計器パネルのVSD画面にも標的の運動諸元《しょげん》が詳《くわ》しく表示されているはずだが、目をやる余裕など無い。相手が三マイルの射程内に入っているのは、見れば分かる――AAM3が発射可能状態になってくれればいいのだ。

「――はぁっ、はっ」

必死にマスクのエアを吸いながら、操縦桿を引き続ける。

●日本海上空　G訓練海域

F15 舞島機コクピット

ピピッ

（………！）

TEWSのアラームが再び鳴って、計器パネル右上の円型スコープに紅い輝点《きてん》が一つ、浮かび出た。

ピピピッ

どこかからロックオンされた。

茜は、水平旋回を続けながらTEWSスコープにちら、と視線をやる。

紅い輝点――射撃管制レーダーの発振源は……

（……そこか）

輝点は、ほぼ真後ろ。

近い——そう感じるのと同時に、コクピットの風防の枠に取りつけたバックミラーに、フッと上方から舞い降りるように何かが映り込んだ。

やはり、上から来たか。

ミラーに映り込んだ小さなもの——F15の正面形だ。後方から来る……。斜め後ろ上方からねじ込むように、わたしの真後ろの位置へ——

凄まじいGをかけてる——

茜は目をしばたたく。ミラーの中、急降下旋回で真後ろへ入り込もうとする機影は、その両翼端から白い筋を曳く。水蒸気だ。

「————」

茜は、だが両の足の親指でラダーを柔《やわ》らかく踏み締めたまま、旋回を続けた。

立体機動で後ろ上方から狙われた時には、反射的に動いては駄目だ。

びっくりして、下手に切り返しをしたりすれば、かえって相手の真ん前を横切ることになってしまう……。

相手の、動きは。

茜は視野を広く取ったまま、ミラーの中へ入り込んで来た機影の挙動を目で読んだ。

今回の総当たり戦は、ヘルメット・マウントディスプレー（ＨＭＤ）が使えない。ＨＭＤが使えれば、パイロットが被るヘルメットのバイザーにＦＯＶサークルが映るので、顔を上げて標的を『見て』やれば、それだけでＡＡＭ３の弾頭シーカーがリンケージして照準出来る。ミサイルが発射出来る。

でも、ＨＭＤが無い場合、パイロットは目の前のＨＵＤ中央のＦＯＶサークルに、標的を入れてやらなくてはいけない。自分の操縦で、ほぼ機首の正面に〈敵機〉の後ろ姿を持って来てやらなくてはならない。

「――――」

あと三秒。

ミラーに映る相手機の姿勢から、自分が向こうのＦＯＶサークルの円に捉えられるまで三つ数える余裕がある――

実は、白矢機が急上昇して立体機動に入ったと分かった瞬間、茜にも水平旋回をやめて急上昇し、白矢機と『縦の巴戦《ともえせん》』に入るやり方があった。相手と同じ宙返りの軌道に入って、後尾に食らいつき射撃する戦法だ。

しかし茜は、そうはせず水平旋回を続けた。

仕掛けなくていい。待っていれば、白矢は後ろ上方から襲い掛かって来る。

その瞬間を、旋回しながら待った。

茜の生活の中心となっている合気道は、武道だが、その技には『攻めの型』が無い。普通の人は意外に感じるが。

合気道には『攻めの型』が無い。自分からは攻めない。その奥義は、いざ襲われた時、敵の攻撃をかわす。敵の力を利用して投げ飛ばす。

決して、自分から仕掛けて敵を倒すことはしない。柔道や剣道や空手と違い、合気道は

『一〇〇パーセント防御』の武道だ。襲い掛かられて初めて技を使い、反撃して敵を制圧する（だから合気道の試合ほど見ていてつまらないものは無い。選手が対戦して勝負をつけるのではなく、襲い掛かられた時にかわす技の練度を競うだけだからだ）。

このため、自分から先に攻撃が出来ない警察などでは重宝され、海外でもニューヨーク市警が警官の訓練に取り入れている。

茜は、白矢機が上方へ行ったと知っても、水平旋回を続けることを選んだ。

今回はＨＭＤ無し、データリンクの支援無しなのだから。撃つ前には必ず、相手をロックオンしなくてはならない。知らないうちに撃たれてやられることはない。

ならば、白矢が後ろからロックオンして来る瞬間を、待てばいい――

（――二つ数えて、スプリットS）

茜は視野の中にミラーの機影を捉え、その機首の軸線が自分のうなじに突き刺さるように見える瞬間を、待った。

白矢のFOVサークルに捉えられる瞬間を捉え、操縦桿を右へ倒し、同時に両足で踏んでいるラダーを右へずらすのだ。すると機体は左急旋回の体勢から瞬時に右ロールして、背面になる。すかさず操縦桿を引きつければ――

白矢の機首の下へ、吹っ飛ぶように『消える』ことが出来る。

茜は、ミラーの中の機影のわずかな動きも見逃さず、息を細く吐きながら頭の中でカウントした。

（一、二）

6

●日本海上空 G訓練空域
F15 白矢機コクピット

「…………！」

来た……！

白矢は歯を食い縛ったまま、マスクの中で叫んだ。いや、叫ぼうとしたのだが呼吸がほとんど出来ないので声が出ない。

ざぁあああっ

斜めに激しく流れる視界——前方、約三マイル、ＨＵＤのプレートの中で白いサークルの中へ今にも入ろうとしていた灰色の機影が、ふいにクッ、と軸周りに傾いた。

右ロールか。

（……今だっ）

しめた、と白矢は思った。

作戦通り。

やはり読んだ通り。舞島は、俺が斜め後ろ上方から襲い掛かってＡＡＭ３を発射する直前——ＨＵＤのＦＯＶサークルの円内に機影を捉える直前のタイミングを待ち構え、機を背面にし、スプリットＳ機動で真下へ離脱するつもりだ。

俺の機首の下へ入り込み、姿を消そうというのか。

だがそうは——

（——させるかっ）

白矢の右腕が、反射的に動いた。

HUDの中に浮かぶ舞島機が、右へロールに入ろうとする徴候を見せた瞬間、腕が反応した。それは何十回も繰り返して『練習』をした手の動きだった。

舞島機が目の前で、FOVサークルに捉えられる寸前、背面になろうとしたら。

その素振りを見せた瞬間が勝負だ――俺もすかさず右手を右へ引き付け、機を右ロールさせ背面にする。同時に素早く左手でスロットルをアイドル、左の親指でスピードブレーキのスイッチを引く。

俺の機は斜め急降下旋回の体勢からくるっ、と背面になり、エンジン推力をアイドルに絞ったのと機体背面に立てたスピードブレーキの効果で、急減速する。機が背面になったならばすかさず操縦桿を引き付け、真下の海面めがけて思い切り機首を起こす。こちらも同時にスプリットS機動へ――

目の前で、舞島の機にスプリットSに入られ、それを見てから慌てて同じ機動で追おうとしても、こちらは急降下で速度がつき過ぎている。背面姿勢にして『頭上』の海面めがけ引き起こしても、速度が大きければ『下向き宙返り』の半径は大きくなってしまい、舞島に逃げられてしまう――それどころか、そのまま〈縦の巴戦〉に持ち込まれたら。

今度は容易に、俺の後尾を取られる。襲い掛かったのに、反撃されてしまう。

そうならないためには。

深夜の自室でイメトレをしながら、ようやく考え出した〈対処法〉がこれだ。

襲撃に気づいた舞島の機が、目の前でスプリットSに入るためロールする瞬間を、待ち構える。

その挙動が見えた瞬間だ。自分もすかさず右ロールし、同時に急減速、素早く背面にして操縦桿を引き、同じスプリットS機動に入る。

それでも自分の速度は大きいから、舞島機よりも『下向き宙返り』の半径は大きくなるだろう。しかし、ほぼ同時にスプリットS機動に入ることが出来れば――そして速度を出来るだけ減らして機動に入れれば、振り切られることはない……

白矢は、自室の机上で紙に線を引き、計算をしてみた。

その結果。舞島機の後方三マイルの位置から、舞島機の二〇パーセント増しの速度で同時にスプリットS機動に入った場合――最大Gで引き起こせば、振り切られるどころか、下向き宙返りを終え水平姿勢になった時点で、相手機の半マイル後方、高さは一〇〇〇フィート下という、絶好の射撃ポジションへ占位《せんい》できることが分かった。

白矢は「うぅむ」と唸った。

こうすれば。

相手機の真後ろ下方、至近距離の死角に食いついて機関砲で一撃――

いい作戦だ。

裏の裏をかく。これで舞島を倒せる……。

ただし、考え出した〈作戦〉を成功させるには。

まず、舞島機がスプリットSのためロールに入る瞬間を待ち構え、自分も同時にロールに入らなくてはならない。

さらに、素早く推力をアイドルにしてスピードブレーキを立て、舞島機の二〇パーセント増し以内の速度へ減速すること、そして一番大変なのが――

（――八G、か）

白矢は、機動に必要な荷重倍数を算出し、息をついた。

五三〇ノットで背面にして、八Gで下向きに引き起こす――

大丈夫か。

俺は、もつのか……？

いや、やらなくては。

それからというもの、白矢は基地の体育ジムで筋力トレーニングに励んだ。暇さえあれば、アラート待機のスタンバイ・ルームでも腕立て伏せと腹筋をやった。

「白矢、ずいぶん頑張ってるじゃない」

当の舞島茜が、その姿を見かけて言うのを
「まぁな」

と返す。

お前を倒すためさ、と心の中で言いながら、白矢は腹筋を続けるのだった。

顔をしかめて上体を起こしながら、そのとき白矢の頭に『ところで俺は、本当に競技会へ出たいのか？』と自問する声がわいた。

戦技競技会の選手に選ばれたくて、俺は必死にこんなことをやっているのか……？

いや。

そうとは限らない……。

戦技競技会は、部隊配置になってから五年間は、挑戦するチャンスがある。

一年生で出場しなくても、少なくともあと四回、挑戦できるのだ。

必ずしも、今回の総当たり戦を勝ち抜いて選手に選ばれるのが望みなのではない。

（――――）

そうだ。

白矢は、自分の気持ちに気づいた。

俺は負けたくないんだ……。

パイロットには、一緒に訓練を受けた同期生というものがある。高校を卒業して、航空学生として入隊して数年間、苦楽を共にした仲間だ（入隊時には七十名いた）。飛行訓練課程に入ると、同期の訓練生は二名ずつのペアで班を組み、担当教官から指導を受ける。

しかし一緒に訓練をしていると、どうしても進度に個人差は出て来る。どうしても、『自分よりうまい奴』というのはいる……。何をやらせても、とっつきはよく要領はよく、教官から認められる。いくら白矢が努力して準備してフライトに臨んでも、上空で操縦をすると、うまい奴にはかなわない。

舞島茜とは、T４練習機を飛ばす中等課程でペアになった。ジェット機の機動がうまく決まらない白矢を尻目に、ぐんぐん上達していく。「どうしたらうまくいくんだ」と訊くと、いろいろ教えてくれるのだが、白矢には試してもその通りには出来ない。

素質や、才能に差があるのか。

自分よりも上の奴がいて、かなわない――そういう生活が何か月も続くと。複雑な気持ちになる。

ただ、航空学生の採用試験だって、三次まであり、三〇倍の競争率だった。

採用されても、同期の中にはターボプロップのT7練習機による初等課程をクリア出来ず、ジェットへ進めなかった者もいる（除隊して大学へ行き直した者も少なくない）。

その他、希望していないのに輸送機やヘリへ進まされた者もいる。戦闘機パイロットになれたのは、入隊した同期生のうち、およそ三分の一だ。その三分の一の中でも、F2とF15は成績と適性によって振り分けられるから、戦闘機を志望する訓練生たちに一番人気のイーグルに乗れる者はさらに少ない。

白矢は、その中に残れた。

でも才能じゃない。努力して、やっと残ったんだ――

必死に、毎晩イメージトレーニングをやって、操縦の手順を身体に憶《おぼ》えさせ、フライトに臨んだ。

でも、ペアを組むほっそりしたポニーテールの女子の同期生が、涼しい顔をして、自分よりもいい結果を出す。

宿舎は男女別だったから、前夜にどんな準備をしていたのかは分からない。同じように必死にイメトレをしたのかも知れない、でも白矢には舞島茜が『涼しい顔』に見えた。

俺は、あいつにかなわないのか。

デブリーフィングの終わったオペレーション・ルームに独り残って、唇を嚙んだ。

訓練の出来に『勝ち負け』など、あるわけは無いのだが。パイロット訓練生同士には、競争心がある。『俺は、あいつよりもうまい』『あいつは俺よりもうまい』という感情は、同期生たちに対して、どうしても持ってしまう。意識しなくても比較してしまう。

頑張ってもかなわないと『くそっ』と思う。

中等課程から戦闘機操縦課程、F15への機種転換課程そして部隊配置になった現在まで、実は白矢は舞島茜に『勝てた』と感じたことが一度も無い。

俺は一生、かなわないのか……？

いや。

そうではない。

そんなはずはない。

これまで――一人前になるまでの養成課程では、いつも新しいことを習得してきた。とっつきの良い者、素質のある者がいい結果を出す。それは当然のことだった。

でも、これから先は。

同じ一人前の戦闘機パイロットとして、長い期間、研鑽《けんさん》をして腕を磨いていくのだ。

素質の差があれば、養成訓練の間は、結果に差は出ただろう。

だがこれからの部隊での〈実戦〉では。

違うはずだ。

やりようによって、素質で優《まさ》る者を模擬空戦で倒すことは出来るはず。向こうとこちらの長所・短所を研究し、やりようを工夫すれば――

そうでなければ、たまらない。

別に、舞島茜と仲が悪いわけでも、恨みがあるわけでも全く無い。

だが白矢は、自分よりもうまい奴と空戦をして、当たり前のように負けるなんて我慢がならない。

うまい奴に、当たり前のように負かされて、何が面白いか――!?

(――そうさっ)

引き付けた右腕を、脇を締めるようにしてさらに右へぐいっ、と引き付け、白矢は操縦桿を右へ倒すと同時に右足で右ラダーを踏み込んだ。

ぐるっ
斜めに流れていた前方視界が、無理やり、という感じで左向きにひっくり返る。

ずざざぁあっ

右ロールだ。凄まじい風切音を聞きながら左手はスロットルレバーをアイドルへ、手前へ引ききる。同時に左の親指でスロットル横腹のスピードブレーキのスイッチを引く。

ずんっ

機体の背で抵抗板が立ち、急減速。前にのめるようなG。

「うぐっ」

回転する視界が激しくぶれ、一瞬、何も見えないが——白矢は『頭の上が海になった』と感じた瞬間、右脇へ引き付けていた操縦桿を中立へ。F15の操縦システムは凄まじいGの中でも正常に機能し、機体の回転は止まった。すかさず今度は、操縦桿を自分の腹に向けてまっすぐ引く。思い切り引く。

「——い」

いつまでも、負けてばかりでたまるかっ。

ずしんっ

身体ごとシートに叩きつけられるようなG。機体が背面になり、遥《はる》か下方の海面をめがけ急降下に入る——それだけは分かる。目の前の景色は下向きに激しく流れ、プレス機で押し潰されるようなGで全身が動かない。視野が狭くなり、白矢の視覚は何も見えないに等しかった。それでも、操縦桿を引いた。

見ていろ舞島、勝負だ……！

●日本海上空　G訓練海域
　F15　舞島機コクピット

「…………!?」

茜は、息を細く吐きながら右手の操縦桿を右へ倒し、機を右ロールさせていた。

両足で押さえるように踏むラダーは、わずかに右へずらし、その位置でキープ。

前方視界がスムーズに回転する。

それまで垂直に近い角度で流れていた水平線が、ひっくり返るように逆方向（左向き）へ回転する。世界が回り、たちまち、コクピットのキャノピーの真上に海が被さって来る
――

その時。

茜は目をしばたたいた。

何だ……。

機体をロールさせながら、目は前方視界の動きと、同時にミラーの中に浮く小さな機影の挙動を捉えていた。

（……あれは？）

合気道では、掛かり稽古をする時、襲い掛かる側は激しく動く。一方、受ける側はノーガードに近い状態で、静止状態で待ち受ける。襲い掛かる側は当然、速く激しく動くので、その視界はぶれ、相手の細かい動きは掴めない。

一方、待ち受ける者は逆だ。静止したまま両足の親指で床面を掴むようにし、息を細く吐くと、視野は広くなり、襲い掛かって来る敵の動きが細部まで読める。稽古を積んでいくと、襲い掛かる者のみぞおちの動きを読むだけで、あとは身体が勝手に反応し、触れ合った瞬間には相手を投げ飛ばしている。

茜は両足の親指でラダーを押さえるようにしているから、素早くロールさせても、機体の軸はぶれない。視界もぶれない。

たった今、そう、茜が機を背面にするのと同時だ――ミラーの中の白い水蒸気の筋が、螺旋状《らせんじょう》にねじれた。

何だろう？

茜の右後ろ上方から、ねじり込むように襲い掛かって来ていた灰色のF15。その機影が翼端《よくたん》から水蒸気の筋を引き、軸廻りに回転した。

（………？）

ロール……？

眉をひそめる。

わたしと同時に、同じ方向へ……?

見ると、ミラーの中のF15は機体の背にスピードブレーキの抵抗板を立て、そこからも派手に白い筋を引きながら、茜とほとんど同じタイミングで右へロール、同じ背面姿勢になる。

(―――)

そうか。

茜は反射的に、背面姿勢のまま、操縦桿を引くのを待った。

背後に迫ったF15は、背面姿勢になったと思うと次の瞬間、ミラーの視野からフッ、と姿を消した。

そうか。

わたしと同時に、スプリットSに……。

●日本海上空　G訓練海域
F15　白矢機コクピット

「ぬぉおおおっ」

白矢はマスクの中で歯を食いしばり、筋力の限りを尽くして操縦桿を引き続けた。

血液が、下がる……。

ずざぁああぁっ
「ぬぁにくそっ」

下向きに流れる視界――イーグルの鋭い機首は真下を向き、レドームの尖端《せんたん》からも水蒸気の筋を引きながら、水平姿勢へ引き起こされていく。

あと少し。

（――あと、少しだっ……！）

計算では。

さっき前方でスプリットS機動に入った舞島茜のF15は。同時に背面にして引き起こし、八Gをかけて下向き宙返りをする白矢のコクピットの前方に、二つのノズルと下腹を見せて現われるはずだ。

すぐ目の前に、現われるはず――

凄まじい風切り音とともに、グレーの壁みたいな大海原が激しく下向きに流れ、白矢のヘルメットの目庇《まびさし》の上から反対側の水平線が降って来た。

ない……
青黒い海は、Gで血液が下がったせいでグレーに見える。呼吸ももう、あと数秒も続かない……

白矢は機体を無理やり背面にしてから、ほとんどエアを吸えていない。まるで水泳で息を止め、二五メートルを潜ったまま泳ぎ切るみたいだ――

HUDの左下にGの数値が出ているのだが、読み取る余裕もない。そのくらい、必死になって操縦桿を引いていた。

あと少し、あと――

よし、今。

「――――!」

来た。

水平線が目の高さまで下がってくると、白矢は右腕の力を抜き、操縦桿を戻す。

景色の流れが止まる。

ものが、見えてくる。

「ま」

舞島は。

舞島は、どこだ……!?

計算の通りであれば。

俺は、舞島の機の半マイル後方、一〇〇〇フィート下方の絶好の射撃ポジションに占位したはず——

汗が額を滴《したた》り、目に入るのもいとわずに、白矢はカッと両目を見開いて前方空間を探った。

どこだ。そこに、いるはずだ。

（——どこにいる……!?）

世界に色が戻って来た。

7

●日本海上空　G訓練空域

F15　白矢機コクピット

どこにいる、舞島……!?

叫ぼうとするが身体が酸素を欲しがり、白矢はエアを激しく吸った。

シュウッ、とレギュレータが鳴る。

「——ど」

どこだっ……!?

そ、そうだ推力だ、と思いつき、白矢は左手の親指で引き続けていたスピードブレーキのスイッチを放し、アイドル位置へ引ききっていたスロットルを急いで前へ出した。

計算通りにやれたなら、たった今八Gのマニューバーをした。推力アイドル、スピードブレーキを立てて背面宙返りをした。水平に引き起こした後もそのままにしていたら、たちまち速度を失って失速する——

（——速度を失ったら、逃げられてしまう……！）

カチン、とノッチを越えてスロットルを最前方へ。

再び背中でアフターバーナーが点火する手ごたえを感じながら、白矢は両目をしばたたき、前方やや上方の宙を睨んだ。

舞島の機は。

どこか、その辺にいるはず——

（そうだ、レーダー）

目の前に見えるはずだ、という思い込みから、スーパー・サーチモードを働かせるのが遅れた。

操縦桿の自動照準スイッチに右の親指をかけるが
『フォックス・スリー！』

そのスイッチを押し下げる瞬間、ヘルメット・イヤフォンに声。

アルトの女子の声だ。

『ユー・アー・キルド。やったよ白矢』

「――!?」

何……？

「――な」

白矢は両目をむき、前方空間――水平線の上に広がる天空を目で捜した。

どこまでも青い空間。

レーダーは働き始めた。しかし目の前のHUDには、空中目標を捉えて囲む緑のボックスは現われない。

どこにいるんだ。

HUDの視野から外れたところか……!?

目を上下、左右に動かし、白矢は前方空間の端から端まで必死に探りながら、マスクのエアをむさぼり吸った。

「はぁっ、はぁっ」

舞島機は。

どこにいる……!?


その白矢の耳に。

聞き間違いではない、また同期の女子パイロットの声。

『やったよ白矢。墜《お》とした』

「――何ぃっ」


墜とした――?

俺をか?

いったい、どういう――

その時。

目を見開く視界に、何かがフッ、と動くのが分かった。

前方空間ではない……。

はっ、と目を上げる。

(――ミラー……!?)

次の瞬間。

白矢は自分の目が信じられなかった。風防の枠に取り付けたミラー。白矢の額のすぐ上で、後方視界を映し出しているバックミラーだ。

その湾曲した視野の中、下側から突然浮かび出るように一機のF15の正面形がぬうっ、と現われた。

双尾翼のシルエット。

「──うっ」

ち、近い。

それも真後ろ。

すぐ後ろだ。ミラーの両端を、翼端がはみ出てしまう──鋭い灰色の機首がまるで自分の後頭部を刺すようだ。

（こ）

こいつは。

たった今『フォックス・スリー』をコールして来た（機関砲でお前を撃ったぞ、というコール）。

俺の、真後ろ下方に……⁉

まさか。

さっきまで前にいた。

どうやって、いつの間に――

固まる白矢の耳に

『それまで』

別の声がイヤフォンに入った。

『ただ今の判定を伝える。ブルーディフェンサー・ツーは、ブルーディフェンサー・ワンをフォックス・スリーでキル。戦闘終了、ノックイット・オフせよ』

「――――」

無線の声は、小松基地の要撃管制官だ。

地下の要撃管制室のスクリーンで、演習――模擬空戦の様子をモニターしている。

白矢のF15と、舞島茜のF15は、スクリーン上では共に緑色の三角形シンボルとして浮かんでいるはずだ。

たった今、舞島茜のF15が白矢の機を真後ろ下側から襲い、機関砲を『発射』した――

その様子もモニターされていた。

演習評価システムが『命中』を判定したのだ。管制官は戦闘終了を通告してきた。

「――――」

『ブルーディフェンサー・ツー、ノックイット・オフ』

白矢が固まって、返事をしないので、代わりに舞島茜のアルトが無線に応えた。

そ、そうだ。

はっ、と気づく。

今日は、俺が一番機――編隊長だった……。

基地と訓練空域との行き帰りは編隊飛行になるから、二機で出かけるときは、どちらかが編隊長となる。今日は同期生同士だから、どちらが編隊長になってもよかった。出発前に、じゃんけんで決めた。

そうか、じゃんけんでは俺、あいつに勝ったんだ……。

（………）

いかん。

頭を振り、白矢は我に返る。

左手の親指で無線の送信スイッチを押すのと同時に、スロットルを戻し、アフターバーナーを切る（速度は回復した。放っておいたら音速を超えてしまう）。

「ブ、ブルーディフェンサー・ワン、ノックイット・オフ」

ノックイット・オフ——戦闘終了。

負けた……。

俺は、やられたのか。

ミラーの中で動きがあった。ゆらり、とF15の正面形がバンクを取り、白矢の真後ろの位置から抜け出ると、右横へ並んできた。

(——く、くそっ)

追いついて並ぶイーグル。そのコクピットのキャノピーの下に、赤いヘルメットが見える。バイザーで顔は隠れているが、ハーネスをつけた上半身はほっそりと小柄だ。

思わず、その姿を睨む。

「——ま、舞島」

どうやって、俺の後ろについた……?

白矢は無線で訊こうとしたが

『ブルーディフェンサー・ワン』

管制官の声が、遮った。

今はブルーディフェンサー・ワンが、一番機つまり白矢の機のコールサインだ。

『CCPから要請が入った。燃料はあるか』

「――――」

白矢は、目をしばたたく。

え……？

何と訊かれた。

『リポート、リメイン・フューエル。残燃料を申告せよ』

「は、はい」

管制官は『現在の手持ち燃料はいくらか』と訊いてきた。

何だろう。

白矢は計器パネル右下の燃料計を見やる。F2などの新世代機はマルチファンクション画面に各タンクの残量がデジタルで表示されるらしいが、F15はアナログ計器だ。

「――一三五〇〇。三時間飛べます」

今日は、空域で空戦をするので、胴体下に六〇〇ガロン増槽《ぞうそう》一本と、機体内タンクに満杯の燃料を積んで上がって来た。

増槽はすでに空になっていたが、まだ機体内タンクの燃料は、胴体、左右翼内タンクともほとんど手つかずの状態だ（あっという間に勝負がついたためか）。

イーグルは、巡航状態ならば一時間に四〇〇〇ポンド強の燃費だ。

どれくらい飛べるのか、と訊かれると、イーグルドライバーはとりあえず表示された残燃料の合計を四〇〇〇で割って『何時間』と答える（端数《はすう》は切り捨てる）。

『よろしい、ブルーディフェンサー・ワン。白矢三尉』

別の声が、無線に入った。

年かさの印象。

『当直主任管制官だ。演習はここまでとする。命令を伝える』

「――――？」

『？』

白矢と同時に、右横に浮かぶＦ15の舞島茜も『何だろう』という呼吸をする。

命令……？

8

●東京　千代田区内幸町

帝都ホテル　館内

舞島ひかるは八〇四号室の前で依田美奈子と左右に分かれ、通路を戻った。

「――――」

エレベーターホールへ。

自然と速足になった。

このホテルへ入る時。それが計画だった。そして〈作業〉を終え撤収する時も、美奈子とは別行動――ばらばらに動く。

美奈子は、NSCがホテル内に昨日から押さえている客室へ向かい、そこで衣装替えをする。女工作員に似せた服装とかつらを脱ぎ捨て、別人のように見える装いに替え、ホテルから脱出する。

――『お、お、お前たちは』

今、後にしてきた客室には。

あの茶色い顔の男が、まだいる。

一般捜査員が踏み込む前に、逃走するだろうか……？

分からない。

電話で『撤収しろ』と命じた門篤郎は、茶色い顔の男の扱いについて何も指示しなかった。ただ『撤収しろ』だ。

部屋を出る際、ちらと振り向くと。

バスローブだけの姿で、男は絨毯の床に両膝をつき、両手もついていた。

声を上げた。

搾り出すような声。

――『お、お、お前たちは、奴らの恐ろしさを知らないんだっ』

わたしは――

ひかるは、速足で通路を進んだ。

進みながら前後を目でチェックする。人影はない。

耳に聞こえるのは、自分の呼吸の音だけだ。

わたしには。

この〈作業〉を終えた後、向かうべきところがある――

時刻も指定されている。

(――時間は?)

〈作業〉開始から、どのくらい経《た》った……？

柔らかい床の絨毯は、ローヒールの靴底に粘りつくみたいだ。

こんな絨毯を敷いた廊下を、急いで走る人などいないのだろう。みな、ゆったり歩く。

このホテルはそういう造りだ。

〈大丈夫〉

歩きながら左手首を返し、時刻を見る。さっきエレベーターの箱の中で『畑中美鈴』を
現行犯逮捕した時刻から、まだ八分しか経っていない。

時間は、大丈夫だ。

エレベーターホールへ戻ると、六つある扉はすべて閉じていた。

〈回収班〉二名が、手押し車に載せて『畑中美鈴』を運び出した後、非常停止スイッチを
元に戻して行ったのだ。

〈――――〉

下りのボタンを押す。

すぐに天井近くでランプが明滅し、扉の一つが開いた。

空いている時間帯だ。箱の中は無人だった。

乗り込み、スイッチパネルでロビー階のボタンに触れた。

各階からロビーへ降りる場合は、キイカードは必要なかった。ボタンが点灯して、扉が閉じる。

一階まで降りる階数表示の動きは、ゆっくりだった。

いや、自分がそう感じているのだ。

終わってみると、一刻も早く、ここを離れたい。

〈作業〉にかかっている最中は夢中だったけれど……。

軽く、両肩を回してみる。

(う)

この、がちがちの硬《かた》さ――

何だろう。

いつかも、こんな感じになった。

(――そうだ)

初フライトの離陸の時だ……。

知らぬうちに緊張で、もの凄く硬くなっていた。あの時もそうだった。三か月ほど前、訓練生として政府専用機ボーイング747のアテンダント・シートに初めて着席し、機体が千歳基地の滑走路を蹴って浮き上がった時……。

ポン

扉が開く。

ロビーへ出ると、人々のざわめきが、うるさいくらいに迫ってくる。

感覚が、過敏になっているのか……？

まだ興奮しているんだ。

ひかるはエントランスの回転ドアへ向かいながら、ＣＩＡ教官の注意を思い出し、眼球を動かさずに視野を広げ、周囲の状況を把握しながら歩を進めた。

いきなり、自分に近づいてくる者はないか――？　たとえホテルの従業員であっても、ナイフの届く間合いに寄せ付けてはいけない。ミッションをコンプリートし、エヴァキュエイトする時――離脱する時が最も敵に狙われやすい。だからシールズでは、脱出時は指揮官が最後に離脱する。突入時とは、逆だ……。

（――――）

タイミングを合わせたかのように、回転ドアの外の車寄せに黒い大型ワンボックス車が進入して来て、停止するのが見えた。

ひかるが回転ドアをくぐって外気の中へ出ると、サイドドアがスライドして開いた。

ローヒールで縁石《えんせき》を蹴るようにして、開口部へ跳び込む。

背中で、すぐにドアが閉じられる。

●東京　千代田区内幸町
帝都ホテル前　特殊作業車　車内

「よくやった」

かすれた、皮肉交じりに笑うような声。

じかに耳にするのは、二時間ぶりか。

「――と、言いたいが」

「？」

薄暗い空間だ。

大型のワンボックス車の内部は、青白い長方形のモニター画面がずらりと並び、それらが照明の代わりを果たしている。横向きに操作卓がしつらえてあり、通信用ヘッドセットをつけた若い男性が着席している。

門篤郎は、操作卓の後ろに、長身を屈めるようにして立っていた。

「これ」

無造作に、門は黒い角ばったものを渡して寄越《よこ》した。

暗がりの中、ひかるの両腕の中に、どさり、と収まる。

「君のだろ」

「……あっ」

思わず、驚きの声を漏らしてしまう。

これは。

わたしのショルダーバッグ……。

（そうか）

はっ、としてひかるは自分の肩へ手をやる。

同時にがくん、と車体が揺れ、ワンボックス車が動き出す。

「エレベーターの中に、それがおちていたのを」門は言った。「〈回収班〉のメンバーが拾って来てくれた。敵は倒したが――財布も持たずに空港へ行くつもりだったのか？」

「す、すみません」

ひかるは自分のショルダーバッグを抱きかかえるようにして、門に頭を下げた。

そうだ……。

思い出す。

格闘の時だ――肩から外れて、どこかへ吹っ飛んでしまった。

夢中だったから、左肩に提《さ》げていた小ぶりのショルダーバッグを吹っ飛ばしてしまったことさえ、気づかなかった。そういえばなんとなく、肩のあたりがスースーしていたような……。

「気づきませんでした」

「まぁ、いい」

門は微笑《びしょう》し、うなずいた。

「これで。わが国初のオペレーション――ハニー・トラップを働く外国工作員を、法の範囲で、実力で捕まえるという〈作業〉はとりあえず成功した」

「――――」

「あれを」

門はモニター画面を指す。

側面窓をつぶして並んでいる画面の一つ。CGで描かれた地図のようなものが浮かんでいる。

地図――この辺りの街路図だろうか……? 『千代田区《ちよだく》』という表記が見える。拡大された街路の上を、長方形の小さな黄色いマークが一つ、移動していく。黄色い長方形には〈LAUNDRY〉という文字が寄り添っている。操作卓に向かう男性スタッフのメタルフレームの眼鏡に、画像の動きが映り込む。

見ると。

黄色い長方形マークの前後の位置に、横の街路から、赤い長方形のマークが一つずつ、挟み込むように合流する。

「〈洗濯物〉は桜田門《さくらだもん》へ向かいます」

若い男性スタッフ——確か、湯川《ゆかわ》と自己紹介してくれたか——は画面の様子を確認して報告する。

「前後、PC二台が警護位置に合流。順調に走行中」

「————」

門は、車室の後方の隅を顎で指す。

「着替えなさい」

●東京　千代田区　路上
特殊作業車　車内

「羽田《はねだ》まで乗せて行ってやりたいが」

門は言う。

「我々はすぐ、オペレーション・ルームへ戻らなくてはならない。予定通り、途中で乗り換えてもらう」

薄暗い空間——ワンボックス車の内部は、運転席以外の座席は取り払われ、画面に面した操作卓に移動式の椅子があるだけだ。

窓は特殊な加工が施してあるのか、外側から車室の内部は覗けない。その代わり、車内からもサングラスをかけたかのように、窓に見える景色は暗い。

女子の工作員を運用することを想定して造ったという。車室後方の天井には衣装バッグを下げるレールと、簡単な目隠しカーテンを吊《つる》すレールがしつらえてある。

「予定通り、君はフライトに出なさい。報告書は出先で作成し、メールで送ればいい」

「はい」

ひかるはうなずくと、ショルダーバッグを抱えたまま、車室の後方へ歩く。

天井のレールから、縦長の衣装バッグが吊されている。

目隠し用のカーテンを摑んで、引いた。

シャッ、という音と同時に、足元が揺らぎ、車が交差点を曲がるのが分かった。

揺れる中で作業をするのは、もうすでに慣れっこになっている——

ひかるは衣装バッグのファスナーを下ろしながら、思った。

わたしの本来の〈仕事〉は、こっちなんだし……。

衣装バッグのカバーを開くと、現われたのは空色の制服だった。

航空自衛隊の二等空曹の制服ではない。

「………」

タイトスカートのツーピースのスーツ。左胸に、金色の翼の徽章《きしょう》もついているが、自衛隊のものではない。斜めに跳ね上がる片翼だけのデザイン。翼の根本に〈J WING〉というロゴ。

――『CA志望』

ふと、声が蘇る。

――『CA志望。なるほど』

あの女性官僚――障子《しょうじ》有美《ゆみ》さんといったか……。

内閣府の危機管理監という役職にある人。その人の声。

わたしが、本当は民間エアラインの客室乗務員志望だったことも、成り行きで話した。

納得したふうにうなずいていた。

(これを)

たとえ、一時《いっとき》だけでも。

ひかるは、吊された空色の制服を見上げた。

この制服を着ることになるなんて。

今は航空自衛隊の制服も、気にいって着ている。〈特輸隊　舞島〉というネームプレートをつけるのは、自分にとって誇りだ。

でも、Jウイングの制服もすてきだ。スカートの裾が絞ってあって、恰好いい。

「――――」

数秒、見つめてから、ハンガーへ手を伸ばすと。

同時に窓の外で、赤い閃光がひらめいた。

(………?)

見ると。くすんだ後部窓の視界を、低い姿勢の黒っぽいセダンがすれ違うように通過する。屋根の片側で赤い閃光灯を瞬《また》かせ、入れ違いにホテルの方角へ向かう。

一台だけではない。二台、三台と続く。

あれは。

警視庁の公安か……？

ひかるは制服を手に取りながら、後部窓に覆面《ふくめん》パトカーの群れを見送った。あれらは、門が出動を要請した公安警察だろう。

日銀総裁の使っているホテルの客室で、盗撮用の隠しカメラが見つかった。何者かが、国の機密を盗もうと企てていた――ということは、〈特定秘密保護法〉違反の疑いで捜査が可能になる。あのカメラが電波を飛ばしていた先も、特定され、捜査されるかもしれない……。

ひかるは手早く着替え（自衛官の特技で、着替えは速い）、自分がそれまで着ていた紺のパンツスーツの上下をハンガーにかけ直し、衣装バッグのカバーをかけた。

着替えスペースの足下には、別のショルダーバッグが置かれていた。〈ＪＷＩＮＧ〉とロゴが型押しされた濃紺のバッグだ。

屈み込んで、自分のバッグからパスポート、財布など身の回りのアイテムを手早く移し替えた。

（――――）

気づいて、立ち上がるとパンツスーツの上着のポケットを手で探った。

小さな金属製の円筒が指に触れると、つまみ出した。

見た目は、金色の口紅ケースに見える。あの『畑中美鈴』が自分に向けて使おうとした護身用の武器……。

側面の突起を押せば放電するのか……？

ひかるは、ちらと眺めてから、その口紅型スタンガンを〈J　WING〉のロゴ付きのバッグのポケットへ突っ込んだ。後で〈作業〉の報告書を作成する時、これの写真も添付するといいだろう――


「今頃、踏み込んでも」

空色の制服に着替え、カーテンを開けると。

門が腕組みをしたまま、後部窓を顎で指した。

「今から公安が踏み込んだとしても、ホテルの館内で電波を拾っていた連中は、逃げ散っているだろうが――それでも証拠品を押収することで捜査は進む。奴らへの抑止力にはなるだろう」

「――――」

「似合うな」

「え」

「君は、本当はその会社が志望だったんだろ」

「――――」

どう、応《こた》えればいいのか。

ひかるは、言葉に詰まってしまう。

9

●東京　港区《みなとく》　路上

「ありがとうございます」

ひかるはスライドして開いたドアから、歩道の縁石へ跳び下りた。

大型のワンボックス車が道路脇に寄って、停止したのは。

両側にビルの立ち並ぶ、片側三車線の大通りだった。

履《は》き替えたパンプスの足で路上に降り立つと、昼過ぎの日差しが眩しい。

ここは――

品川《しながわ》駅の海側に、新たに開発された地区だ。

降りる前に、門篤郎に告げられた。

新しいオフィス街で、ここは人通りも少ない。待機しているタクシーに乗り換えて、空港へ向かいなさい――

すぐ背後でドアは閉じ、ワンボックス車は車道へ出ていく。

（――――）

振り返ると。入れ違いに、歩道に立つひかるを見つけたように一台の黄色いタクシーがハザードランプを点滅させて走り寄って来た。

ひかるは、空色の制服の上に紺色のカーディガンを羽織った姿だ。知らぬ人が目にすれば、単身者用のマンションから下りて来て、これから空港へ出勤しようとする大手エアラインの客室乗務員に見えるだろう。

手を挙げなくても、タクシーは停止して、後部ドアを開く。

「羽田までお願いします」

乗り込んで、行き先を告げると、すぐに走り出した。

景色が動き出す。

ひかるは後部座席にもたれると、初めて息をついた。

ビルに挟まれた空が、快晴だ。

大仕事をやり終えたから、景色が光って見えるのか……。

（………）

――『お、お、お前たちは』

ふいに、快晴の空に重なり、あのうめき声が脳裏に蘇る。

ひかるは目を閉じるが――すぐに開ける。

唇を噛み、頭を振った。

（……知ってるよ。恐ろしさは）

わたしは知っている。

そうだ。

あの時――

三か月前の〈事件〉。洋上を飛ぶ政府専用機の密室の機内で、みんな眠らされて――わたしはただ一人、テロリストの男に追い回されて逃げた……。

「………」

ひかるはキュッ、と唇を結ぶ。

尊敬していた今村貴子一尉を、わたしの代わりに、目の前で撃ち殺された。銃弾が今村一尉の身体を……。SPの人たちも。催眠ガスで眠らされて抵抗出来ないまま……

何とかしなくちゃ、と思った。

何とかしなくてはいけない、という一心で行動した。

(不思議だ)


ひかるは、自分の両手のひらを見た。

不思議だ。

小さい頃、あんな目に遭って――男の人が怖くて、たまらなかったのに。

たった一人で行動出来た。

あのテロリスト――専用機を乗っ取った総理秘書官の男は、思想犯であり、中国の工作員に操られていたのだという。

わが国にはスパイを取り締まる法律が無い。中国の工作員が好き放題に活動しているのを、止めることが出来ない。警察は、見ているだけで、捕まえることが出来ない――

(今村一尉。わたしは)

手のひらを見ながら、ひかるは思った。

どこまで、何を出来るか、分からないけれど……。

「ありがとう」

ふいに、かすれた声がした。

「礼を言うよ」

「…………？」

顔を上げると。

運転席には、制帽を被った中年の運転士がいる。

バックミラー越しに、顔が見える。

運転士の視線は、前を向いている。制帽の下の髪の毛はぼさっ、としていて、どこから見ても疲れた印象のタクシー・ドライバーだったが……。

どこかと、無線で話していたわけでもない。かすれた声の「ありがとう」は、ひかるに向けて言ったのだった。

「我々は」

前を見たまま、つぶやくように運転士は言った。

「これまで長いこと、ただ見ているだけだった」

「…………？」

わたしに、言っているのか。

ひかるはミラーを見やるが。

運転士は視線を合わせず、続ける。

「奴らに手は出せなかった。法的に出来ないんだ、と言われたが――本当は警察の上の方や政治家が面倒を恐れ、我々に手出しをさせなかった。そう思っている」

「…………」

「ところが、新しく出来た組織の、若い女の子の工作員二人が、ハニー・トラップを働く中国の女スパイを捕まえてくれた。我々が、手出しを禁じられていた奴らを」

「…………」

「我々ももう、遠慮するのはやめる――あぁ、すまない」

運転士は視線をちらと上げると、ミラー越しにひかるを見た。

「お客さん、えぇと、羽田は国際線ターミナルでいいんですね」

「……は、はい」


ひかるは、ミラー越しに運転士へ会釈《えしやく》した。

●羽田空港　国際線ターミナル

ひかるは、一階のエントランスプラザ前でタクシーを降りると、頭上を見上げた。

「――――」

思わず、ため息が出てしまう。

ガラス張りの巨大なターミナルが、午後の日差しを撥ね返している。

ここは。

憧れの場所、か……

女子大生時代、何度か、この場所を見に来た。

羽田の国際線は、タクシーやバスで来る場合、出発も到着も同じ一階フロアが出入口だ。京浜《けいひん》急行は地下、モノレールは三階の出発ロビーに駅が直結している。

ここに立つのは、久しぶりだ――

学生だった頃は、何かの理由で気持ちが萎《な》えたりすると、よくここまで『空気』を吸いに来たものだ。

航空会社の客室乗務員になりたい、と思ったのは小さい頃――小学校の低学年だ。

いつも一緒に遊んでいた姉と、その姉の同級生の男の子たちと皆で、百里《ひゃくり》基地の航空祭へ出かけたことがある。姉の茜は、いつものことだが、会場に着くとひかるのことを放って仲間たちと駆け回った。

頭上を通り過ぎる航空自衛隊の飛行機を「すごい、すごい」と言って、追いかけるように走って行った。

その頃のひかるには、イーグルもファントムも、ただうるさいだけだった。ごった返す場内で、たちまち迷子になった。

助けてくれたのは、一人のキャビンアテンダントの女性だった。ちょうど、茨城《いばらき》空港に定期路線を開設したばかりのスカイアロー航空が広報ブースを出展していた。現役のCAの女性が、新規就航の宣伝のために詰めていた。

お姉さんは、何……？

制服を着た大人の女性を、不思議に『すてきだ』と思った。

何をする人……？

「飛行機に乗る」

「飛行機……？」

「飛行機に乗って、みんなが安全に旅行出来るように。お世話をします」

「…………」

「ほら、あれ」

CAの女性が指したのは、紺色の垂直尾翼をもつ双発《そうはつ》の旅客機だった。それは、ずらりと展示される航空機の一番端に駐機《ちゆうき》していた。

「あれに、乗って来たのよ」

「あれは、何？」

「ボーイング737」

「…………」

ターミナル前の様子を見回していたひかるは、ふと自分の制服の胸に目をやった。

片翼だけの、金色のウイングマーク。

（研修で、一度きりだけれど）

この制服で、ここに立てるなんて……。

「…………」

でも感慨にふけろうとする自分を、別の自分が『気をつけろ』と注意する。

分かっている。

ひかるは、頭を振る。

ぼうっとして、周囲への注意を失ってはいけない。雑踏《ざっとう》に立つ時には視野は広く。死角を作らないこと――

十三週間の集中訓練で。何か考え事をしていても、自分の身体の周囲三六〇度に注意を配分するのが習慣になった。

訓練を指導していたＣＩＡ教官は、ひかるがそういった『注意を怠《おこた》らない習慣』を第二の天性のように自然に受け入れたので、驚いた。

普通は、隙を作らないことをストレスに感じる者が多いという。ひかるは、外見はおとなしく見えるのに、それを受け入れた。合気道の経験があるせいだろうか、体術《たいじゅつ》の訓練もスムーズにこなした。『グッド・プログレス（よい成績）』と評価された。

君は、何か自分の芯《しん》に『何かと戦わなければいけない』という意思を持っているね。アメリカ人の教官の言葉を、正確に理解できていたとしたら、そのように言われた。

幼い頃の体験かもしれない。君は、自分に向かってくる何か悪いものと戦って、払いのけなければいけない――自分の力で、そうしなければいけない。そう思っている。意識しなくても、潜在意識で思っている。だからこの訓練も乗り越えた。


（――――）


時間だ。

ひかるは息をつくと、手首を返して時刻を確認した。

腕時計の文字盤に重なって

――『民間研修に』

別の声が蘇る。

門篤郎の声だ。

――『君は、三か月間の民間研修に出されることになる』

（…………）

一度きりのフライト、か……。

十三週間前のことだ。千歳基地へリクルートに来た門は、NSCへの参加をその場で了承したひかるに告げた。

「舞島二曹。では、これから君は、三か月間の民間研修に出されることになる」

「……民間研修、ですか？」

「そうだ」

NSC情報班長の門は、ひかるには航空自衛隊二等空曹として特別輸送隊で任につきながら、必要に応じて政府工作員として活動してもらう、と言う。

ひかるがNSC工作員を『兼務』することは、防衛省、航空支援集団のトップと特輸隊の司令までには話を通す。しかし周囲の一般の幹部や隊員たちには秘密にする。

東京都内の秘密施設で十三週間の集中訓練、引き続いてNSC工作員として最初の任務をこなすまでに合計三か月。特輸隊を離れて留守にするには『口実』が要《い》る。

特輸隊には、客室乗務員を民間エアラインへ一定期間出向させ、旅客機での機内サービスについて慣熟させる〈民間研修〉の制度がある。通常は一か月程度だが、上からの指示で制度を改変して、期間を三か月に延ばす。

「三か月間、ほとんど集中訓練と、最初の任務に費やされるが。一度も民間会社で飛ばないと嘘になるから、期間の最後に一回だけ、民間エアラインに研修乗務してもらう」

門は、肩をすくめるようにして言った。

「会社と、フライト先は、君の希望を叶えるよ。どこがいい?」

「え」

「好きな航空会社と、フライト先を言ってみなさい」

「……ええと――」


間もなく一三〇〇《ひとさんまるまる》。パリ行きJウイング四五便の、クルーの集合時刻だ。

(オペレーション・センターは、こっちかな)

左手を見上げると。

国際線ターミナルに隣り合う形で、壁面に〈J WING〉とロゴを飾ったビルがある。ターミナルと同じように、ガラス張りできらきら光っている。

こっちだ。

ひかるは右手でショルダーバッグのストラップを直すと、歩み出した。

●東京　横田《よこた》基地
航空総隊司令部・中央指揮所（CCP）

同時刻。

薄暗い、広大な地下空間が静かにざわめいている。

「先任」

最前列の管制卓から、日本海第一セクターの担当要撃管制官が振り返り、報告した。

「小松と調整がつきました。ちょうど訓練中だったF《エフ》が二機、使えます。ターゲットへ差し向けました」

「よし」

工藤慎一郎《くどうしんいちろう》は、先任指令官席でうなずいた。

劇場のような地下空間だ。

ざわめきは、数十名の要撃管制官たちがそれぞれの交信先と通話する声だ。

薄暗がりに、LEDの照り返し。

振り仰ぐと、ひな壇状に並ぶ幾列もの管制席の頭上にのしかかるように正面スクリーンがある。黒を背景に、ピンク色の巨大な日本列島が、反《そ》り返るように浮かんでいる。

日本列島は、こうして見上げると『龍』のような姿をしている。北海道《ほっかいどう》が頭、長く伸びる尾は沖縄《おきなわ》の南西諸島だ。

工藤は、その一頭の龍のようにも見える列島の背びれの部分——能登《のと》半島の、遥か沖の辺りへ目をやる。

そこに一個の黄色い小さな三角形がぽつん、と浮かんでいる。

〈LUX009〉という識別コードが、黄色い三角には寄り添っている。すでに識別の出来ている民間機だが——管制機関からの通信に応答せず、予定の飛行コースを外れている。

「これで、あの機の情況が分かるだろう」

東京航空交通管制部から『注意を要する』と通報があったのは、二十五分前。

ヨーロッパから飛来した民間機が、突然コースを外れ、東京コントロールからの呼びかけに応答しなくなった。

原因は分からない、という。

何が起きたのか……。

工藤は、このような場合、総隊司令部の先任指令官として『最悪の事態』について考慮しなくてはいけない。

もしも。テロリストに乗っ取られた民間機が、わが国の人口密集地や原発などへまっすぐ向かって来たら――

当該機は、ルクセン・カーゴ〇〇九便。ルクセンブルク発、小松行きの貨物機だという。機種は747−8。最新鋭のジャンボだ。

これが、もしも仮にテロリストに乗っ取られていて、わが国の都市部や原発などの重要施設へ突っ込む態勢にあるのであれば――

三十五歳。二佐《にさ》の階級章をシャツの肩につけた工藤の役職は、先任『指令』官だ。組織のトップである『司令』官とは違い、現場の指揮官だ。

このCCP――横田《よこた》基地地下の中央指揮所は、わが国の防空の要《かなめ》だ。

日本列島の周囲二十六か所に置かれた各レーダーサイト、また地上防空レーダーの死角を補完するように滞空する早期警戒管制機からの索敵情報を統合し、わが国を取り巻く広大な空間の監視を行なっている（沿岸からおよそ二〇〇マイルの範囲に浮かんでいる飛行物体は、ほぼすべて捉えられる）。

もしも、わが国の周囲に国籍不明の飛行物体が探知されたならば、スクリーン上でその動向を監視する。

国籍不明機は、外国の軍用航空機である場合が多いが、それらが許可なく領空へ近づく動きを見せたならばただちに対処――〈対領空侵犯措置〉を実施する。千歳、三沢《みさわ》、小松、百里、築城《ついき》、新田原《にゆうたばる》、那覇《なは》の各基地から必要に応じて要撃戦闘機をスクランブル発進させ、対処する。

先任指令官は、その指揮を執る。

東京管制部からの通報を受けた時。工藤はただちに三沢、百里、小松の各基地へ『コクピット・スタンバイ』を命じた。

コクピット・スタンバイとは、スクランブルの前の段階だ。アラート・ハンガーで待機しているパイロットを戦闘機に搭乗させ、指示があればいつでもエンジンをスタートして飛び上がれる態勢にしておく。

日本海のほぼ中央で無線に応答をしなくなり、迷走を始めた貨物機の様子は、ＣＣＰの正面スクリーンでも見ることが出来る。

工藤は、通常は白で表わされる民間機シンボルを、その機だけ黄色に変えさせ、動向を監視した。

「テロ機であれば、こちらに対応する時間の余裕を与えずに、まっすぐ襲って来そうなものですが」

先任席の横で、副指令官の笹《ささ》一尉が言う。

「この飛び方は、理解できませんね」

「うん」

工藤は腕組みをする。

もしも、スクリーン上の黄色い三角形が、わが国の沿岸の諸都市や重要施設などへ向かう素振りを見せたならば、最も近い基地からスクランブル機を上げるつもりで注視してきた。

しかし黄色い三角──ルクセンブルク発の貨物機は、不可解な動きをした。

ロシアのハバロフスクから、日本海をほぼまっすぐ南下して能登半島へ達する、航空路Y三〇一。糸のように細い白線が、正面スクリーンの黒い日本海にも引かれている。

ＬＵＸ〇〇九便を示す黄色い三角形は、東京管制部から知らせがあった時点ではコースを右手──東方向へ外れ、その尖端を秋田《あきた》や青森《あおもり》の海岸線へ向けていた。青森県には六ヶ《ろっ》所村《しょむら》、女川《おながわ》原発をはじめ、重要な核施設がある。工藤は、このまま行けば三沢基地からスクランブルを上げなくてはいけないか……？　と考えた。

しかし、その直後。

黄色い三角形は、さらに尖端を回した。今度は来た方向へ——ロシアの沿岸へじりっ、じりっと戻ろうとする動きを見せ、数分後にはさらに尖端を回転させ、日本海のほぼ中央部分を左手へ——真西へ向かって進み始めた。

「いったい、どういうつもりなんだ」

テロリストに乗っ取られているのかもしれない、というのは、工藤たちが職務上、想定しなくてはいけない事態だ。

本当は、あのルクセン・カーゴ〇〇九便の機上で、別の何らかの緊急事態が起きている可能性もある。

いや、この動きを見ていると、そちらの可能性の方が強い……。

「まるで、どこの陸地へも着きたくないみたいだ」

横で笹一尉がつぶやいた。

「あるいは、誰も操縦していないのか」

「まさかな」

「先任」

反対側の情報席から、情報主任の明比《あけび》二尉が言った。

自分の頭にかけた通信用ヘッドセットを、押さえるようにしている。

「小松の救難隊からです。『いつでも出られる』と」

「分かった」

外国から飛来した民間機が、火災などのトラブルのため日本海へ着水したという例は、今までには無い。

だが、これが初めてのケースになるかもしれない。工藤は明比に、小松基地の救難隊へ連絡し、出動の準備をしておくよう調整させた（本来は救難活動は、遭難機から救難信号が発せられてから動くのが筋なので、あくまで調整だ）。

「しかし、小松行きの、国際線の貨物機ですか？」

笹一尉が、怪訝そうな声を出す。

「成田や関西空港ではなくて、どうして小松へ」

「いえ、最近は多いんです」

明比二尉が情報席から言う。

「ヨーロッパからシベリアルートで飛んでくると、小松は成田や関空よりも近くにある。日本海に面していますから、飛行時間は三十分は短くて済みます。小松は民間空港としては空《す》いていますから、待たずにすぐ着陸できて、貨物ターミナルで荷をトラックに乗せ換えれば、すぐ北陸《ほくりく》自動車道に乗れる。トラック便で首都圏へは五時間くらい、名古屋《なごや》・関西圏へも三、四時間で行けるんだそうです」

「なるほど」

笹はうなずく。

「あそこからなら、東京へも名古屋へも大阪《おおさか》へも、ほぼ等距離の立地だな」

「ええ。東京・名古屋・大阪へ向かう貨物を一機のジャンボ機で運べるので、効率がいい。最近は、あのルクセンブルクの貨物航空会社が週に何便も飛ばしているらしいです」

「先任」

最前列の管制卓から、担当管制官がまた振り向いて告げた。

「LUX009が、G空域に入ります」

「うむ」

工藤は腕組みをしたまま、スクリーンを注視した。

黄色い小さな三角形が、小松の遥か沖合を、真西へ行く。

その尖端が、航空自衛隊のG訓練空域——日本海に斜め長方形に設定された訓練空域の端にかかろうとする。

「――」

見上げる全員が、息を呑む。

「――」

迷走する、音信不通の民間機が空自の訓練空域へ入る……。

（――）

工藤は眉をひそめる。

いったい、何が起きている――？

笹と明比の会話を聞いていると、国際線の貨物機が小松を目的地としているのは、不自然ではないらしい。あまり意識はしてこなかったが、ルクセン・カーゴ社の貨物型７４７は、これまでにもシベリアから日本海を南下し、定期的に小松へ来ていたらしい――

しかし。

ならば、日本海で航空路を西側へ外せば、航空自衛隊の訓練空域へ侵入してしまうことも、ルクセン・カーゴ社のパイロットは知っているはずだ。

民間機が許可なく訓練空域へ入り込むのは、危険だ。

「訓練中だった小松のＦは？」

「あそこです。間もなく、会合《かいごう》します」

言われるまでもなく。

スクリーン上には、能登半島の遥か北西の洋上に、尖端を右手——真東へ向けた緑色の三角形が二つ。

編隊で飛んでいるのだろう、ほとんど重なって浮いている。

それらは、防空レーダーのアンテナが一回転する四秒おきの間隔で、じりっ、じりっと移動する。

二つの三角形の脇に、識別コードが寄り添って浮かぶ。〈ＢＤ01〉と〈ＢＤ02〉だ。

二つの緑は、向かってくる黄色と今にもすれ違う。

「ブルーディフェンサー・ワンと、同じくツー。ＬＵＸ００９と会合します」

「よし」

工藤はうなずく。

「編隊長を呼び出せ」

第Ⅱ章　緊急着陸

1

●日本海上空　G訓練海域
F15　白矢機コクピット

（いったい）
どうして、俺はやられた……？
もうGはかかっていない。
イーグルは水平姿勢で、ゆったり飛んでいた。
コクピットの目の前は蒼い空間と、眼下一面に広がる海だ。しかし白矢英一はハーネスで座席に固定した両肩を上下させていた。肺がまだ、エアを欲しがっている。酸素マスクのレギュレータがシュッ、シュウと鳴る。

（く——くそっ）

呼吸を繰り返すと汗が目に入り、思わず頭を振る。

くそっ。

訊きたい。

俺は、あいつと同時にスプリットSに入ったはずだ。

（なのに）

なのにどうして、いつの間に俺の真後ろ——

しかし

『聞いているのか、ブルーディフェンサー・ワン』

ヘルメットのイヤフォンで、遠く小松基地の地下にいる管制官が問いただす。

『今の指示を復唱せよ』

「——えっ」

そ、そうか。

今、何か『命令』を伝えられたんだ……。

なんて言われたんだっけ……？

すると
『白矢』

無線に、短く舞島茜のアルト。

今は、基地の管制官と交信中だ。

二番機が、私語をさしはさむ時ではない。でも右の真横に同高度・同速度で浮かんでいるF15のコクピットから、同期生の女子パイロットは『しっかりしろ』と叱《しか》るような調子で、短く呼んで来た。

（わ、分かった）

白矢は、右横へ目をやって、ヘルメットの頭でうなずく。

頭の中を占めていた『なぜ負けたんだ』という考えを、頭を振って打ち消す。

しっかりしろ。

俺が今日は、編隊長なんだ――

「――も、申し訳ありません、小松オフサイド」

白矢は左の親指でスロットルレバー横腹の無線送信スイッチを押すと、遠くの管制官に応えた。

「指示を、もう一度お願いします。セイ・アゲイン、プリーズ」

指揮周波数の無線の向こうは、小松基地の主任要撃管制官だ。

しょうがないな、という無言の呼吸の後、年かさの管制官は繰り返した。

『ロスト・コミュニケーション状態の民間機が、G空域へ侵入して来る。ただちに会合し、情況を確認せよ』

「は、はい」

白矢はうなずく。

ようやく、呼吸が平静になってくる。

「ロスト・コミュニケーションの民間機、会合して情況を確認します」

復唱をしながら、ようやく指示された内容も、頭で掴めてくる。

ロスト・コミュニケーション──通信不能状態の民間機……？

（…………）

ちら、と右横を見やる。

一〇メートルと離れていない位置に、舞島茜のF15が浮いている。微《かす》かに上下して見える──いや、俺の機の方が、安定せずにふわふわしているのか。

右に並んだ二番機。そのコクピットのキャノピーの下で、赤いヘルメットがこちらを向いている。俺のことを、心配して見ている……。

大丈夫だ、舞島。

たった今まで、Gをかけて、へべれけの状態だったけれど（いや、どうして負けたのか分からなくて、茫然自失《ぼうぜんじしつ》したというほうが合っている）。

もう、呼吸も戻った。

任務はこなせる。心配するな。

白矢は復唱に続いて、管制官へリクエストした。

「ベクター願います」

『了解。ベクター・トゥ・ボギー』

すると無線の相手は、元の若手の管制官に戻り、侵入してくる民間機と会合するための誘導が始まった。

『ターン・レフト、ヘディング・ゼロ・ナイン・ゼロ。当該機はイレブン・オクロック、レンジ・ファイブ・ゼロマイル、エンジェル・スリー・ゼロ・ゼロで接近中。コンタクトしたら知らせよ』

「ヘディング・ゼロ・ナイン・ゼロ。コンタクトし報告します」

ゼロ・ナイン・ゼロ――方位〇九〇度。真東か。

（………）

ところで俺は、今どっちへ向いて飛んでいる……？

白矢は復唱をしてから、はっ、と気づいた。

格闘戦で、激しく旋回を繰り返した。そのせいで自分が機首を向けている方位も分からなくなっている……。ＨＵＤ下側の方位表示よりも、白く輝く太陽が右上にあることで、南東を向いていたのか、と分かる。

そうか。左旋回で真東へ。

ようやく納得し、右手で操縦桿を左へ倒す（少しでいい）。

ぐうっ、と水平線が傾き、前方視界が右向きに流れる。

「――――」

側方視界を映すミラーの中で、舞島茜の二番機が続く。わずかにおくれて、同様に左バンクの姿勢をとりながら、右斜めやや後ろの位置へ下がる。

「〈ＭＲＭ〉にする」

無線に短く言うと
『ツー』

応えたのは舞島茜の声だ。

レーダーを使おう。

コンタクトし報告、というのは『自機のレーダーで当該機を捉えよ』という指示だ。

白矢はHUDの方位表示が〇九〇——真東になるところで操縦桿を戻し、目の前で傾いていた水平線が戻るのと同時に、左の親指でスロットル横腹の兵装選択スイッチを手前へ引く。

カチリ
〈MRM〉モード。

HUD右下に小さく〈MRM〉の文字が明滅し、レーダーが中距離ミサイルモードで働き始めたことを示す。目視圏外の遠方の敵を捉えるモードだ。

管制官は、『ベクター・トゥ・ボギー』とも言った。

ボギーというのは、アメリカ空軍から来た用語だ。それは『幽霊』すなわち正体不明の敵機を意味する。正体不明の敵機へ向け誘導する……。これは、領空侵犯の恐れのある国籍不明機へ向け誘導する時の言い方だ。

確かに。無線に応答せず、航空路を外れて自衛隊訓練空域へ侵入して来るわけだから、民間機と言っても『ボギー』かも知れない……。

エンジェル・スリー・ゼロ・ゼロ——高度は三〇〇〇〇フィートだという。ジェット機であるのは明らかだ。日本海の航空路を飛ぶ、国際線の民間機か……？

「…………」

応答しない、民間機……。

眉をひそめる。

(まさかな)

まさかそいつは『中国の貨物機』ではないだろうな。

白矢の脳裏に一瞬、三か月前の暗黒の空が蘇る。

「……う、くそ」

頭を振り、記憶を意識から追い出す。

あんなことを、思い出している時じゃない。

ちら、とミラーへ目をやる。右斜め後ろ、やや高い位置に舞島茜の機体がある。

あいつも――

今、そう思っているだろうか。

ピッ

だが考える暇もない。白矢の目の前の計器パネル左側で、ＶＳＤ画面に白い菱形が一つ、浮かび上がった。

(――こいつか)

すかさず左の人差し指で、スロットル前面の目標指示／コントロールスイッチを動かし、ＶＳＤ画面上でカーソルを白い菱形に合わせ、クリック。

ピピッ

ＡＰＧ63が、ＶＳＤ画面に浮かんだ飛行物体をロックオンし、ひと呼吸おいて白い菱形の横に数値が現われた。『３００　４９５　１・０』

高度三〇〇〇フィート、速度四九五ノット、加速度一Ｇ。

速いな。マッハ〇・九近く出ている……。

相対速度は、音速の二倍近い。ＶＳＤ画面上の菱形は急速に近づいて来る。

白矢のやや左手正面、高度は――こちらよりもかなり上だ（自分たちは格闘戦で高度を失い、今およそ一〇〇〇フィートにいる）。だが相手が上方にいるということは、レーダーでも目視でも、見つけやすい。

指示を受けたときは『五〇マイル』と言われたが――

「――いた」

つぶやくのと同時に。

『ブルーディフェンサー・ワン、コンタクトＣＣＰ』

管制官の声が指示した。

●東京　横田基地
航空総隊司令部・中央指揮所（ＣＣＰ）

「先任」

日本海第一セクターの担当管制官が、また振り向いて告げた（要撃管制官同士は、頭に付けたヘッドセットのインターコム機能で互いに会話できるので、必ずしも振り返る必要はない）。

「Ｇ空域の訓練機と繋がりました。リーダーのコールサインは、ブルーディフェンサー・ワンです」

「分かった」

先任席で、工藤はうなずく。

「俺が話す。スピーカーに出してくれ」

「はっ」

「先任」

今度は横の情報席から、明比二尉が呼んだ。

「集約センターへは、どうしますか。民間機が万一、遭難の危機にあるとしたら」

「――うむ」

工藤は少し考え、うなずいた。

目の前で異常事態が起きているのは、確かだ。

だが、いつものスクランブルではない。

明比の言う『集約センター』とは、永田町《ながたちょう》の総理官邸内にある〈内閣情報集約センター〉を指す。

二十四時間、わが国の中で起きる、あらゆる非常事態の情報を集約していて、ただちに内閣危機管理監へ報告をする部署だ。大規模災害やテロなどの発生時は、気象庁、消防庁、国土交通省（海上保安庁を含む）、警察庁そして防衛省から、マニュアルにしたがって集約センターへ通報が行なわれるよう法整備がなされている。

東京航空交通管制部を擁《よう》する国土交通省からは、民間航空機が緊急事態を宣言したり、『遭難』を意味するトランスポンダー・コードを発して救援を求めた時点で通報がなされる。防衛省からは、ＣＣＰがスクランブル発進を下令した時点で自動的に集約センターへ通報が行く。

ところが今回は。

当該貨物機の乗員からは音信不通のため、緊急事態の通報も救援の要請もまだない。

工藤のＣＣＰも、スクランブルを発令したわけではない。このままでは、ずっと〈内閣情報集約センター〉へは情報が上げられないままとなってしまう。もちろん、何事も無く事態が収束すればよいのだが……。

「分かった」

障子さんにも、知っておいてもらった方がいいだろう――

工藤は腕組みをしたまま、指示した。

「集約センターへ事態を通報しておいてくれ。簡単に、第一報でいい」

「はっ」

明比に指示すると、工藤は正面スクリーンを見上げた。

能登半島の北側、洋上に緑の三角形が二つ――〈ＢＤ01〉と〈ＢＤ02〉が右向きに進んで、左向きの黄色い三角形と今にも重なる。

「ブルーディフェンサー・ワン」

工藤は、スクリーンを仰ぎながら自分のヘッドセットのマイクに呼んだ。

「聞こえるか。こちらはＣＣＰ先任指令官だ」

●東京　永田町

総理官邸　内閣危機管理監オフィス

『──将来の社会保障の財源とするためにも、消費税は上げなくてはいけないのです』

壁にずらりと並ぶTVモニターの一つが、音声を発している。

男の声は『分からないやつに教えてやっている』という調子だ。

『みなさんは〈国の借金〉が今いくらになっているか、知っているんですか』

「………」

障子有美(37)は、TVの音声を聞き流しながら机上のPCに向かっていた。

画面に現われているのは、市街地のマップだ。

〈千代田区〉

拡大された街路図の中央を、〈内堀《うちぼり》通り〉と表示された中央分離帯のある大通りが斜めに走っている。左側の車線を、〈LAUNDRY〉と表示された黄色い小さな長方形──車のシンボルがゆっくり進む。その前後を、赤い二つの長方形に挟まれている。

あの〈対象者〉の護送には、クリーニング業者の大型バンを使い、前後を警護するのも覆面パトカーだ。三台の車列は目立ちはしないだろう。

見ていると、赤い長方形に先導される車列は、桜田門交差点を左折して〈桜田通り〉へ入っていく。図には現われないが上り坂にかかる──間もなく霞《かすみ》が関《せき》の官庁街だ。

ドラマによく登場する、桜田門交差点へ突き出すように立つ警視庁舎の横を過ぎると、その奥には警察庁の建物がある。国土交通省と背中合わせの配置だ。

赤い長方形に先導され、黄色い〈LAUNDRY〉は右折して警察庁の庁舎へ入る。

ほとんど同時に画面にウインドーが開き、『洗濯物はクリーニング屋へ入りました』と文字が浮き出た。

湯川からの報告だ。

(――よし)

有美はうなずくと、そこで初めて組んでいた腕をほどき、机上《きじょう》のPCの横に置いた蓋付きカップを取り上げた。

大きいサイズのブレンドを買っておいたのだが、こんな緊張状態でコーヒーをがぶ飲みするとトイレが近くなる。ずっと飲むのを我慢していた。

口をつけると、すっかり冷えていた。

「…………」

小さく息をつく。

うまくやってくれたか、あの子……。

今日の〈作業〉は。

ＮＳＣ情報班が主体となって実施される。つまり門篤郎のチームが行なう作戦だ。情報班の直属上司は、国家安全保障局長だ。この〈作業〉の実行責任者はＮＳＣの局長となる。

半年ほど前、〈もんじゅプルトニウム強奪《ごうだつ》事件〉を機にＮＳＣ政策企画班長から内閣危機管理監へ異動した有美は、こうした現場の〈作業〉の実行を指揮する立場にはない。

ただ、政策企画班時代の右腕であった湯川武彦《たけひこ》が、オペレーターとして〈作業〉に参加していた。特殊作業車からリアルタイムで情報は送ってくれた。

有美は自分のオフィスで、現場の進捗《しんちょく》を見守った。

ＮＳＣで初となる『工作員』を養成し、現場の〈作業〉に投入する。

これは三か月前の〈政府専用機乗っ取り事件〉を機に、急きょ検討された構想だ。

諜報戦で、国を護るための実力行使の手段を持つこと。

アメリカのＣＩＡなどには遠く及ばないとしても、わが国が自力で『工作』できる能力を持つ。

もともと、わが国のインテリジェンス機関（警察も含め）には、国内で活動する敵性国の工作員を攻撃的に捕獲・排除する能力がなかった。

しかし。これまでのように情報の収集と分析だけに専念していたのでは、国を転覆させるような陰謀が行なわれると分かっても、敵性国の工作員を捕まえ、これを未然に阻止することが出来ない——

法的に出来ない——そう言われては来た。

だが実際は、やれば出来るのにやろうとしなかった。

有美は最近、そう思う。

本当は。

これまでずっと、国のリーダーだったはずの有力政治家たちが利権で中国など種々の外国と結びつき、自分たちの利益を守るために外国のスパイの活動を摘発させずに来た——それが実態ではなかったか。

そう思うようになった。

わが国の政界には、昔から〈日中《にっちゅう》議連〉、〈日韓《にっかん》議連〉と呼ばれる集団がある。超党派の国会議員で構成しているグループだ。

有美自身、ずっと長い間、それら議連は両国間の友好親善のために活動している。議員たちは友好と相互理解のため活動している——そう思い込んできた（いや、思い込まされてきた）。

だがNSCに参画し、政府部内の実情に触れた今、認識は変わっている。

漏《も》れ伝わってきた話では、実際はこうだ。たとえば韓国のある都市で、地下鉄を建設する計画がある。

技術力のある日本のゼネコンが、入札に参加したい。

そういう場合、まずゼネコンは日韓議連の有力政治家のところへ仲介を頼みにいかなくてはならない、という。するとその有力政治家は、韓国の有力政治家へ話を通し、入札に参加出来るよう計らってくれる。無事に落札して事業を受注したら、落札額の中から相応のパーセントのキックバックを、韓国側政治家と日本側政治家へお礼として支払う。

もちろん政治家を通さずに入札へ参加することは、物理的には可能だが、この場合は様々な妨害に遭うので、受注出来る可能性は低いという。

中国でのODA（政府開発援助）も同様だった。この場合も、中国国内で橋や病院や飛行場を建設する計画があった時、日本の建設企業は日中議連の大物政治家へ頼みに行き、この場合は中国共産党の有力者へ話を通してもらう。入札に参加して、受注出来た後にお礼を払うのは同じだ。

中国や韓国へ工場を進出させたいメーカー、チェーンを展開したい物販の企業も同じだ。日中議連、日韓議連の先生方を通さないと、現地で認可や許可をスムーズに得られない。もともと反日教育をされてきた国々だから、現地の役所が親切に対応してくれるわけがないのだ、という。

それればかりではない、最近では、嫌がるJRとメーカーに強要し、新幹線の技術を無理やり中国へ売らせたのも親中派の大物政治家であったといわれる。

このような状態が、高度成長期から二十一世紀初めの政権交代の時期まで続いた。

これまでに韓国や中国が、わが国に対して領土や様々な問題で、いくら理不尽な無礼なふるまいをしても、国民を怒らせるようなことをしても、なぜか日本政府は弱腰で、何も抗議しようとはしない。日韓関係を損なってはならない、日中関係を損なってはならないという理由で制裁も抗議もしないで来たのは、毎月のようにキックバックのお金が湯水のように流れ込むので、それを止められるわけにはいかなかったからだ。領土や様々な問題を放置して、悪化させてきた張本人は政権与党有力者たちだった。

記憶に新しいが、十年ほど前に自由資本党《じゆうしほん》から主権在民党へ政権交代が行なわれた時、当時の主民党最大の実力者といわれた幹事長が国会議員百四十名余りを含む六百人の大訪中団を率い、北京《ペキン》を訪問し、当時の国家主席と会談したというニュースがあった。あれは『これからは我々が窓口になるので、企業進出の橋渡しやODA事業のキックバックは我々にください』とお願いをしに行ったのだ、といわれる。『その代わり、きょう国家主席とツーショットで写真を撮らせてもらった百四十三名の議員は、一生あなたに忠誠を尽くします』と誓ったのだという。

そのすぐ後で、尖閣《せんかく》諸島において中国の漁船が海上保安庁の巡視船に体当たりをするという事件が起きた。中国漁船の船長は逮捕された。しかし『ODA事業のキックバックを我々にください』とお願いしているさなかの主民党政権が、当該船長を裁判にかけられるわけがなく、釈放してしまった。この事件は『本当に忠誠を尽くすのだな？』と、当時の国家主席から主民党政権が試された事案だったのだ、と分析する向きもある。

しかし。

政権交代をさせられて三年半、その間いったん野に下っていた自由資本党は、古手の有力者たちを引退させ、新しく政策だけで勝負する常念寺貴明を総裁に就任させた。そして巻き返しの解散総選挙を戦った。自由資本党は、自由にものが言える政党だったので、自浄作用が働いたのだと有美は見ている。

古い有力政治家たちも、野党でいるよりは常念寺に協力して、新政権を支えるしかなかった。常念寺は、中国へのODAをやめた。韓国とのいわゆる慰安《いあんふ》婦問題も『もう蒸し返さない』と約束をさせた。そしてロシアとの間で、いよいよ北方領土の返還を押し進めようとしている。

たとえ二島だけでも領土が帰れば、常念寺への国民の支持は高まるだろう。支持が高まれば、次の段階はいよいよ――

『いいですか、みなさん』

有美の思考を遮るように、TVの音声が被さった。

強い調子だ。

『日本の抱える〈国の借金〉は、もう一〇〇〇兆円を超えているのですよ。これは国民一人当たり八〇〇万円近い借金です。普通の家計なら破綻しています』

「――――」

有美は、壁にずらりと並ぶTVモニターの一つを見やった。


ここは総理官邸の三階。

内閣危機管理監という役職にある有美の、通常の執務用に割り当てられたオフィスだ。

この部屋には壁に張り付く恰好で、十一台のTVモニターが設置され、民放主要各社とNHKの放送が常時受信されて、専用のサーバーで録画され続けている。

全部のモニターの音を出してしまうと、うるさくてたまらない。部屋の主である有美は、通常の情況下では、音声を出すのは十一台のうち一つだけにしていた。

『いいですか』

音声を出している画面は、明るいスタジオの様子だ。

民放だ。時刻からすると、昼の情報番組（ワイドショー）か。

しゃべっているのは、口髭《くちひげ》をはやした五十代らしい男。画面の下に〈政治評論家　川玉《せんぎょく》哲太郎《てつたろう》〉というテロップ。

『考えてもごらんなさい。日本の税収は、四〇兆円あまりしかないんですよ。つまり現在の状態は、年収四〇〇万円の家庭が一億円の借金をしているのと同じなのです。年収四〇〇万の人が一億も借金したら、どうなりますか。もう破産でしょう。この日本はね、もうすでにそういう状態なんですよっ』

またた……。

語り口が、同じ――

有美はふと、そう感じた。

ＴＶで発言する評論家、野党の議員……。いや与野党に区別なく、いくらでもいたような気がする。

国の財政を一般市民の家計に例えて、収入がこれだけなのに借金がこんなに多い――

「だいたい」

有美はつぶやいた。

「〈国の借金〉って、何よ」

「は？」

そばのデスクにいた若い事務官が、反応して訊き返した。

「危機管理監、何か」

「いえ、何でもないわ」

有美は頭を振る。

「〈作業〉が、一段落した。総理はどこにいらっしゃるのかしら」

事務官は、自分の机上のPCの時刻表示を見やった。

「ただ今ですと――」

「ちょうど、ラスプーチン大統領と会談中です。ウラジオ郊外です」

「そう」

有美がうなずくと
「危機管理監」

もう一人のスタッフが、館内電話の受話器を手に、告げた。

「地下の集約センターからです。通報事項が一件」

「そう。電話を回して」

「はい」

2

●東京　永田町
総理官邸　内閣危機管理監オフィス

「────」

有美は机上の館内電話に手を伸ばしながら目を上げ、壁にずらりと並ぶTVモニターをさっ、と見渡した。

臨時ニュースのテロップは、どこにも出ていない。

通報事項、か。

地下の内閣情報集約センターから、何か知らせてきた。

何が起きたのか。

空自がスクランブルを上げたか、あるいは何か突発的に事故や災害が発生したか。

通報されるのは、有美が内閣危機管理監として知っておくべき事象だ。

その昔は、官邸が事故や災害の発生を知るのに、TV報道に頼らなくてはならない時代があったという。

政府組織内を通って上がって来る報告が、遅かったのだ。特に、自分たちの省庁の失点に繋がるような事象が起きると、現場の役人は「報告してもいいか」と上司に訊く。その上司も自分の保身を考えると判断がつかないので、さらに上に訊く。こうして、その省庁は組織のトップにまで伺いを立て、報告の内容や文言を調整してからでないと外に出さないような風潮があった。

現在では法律と組織が整備され、警察・消防・国土交通省・防衛省などはマニュアルに従って自動的に通報をして来る。

有美は館内電話の受話器を取り、赤く点灯したボタンを押した。

集約センターは、官邸の地下にある。国家安全保障局のオペレーション・ルームに隣接し、二十四時間態勢で国内各省庁からの通報を受ける。ＮＳＣの発足と機を同じくして、常念寺総理の肝いりで作られた施設だ。

「障子です。何か」

すると
『危機管理監。横田から通報です』

地下六階に詰めているオペレーターが報告した。

有美は反射的に「あぁ、またか」と思った。

横田、というのは航空自衛隊総隊司令部を意味する。空自のスクランブル発進に関する通報はほとんど毎日あるので、現場では省略して『横田』で通す。

またCCPが、国籍不明機に向けてスクランブルを上げたか……。

ところがオペレーターは、いつもと違う内容を告げる。

『日本海上空に、管制機関と連絡の取れない民間貨物機が一機。コースを外れ、迷走中とのこと』

「――――」

有美は眉をひそめる。

民間機……？

CCPが、民間機について通報して来た……？

「民間機が、コースを外れているの」

有美は聞き返した。

『はい』

受話器の向こうで、地下のオペレーターはうなずく。

『ルクセンブルク籍の貨物機です。管制の呼びかけにも応答しないそうです』

「遭難信号は出しているの？」

日本海の上空――

航空総隊司令部からの通報といえば、『領空へ接近する未確認航空機へスクランブルを発進させた』という知らせがほとんどだ。

多い時には、一日に十回近く。

その大部分が、東シナ海において中国機と見られる未確認機が尖閣諸島を含む沖縄県の島々に接近して来ている、という通報だ。

次に多いのが、日本海でのロシア軍機の領空接近だが。

民間機が管制機関と連絡しない……?


『当該機は、遭難信号を出していません』

オペレーターは答えた。

『まだ通報の基準に達しない事象です。国交省の東京航空交通管制部がＣＣＰへ相談し、ＣＣＰから念のためにと、知らせて来ました』

「分かりました」

有美は、うなずいた。

何かが起きているようだが。

総隊司令部の中央指揮所で見守っているのであれば、とりあえず任せておけばいい。

ＣＣＰで現場の指揮を執る先任指令官たちは三十代の二佐クラス。ちょうど防大時代の有美の同期か、少し後輩にあたる。能力は信頼出来る。

今は、警察庁へ入った中国の女スパイの扱いについて、推移を見ていたい。

「何か続報が入ったら、知らせて」

『了解しました』

受話器を置くと、有美は自分のＰＣの画面に戻った。

メールが着信している。

開くと、特殊作業車の湯川からだ。『洗濯物は四枚。クリーニングは八日』つまり現場工作員からの報告では、〈対象者〉――中国の女スパイは四件の嫌疑の現行犯で逮捕されている。勾留は合計で八日間出来る……。

（……よくやった）

よくやった、と有美は心の中で言った。

門から『二名の工作員のうち、舞島ひかるを〈対象者〉への直接対処にあたらせる』と告げられていた。

あの子だ。

あの子が、やってくれた。

舞島ひかる二曹。

三か月前の〈政府専用機乗っ取り事件〉のさなか、テロリストに制圧された機内から、ユーチューブに動画をアップすることで事態の詳細を知らせて来た。特別輸送隊の新人の客室乗員だという。色白の、髪の短いきれいな子で、こんな子がたった一人、銃を持ったテロリストに抗《こう》して機内を逃げ回り、事件の解決に繋がる情報をもたらした。

それだけではない。事態の終盤には、襲い掛かる中国戦闘機のミサイルの群れから、あの747をみずから操縦して逃げ切った。

ひかるの姉はイーグル・ドライバーの舞島茜三尉。考えてみれば三か月前の〈事件〉では、この姉妹がわが国を危機から救ってくれたことになる……。

(女の子たち、か)

思えば、あの〈乗っ取り事件〉が解決して、すぐのことだ。

NSCも独自に、外国工作員に対して実力行使できる手段をもたなければいけない、という議論になった。

〈専用機乗っ取り事件〉では、もう少しで国そのものを乗っ取られるところだった。

危機感は大きい。

門篤郎が『あの舞島ひかるを我が方の工作員としてリクルートしたい』と発案すると、その場にいた全員が賛成した。

工作員養成訓練のため、NSCのカウンター・パートであるアメリカCIAから教官を招聘《しょうへい》する、というアイディアは有美が出した。有美はCIAに『留学』をした経験がある。人脈があった。

法制度の整備は、まだこれからになるが。

常念寺政権ならば、いずれ〈スパイ防止法〉の成立も、やってのけるだろう。

わがもの顔にふるまう外国工作員を排除し、わが国を護るために。できるところから始めることになった。

問題は、舞島ひかるが工作員となることに同意するのか……？　それが未知数だった。

しかしまずNSCとして初期要員二名の養成をすることは機関決定した。

ところが門は『NSC初となる工作員は二名とも女子にする』という。

最初にそう告げられた時、有美は訊き返したものだ。

二人とも女子……？

「どういうこと」

だが

「当然だろう」

門は表情も変えずに言う。

「初の工作員は早速、〈ハニー・トラップ狩り〉に投入する。しかし敵を追いかけて、女子トイレに逃げ込まれたらもう追跡できませんなんて、そんなことでは話にならん」

「――――」

確かに、そうだ。

リクルートには、あんたも手を貸してくれ。

門に請われ、有美は空自の千歳基地まで、件《くだん》の舞島ひかるの『勧誘』のため向かったのだった。

あれが、まだ三か月前のこと。

舞島ひかるが、果たして政府機関の工作員になってくれるのか。

全く予測がつかない中、千歳へ出張した。

本人は、いったいどういう気持ちでいたのか……？　あの〈事件〉のさなか、テロリストに乗っ取られた政府専用機の機内で、おそらく生き残るため必死に動いたのではなかったか。

〈使命感〉のようなものがあったのかというと、分からない。

自衛官ではあるが、なり立ての二等空曹だ。二十歳過ぎの女の子だった。

それが――やります」

政府の仕事を手伝ってくれないだろうか。もちろん、特輸隊の仕事は、これまで通りに続けて構わない。

門が、そのように問いかけると。

色白の二曹がうなずくのに、五秒は待たなかった。

舞島ひかるは、少し考える表情をしたが。

次の瞬間には、それが当然であるかのようにうなずいた。

「やらせて頂きますが――客室乗員の任務は、続けてもよいのですね」

「当然だ」

門はうなずいた。

この男も、舞島ひかるの反応の速さに、少し面食らった様子――驚いた様子だった。表情には出さないが、それが有美には読み取れた。

特輸隊の隊員として――政府専用機の客室乗員として、表向きの身分を持ち続けることは、むしろ望ましい。門が「その方が我々も都合がいい」と口に出しかけ、自制するのも見て取れた。

ひかるが、専用機の客室乗員であり続ける方が、NSCとしては『使い出』がある。

要人を乗せて海外へ飛ぶし、国の緊急ミッションにも駆り出される。

そのような場にNSCのエージェントが一名、密かに同行出来るのは、理想的だ。


工作員養成の件は、常念寺総理へは有美から報告をした。

NSCの局長は、現場の皆とは一歩距離を置き、一つ間違えば法に抵触する工作活動には慎重だった。養成を了承はしたが、後で何かあった時に責任を取りたくない様子だったので、総理へは有美が局長に代わり報告をした。

すると総理からは、『あらゆるリソースを活用し養成にあたれ』と逆に指示された。

予算は機密費を使え、と即決で指示をされた。

総理にも難色を示されるだろうか、と有美は構えていたが。若い総理大臣は予想に反し、「慎重にやれ」などとは一言も言わなかった。

それればかりか
「よく発案してくれた」

常念寺は大きくうなずいた。

「工作員養成は、遅過ぎるくらいだ。いいぞ、よく発案してくれた。国の舵取《かじと》りにあたる政治家や官僚がゾンビ化させられる前に、〈奴ら〉を倒すのだ」

「………？」

有美は、総理執務室で立ったまま、デスクの総理を見返したものだ。

言われた意味が、よく分からない。

「ゾンビ化、ですか」

「中国のハニー・トラップにはめられるのは、Tウィルスに冒されるようなものだろう」

「……はぁ」

「もはや政治家や官僚として、まともな働きは出来なくなる。そればかりか、わが国に害をなす。ゾンビと一緒だ」

「はぁ」

「私も、これから〈スパイ防止法〉の立法に全力を尽くす。しばらくは法の制約で不自由を強いるかも知れんが、よろしく頼む」

総理がすぐホワイトハウスに話を通してくれたので、CIAから教官を招聘するのは、円滑に運んだ。

舞島ひかるは〈民間航空研修〉の名目で千歳基地の隊を離れ、都内新宿区の秘密施設に缶詰になった。

もう一人の候補生は、これも門が呼んで来た。警察庁公安外事課のキャリア警察官で、門の後輩にあたるという。依田美奈子は、舞島ひかるより五つ歳上の二十七歳だった。

ＣＩＡの工作員訓練シラバスを基に、十三週間の養成プログラムがスタートした。

（あれから）

有美は、危機管理監オフィスの窓から、官邸の前庭を見た。

あれから、もう三月が経つのか……。

その時

「障子君」

窓とは反対の方向から、声がした。

しわがれた渋い声。

「首尾はいいようだな」

「……？」

●日本海上空

F15　ブルーディフェンサー編隊　一番機

『ブルーディフェンサー・ワン』

HUDの向こうに、水平線が広がっている。

高度スケールは『一〇〇〇〇』ちょうど。

白矢英一は、右手で水平線の位置を一定に保ったまま、視線だけを上げて斜め左上方を注視していた。

そのヘルメット・イヤフォンに音声が入る。

今日初めて聞く声。

『聞こえるか。こちらはCCP先任指令官だ』

高高度には、今日は雲が無い。

その青黒い天井のような空間に、一本の白い筋が、前方斜め上から伸びて来る――白矢のコクピットのキャノピーの左上にたちまちさしかかる。

あれか……。

白い筋は、目を凝らすと四本ある。細い四本が束になり、青黒い中を伸びて来る。

コントレール（航跡雲《こうせきうん》）だ。

ジェットエンジンが白いコントレールを曳くと、それは空に描かれる筋となって、遥か五〇マイル先からでも視認出来る。

（――いた）

さらに目を凝らす。コントレールの白い筋が伸びる先端に、小さく機影がある。陽光を受けキラッ、と一瞬光る。

四発機か。

急速にこちらへ来る——

「ブルーディフェンサー・ワン」

左上方から目を離さぬようにしながら、白矢は左手の親指で無線の送信ボタンを押し、呼びかけに応えた。

「ラウド・アンド・クリア。ナウ、ターゲット、ビジュアル・コンタクト」

音声は明瞭に聞こえます、指定の飛行物体は目視で発見しました、と報告した。

『よろしい』

無線の声はうなずく。

『ターゲットの情況が知りたい。接近して報告』

声は管制用語でなく、平易な日本語で命じて来た。

先任指令官か……。

今この時、横田基地の地下で、わが国の防空の指揮を一手に握っている。

そのCCP先任が、担当要撃管制官を脇にどけて『報告しろ』と命じて来た。

『ブルーディフェンサー・ワン、その位置からインターセプト出来るか』

「出来ます」

白矢は左上を見上げたまま応えた。

「やります、今」

高度差二〇〇〇フィートで、左上方をすれ違っていく機影。

やはり四発機。

国際線を飛ぶ大型機か――

（――）

白矢は頭を回し、目で追う。

あれに、何か起きたと言うのだろうか。

ＣＣＰは『近づいて報告しろ』と言う。

ちょうどいい、ここからインメルマンで引き起こせば、あの機の斜め後方へ出る……

「インメルマンで行く」

機影を見たまま、同じ周波数で二番機の舞島茜に向け短く告げると
『ツー』

打てば響くように、イヤフォンにアルトの声。

バックミラーの視野へ目をやるまでもない。舞島茜の二番機は、俺の右やや後ろの位置にぴたりとついている――

(――よし、今)

白矢は右手で操縦桿をまっすぐ手前へ引いた。同時に左手でスロットルを最前方へ。

ざぁあっ

目の前にあった水平線が下向きに吹っ飛び、同時に背中でアフターバーナーが点火。

ドンッ

射出座席の背を突き飛ばすように加速がかかり、下向きに押しつけるようなGと共に、前方視界が激しく下へ流れる。

ざぁあああっ

機首が上がる。HUDの高度スケールが吹っ飛ぶように増加、たちまち二〇〇〇〇を超えて二二〇〇〇、二四〇〇〇、二六〇〇〇、二八〇〇〇――

「――――」

下向きに流れる視界。すぐにヘルメットの頭上から、反対側の水平線が逆さまになって降って来る。

今だ。

「くっ」

逆さまの水平線が、目の高さへ降りて来る瞬間。白矢は右手で操縦桿を前へ——中立の位置へ戻す。

ぴたり
世界が、逆さまのまま止まる。

背面姿勢。

高度スケール『三〇〇〇』。

（さっきの大型機は……？）

目で探すと、目の前の逆さまの水平線にほぼ重なり、ＨＵＤ正面やや右の位置だ。四つのエンジンを翼下《よくか》につけたシルエット——大型四発機の後ろ姿が逆さまのままで浮いている。

（よし）

すかさず右手で、操縦桿を左へ倒す。

ぐるっ、と世界が回転して順面——正常な向きへ戻る。水平線と共に四発機の後ろ姿も回転する。間合いは前方、約一マイルくらいか（大型機は距離感が摑みにくい）。

「近づくぞ」

無線に短く言うと
『ツー』

舞島茜の声が応える。

ちらとミラーに目を上げると、さっきと全く同じ位置――右やや後方やや上の位置に、ライトグレーのF15の正面形が浮いている。

白矢の機にぴたりとついて、インメルマン・ターン機動で上昇してきたのだ。


よし、近づこう。

白矢は視線を前方へ戻す。機影を、目の前のHUDの正面やや右の位置に置いたまま、接近して行く。

アフターバーナーは焚《た》いたまま。順面姿勢になったF15は加速している。速度スケールを見るまでもない。前方の機影の近づき方と、キャノピーに当たる空気の音で分かる。

四発機のシルエットが大きく、はっきりして来る。

(このくらいか)

頃合いを見て、左手のスロットルを少し戻し、アフターバーナーを切る。マッハ数表示は〇・九五。このくらいがいい(音速を超えてしまうと、こちらの側面衝撃波を向こうの機体へ当ててしまう)。

さらに操縦桿をわずかに引く。

やや右前方、同高度に浮かんだ状態で近づく四発機(こいつは747だ)の後ろ姿が、白矢の目の高さから、ゆっくり下側へ沈む。

巨人機の垂直尾翼の先端が、目の高さに並ぶところで、操縦桿を中立位置へ戻す。

シルエットがぴたりと止まる。

高さは、このくらいがいい。大型機に接近する時には、左右の主翼端から後方へ伸びる『翼端渦《よくたんうず》』に注意しなくてはいけない（大型機は翼端から後方へ『渦』を曳いていて、巻き込まれるとF15でも強いロールに入り、デパーチャーしかねない）。主翼端よりも高い位置で追いつくようにしなくては……。

『ツー、ポジションにつく』

ヘルメット・イヤフォンに舞島茜の声が入り、白矢はハッ、とした。

そうか。

二番機に、指示を出すのを忘れていた。

「――頼む」

短く言うと

『ツー』

声が了解する。

ミラーの視野の中、F15の正面形が背にスピードブレーキの抵抗板を瞬間的にパッ、と立て、後方へ小さくなる。

今回は、スクランブルの要撃――〈対領空侵犯措置〉の行動とは少し違うが。

二番機には、通常のスクランブルと同じ位置についてもらった方がいいだろう。後方のやや高いポジションから、全体の様子が見渡せる。


ミラーの中の舞島機は視界の奥へ小さくなり、やや高度を上げて、白矢の後方三〇〇〇フィート、五〇〇フィート上方の位置へつく。

その間にも白矢の右前方からは、巨大な四発機が近づいて来る。やや俯瞰《ふかん》する角度――一枚の垂直尾翼が、前方からコクピットの真横へ並んで来る。

（――貨物機か）

淡いブルーに塗られた巨体だ。

白矢は右の脇を締め、操縦桿を動かさないよう注意しながら、左手のスロットルをやや戻す。大型機と速度を合わせるようにしながら、無線の送信ボタンを押した。

「ＣＣＰ、ブルーディフェンサー・ワン」

3

●東京　横田基地
航空総隊司令部・中央指揮所（CCP）

『CCP、ブルーディフェンサー・ワン』

ざわめく地下空間の天井から、スピーカーの声が響く。

正面スクリーン上の緑の三角形〈BD01〉――遥か遠方の空中にいる戦闘機パイロットの声だが、酸素マスクにマイクが内蔵されているから、その息づかいまで聞こえる。

「――」

「――」

全員が、スクリーンを見上げる。

今や緑の三角形二つは、左手――真西へ向いて、雁行《がんこう》編隊の形で黄色い三角形の左横にぴたりと付いている。

能登半島の北側――日本海の只中だ。

『追いつきました。当該機は水平飛行。これより警告ポジションにつき、呼びかけます。

コールサインを』

音声には、酸素レギュレータのシュッ、という雑音が混じる。

警告ポジション、というのは〈対領空侵犯措置〉を実施する場合に、国籍不明航空機の真横について呼びかける際の位置取りだ。一番機は相手機のコクピットから見て左横。二番機はその後方、やや高い位置についてバックアップする。

見上げるスクリーンでも、緑の三角形〈BD01〉と〈BD02〉は黄色い三角形に後方から追いつき、手本通りの位置につこうとする。

「ブルーディフェンサー・ワン、当該機のコールサインはルクセン・カーゴ〇〇九だ」

工藤に代わって、担当要撃管制官が応えた。

「飛行情況につき、報告せよ」

『ラジャー』

声が、呼吸音と共に応える。

『呼びかけて、反応を見ます』

（――――）

経験の浅い、若いパイロットのようだ――

声を聞き、工藤は思った。

この仕事を長くやっていると、声や息づかいだけで、上空のパイロットの経験や技量はだいたい推し量れる。

新人の場合、本人がどんなにおちついているつもりでも、呼吸は速い。

しかし新米であろうとベテランだろうと、どんなパイロットでも上手く使って見せる。それが先任指令官の腕だ。

「ブルーディフェンサー・ワン」

今度は工藤が、自分のヘッドセットのマイクに言う。

「先任指令官だ。まず当該機の機種、そして機体の登録記号が読み取れたら報告しろ」

『は、はい。いえ、ブルーディフェンサー・ワン、了解』

呼吸音まじりの声が応える。

スクリーン上で、黄色い三角形にぴたりと寄り添うところだから、間違いはない。

しかしまず、相手の識別からだ。

予期せぬことを急に『やれ』と命じられた時、経験の浅い者は、基本的な手順を飛ばしがちだ。まず相手機の確認からやらせるのがいい――

腕組みしながら、工藤がスクリーンを見上げていると
「臭《くさ》いな」

横で、明比の声がした。

「貨物機というのが、臭いですね」

「――?」

工藤が目をやると。

横の情報担当幹部席で、明比正行《まさゆき》二尉はメタルフレームの眼鏡を光らせている。

情報画面の青い光が、レンズに映り込んでいる。明比は上目遣いの視線で、スクリーンを見やっている。

「どういうことだ」

「北《きた》ですよ、先任」

「北――?」

「そうです」


「よろしいですか」

明比は、正面スクリーンのずっと左の方角――日本海の西の端を目で指す。

「現在、北朝鮮《きたちようせん》に対しては、国連安保理の決議によって経済制裁が行なわれています。核兵器と弾道ミサイルの開発をやめないからです」

「――」

「――――」

小声だったが、周囲の管制席からも視線が集まる。

「もちろん、わが国も制裁を行なっている」

明比は続けた。

「よって北は、軍需物資や、核やミサイルの開発に使える物資は公には輸入出来ない」

「――――」

工藤は、情報席の明比と、正面スクリーンを見比べる。

北朝鮮……？

何を言い出すのだろう。

「どういう考えだ」

工藤が聞くと。

「あくまで、考え得るシナリオですが」

情報担当幹部は、前置きして続けた。

「北は、核開発やミサイル開発に必要な物資を、何とかして手に入れたい。最近は韓国が密《ひそ》かに手助けして『瀬取《せど》り』させたりしていますが、海上自衛隊の監視が厳しいので難しくなっている。つい先日も、日本海の洋上で韓国軍艦艇と北朝鮮漁船との間で瀬取りしているところをわが海自のＰ１哨戒機に見つかり、焦った韓国軍艦艇が射撃管制レーダーを照射して追い払おうとした」

「――――」

「――――」

「韓国政府が瀬取りの疑いを慌てて否定して、逆に『P1が威嚇した』とか言い出し、大騒ぎになったところです」

「うむ」

工藤はうなずく。

その騒ぎならば、工藤も記憶に新しい。

北朝鮮か……。

国連の安保理決議による制裁で、物資の調達に窮している北朝鮮は、だが様々なやり方で軍需物資を手に入れようとしている――

明比の言う『瀬取り』とは、他の監視の目がない洋上で、船と船との間で密かに物資を受け渡す行為だ。

最高指導者が代替わりをして以来、あの国では核兵器の開発が急速に進展している。

もしも北朝鮮が核とミサイルの開発に成功し、商売として世界中に売りさばけば、その危険はわが国に及ぶだけでは済まない。

すでに中東では複数の国が『北朝鮮の核ミサイルが完成したならば購入する』という意思を示しているだけでなく、未確認だが開発資金の援助までしているという。

そこでわが国とアメリカが中心となり、国連安保理に働きかけて制裁決議がなされた。これによって、物資だけでなく資金の流れも絞り込まれた。最高指導者の海外口座が凍結されたり、わが国からも北への送金は事実上できない状態だ。

「もしもですよ」

明比は、メタルフレームの眼鏡を光らせ、正面スクリーンを見やる。

「北朝鮮が、ミサイル開発や核の製造に必要な物資をまとめて手に入れたいとしたら」

「――」

「――」

「日本国内にいる協力者が、まずヨーロッパのメーカーに精密機器などの物資を発注する。『日本企業が自社製品の製造に使う』という建前です。それらを貨物便に載せ、日本へ向け発送。ところが貨物機には工作員が乗っていて、シベリアから日本海へ出たところで機を乗っ取る」

「――」

「――」

「乗っ取られた機は北朝鮮領内へ着陸、後は積み荷だけ抜かれ、工作員は乗っ取り犯として北朝鮮が『逮捕』、機体と乗員は追い返される。北の当局は『事件を解決してやった』と発表する。国際社会は文句が言えません」

「——ううむ」

工藤は唸《うな》った。

「明比」

反対側の横から、笹一尉が言う。

「ずいぶん荒唐無稽《こうとうむけい》な筋書きだな」

「いや、待て」

工藤は頭を振る。

「起こり得る可能性ならば検討しよう。明比」

「は」

「取り合えず、あの〇〇九便の積み荷について調べられるか」

「はっ、もう検索をかけています」

そこへ

『——CCP、ブルーディフェンサー・ワン』

天井スピーカーに声が入った。

●日本海上空
　F15 ブルーディフェンサー編隊 一番機
「尾部の登録記号を確認」

　白矢は酸素マスクの内蔵マイクに報告した。

　追いついていく。

　その747――四発の巨人機は、胴体上面を淡い水色に塗っていた。

　大きく両翼を広げて水平飛行する後ろ姿が、コクピットの視界の右、やや下側を、ゆっくり前方から近づいて来る。

　白矢のF15が、人間の駆け足くらいの速度差で追いついていくのだ。

　大きい――

　見ていると、イーグルの機体が、そのまま左主翼の上に乗っかる感じだ……。

　主翼の下側の四つのエンジンからは、白い濁流のような四本の航跡雲が、後方へ向かって噴出している。

　白矢は、ちょうど自分の右真横へやって来た巨人機の尾部胴体で、表面に描かれている小さな文字を読み取った。

「機体登録記号、読みます。『LX－GVY』。リマ・エックスレイ、ゴルフ・ビクター・ヤンキー。機種は747の貨物型――ウイングレットは無いので、747－8と思われます」

LXというのは、どこの国の国籍記号だろう――

そう思いかけて、ハッとした。

（………⁉）

この貨物ジャンボ機は。

この塗装の色――見覚えがある。

何だ。

急いで、機体の前方へ目を走らせる。

確かに貨物型らしく、胴体側面には客室の窓らしきものは一切ない。代わりに、大きく『LUX CARGO』とロゴが大書されている。

（――こいつは）

見覚えがある、というか、これはときどき小松基地で見かける機体じゃないか……⁉

『ブルーディフェンサー・ワン、確認した』

担当管制官の声が、返って来る。

『当該機は、ルクセン・カーゴ〇〇九に間違いない』

「――――」

そうか。

週に何度か小松へ飛来し、民間側の貨物ターミナルに駐機して荷下ろしする貨物ジャンボ機は。

確か、ルクセンブルクの貨物会社だと聞いた。その会社のコールサインは〈ルクセン・カーゴ〉というのか。

「小松へ、よく来ている機体です」

白矢は、コクピットのすぐ右下に見える７４７に目をやりながら、無線に告げた。

ゆっくりと追いついている。

「もうすぐ警告ポジション。呼びかけます」

白矢は視線を右下へ向けたまま、脇を締めるようにして右手で操縦桿を固定、左手のスロットルもそのままの位置に保持した。

このまま７４７の機首に追いつき、そこで速度を合わせる――

やや高い位置にいるから、相手のコクピットの中を覗けるかも知れない。

（――この機……）

やがて白矢の真横に、機首部分がやって来た。

確かに、小松へよく飛来する貨物機に違いない（この機の行き先が小松なのか、日本の他の都市なのかは定かでないが）。

貨物型７４７の前方の機首部分は二階建てになっていて、盛り上がっている。

白矢はＨＵＤ上の左端、速度スケールの下に表示されたマッハ数をちらと見る。

〇・八六。

（速いな）

この７４７の巡航速度は概ねマッハ〇・八五――音速の八五パーセントくらいか。

盛り上がった機首上部の、操縦室窓が視野の右下へ近づいてきた。

中が、見えるだろうか――？

白矢は右下を見たまま、左手のスロットルをやや引いて戻し、親指を使ってスロットル横腹のスピードブレーキのスイッチを手前へ一回、クリックした。

ぐん、とイーグルの行き脚《ゆあし》が止む。機体の背面で、スピードブレーキの抵抗板が一瞬だけ開き、機をわずかに減速させたのだ。

ぴたり、と７４７の機首部分が白矢の右下、真横の位置で『止まる』。

（――中は）

ちょうど白矢の右肩の下、ジャンボ機の機首のコクピット――操縦室の窓が見える。

大型機は左側が機長席だ。

音速の八五パーセントで飛んでいるのだが、相対速度をゼロにしたので、お互いの姿は止まって見える。

「ルクセン・カーゴ」

白矢は真横を見ながら、酸素マスクのマイクに呼んだ。

「ルクセン──あっ」

だが呼びかけようとした途端。

右下に並んで見えていた淡いブルーの機首がフッ、と沈み込んだ。

（えっ……!?）

●日本海上空
F15　ブルーディフェンサー編隊　二番機

「……!?」

舞島茜は、両目をしばたたいた。

白い筋が消えた……？

コクピットの前方、HUDの視野の中央で、優美に翼を広げる747。

茜は、白矢の一番機から一〇〇〇フィートほど後方へ下がって間合いを取ると、わずかに上昇し、白矢機と７４７をやや高い位置から俯瞰していた。

ちょうど自分が、大型機７４７の垂直尾翼の真後ろ——軸線上に乗っかる感じだ。

その位置から、白矢機が７４７の二階建ての機首にちょうど並ぶところを、視野の中で見守った。

スクランブルではない。だから、そうする必要は無いのだが、本能的に目の前の二機を視野に入れつつ『他に何か脅威は無いか』と、周囲の空間にも注意を配分した。

その矢先。


四発機の主翼下から、白い濁流のように後方へ吐き出されていた四本の太い水蒸気の束——航跡雲がフッ、と前ぶれもなく途切れ、消えた。

ほとんど同時に、７４７の後ろ姿が視野の下側へ——ＨＵＤの中央からたちまち沈み込むように下がり、茜の機首の下側へ潜《もぐ》って見えなくなった。

（……降下した⁉）

茜は目を見開いたが、反射的に、追従するように右手の操縦桿を押す。

ぐっ、と水平線の位置が上がり、ＨＵＤの視野が下界の海だけになる。

いた。

少し小さくなった７４７のシルエット――四発ジャンボ機の後ろ姿が、浮き上がるように機首の下から現われた。

白い航跡雲が消えたということは。四基のエンジンの、推力を絞ったのか。

エンジン推力を急減させ、７４７は降下に入ったのだ。

「くっ」

茜は右手で、７４７の後ろ姿がＨＵＤの中央で止まるよう、下げた機首の位置を調整する。

すると後ろ姿は、今度はＨＵＤの中央で急速に大きくなり、両翼の端がディスプレーのプレートをはみ出そうになる。近づいていく。同時にコクピットのキャノピーを包み込む風切り音がざぁあっ、と大きくなる。

（スピード、出過ぎだ）

茜は左手のスロットルを戻す。こっちも推力を絞ろう――

思い切ってカチン、とアイドル位置まで絞る。

背中でタービン燃焼音が低くなり、風切り音ばかりになる。

ひと呼吸遅れて、視野の上側からＦ15の後ろ姿――白矢の一番機がフワッ、と舞い降りてきて巨人機の機首の真横に並ぶ。

今度は降下しながら、一緒に横について行く恰好だ。

『――ル、ルクセン・カーゴ〇〇九』

無線に、呼びかける声。

4

●東京　横田基地
航空総隊司令部・中央指揮所（CCP）

「どうしたっ」

薄暗い地下空間の空気がざわっ、とさざめいた。

ひな壇のような管制卓の列から見上げる、正面スクリーン。

その中央付近、能登半島沖を左手を向き、ゆっくり進んでいた黄色い三角形。その脇に表示されていたデジタルの数値がふいに、急速に変動した。

「高度が――下がっている？」

工藤は『300』からスロットマシンのように『298』『291』『283』と減り始

めた高度表示に、眉をひそめた。三桁の数値は『300』ならば三〇〇〇〇フィートを示す。スクリーンの数字は、下一桁は目で追えないくらい速く減っていく。

「そのようです」

最前列の担当管制官が、自分のコンソールを操作しながら確認し、報告した。

「当該機は降下に入った模様。ルクセン・カーゴ〇〇九は毎分二〇〇〇フィートで降下に入りました」

「ブルーディフェンサー・ワンが追従して降下」

その横の管制官が続けて報告する。

「二番機も、続けて降下。当該機を追います」

「どういうことだ」

工藤は、正面スクリーンの全体を見渡す。

黄色い三角形の現在位置は、本州、沿海州、朝鮮半島東岸からも遠く離れ——日本海の真っ只中だ。

あんな場所で降下——？

「海にでも降りるつもりか……!?」

●日本海上空

F15 ブルーディフェンサー編隊 二番機

『ルクセン・カーゴ〇〇九』

茜のヘルメット・イヤフォンに、無線の声。

国際緊急周波数だ。

『ルクセン・カーゴ〇〇九、ディス・イズ・ジャパン・セルフディフェンス・フォース。ドゥ・ユー・リード・ミー』


前方を行く、白矢の声だ。

『ルクセン・カーゴ〇〇九、ドゥ・ユー・リード』

目の前のHUDでは、高度スケールが上方へ流れる。高度が減っていく。二八〇〇〇、二七五〇〇──

茜は、右手の操縦桿で機首下げ姿勢を保ち、追う。

水平線の位置は額よりも上──HUDの視界はほとんど、青黒い壁のような海面だ。

減り続ける高度スケールの向こう、遠い青黒い海面を背景に、四発ジャンボ機の後ろ姿が小さく浮いている。主翼下のエンジンから噴き出ていた四本の航跡雲は消え、おそらくアイドリング推力で滑空降下している。

白矢の一番機は、747の機首の左横に付き添うように浮いて見える。一緒に降下している。

その光景に、茜はまた目をしばたたく。

（――たった今、アイドリングに絞ったということは……）

誰かが、あの巨人機のコクピットでスロットルを操作したのだ。

無線の呼びかけに応答はない。

しかし操縦席には誰かがいる。当たり前だが、パイロットはいて、操縦している。

（いったい）

あの巨人機の中で、何が起きている……？

747――

「――――」

茜は短く目を閉じる。

思わず、光景が蘇った。

――『お姉ちゃん』

声も蘇った。

必死の声。

そういえば。

これまでに二度、わたしは747を助けた——

民間機ではなかった。二度とも、日本国政府専用機だ。

そして二度とも……

——『お姉ちゃん、助けて』

いや。

茜は小さく頭を振る。

(あれに、妹は乗っていない)

でも、あの機内で何が……?

「——白矢」

思わず、酸素マスクのマイクに呼んでいた。

「白矢、コクピットの中が見える?」

●東京　横田基地

航空総隊司令部・中央指揮所（ＣＣＰ）

『白矢、コクピットの中が見える？』

「……‼︎」

天井スピーカーに入った声に、思わず工藤はまた目を上げる。

指揮周波数だ。

この声は。

二番機か。

「おい」

工藤はスクリーンを見上げたまま、右横の情報席の明比を呼んだ。

二番機のパイロットは、誰か。

そう訊こうとした時には、明比二尉はすでに自分の画面に第六航空団の搭乗員リストを呼び出していて、工藤が問う前に応えた。

「ブルーディフェンサー・ツーですが。パイロットのＴＡＣネームは〈アリス〉。第六航空団・第三〇八飛行隊、舞島茜三尉です」

「――――」

「――――」

工藤と、反対側の左手に着席していた副指令官の笹一尉が、思わず、という感じで顔を見合わす。

そこへ
「先任」

日本海第一セクターの担当管制官が、振り向いて告げた。

「高度は二五〇〇〇を切り、降下を続けています。このままでは十二分後に」

「――分かった」

工藤はうなずく。

カーゴ機は、日本海のど真ん中で海面へ向け降下を続けている。

機内でいったい、何が起きているのか知らないが――

「小松救難隊へ出動を命じろ。U125とヘリを、ただちに着水想定海面へ」

「はっ」

●日本海上空
F15 ブルーディフェンサー編隊 一番機
「ルクセン・カーゴ〇〇九」

白矢は、右手で機首姿勢を維持したまま、ヘルメットの頭を右へ回して並走する巨人機の操縦室窓を見やった。

二階建て構造になっている機首部分は、気流の中、微かに上下しながらほぼ一定の降下姿勢を保っている。

並走している白矢のHUDの速度スケールは指示対気速度三六〇ノット、降下率表示は毎分二〇〇〇フィート。

アイドリングに絞って、滑空降下……？

どういうことだ、と白矢は思った。

真西を向いている。ここは日本海の只中だ。こんなところで推力をアイドルにして、降りて行ったら……。

頭上の蒼穹《そうきゅう》から、正午過ぎの太陽が照らしている。ちょうど機首の左側を、やや高い位置で並走する白矢からは、７４７の操縦室窓は陽光をまともに反射する角度だ。

（くそ、見づらい）

白矢はバイザーの下で目をすがめる。

だが

誰か、左席にいるぞ……

大型機は、コクピットは左右に操縦席があり、操縦士二名が並列に着席する仕様だ。

左側が機長席だ。

（………⁉）

白矢は目をすがめた。

湾曲した紫外線吸収ガラスの風防の中、何かが見えた。

白いワイシャツを着た、上半身のようなもの。

白矢のＦ15が陽光を遮ったのか、ワイシャツの人影が身じろぎし、気づいたかのようにこちらを向いた。

彫りの深い、白人のようだ。銀髪の頭にヘッドセットを掛けている。表情まではっきり見えない、しかし驚いて白矢を見返す風情《ふぜい》。

機長か。

俺に気づいた……！

「ルクセン――」

白矢は無線に呼びかけるが

「――あ、おいっ」

次の瞬間だった。

こちらを見上げ、何か反応しようとした銀髪の白人機長の背後から、別の何かが覆い被さった。

何だ……⁉

『――ウ』

ひっかくような雑音と共に、無線に声。

『ウンゲホイヤ』

これは。

すぐ横で、今こちらを見た、あの機長の声か。

俺の存在に気づいて、何か言おうとした。

「おいっ」

だが、何かが覆い被さって、その上半身が見えなくなった。

操縦桿についた送信ボタンは握られたままなのか、無線には何か衣擦《きぬず》れのような、揉《も》み合うような物音。

「おい、どうし――」

その瞬間

パンッ

破裂するような音が、白矢の言葉を遮り、国際緊急周波数に響いた。

何だ。

白矢は絶句し、思わず操縦桿を前へ押して、７４７の操縦室窓へ高さを合わせようとした。

何が起きているんだ。
パ、パンッ
また破裂音。

続いて
『ウ、ウンゲホイヤーッ』

絞り出すような叫びと共に、７４７の操縦室窓が真っ白になった。

「おいっ」

●東京　横田基地
航空総隊司令部・中央指揮所（ＣＣＰ）

「何だ」

工藤は眉をひそめた。

天井スピーカーには、現場付近の国際緊急周波数の音声が出されている。カーゴ機に並走して飛ぶF15一番機から、中継されている。

「何だ、今の叫びは」

「先任、銃声じゃないですか」

笹一尉が言う。

「今の物音は──」

『おい、どうしたっ』

天井には、F15一番機──ブルーディフェンサー・ワンのパイロットの声が被さる。

●日本海上空

F15　ブルーディフェンサー編隊　二番機

『おい、どうしたっ。大丈夫か』

無線には白矢の声が響いている。

国際緊急周波数で呼びかける声は、日本語になってしまっている。

「──」

茜は右手で機の姿勢を維持したまま、前方一〇〇フィート——三〇〇メートルの間合いに浮かぶ二つの機影を注視した。

依然として降下している。三六〇ノット、降下率は毎分二〇〇〇フィート。

何だ、今の物音——

だが

(いけない、クリアリング)

茜は訝《いぶか》りながらもヘルメットの頭を回し、左右一八〇度、頭上、真後ろへも振り返って周囲の空を確認した。

前方で何かが起き、混乱している……。だが一番機が情況に対処している間、そのほかの方向に『別の脅威』が存在しないか監視するのが二番機の役目だ。

今のところ、広大な空に浮かぶものは、目の届くかぎりはほかに無い——

『舞島』

呼ばれた。

指揮周波数でなく、白矢の声は国際緊急周波数のままで茜を呼んできた。無線の送信スイッチを指揮周波数へ切り替える余裕も無いのか、忘れているのか。

『舞島、来てくれ』

「白矢、どうした」

だが通信手順の間違いを指摘している場合では無さそうだ、茜も送信スイッチの選択を二番UHFに切り替えると、左の親指で送信ボタンを押して応えた。

「ツー、バックアップ・ポジションにいる」

ほかに脅威なし、と報告する前に、今日の編隊長である白矢は指示してきた。

『ライトサイドについて、そっち側から――反対側から見てくれ。こっちからは中がよく見えない』

何だ……？

何を言われたのか。一瞬では分からない。

ライトサイドにつけ――つまり747の機首の右側へ追いついて、白矢とは反対側から操縦室内を見てくれ、という意味か。

「――分かった」

茜はうなずいた。

「今から、追いつく」

しかし。

今のあのパンッ、という響き――

茜は左手でスロットルを前方へ出しながら思った。

（まさか、銃声……？）

くそっ……。

嫌な記憶が蘇りそうになるのを、頭を振って打ち消す。

●東京　横田基地
航空総隊司令部・中央指揮所（ＣＣＰ）

「ブルー・ディフェンサー・ツー、ルクセン・カーゴ機に追いつきます」

最前列の管制官が、振り向いて報告した。

「右横に並ぶ模様」

「――――」

「――――」

全員が、正面スクリーンを見上げる。

黄色い三角形の、やや後ろに浮いていた緑の三角形〈ＢＤ02〉が、ゆっくりと前進して黄色に重なろうとする。

緑の三角形〈ＢＤ01〉と、二機で左右から挟み込む恰好だが――

「拡大しろ」

工藤は目をすがめ、命じた。

三つのシンボルはぐしゃっ、と固まってしまい、見づらい。

担当管制官が「はっ」とうなずき、管制卓で操作する。

正面スクリーンの右半分にパッ、と長方形のウインドーが開き、三機の位置関係を拡大表示した。

三つの三角形に寄り添うデジタルの数値も、拡大されて浮かぶ。高度の値が急速に減り続けている。

●日本海上空
F15　ブルーディフェンサー編隊　二番機

茜は右手で機首姿勢を維持しながら、左手のスロットルを前へ出していた。

（―――――）

急いで、追いつこう――

HUDの中で747のシルエットが上下に動かないよう、右手で機首を押さえながら、左手のスロットルをミリタリー・パワーまで一気に出した。

途端に背中で双発のエンジンが反応し、燃焼音の唸りを上げ、機体を前へ押す。

HUDの中の四発のシルエットが、たぐり寄せられるように手前へ近づく。

みるみる大きくなる——風切り音と共に、高い垂直尾翼がたちまち茜の左のこめかみの真横へ来る。こぶのように膨らんだ機首部分に目を合わせ、二階建ての操縦室が自分の左真横へ来るように、左手のスロットルを絞る。

エンジンの燃焼音が低くなり、近づく速さが鈍る。

真横に並ぶ直前、親指でスピードブレーキを一瞬だけ使う。

ぴたり

速度が合った。

よし、ここ……。

茜の左肘《ひじ》のすぐ横に、少し見下ろす角度で操縦室窓——曲面ガラスの側面窓がある。

(——中が)

見えるか……?

目だけを、横へやる。

747のコクピットには、反対の左側から光線が差し込んでいるが……。しかし左側の側面窓は一面に白い——白いのは、一面に細かい亀裂でも入っているのか……?　白矢が言う通り、反対側からは内部の様子が覗けない。

（誰か、いる）

『舞島、見えるか』

ヘルメット・イヤフォンに白矢の声。

『左席に乗員がいるはずだ』

「待って」

今、見るから。

茜は右手の操縦桿で、７４７の機首との立体的な相対位置が変わらないよう固定して、ヘルメットの頭をゆっくり左へ回す。

逆光のようになった操縦室内に、何か影が見える――

「白矢、少し下がって」

茜は無線に言う。

反対側の左サイドにつき添って浮かんでいる一番機の機体が、ちょうど太陽光線を遮っていて、操縦室内が陰になっている。

「暗くて、見づらい」

『分かった』

反対側にいたイーグルの機体が、後方へ下がると。

向こう側から太陽光線が差し込んで、急に操縦室内が明るくなった。

（………！）

左側操縦席――機長席に納まった上半身が、見えた。白いシャツ。

白人のようだ。茜は瞬間的に、目で体格を測る（道場ではいつも体格で優る大男を相手にするから、本能的に測ってしまう）。あれは、身長およそ一八〇センチ。胸幅が広く、骨格はしっかりしている。太ってはいないが体重もある。

彫りの深い横顔――銀髪か、と思った瞬間、男の上半身はくずおれるように操縦席のコンソールへ突っ伏《ぷ》してしまう。

「――あ」

胸板で、操縦桿が押される――

そう思うのと同時に
ブォッ
風切り音と共に、７４７の機首が沈み込んで茜の視界の下側へ隠れた。

（まずい）

とっさに、右手で操縦桿を押す。

ぐうっ、と水平線が上へ持ち上がって、目の前が海面だけになる。機首が下がる。

『ど、どうしたっ』

白矢の声が響くが、応えている暇は無い。

茜は機首を突っ込みながら、目を左下へやる。まずい、見えない。左サイドへ上半身を乗り出すようにすると、ようやく淡いブルーの機首がかなり下の方に見えた。

「くっ」

さらに右手で、操縦桿を突っ込む。

『ブルーディフェンサー・ツー、どうした』

5

●東京　横田基地

航空総隊司令部・中央指揮所（CCP）

「おい、どうした」

最前列の管制官が無線に呼びかけるのと同時に、先任席の工藤も思わず声を上げた。

正面スクリーン。

拡大されたウインドーの中で、黄色い三角形の高度表示が、またさらに吹っ飛ぶように減り始めた。

右横についた緑の三角形〈BD02〉が、わずかに置いて行かれる——

「あれは、急降下しているんじゃないのか？」

「——」

「——」

全員が息を呑み、スクリーンを見上げる。

同時に

『ルクセン・カーゴ〇〇九、ディス・イズ・ジャパン・エアフォース』

天井スピーカーから女子パイロットのアルトの声。

『ルクセン・カーゴ、ハウ・ドゥ・ユー・リード』

「先任」

工藤の横から、明比の声が呼んだ。

「ちょっと」

「何だ」

工藤は正面スクリーンから目を離さずに訊いた。

あの急降下している貨物機の、積み荷が判明したのだろうか。

「あれが何を積んでいるのか、分かったか」

「いえ」

横で明比二尉は、頭を振る気配だ。

「現在、国土交通省に積載物《せきさいぶつ》リストの開示を要請しているので、間もなく回答は来ますが
――それよりも」

「…………？」

横を見やると、
情報席の明比二尉は、自分のコンソールの画面を指す。

「先任。さっき貨物機の乗員が発した言葉です。これは何でしょう」

「？」

見ると、明比のコンソールの画面に、波形のグラフが現われている。

交信の音声データは、リアルタイムでサーバーにすべて記録されているから、さっきの交信内容を巻き戻して分析することは可能だが……。

そういえば、さっき７４７のパイロットのものらしい音声がノイズに混じって一瞬だけ聞こえた。

声、というか叫びか。

あれは、何と言ったのか。

「ドイツ語のように聞こえました。何と叫んだのでしょう」

「ドイツ語、か」

「明比」

反対側から、笹一尉が言う。

「音声ファイルを、こっちへ回してくれ。俺の方で解析してみる」

「お願いします」

●日本海上空
F15　ブルーディフェンサー編隊　二番機

「ルクセン・カーゴ〇〇九、ディス・イズ・ジャパン・エアフォース」

右手で操縦桿を突っ込み、視界の下へ沈み込んだ巨人機を追いながら茜は酸素マスクの内蔵マイクに告げた。

「ユー・アー・ダイビング、ユー・アー・ダイビング。ドゥ・ユー・リード？　ディス・

イズ・ジャパン・エアフォース」

呼びかけながら、操縦桿を押し続けると、やっと茜の機首の左下から浮き上がるように747の後ろ姿が現われた。その向こうは、青黒い壁のような海面だ。水平線が額の遥か上の方へ行ってしまった。かなりの機首下げ。

やばい――

風切り音が、さらに強くなる。コクピットの風防をなぶる空気の流れが速くなったこともあるが、空気密度が増している。高度が下がっている。

747の後ろ姿に重なり、HUD左端の速度スケールは四〇〇ノット。降下率は毎分四〇〇〇フィート。

（くそっ）

茜は左手のスロットルを出す。

同時に

『舞島』

ヘルメット・イヤフォンに声。

『お前がリードを取れ。俺はバックアップにつく』

「ラジャ」

短く応える。

747の機首の左側にいた白矢機は、後方へ下がって、バックアップのポジションにつくという。

茜の側からはさっき、操縦室内が見えていた。

役割を交替するのは適切な判断だ。

「追いついて、機首を起こさせる」

スロットルを、カチンとノッチに当たるまで出す。

さらに出す。

ドンッ

アフターバーナー点火。

加速G。青黒い海面を背景に、茜のキャノピーの左前方に浮いて見えている四発の巨人機の背中がぐうっ、とたぐり寄せられるように近づく。

二階建ての流線型の機首が、見下ろす角度のまままみるみる近づく。大きくなる――

「――くっ」

左手のスロットルを戻す。

アフターバーナーを切る。キャノピー左横に、盛り上がった747の機首。

追いついた――いや、追い越しちゃ駄目だ。

スロットルを中間位置へ戻し、今度は左の親指でスピードブレーキのスイッチを後方へクリック。

ぐんっ
「くっ」

つんのめるような減速感と共に、ジャンボの盛り上がった流線型《りゅうせんけい》の機首が、茜の左のこめかみの横でぴたり、と止まる。

（よし）

並んだ。

右手で操縦桿を固定、目を左横へ。

コクピットの中――

白く一面に亀裂の入った反対側のサイドウインドーを背景に、左側操縦席――機長席で銀髪の大男が上半身を前のめりに、計器パネルに突っ伏している。

やはり。

さっきから、自動操縦は働いているらしい。しかし操縦桿が強い力で押されると、一般にオートパイロットはオーバーライドされ、手動操作が優先される（緊急時にパイロットのとっさの操作を優先する設計だ)。
今は、それがまずい方向に――
(――くそっ)

気を失っているのか。
意識を、回復させないと――
上半身を起こさせないと。
(このままでは海へ)
茜は、並走するジャンボの機首部分と、自分のF15の左の翼端の間隔を目で摑んだ。
あのパイロットを起こそう。
「まず」
位置を、合わせる……。

●東京　横田基地
航空総隊司令部・中央指揮所(CCP)
「――高度が、二〇〇〇を切りましたっ」

最前列の管制官が、振り向いて叫んだ。

「間もなく海面です」

「――――」

「――――」

全員がスクリーンを振り仰ぐ。

「ブ、ブルーディフェンサー・ツー」

担当管制官が、インカムのマイクに叫ぶ。

「どうなっている。報告しろ」

●日本海上空
F15　ブルーディフェンサー編隊　二番機

『ブルーディフェンサー・ツー。報告しろ』

管制官の声が、イヤフォンに響く。

『繰り返す、当該機の状況を報告せよ』

しかし。

応答する暇が惜しい。

構っていられない。

(今だ)

茜は、視野の左横にジャンボの機首の側面を捉えると、息を細く吐きながら左足に力を入れてラダーを左へ踏み込むのと同時に、機首が左へ向かないよう右手首をわずかに右へ取った。

ぐん
視界が、真横へずれる——

そう感じた瞬間。

ガツ
左の翼端が何かに当たる。

「く」

軽いショックと共に、機体が押し戻される。

元の位置へ。

(向こうは……!?)

横目で見やると。

「…………」

だめか。

茜は唇を噛む。

巨人機は、揺らぎもしない。

操縦室の窓の内側に、変化はない。

重量差はおそらく十倍以上だ、Ｆ15の翼端が軽く接触した程度では――

『プルアップ』

ふいに耳を打った警告音声に、はっとして前方へ目を戻す。

『プルアップ、プルアップ』

自動音声だ。地表と衝突する危険が迫ると、ヘルメット・イヤフォンに自動的に地表接近警報システムが警告音声を発する。プルアップ――引き起こせ。

同時にＨＵＤ下側に電波高度計の黄色いデジタル数値が現われ（二五〇〇フィート未満に降下すると表示される）、『二五〇〇』を切ってさらに激しく減っていく。その向こうに青黒い壁が迫る。

ブォオオッ
「くそっ」

操縦席の白人パイロットは、突っ伏したままだ。

もう一度だ。

●東京　横田基地
航空総隊司令部・中央指揮所（ＣＣＰ）

「ブルーディフェンサー・ツー、何をしているっ。ブルーディフェンサー・ツー!?」

「よせ」

工藤は、自分のインカムに短く指示した。

「呼びかけずに、任せろ」

「先任」

「先任」

笹と明比が同時に、左右から工藤を見る。

「――――」

工藤は腕組みをし、スクリーンを睨む。

●日本海上空
Ｆ15　ブルーディフェンサー編隊　二番機

ブォオオオッ
風防をなぶる風切り音が強くなる。

青黒い壁が、もう視野いっぱいに。

（今だっ）

茜はもう一度、同じ操作でF15を左横へ滑らせる――いや、ラダーをやや強い力で踏み込み、左翼端をジャンボの機首側面に、ぶつけた。

ガンッ
「くっ」

反動。F15は右側へはじき返される。

前方視界いっぱいの青黒い壁が、横向きにずれる。

（くそ）

びくともしない、重くて硬い壁にぶつけたような感覚。反発力で押し戻される――

だめか。

だが
グラッ
次の瞬間、巨人機の盛り上がった機首が揺らいだ。

（――!?）

茜の視野の左隅で、コクピットの窓の中の上半身が、あおられたように動く。

●日本海上空
F15 ブルーディフェンサー編隊 一番機

「舞島っ」

思わず白矢は、酸素マスクの中で叫んだ。

747の垂直尾翼のやや後ろまで上がり、バックアップの態勢をとったが、出来ることは何も無い。

前方、青黒い壁に向かって突っ込んでいく巨人機の右横に浮いている舞島機——小さく見えるF15の後ろ姿が、横滑りし、翼端を巨人機の機首にぶつける。何をしているのか。まさか気を失ったパイロットを起こそうとでもいうのか……?

「ま——」

だが次の瞬間。二度目にやや強く小突かれた巨人機はグラッ、と揺らいだ。巨大な機体が軸周りに、わずかに左へ傾く。

(う)

白矢は目を見開いた。

●日本海上空
　F15 ブルーディフェンサー編隊　二番機

「――――！」

　茜は目を見開いた。

　左の真横。まるで巨鯨が身をよじるかのように、747－8はわずかに左向きにロールして傾いた。気流がうねるように押し寄せ、茜のイーグルをさらに右へ押しのける。

「――うわっ、く」

　操縦桿を左へ取って、姿勢を保つ。

　でも、あおられる瞬間、ちらと見えた。コクピットの窓の中でワイシャツ姿の上半身が計器パネルに突っ伏した姿勢からのけぞり、その胸板で押し付けられていた舵輪《だりん》式の操縦桿がフリーになる……

（――やったかっ）

　押し込められていた操縦桿が戻る動きが、ちらと見えたかと思うと。

　ぶおっ
　途端に風切り音と共に747の機首は、上方へ動いた。茜の視野の上の方へ吹っ飛ぶように見えなくなる。

●東京　横田基地
航空総隊司令部・中央指揮所（ＣＣＰ）

「急降下が止まる」

担当管制官が叫んだ。

「ルクセン・カーゴ〇〇九便は、急降下をやめます。降下率、毎分一〇〇〇」

「いや」

工藤はスクリーンを睨み上げる。

「まだだ、水平になったわけじゃない」

●日本海上空
Ｆ15　ブルーディフェンサー編隊　二番機

「くっ」

茜は右手で操縦桿を引いた。

目は、左上――毎分四〇〇〇フィートの降下率で海面へ突っ込もうとしていた姿勢から、機首上げをして緩い降下へ戻った747の機首下面を見据えたままだ。

イーグルは鋭く反応して、機首を上げる。

『プルアップ、プルアップ』

地表接近警報の自動警告音声は、うるさく続いている。翼端を747の機首へぶつける操作をしている最中は、目と手と足に神経を集中しきっていたので、耳に入っていても聞こえなかった。またうるさく、耳に響き始めた。

ずざぁあっ

機首が上がり、青黒い壁が下向きに流れる――白波が流れる。すぐそこが海面。HUDの電波高度表示は『500』。

イーグルは浮き上がって、たちまち巨人機の盛り上がった機首に並ぶ。

（まだだ）

海面との間隔は、五〇〇フィートとちょっと。

まだ巨人機は、四つのエンジンの推力をアイドルにしたまま、緩降下《かんこうか》を続けている。

このままでは海面に突っ込むのは避けられない。

「ルクセン・カーゴ〇〇九、ディス・イズ・ジャパン・エアフォース」

茜は左の親指で無線送信スイッチを押しながら、叫んだ。

「プルアップ。プルアップ、ユア・エレベーター」

操縦桿を引け。

海面に突入するまで、三〇秒もないぞ……！

茜は右手で引いていた操縦桿を押し、747のコクピットの窓に並ぶように機体の位置を合わせると、素早く覗き込んだ。

（……ぐったりしてる？）

左側操縦席で、上半身をよじり、斜めにのけぞるような姿勢の大男。顔は向こうへ――左側へ向けてしまい、動かない。白ワイシャツは民間パイロットの制服だろう、茜の視力で、大男の肩には黒地に金の四本線――機長を示す肩章がついていると分かる。

この人が機長か。何らかのトラブルが機内で発生し、管制機関と連絡を絶って迷走したあげく、日本海の真っ只中で海面近くまで降下してきた。

ただ、みずから海へ突っ込むつもりはなかっただろう。無線を通して叫び声や、銃声らしい破裂音がした。

右側の操縦席に、副操縦士の姿もない。何かが起きて、この機長は――

「――プルアップ、引き起こせっ」

茜は怒鳴った。

●東京　横田基地
　航空総隊司令部・中央指揮所（ＣＣＰ）

『プルアップ、引き起こせっ』

　アルトの声が、速い呼吸の息づかいと共に天井スピーカーに響く。

　正面スクリーンでは黄色い三角形の右横に依然として〈ＢＤ02〉が寄り添っている。

　高度を示すデジタル表示。三桁の数値はもう『〇〇三』『〇〇二』――

『操縦桿を引くんだ、聞こえるかっ』

「先任」

「先任、日本語になっちゃってます」

「先任」

「――くっ」

　ポキ、と工藤の手の中で何かが折れる音。

●日本海上空
　Ｆ15　ブルーディフェンサー編隊　二番機

「おいっ」

茜は目を剝く。

もう二〇〇フィートを切った。

視線は左横だが、頭は前方へ向けている。視野には激しく白波が流れ、海面全体がせりあがるように迫る。

だめだ、起きない。

(くそっ)

茜は視線を横へやったまま、左足を踏み込む。ぐっ、と蹴るように踏み込んだ。

ぐぐっ

イーグルの機体が、横向きにずれる——慎重にやっている暇がない、機軸がぶれるのも構わずに左翼端をぶつける。

起きろっ……!

がんっ

強いショック。

視野がぶれ、機体が撥ね返される。

「——うっ」

右へロールして姿勢が崩れるのを、反射的に操縦桿を左へ取ってこらえる。

何か白いものが視野の左隅でパッ、と散った。

(な)

747のコクピット側面窓だ。強化プラスチック製の窓が砕け散り、風圧で瞬時に後方へ吹っ飛ばされたのだ——そう理解するのに二秒。

左の翼端が茜の操縦によって、747の側面窓の風防を小突き、叩き割った。

ブォッ、と風を巻き込む唸りが、耳に聞こえるかのようだ(実際にはキャノピーとヘルメットに遮られ、その程度の音は聞こえてこない)。

のたうつ機体を右手で押さえ、目をやると。

(………!)

茜は息を呑む。

巨人機のコクピット。その右側面窓は割られ、風防がそっくりなくなっている。

間を置かず、反対側——左サイドの風防も、もともと一面にひびが入っていたのが風圧を受けたのか、続いて吹っ飛んでなくなった。

左右両サイドから突風が吹き込み、コクピット内で紙類が白い吹雪のように舞う。

その中、白いシャツの背中がむくり、と起き上がる——

（――――！）

気づいたか。大男の機長は、銀髪の頭を振る。

「――引き起こせっ」

茜は怒鳴った。

「プルアップ！」

同時に
『プルアップ』

茜のイヤフォンで再び警告音声が鳴る。

『プルアップ、プルアップ』


警告音声は、７４７のコクピットでも鳴り響いているはず。地表接近警報システムは、旅客機ならば装備する義務がある。地表や海面へ異常な体勢で接近すれば『引き起こせ』とパイロットへ警告する。

銀髪の機長は、つらそうに頭を振ったが、警告音声を聞いたか、あるいは無線で怒鳴る声に気づいたか。周囲を見回した。すぐ右側に並走するＦ15に気づき、目を見開く。

一瞬、目が合う。

蒼い目だ。

「起こせっ」

その目に向かって、茜は怒鳴った。

「プルアップ、ユア・エレベーター！」

銀髪の機長はハッ、としたように前方を見た。

情況を覚《さと》ったか。毛むくじゃらの腕で操縦桿を摑むと、引いた。

6

●東京　永田町

総理官邸　内閣危機管理監オフィス

「首尾はいいようだな」

しわがれた声がした。

（………？）

障子有美は、オフィスの入口を見やる。

長官……？

ちょうど、新しく工作員となった舞島ひかるのことを思い出していた、その矢先だ。この〈作業〉が進捗したら、NSC局長経由で報告を上げなくてはいけない——そうも思っていた。

声の主——戸口に現われた、磨き上げたようなスキンヘッドは、その報告を受ける立場の人物だ。入室してくると、腕組みをして息をついた。

「日銀総裁を操っていた中国の女スパイを、拘束か。よくやれた」

「これは」

「官房長官」

有美は若い事務官二名と共に、そろって立ち上がる。

「いい」

事務官の一人が慌てた動作で、応接用ソファへ案内しようとするのを、古市《ふるいち》官房長官は手で制した。

スキンヘッドの男。

年齢は六十代。付き添う秘書官の姿が無い——古市達郎《たつろう》は独りで、何かのついでにふらりと立ち寄った、という体《てい》だ。

通常ならば。

内閣官房長官が、危機管理監のオフィスへ所用で出向いて来る、ということはない。

何か知りたい、確認したいということがあれば、有美の方が長官の執務室へ呼ばれ、報告を求められる。それが手順だ。

その『報告に来てほしい』という指示も、長官の秘書を介して伝えて来る。長官本人が独り、ふらりと立ち寄って話していく、というのは通常はない。

「ちょっと、ふらっと寄っただけだ。座らずに帰る」

「――はい」

たった今、『首尾はいい』と口にされたか。

古市長官は、有美とは別系統から、〈作業〉についての情報を耳にしたのか。門が、途中経過の短い報告を入れたのかも知れない。

有美はうなずきながら、すぐに『たまたま立ち寄った上役と世間話をする』という風を装った。

室内にいる事務官たちは機密を共有する自分の部下だが、どこにどのような目があるか、分からない。

ＮＳＣの今回の〈作業〉については、官邸内でも限られた者しか知らない。

「長官。毎日の会見、お疲れ様です」

「うむ」

「最近は特定の記者の質問がしつこくて、大変そうですね」

「まぁ、な」


古市は苦笑の表情で、肩をすくめた。

その手に、携帯を握っている（スマートフォンではない。ハッキング防止のため、閣僚が使うのは従来型の携帯電話だ）。

時刻からいって、古市達郎は午前中の官房長官記者会見を終わり、昼食を済ませ執務室へ戻る途中だろうか。

「わが国は法治国家であり、報道の自由と言論の自由がある。そういうことさ」

言いながら、古市は有美の机上のノートＰＣを目で指した。

「警察庁へ、無事に入ったか」

「はい」

有美はうなずく。

スキンヘッドの男――古市達郎は、自由資本党での党歴は常念寺貴明よりずっと長い。政治家としては総理より先輩だが、補佐役に徹している。

仕事人だ、と有美は思う。派手さはない。しかし毎日、朝夕二回の官房長官会見を淡々とこなしている。質問をする記者の中に、最近は週刊誌で拾ってきたようなネタをしつこく訊く者がいて、TVやネットで見ている国民からも『あれはどうなのか』と批判されているが、当の質問を受ける古市は冷静に受け答えし、揚げ足取りにも引っかからない。

これが、目立ちたがりの閣僚などならば思わず問題発言を返したりして、すぐマスコミ全体から叩かれるところだが、そうはならない。

「〈作業〉現場からの報告では」有美は続けた。「当該工作員には嫌疑が四つかけられており、八日間、勾留出来るとのことです」

「うむ」

「お座りになられては」

有美はオフィスの応接用ソファを指す。

「簡単に、ご説明しますが」

「いや、いいんだ」

古市は携帯を握ったまま、手を振る。

「総理の留守を預かっている。すぐ、戻らねばならん」

「はい」

常念寺総理は、今この時、ウラジオストク郊外でラスプーチン大統領と会談中だ。

留守の間は、官房長官が代理を務める。古市自身に加え、総理のもとへも、各方面から絶え間なく連絡が入る。いつにも増して忙しいだろう。

有美のオフィスへふらりと寄る、などということも本当は出来ないのではないのか。しかし

「日銀が金融緩和をやめてしまうのではないか、というのが」

古市はつぶやくように続けた。

「当面の、懸念の一つだった。だがこれで、少なくともそれがなくなる。日銀総裁の後任には、常念寺の信任の厚い人物をすでに選定してある。早速、スイスから呼び戻すことにするよ」

「はい」

「今まさに進行中の会談が、どのような首尾になるのか未知数だが。これで少なくとも、わが国の未来の姿は見えて来る。二十年以上にわたり続いたデフレから脱却し、経済を立て直し、そして最終的には——」

そこまで言いかけ、古市は苦笑の表情になる。

「いや、急《せ》いてはいかんな。〈障害〉はまだまだある」

「——」

「障子君」

「はい」

『〈作業〉を完遂《かんすい》してくれた現場スタッフたちには『ご苦労』と」

「いえ」

有美は頭を振る。

「まだ、仕事は始まったばかりです」

●内閣危機管理監オフィス

「…………」

スキンヘッドの官房長官が「では、よろしく頼む」と手を振り、オフィスを出て行ってしまうと。

有美は立ったまま、息をついた。

今の古市の言葉。

デフレを脱却し、経済を立て直し――そして最終的には……

「……急いてはいかん、か」

長官も、考えていることは私と同じか……。

「管理監」

横の机で、若い事務官が小声で言った。

「ひょっとしたら、常念寺内閣は本当に憲法改正を実現――」

「しっ」

有美は反射的に、唇に人差し指をあてた。

なぜか、そうしていた。

「私たち官僚が、軽々しく口に出すことでは」

ピッ
言いかけた時、机上のPCが小さく鳴った。

またメールが着信している。


有美は息をつき、座り直すと、マウスをクリックした。

霞が関のマップを背景に、長方形のウインドーが開く。

『洗濯を開始』

短いメッセージ。

湯川からの報告だ。

（……洗濯を開始、か――）

●東京　横田基地

航空総隊司令部・中央指揮所（ＣＰ）

「降下が止まりましたっ、降下が止まった」

担当管制官が、声を上げた。

「海面上、一〇〇フィートです」

「――」

「――」

全員が、息を呑んで正面スクリーンを見上げる。

黄色い三角形――ルクセン・カーゴ〇〇九便を示すシンボルの横で、デジタルの高度表示が『〇〇一』で止まる（『〇〇〇』にはならなかった）。

その右横にぴたり、とついた緑の三角形シンボル〈ＢＤ02〉も同様だ。

高度『〇〇一』――

（――一〇〇フィート……。海面上三〇メートルか）

工藤は、思わず握り締めていた拳《こぶし》を開いた。

手の中から、二つに折れたボールペンの透明な軸がこぼれおちる。

「――北東セクター」

その指でインカムのマイクの位置を直しながら、工藤は担当管制官へ指示した。

「あの貨物機のコクピットは――コクピットはどんな様子だ？　ブルーディフェンサー・ツーに報告させせろ」

さっきから航路を外れ、迷走したあげく突然、急降下――

そして銃声のような響き。

いったい、あの貨物機の中で何が――

そう考えかけた時
「先任」

横で明比が声を上げた。

「国交省から積み荷リストが来ました。〇〇九便の積み荷です」

●日本海上空
F15　ブルーディフェンサー編隊　二番機

「――はぁ、はぁっ」

茜は酸素マスクの中で、呼吸を繰り返した。

降下が、止まった……。

肩を上下させる。

目の前の視界。HUDのプレートの下半分はべったりと青黒い。前方の水平線から猛烈な勢いで、白波が脚の下へ吸い込まれるように押し寄せる。

ゴォオオッ
HUDの速度スケールは『二〇〇』。フラップを出さずに空中に浮いていられる最低の速度に近い。しかしこれだけ海面すれすれだと、速く感じる。

（……………）

あの機長は？

大丈夫か……。

左横へ、視線をやる。

右手に握った操縦桿はそのまま、機の姿勢が動かないよう注意しながら、視線だけを真横へ――

ブォオオッ
風切り音。巨大な機体の機首部分が、すぐ左横に、密度の濃い空気を切り裂いて浮いている。

そのコクピット。

左側操縦席に、銀髪の男がいる。大男だ。

だがまともな姿勢では座っていない。のけぞるようにしている。

（……喘《あえ》いでいる？）

たった今、その銀髪の機長（四十代か）は、茜が翼端をぶつけた衝撃で目覚め、眼前に迫る海面に気づき、毛むくじゃらの両腕で操縦桿を握ったのだ。

操縦桿は引かれ、７４７は海面すれすれで機首を起こし、降下するのを止めた。同時に四本が束になったスロットル・レバーも前方へ出されたのだろう、アイドリングにまで絞られていた四基のエンジンが息を吹き返した。

ルクセン・カーゴ〇〇九便は、海面すれすれで水平飛行に入った。

だが
「――ルクセン・カーゴ〇〇九」

茜は機長の姿を視野の端に捉えながら、無線に呼びかけた。

「クライム・トゥ・セイフティ・アルチチュード。プルアップ、アゲイン」

上昇させせなくては。

まだ、海面すれすれのままだ。

たった今。機長は操縦桿を引き（おそらく操縦桿についているスイッチでオートパイロットは切った）、機体を水平へ起こし、推力も中間まで増加させた。

茜はその瞬間を見ていなかったが、操縦桿から手を離しているということは、再びオートパイロットを入れたのか。

水平飛行を維持するモードに入れ、操縦桿を放した。そしてまたぐったりと、シートに身体を預けるようにして、喘いでいた。

上昇させなくては。

そこへ
『ブルーディフェンサー・ツー』

イヤフォンに無線。

『ルクセン・カーゴ〇〇九の情況は？　情況はどうか』

「レベルオフしました」

茜は左の親指で送信スイッチを押し、応える。

「パイロットが気がついて、引き起こしました」

このままでは危ない。

もっと上昇させ、安全な高度まで上がらせないと――

茜は考えながら、自分の計器パネル右上の燃料計をちらと見る。左右の翼内タンク――合計一〇〇〇〇ポンドを切った。

(あと二時間ちょっと……いや、こんな低空では)

行動していると、知らぬ間に燃料は減っていく。何かに夢中になっている時に限って、そうだ……。

低空では戦闘機のエンジンは燃料を食う。四〇〇〇ポンドで一時間なんて、とても飛べない。その三分の二がいいところ。

小松へ帰る分の燃料も、必要だ。

「乗員は」

考えながら、続けて報告する。

「機長らしきパイロットが、左側操縦席に。姿が見えるのはそれだけです」

『確認する。コクピットに乗員は一名だけか』

「はい」

『あの』

荒い呼吸の声が、割り込む。

白矢だ。

『ブルーディフェンサー・ワンです。さっき操縦席で揉み合っているのを見ました』

●東京　横田基地

航空総隊司令部・中央指揮所（ＣＣＰ）

「揉み合っていた？」

工藤は、思わず自分のインカムのマイクをつまみ、天井を見た。

スピーカーの声は、一番機のパイロットだ。

こいつは先ほど、銃声らしき音がした時、７４７の機首の真横に並んでいた。

「どういうことだ、ブルーディフェンサー・ワン」

交信に割り込んで訊くと。

『私が見たとき』

天井の声は応える。

興奮した息づかい。

『操縦席の機長は、背後から何者かに』

荒い息づかいの声は、だが正確に思い出そうとするかのように、言葉を切る。

『何者かに、覆いかぶされ、襲われたようでした』

「何に襲われた」

『よく見えませんでした』

「――」

「――」

全員が天井と、覆いかぶさるような正面スクリーンを交互に見る。

黄色い三角形は、右横と、尾部から緑の三角形に挟まれた形。シンボルの尖端は依然として左手――真西へ向いている。高度のデジタル表示は『〇〇一』、速度『二〇〇』。

「先任」

横から、明比が言う。

情報端末画面を開いている。

「積み荷リストの他に、乗員名簿も来ています」

「名簿?」

「はい」

「何人、乗っている」

「五名です」

明比は画面をスクロールさせる。メタルフレームの眼鏡に、蒼い光が映り込む。

「機長、副操縦士――それにロードマスターを筆頭とするカーゴ・ローダーが三名」

「カーゴ・ローダー?」

「貨物の取扱技術者です。747ですからね、貨物室扉の操作だけでも大変なんでしょう、三人も乗せている」

「――――」

「積み荷ですが」

考え込む工藤へ、明比は続ける。

「品目は、多くありません。大部分がワインです」

「ワイン？」

●日本海上空

F15ブルーディフェンサー編隊　二番機

「ルクセン・カーゴ〇〇九」

茜は、横目で操縦席の機長を見ながら、無線に問うた。

大男はぐったりと、上半身をシートにもたれている。

横顔が、苦痛の表情。

負傷しているのか。

いったい、どうした……？

「アー・ユー・OK?」

無線は、聞こえているはず。

民間機にはルールがある。航行中は、複数ある無線機の一つを、必ず国際緊急周波数にセットして聴取しなくてはいけない。

緊急の場合に管制機関が当該機を呼び出すため、あるいは国際空路でコースから外れてスクランブルをかけられた際、要撃機が当該機を呼べるようにするためだ。

コースを外れた民間機に茜たちがスクランブルをかけた時、国際緊急周波数で呼び出せば、相手は必ず聞いている──そういう立て付けだ。

「アー・ユー・OK?　キャン・ユー・クライム?」

繰り返して、呼ぶ。

すぐ右横に日本の戦闘機が来ていることは、さっき気づいたはず。茜が翼端を当てて衝撃を加え、大男を起こした際に一度だけ目が合った。

「ウィ・アー・ステイング・ベリー・ロー、ソー、ウィ・ニード・トゥ・クライム・ハイアー、トゥ・リーチ・ザ・セイフ・エアフィールド」

安全に着陸出来る飛行場へ到達するには、高度を上げなくてはいけない。上昇する必要がある。

英語は、奈良《なら》の幹部候補生学校で叩き込まれたが、頭の中で作文しながらしゃべるのは大変だ（おまけに操縦しながらだ）。

単純な言い回ししか出来ない、でも意味は通じるはず。

「ルクセン・カーゴ〇〇九、ディス・イズ・ジャパン・エアフォース。アイ・セイ・アゲイン――」

さらに繰り返そうとすると。

操縦席の大男――銀髪の四十代のパイロットは、苦しげな表情のまま、うっそりとこちらを見た（動くのがつらそうだ）。

（――!?）

また、目が合う。

いや。

茜は顔の前に、ヘルメットのバイザーを下ろしている。向こうからは、こちらの顔までは見えていない。

思わず左手をスロットルから離し、額のつまみを緩めてバイザーを上げた。

「くっ」

眩しい。外界の光が、じかに目を打つ。

そのまま右手で水平を維持しつつ、顔を左へ――747のコクピットへ向けた。

目が合った。

銀髪の大男――その彫りの深い顔で、蒼い目が見開かれる。

驚いたような表情。


「………?」

わたしを見て、驚いた?

イーグルのパイロットが女子であることは、さっきから音声で分かっているはずだ。

でも欧米人からは、日本女性は幼く見えるという。

実際に茜は、飛行隊で一番若い。銀髪の白人パイロットからは『日の丸のついたF15を高校生くらいの少女が操縦している』ように見えたかもしれない。

「アイ・セイ――」

『アイ・シュド・ディッチ』

「――!?」

ふいにイヤフォンに、声が入った。

すごく近い声。

この機長の声か。

息を呑んで、茜は男を見る。

銀髪の男は、茜を見返しながら、操縦桿に右手をかけて無線の送信ボタンらしきものを指でひっかけ、口を動かす。

『アイ・マスト・ディッチ』

●東京 横田基地

航空総隊司令部・中央指揮所（CCP）

『アイ・マスト・ディッチ、ビコーズ――』

天井から、低い男の声。

苦しげな息づかいだが、声には力がある。

だが

『――ビコーズ、ゴホッ』

「――」

「――」

呟き込むように詰まる声を、全員が見上げる。

（アイ・マスト・ディッチ……？）

工藤は眉をひそめる。

今、そう言ったのか。

「これ、機長の声か」

「おそらく」

明比は画面に向かい、素早くキーボードを操作しながらうなずく。

「さっきのドイツ語のような叫びと、同じ声に聞こえます」

「何者かと揉み合っていた時の？」

「待ってください、いま名簿から、プロフィールが出せそうです」

明比がＥＮＴＥＲキーを押すと、画面が切り替わる。

「やはり出ました」

「――――？」

何だ。

機長のプロフィール……？

「本人の顔と、素性です」

「それが声の主か」

工藤は立ったままの姿勢から、明比のコンソール画面を覗き込む。

顔写真が、アップになっている。

彫りの深い、銀髪の男――

「機長か」

「はい」明比はうなずく。「乗員名簿の名で、ＮＡＴＯのデータベースに検索をかけました。民間貨物会社の乗員には、軍の出身者が多い」

「ええと――名はシュトレッカー――ライナー・シュトレッカー。ドイツ空軍を退役し、ルクセン・カーゴ社へ転出」

明比は、現われた英語表記のプロフィールをざっと読み上げる。

「名簿の機長と同姓同名で、航空会社の名称も一緒ですから、間違いありません。退役時で四十六歳。ドイツ人です。ドイツ空軍の元中佐」

「……中佐？」

工藤は、自分のシャツの肩の階級章を、思わずちらと見た。

その工藤に
「軍歴は輸送機パイロットらしいです」

明比は続ける。

「シュトレッカー元中佐の搭乗機種はＣ１６０輸送機、Ａ３１０輸送機――退役時の役職は、輸送航空団Ａ３１０飛行隊の飛行隊長とあります」

「飛行隊長？」

中佐で、隊長——

いま海面すれすれまで降下している747貨物機の機長は——さっきドイツ語で「ウンゲホイヤ」とか叫んだパイロットは、そういう経歴か。

「先任」

左手から、笹一尉が言う。

「今の『アイ・マスト・ディッチ』という言葉ですが。『ディッチ』というのは『着水』という意味ですね？」

「あ、あぁ」

工藤はうなずく。

ディッチ——そうだ。

着水のことを『ディッチング』という。その動詞形だ。

航空自衛隊でも、パイロットには全員、緊急脱出して海面へ着水した場合の措置を訓練させる。その訓練をディッチング・ドリルと呼んでいる。

しかし
（アイ・マスト・ディッチ——自分は着水しなければならない……？）

どういうことだ。

このドイツ空軍出身の機長は、何を――

そこへ
「先任、意味が分かりました」

笹が続けて、自分のコンソール画面を指す。

「さっきの言葉です。分かりました。『ウンゲホイヤ』――やはりドイツ語でした。直接の意味は『怪物』」

「……何？」

「用例によると、襲って来た敵に対して悪態をつくとき使われる、軍隊での俗語のようなものらしい」

「敵――」

工藤は目をしばたたくが、

『CCP、ブルーディフェンサー・ツー』

女子パイロットの声が、天井から被さった。

7

●日本海上空
F15　ブルーディフェンサー編隊　二番機

「CCP、ブルーディフェンサー・ツー」

茜は左横を見たまま、無線のスイッチを握って中央指揮所を呼んだ。

「ルクセン・カーゴの機長は『着水する』と言っています」

アイ・マスト・ディッチ――
聞き違いでなければ『私は着水しなければならない』だ。
しかし
（いったい……）
どういうことなのか。
着水しなければならない……？
茜は、並走するジャンボ機の機体の様子をちらと見て、眉をひそめる。

洋上で航空機が着水しなければならなくなるのは、それ以上、飛び続けられない時だ。エンジンがすべて故障し推力を失う、何らかの事情で燃料が欠乏した、あるいは飛び続けることは可能でも、機内で火災が起きて消し止められない場合も該当する。

だが、機体の様子を見回した限りでは、エンジンは四基とも正常に廻っている。火災が起きているのかどうかは、窓が少ないせいもあって分からないが、いずれにせよ火災でも燃料の欠乏でも、無線が使えるのだから管制機関へ〈緊急事態〉を通報し、事態を説明し助けを求めるのではないか……？

こんなふうに、何もない海の真ん中へ機首を向けるのではなく、出来るだけ陸岸へ——日本の陸地へ近づくように飛ぶのではないのか。

「機長は、負傷している模様」

茜は続けて報告した。

とりあえず、目に見えるものを報告するしかない。

「上昇するように促しましたが、従いませ——あっ」

思わず、小さく声を上げた。

報告しているうちに、コクピットの機長は、ぐったりシートにのけぞりながらも右手を動かし、四本が束になったスラストレバーを手前へ引く。さらにスラストレバーと並んだ別の一本のレバーを摑み、摑み上げて引くように操作する。

途端に、真横に見えていた巨体が後方へ——視界の後ろへ移動する。

風を切る巨大な機体が推力を急に失い、減速し始めた。

「——くっ」

茜はすかさず自分も左手でスロットルをアイドル、親指でスピードブレーキを瞬間的に使う。ぐん、と肩にハーネスが食い込み、同時に後方へ見えなくなりかけたジャンボ機の機首が、真横の位置へ戻って来る。高度を失わぬよう、右手の操縦桿を少し引く。

ゴォオオオッ
別の空気の唸りのようなものが、背中から伝わって来る。

瞬間、振り向いて見やると、ジャンボの主翼の前縁《ぜんえん》でリーディングエッジ・フラップが展張《てんちょう》されている。機長が操作したのか。

フラップは、低速で飛ぶために翼型を変化させる。主に着陸する時に使う。

ジャンボは、わずかに機首上げ姿勢になり（オートパイロットが高度だけはキープしているのだろう）、海面との間隔はそのままにどんどん減速する。

「ルクセン・カーゴ〇〇九」

茜は左やや後方を振り向き、側面窓のないコクピットを見ながら無線に呼んだ。

「ウィ・キャン・ヘルプ・ユー、プリーズ・テル・ミー・アバウト・ネイチャー・オブ・ユア・エマージェンシー」

●東京　横田基地
航空総隊司令部・中央指揮所（CCP）

『アイ・セイ・アゲイン、プリーズ・テル・アス・アバウト・ネイチャー・オブ・ユア・エマージェンシー』

天井スピーカーからは、女子パイロットの呼び掛ける声だ。

『ウィ・キャン・ヘルプ・ユー』

呼び掛けているが。ルクセン・カーゴの機長の声は、答えない。

「先任」

笹が問う。

「着水しなければならないとは、どういうことでしょう」

「――――」

工藤は腕組みをしたまま、スクリーンを睨んだ。

着水しなければならない……?

(………)

今、確かにそう言った。

どういうことだ。

火災でも起きているのか……?

だが横についたイーグルが問うても、答えない。

あれは、わざと答えないのか。

あるいは答えている余裕が……?


「明比」

「はい」

情報端末画面から顔を上げ、明比が工藤を見返す。

画面には、ウインドーが重なって、機長の顔写真のアップの上にエクセルの積み荷リストが浮かんでいる。

「積み荷は、ワインと、何だった」

「あとはチョコレート、チーズ、生フォワグラその他、ヨーロッパ産の高級食材です」

「食材……」

「注文主は、国内のネット通販業者です」

「ネット通販？」

「最近のはやりです」明比は眼鏡のフレームを人差し指で押し上げる。「フランスなどの高級ワインや食材を、業者がネット注文で受けて、まとめて大量に買い付け、ケース単位で顧客へ宅配するのです」

「そういう商売か」

「実は自分も、定期コースで毎月ワインを取っています。得だし、うまいので」

「そうか」

「おそらく小松からなら、東京・名古屋・大阪の三大都市圏へ効率的に配送出来る。小松には宅配業者のトラックが待っているはずです」

「核兵器や、大量破壊兵器の製造に使えるようなものは、あの機には無いんだな？」

「いえ」

明比は頭を振る。

「あくまで、積み荷リストには無い、というだけです。何か隠して積んでいる可能性は」

「しかし、着水してしまっては」

工藤はスクリーンを見やる。

確かに黄色い三角形の尖端は、真西を向いている。朝鮮半島の方向だ。

しかし
（あそこは、何もない海の真ん中だぞ……？）

二番機の報告では、機長は負傷しているらしい。

叫んだ言葉はドイツ語で『怪物』――

「先任」

横から笹が言い、立ち上がってスクリーンを指した。

「もしもですが、こういう可能性はどうです。あの貨物機が、核兵器の製造に必要な何らかの機器か物資を隠し持っていて、北朝鮮の潜水艦か工作漁船が洋上で待ち構えているその場所へ、着水しようとしているとしたら」

「な」

工藤は目をしばたたく。

「何だって」

「可能性としては、ありではないですか。大胆な〈瀬取り〉です」

「潜水艦が待っている海面へ着水……？」

「そうです」笹はうなずく。「機体が沈むところへ潜水艦が浮上して接近し、ダイバーが機内へ入って、何らかの物品を運び出す。不可能ではない」

「――――」

「海の真ん中で、理由も告げずに貨物機が着水しようとしている。機内では格闘が行なわれた様子で、機長は負傷。こちらからの問いかけにも答えない。これは」

「うぅむ」

「潜水艦の待ち構える洋上のポイントへ、機長は向かって、着水しようとしている。他の乗員たちが、それをやめさせようとして乱闘に」

笹は、明比のコンソール画面の写真を、目で指した。

「あの機長が理由も告げずに着水しようとしているのは」

「――――」

工藤も顔写真を見やるが、唇を嚙む。

表示された名はライナー・シュトレッカー。

ドイツ空軍の元中佐。隊長を務めた男……。

（………………）

工藤はまた自分の肩をちらと見る。二佐の階級章。

笹のやつは若い。だから簡単に推測を口にする。

笹の言う〈瀬取り〉の可能性は、実は、工藤の頭にも浮かばないわけではない。

しかし、軍の中佐で、隊長を張るということがどういうことなのか。これは笹や、明比にも分からないだろう。

自分も二佐――つまり中佐だ。今は先任指令官であり、直属の部下は持たない。しかし防大の同期では陸・海・空自衛隊においてすでに隊長となり、百人規模の部下を持つ者がいる。そういう立場に立つと、同期だから分かるが、男は責任感の塊《かたまり》になる。自分の使命や役割を考えて行動するようになる。

シュトレッカーという男が、どんな理由で軍をやめたのかは分からない。だが、どのような経緯だったにせよ、中佐で飛行隊長まで務めた人物が民間航空へ行って、テロリストの片棒を担ぐような真似をするとは工藤には想像が出来ない。

(――いや)

待て。

そうじゃない――

唇を噛んだまま工藤は頭を振る。

違う。俺は、想像したくないだけじゃないのか。

そうだ。

よく考えろ。

俺は『自分と同じ階級であった男が悪者であるはずはない』――そう思いたいだけではないのか。

これは逆に、先任指令官として責任感のない考え方だ――

「――笹」

「はい」

「確かに、そうかも知れん。その可能性は考慮しなければいかん。しかし、洋上で『着水する』と宣言している民間機に対して『降りるな』と強要することも出来ん」

「は」

「明比」

「はい」

「ただちに海保と、自衛艦隊司令部へ現在の情況を通報。あの海域に、不審な船や、潜水艦が潜んでいるのかどうかはこちらでは分からない。情況を通報してやれば、海保も海自も必要と思われる行動をとるだろう」

「はい」

「北東セクター」

「はっ」

呼ぶと、最前列の担当管制官が振り向く。

そのインカムをつけた顔へ、工藤は問うた。

「小松の救難隊は、出たか」

「は、はい」

担当管制官は、思い出したように急いで自分のキーボードを操作する。

すると、覆いかぶさる頭上のスクリーンで、一部の空域を拡大している長方形のウインドーがさらに大きくなり、範囲を広げる。

拡大ウインドーの右下に、新たに緑の三角形が一つ、ぽつんと現われる。

「ご覧ください、救難指揮機はすでに小松を発進、ルクセン・カーゴ機の飛行する水域へ急行中です」

「うむ」

工藤と共に、多くの管制官たちがスクリーンを見上げる。

新たに現われた緑の三角形は、小松救難隊に所属する救難指揮機U125だろう。中型ビジネスジェットの軍用タイプで、捜索を主任務とする。遭難が発生した際にはまず先行して、いち早く現場へ駆けつけ、位置を特定し情況を把握する。

実際に海面に救難員を降ろし、遭難者の救助に当たるのは、後から追いついて来る救難ヘリUH60だ。そのヘリも出動しているのだろうが、速度は遅い。まだ拡大ウインドーの枠内に姿を現わさない。

U125を表わす緑の三角形は、斜め右下から、黄色い三角形を追いかける形だ。

「追いつくのに、どのくらいかかる」

「今の位置に、ルクセン・カーゴ機が着水したとして」

担当管制官は、自分のコンソールでカーソルを動かす。

「U125が現場へ到達するまで、十八分。ヘリが追いつくのは、さらに二十五分後」

「分かった」


今、あそこの水面に着水したとして。

救難指揮機の到着が十八分後。ヘリの到着が四十三分後――

四十三分か。

（――――）

工藤は腕時計を見やる。

747の機体は、洋上に着水した場合、どのくらい浮いていられるんだ……？

●日本海上空
F15ブルーディフェンサー編隊　二番機

「くっ」

茜は左手でスロットルを出す。

左横に並ぶジャンボ機の機首を、横目で睨んだままだ。

急減速した７４７に、並び直す。

アイドルにしていたエンジンの推力を戻し、スロットルで調整、自分の機体を７４７のコクピットの真横の位置へ。

また操縦席が目に入る。

銀髪の機長は、するとまたスラストレバーの横の細いレバーを掴み、持ちあげるようにしてもう一段引く。

ぐん
７４７がさらに減速する。茜の真横から、また後ろへ行ってしまう。

(駄目だ)

クリーンの状態では、これ以上、並走出来ない。

こちらもフラップを下ろさなくては――

「――――」

茜はスロットルから一瞬、左手を離すと、スロットルの外側にある短いフラップレバーを掴み、引いた。

手をスロットルへ戻す。

電動モーターの働きで、イーグルの主翼後縁《こうえん》でフラップが下がる。F15のフラップ――高揚力装置は単純な造りで、〈UP〉か〈DOWN〉の2ポジションだ。

フラップは主翼の揚力を増やし、低速で飛べるようにする。着陸の時に使うものだ。

途端にスピードがおち、後方から747の機首が茜の真横へ戻って来る。

ざぁああっ

風切り音が強まる。

「く」

スピードがおち過ぎる――左手でパワーを足す。

フラップは揚力も増やすが、同時に抵抗にもなるから、速度を維持するには余計に推力が要る。主翼の後縁で揚力が強まったせいで、機首は下がろうとする。高度を保つためにさらに操縦桿を引く。水平よりもピッチアップ姿勢になる。

（こんな低速飛行――初級課程でやったエアワーク以来だ）

速度がおちたせいで機体がふらつく（もともと高速で飛ぶように出来ている）。こんな低速で水平飛行なんて、普通はやらない。F15のエルロン、ラダー、エレベーターの各操縦舵面は、高速時にちょうどよい利き方になるよう設計されている。低速では舵《かじ》が利かない。747の機首が押しのける空気のうねりを受け、機体が傾こうとするのを直そうとしてもエルロンが反応しない。

思い切って大きく操舵すると、今度はグラッと大きく、747とぶつかる方向へ傾こうとする。

「く、くそ」

反射的に右手を戻す。

まるで、サーカスの玉乗り……。

茜は唇を噛み、両足の親指に力を込めると、両方のラダーペダルを押さえ込むように踏んだ。

それで何とか、ふらつきは止まる。

機の姿勢を維持しながら、左横を見る。

このまま着水を強行するというなら、機長から理由や、情況を聞きたい。どんな助けが必要なのか……？

「ルクセン――あっ」

しかし、茜が再び呼びかけようとした時。

視界の中の747のコクピット――その左側操縦席で、銀髪の大男はがくり、と上半身を前のめりに折った。

そのまま動かなくなる。

「だ、大丈夫かっ」

●東京　横田基地
航空総隊司令部・中央指揮所（ＣＣＰ）

『大丈夫か、しっかりしろ』

女子パイロットの声が、天井スピーカーに響く。

エアを強く吸いながらしゃべっているのか、シュウッという呼吸音が混じる。

「――」

「――」

正面スクリーンでは、黄色い三角形に緑の三角形〈ＢＤ02〉が寄り添ったままだ。

黄色い三角形の横の速度を示す数字が、減っていく。『１８０』『１７５』――

「――くそ」

工藤はハッ、と気づき、立ち上がった姿勢から自分の先任席のコンソールを見た。管制卓の横に、赤い受話器がある。

正式な通報が、まだだった……！

舌打ちし、赤い受話器へ手を伸ばす。

官邸へは〈内閣情報集約センター〉経由で、先ほどとりあえずの報告は入れてある。だがここは、すぐ障子さんへ通報して、官邸主導で事態に当たってもらった方がいい。海自も海保も統合して、事態への対処をしなければ。

集約センター経由では、遅い。

摑み取った受話器を耳に当てる。自動的にコール音が聞こえ始める。

赤い受話器は、永田町の総理官邸地下に設置されたオペレーション・ルームへ直結している。内閣府直轄の、NSCの指揮本部だ。

そこへ
「先任」

明比が、自分のコンソールの画面から顔を上げて呼んだ。

「自衛艦隊司令部、海上保安本部への通報は完了。ところで、これを見てください」

「ちょっと、後にしろ」

●日本海上空

F15　ブルーディフェンサー編隊　二番機

「しっかりしろっ」

茜は無線に叫ぶが。

機長――銀髪の大男は上半身を突っ伏し、前のめりに倒れてしまう。

また胸板で操縦桿が押される――

（やばい）

だが次の瞬間。

茜は、目を見開いた。

コクピットの側面窓――風防の砕けてなくなった窓枠の向こうで、下側からむくりと、何かの影が起き上がった。

「…………!?」

金髪……？

吹き込む風になぶられ、短い金髪の頭が現われる。今まで床に倒れていたのだろうか、茜には見えない位置から、その人影は起き上がる――右側操縦席の背を手で摑み、立とうとする。

シャツの肩に金色の線の入った肩章。三本線。

男だ。機長よりは若い。三本の金線は――

(――副操縦士か)

金髪の若い男だ。右側操縦席の背を摑み、身を起こした。苦しげな動作。

風圧に、顔をしかめる。しかし顔をなぶられながらも左手で機長の肩を摑み、前のめりの姿勢から引き起こす。

がんばれ。

茜は、思わず操縦桿を握る右手に力がこもる。

何も手助けはできない、しかし機の姿勢を維持しながら、見守った。

舵輪式の操縦桿が押し込まれる寸前、金髪の長身の男――茜の『目測』で一八五センチくらい――の手によって、機長の上半身はコンソールから引きはがされ、シートに背を預ける形にされた。ぐったりと、斜めになる(意識がないのか)。

金髪の副操縦士は、細身(機長ほどがっしりした体型ではない)をくねらせるように、空いている右側操縦席へ滑り込む。

オートパイロットは、まだ働いているようだ。減速しつつも７４７は高度を保ち、水平に飛んでいる。しかし速度はどんどんおちていく。

(くそ)

茜はまた左手でスロットルを絞り、７４７に並走するようにF15のスピードをおとす。

ちらとHUDの速度スケールが目に入る。『165』――一六五ノット……？　着陸進入速度に近い。

貨物機のコクピットの右側操縦席では、着席した金髪の副操縦士が、計器コンソールを見回す所作をする。若いパイロット――といっても茜よりは年上だろうが――は、今までコクピットの床に倒れていたのか……？　その姿は外からは見えなかった。何らかの理由で倒れていたのが、おそらくは外から吹き込む風圧のせいで目を覚まし、起き上がったのか。

若い副操縦士は金髪の頭を振る。顔をなぶる風圧に苦しげな表情。

「パワーを」

茜は無線に叫ぶ。

「パワーを出せ」

8

●東京　永田町

総理官邸　内閣危機管理監オフィス

「――」

ジャケットの胸ポケットで、携帯が振動した。

PCの画面に目を向けたまま、有美は右手で取り出す。

「――はい」

『危機管理監』

若い男の声が告げた。

『オペレーション・ルーム当直です。横田からホットラインが入っています』

「――?」

ホットライン……?

有美は眉をひそめる。

電話の声は、この部屋の真下――官邸地下六階、オペレーション・ルームに詰めている当直員だ。

NSC各班の班員が交代で、二十四時間の当直についている。

オペレーション・ルームは危機管理の司令塔だ。災害や大規模テロが発生した際、総理はじめ主要閣僚がリアルタイムで情報を見ながら国全体の指揮を執る。普段でも、〈国家安全保障会議〉が開かれる時に使われるが、何事もなければ当直員が留守番をしている。

横田からホットライン……?

そうか。

そういえば、さっき民間の貨物機がどうとか……。

集約センターを経由せず、オペレーション・ルームへ直接通報して来るような事態に進展したのか——？

「分かった。繋いで」

当直員が了解し、秘話回線に繋がれるノイズがすると、耳に付けた携帯の向こうから急にざわざわとした空気が伝わる。

横田基地地下の、中央指揮所か。

何が起きている……？

「はい、私」

自分につながった旨を告げてやる。

『——障子さんですかっ。工藤です』

●日本海上空
F15　ブルーディフェンサー編隊　二番機

「パワーを出せっ」

茜が怒鳴るのと同時に。

無線が聞こえていたのかは分からない（副操縦士は通信用ヘッドセットを頭にかけていない）、しかし金髪の若いパイロットは計器パネルの様子から、あるいは体感によっても分かるだろう、機体が推力を絞られたまま減速し続けていると悟った。

次の瞬間、副操縦士は左手でスラストレバーを掴み、アイドル位置まで絞られていたそれらを前方へ出した。思い切り出す感じ。

途端に

キィイイインッ

茜の背の方で、四基の大口径ターボファン・エンジンが回転を上げる。

（よし、いいぞ）

左手のスロットルで、７４７の機首の真横の位置を保ちながら、茜は金髪の副操縦士の横顔を見る。頬が煤《すす》で汚れている——

茜の視線に気づいたか。

側面風防のなくなったコクピットの右側操縦席から、副操縦士の顔がこちらへ向く。

その目が、見開かれる。

「ヘッドセット」

思わず茜は、その目に向けて叫んだ。

「ヘッドセット、つけてっ」

言いながら、左手の指で自分のヘルメットの耳の部分を指すと。

コクピットの中の副操縦士はうなずき、そこで自分が無線のヘッドセットをつけていないのに気づいたか、慌てた所作で自分の周囲を探す。

さっき側面風防が割られた際、右席用のヘッドセットはどこかへ飛んでしまったのか。

副操縦士は自分のヘッドセットを見つけられず、『仕方ない』という風情で、左席で斜めになっている機長の頭からそれを摑み取ると、もぎ取ってコードをいっぱいに伸ばし、自分の頭にかけた。

「ドゥ・ユー・リード？」

すかさず無線に問うと。

『――――』

副操縦士は、操縦桿の握りについたボタンを右の人差し指で握って、茜を見ながら口を動かした。

『リ、リージュー・ファイブ』早口の英語で続けた。『ウィ・ハブ・エマージェンシー、リクエスト・エスコート・トゥ・サム・エアポート、フィッチ・キャン・ビー・ユースト・フォー・エマージェンシー・ランディング、アズ・スーンナズ・ポシブル』

「――」

今度は茜が、言葉に詰まる。

ええと、何て言われた……？

●東京　横田基地

航空総隊司令部・中央指揮所（ＣＣＰ）

「緊急に報告があります」

先任席から立ち上がったまま、工藤は赤い受話器へ告げた。

「日本海です。今、ヨーロッパ発――ルクセンブルク発の民間貨物機が緊急着水しようとしている。未確認ですが、テロの疑いがあります」

『――テロ？』

受話器の向こうは、低い女の声だ。

確かめるように、訊き返してきた。

『ルクセンブルクの貨物機が、テロに遭っているの』

「はい」

工藤は正面スクリーンへ目をやりながら、うなずく。

「情況から、その可能性が」

そこへ
『リクエスト、エスコート・トゥ・サム・エアポート』

天井から、新たに別の外国人らしき声。

早口の英語に、呼吸音が混ざっている。

『ヒー・セッド、ウィ・マスト・ディッチ、バット、ヒー・ワズ・シャット』

「ちょ、ちょっと待ってください」

工藤は受話器の向こうの障子有美——かつての防大の先輩でもある内閣府の危機管理監にことわり、頭上を仰ぐ。

声が続く。

何か訴えている。

『ヒー・ワズ・シャット』

「——」

「——」

全員が、天井を仰ぐ。

F15二番機の無線を介して送られて来る、国際緊急周波数の音声だ。

『ウィ・ニード・ア・メディカル・アシスタンス、イミディアトリー。ヒー・キャンノット・エヴァキュエイト、イフ・ウィ・ディッチ』

「――」

「――」

「ブ、ブルーディフェンサー・ツー」

担当管制官が、慌てた様子でF15の二番機を呼ぶ。

「この声は、何か。今聞こえている国際緊急周波数の声だ」

『カーゴ機の副操縦士です』

舞島茜の声が報告して来る。

『たった今、コクピットの床から起き上がって、右席につきました。操縦出来る模様――ただし機長は、倒れたままです』

『アイ・セイ――』

声が重なる。

『アイ・セイ・アゲイン、ウィ・ニード・ア・メディカル・アシスタンス・イミディアトリー――アイ・シンク・ウィハブ・オンリー・テンミニッツ。リクエスト・エスコート・

トゥ・エニイ・エアポート、フィッチ・キャン・ビー・ユースト・フォー・エマージェンシー・ランディング。ウィ・ニード・ヘルプ』

「――彼は撃たれた」

笹が、頭上の声を訳すように繰り返した。

「ヒー・ワズ・シャット、というのは『彼は撃たれた』ですよね？」

「う、うむ」

工藤は受話器を手にしたまま、うなずく。

そうだ。

そのフレーズが耳に入ったので、思わず障子に「待ってください」と頼んだ。

撃たれた……？

彼は撃たれた、というのは、機長が撃たれているという意味か――？

さっきの〈銃声〉か。

何者に撃たれたのか。

「ブルーディフェンサー・ツー」

工藤は思わず、赤い受話器を耳から離し、頭にかけたインカムのマイクを口元に引き寄せて洋上のＦ15を呼んだ。

「機長は、撃たれているのか。機内で何らかのテロが起きたのか」

『ここから見えるのは』

エアを吸い込む音に重なり、舞島茜の声が応える。

『左席で、機長がシートに斜めになったまま、動きません。機長と副操縦士以外の人影はコクピット内には見えません』

「分かった」

●東京　永田町
総理官邸　内閣危機管理監オフィス

(分かった——って……)
有美は眉をひそめる。
何が『分かった』んだ……?
その時
ピッ
机上のPCが短い音を立て、また画面にメッセージを表示した。
『洗濯物はアメリカへ輸出』
「……?」

輸出……？

目をしばたたいていると、耳につけた携帯の向こうでは人声――喧騒がさらに高まる。

『先任っ』

通話の向こう、工藤のすぐ横の方から誰かの声。

せわしない声だ。

『今のあの声によると、機長は撃たれていて、十分以内に救命処置をしなくては助からない、ということですか』

『う、うむ』

まだホットラインの受話器は手にしているのだろう、応える声は工藤慎一郎――有美の防大時代、すぐ下の学年にいた先任指令官だ。

『しかし、たった十分か』

工藤は緊急に、報告のためにホットラインをかけてきたはずが、有美を放って部下たちと話している。

だがバックグラウンドに聞こえる交信の声や喧騒で、切れ切れにキーワードは伝わって来る。

貨物機がテロに遭った。機長は撃たれた。十分以内に緊急着陸しないと危ない――

「乙部《おとべ》君」

有美は携帯を耳につけたまま、横の机の事務官を呼んだ。

呼びながら左手で机上のＰＣを畳み、脇に抱えた。コーヒーまでは持てない、両手が塞《ふさ》がってしまった――

「わたしは地下へ降りる」

「地下へ、ですか」

事務官は、驚いた表情で見返す。

「オペレーション・ルームですか」

「そう」

有美はうなずきながら、小さく舌打ちする。

右手で携帯を耳につけたままでは、やはり大振りの紙コップは持てない。せっかく外のスタバで一番いいやつを買ったのに……。

「ここをお願い。それから、ＮＳＣ局長経由で総理へ報告して。第一報。緊急事態発生の可能性あり」

「は、はい」

●日本海上空
F15ブルーディフェンサー編隊　二番機

（――ヒー・ワズ・シャット……!?）

茜は酸素マスクをつけたままの顔で、目を見開いた。

たった今、そう言ったのか。

並走する747のコクピットは、側面風防が左右とも吹っ飛び、横から舞い込む風圧を受けている。

右側操縦席に座った副操縦士は、短い金髪をなぶられながら早口で茜に情況を訴えたが、次の瞬間、反対の左席を見やった。

『――オォ』

声を上げた。

慌てた様子で座席を後方へスライドさせ、腰を浮かせる。

「…………」

何だ……？

目で追うと。

副操縦士は上半身を左席側へ伸ばし、斜めになった機長の両肩を掴む。何か大声で話しかける様子だが、無線の送信スイッチを放してしまっているから聞こえない。

副操縦士は後ろ姿に力を込め、機長の上半身を起こしながら、その左席の下の方へも手をやる。

何とか、楽な姿勢にしてやろうと試みているのか――?

だが次の瞬間。金髪の背中は驚いたように動き、思わず、という感じで右手を引き抜くと顔の高さへ上げる。

(……!?)

茜は、また目を見開く。

副操縦士の手のひらが、真っ赤だ。

たった今、無線で受けた言葉が蘇る。

ヒー・セッド、ウィ・マスト・ディッチ、バット、ヒー・ワズ・シャット――

彼は『着水しなければならない』と言った。

だが彼は撃たれている。

(――撃たれた……!?)

さっき無線に響いた叫びと、銃声。

あの時、何者かに身体のどこかを撃たれたのか。

その状態で機長は操縦を――

『ジャパン・エアフォース』

副操縦士は座席に向き直ると、操縦桿の無線送信スイッチを握った。

茜の方を見た。

『アイ・セイ・アゲイン、シチュエーション・イズ・クリティカル』

険しい表情で、こちらを見る。

目が合う。

「う」

助けてくれ。

蒼い目が訴えている。

「――――！」

そうだ。

ただちに着陸し、救命処置を受けさせられる飛行場は……!?

茜は反射的に左手を計器パネルのＶＳＤ画面へやり、縁についたボタンを押す。

表示モードを〈ＭＡＰ〉に。

パッ

縦長の液晶画面が切り替わる。現われたのは、同心円と放射状の方位線。この機を中心にしたカラーの地形図だ。

表示範囲は半径二五マイル。だが中心の白い三角形――この機を示すシンボルの周囲はすべて水色。

海だけ……。

同時に

『アイル・ファインドアウト、ファーストエイド・キット』

耳に副操縦士の声が被さる。

『バット、ビフォー・ダット、ギブ・ミー・ア・ヘディング・トゥ・フライ・タワード・トゥ・エマージェンシー・エアポート』

「ウェイト・ア・モーメント」

待って。

茜は無線に短く応え、左の人差し指でレンジ切り替えボタンを押す。

パパッ

表示範囲を広げる。

五〇マイルレンジ。

（――あった）

目を見開く。

●東京　横田基地

航空総隊司令部・中央指揮所（ＣＣＰ）

「十分以内に緊急着陸――」

工藤はスクリーンを仰ぐ。

視界いっぱいのスクリーンの中央に、長方形の拡大ウインドーが開き、その中央に黄色い三角形と緑の三角形が二つ――さらにウインドー右下の端から、もう一つの三角形が斜めに近づこうとしているが……。

腕時計へ反射的に目をおとす。

救難指揮機が追いつくまで――

（いや、直接に乗員を救助出来るのは救難ヘリだ。現在のポジションに、今すぐ着水したとしても、小松のヘリが到着するまで四十分強……）

そこへ

「先任」

横から笹が言った。

「ただちに貨物機を左旋回させ、ほぼ一八〇度ターンで、救難機と出合う方向へ向けたらいかがですか」

「う、うむ」


工藤は、うなずいた。

それしかないか。

工藤の頭にも　そのアイディアは浮かんだ。

あのルクセン・カーゴ機を今すぐ一八〇度ターンさせ、急行中の救難ヘリとまっすぐ向き合うように飛行させ、そして出合う直前に着水をさせれば——

(——それでも、間に合うかどうか)

おまけに頭上の声の主——当該機の副操縦士は、着水しても機長は自力でエヴァキュエイト(脱出)出来ない、と言っている。

いや。

それは、あの副操縦士が航空自衛隊救難隊員の技量を知らないからだ。救難隊のメディックならば、沈み行くジャンボ機の内部へ素早く入り込み、身動きの出来ない負傷者も迅速に運び出せる。ヘリへ揚収《ようしゅう》すれば、機内で救命措置が施せる。

「…………」

工藤は右手に受話器を握り締めたままだ。

それは意識していた。

しかし、とりあえず『旋回《せんかい》の指示を出すのが先』と判断した。障子危機管理監へは、その後で報告をすればいい――

「よし、ブルーディフェンサー・ツー」

工藤はマイクをつまみ、スクリーン上のF15二番機へ、ルクセン・カーゴ機に対して旋回を促すよう指示しようとした。

だが

『ターン、レフト』

指示を口にする前に、天井スピーカーから声がした。

9

●日本海上空

F15　ブルーディフェンサー編隊　二番機

「ターン、レフト」

茜は左手に並ぶ７４７のコクピットへ目をやりつつ、無線に告げた。

「ターン・レフト、テン・ディグリーズ、イミディアトリー」


左へ一〇度、変針《へんしん》せよ。

茜の計器パネル左手には縦長の液晶ディスプレーがある。

バーチカル・シチュエーションディスプレーと呼ばれる多目的の大型液晶画面は今、〈ＭＡＰ〉モードにしてある。

中央に置いた白い三角形――自機を示すシンボルから放射状に方位線が伸び、同心円の距離スケールが囲む。

切り替えた時には、自機シンボルの周囲は水色だけ――海だけだった。しかし表示する範囲を『二五マイル』から『五〇マイル』へ広げた途端、画面の上側――前方やや左に、緑色の円形が現われた。

陸地だ。

これは、島か。

ほぼ円形をした小さな陸地――小さいが、その端の方に白い細長いシンボルが重なっている。

（……滑走路……!?）

同時に、ローマ字表記が目に飛びこむ。

OKI AIRPORT

茜は息を呑んだ。

（……隠岐島《おきのしま》か）

日本海の只中に、ぽつんと浮かぶ円形の陸地。

MAP画面のシンボルは、そこに六〇〇〇フィート以上の長さをもつ滑走路が存在する、と教えている。

訪れたことは無い。しかし隠岐島に空港があるらしいとは知っている。恐竜の化石が出るとか、ニュースで報じていた。

シンボルの通りなら、滑走路は、円形の島の南端に東西を向く形で設置されている。ここからまっすぐに向かえば、ほぼそのまま滑り込める――

距離は。

目で測《はか》る。島は、三〇マイルの距離スケールと重なっている。

三〇マイルということは三〇〇ノットで六分、一八〇ノットならだいたい……

「………」

茜はマスクの中で唾《つば》を呑み込んだ。

ここだ。

ここしかない。

反射的に、左の親指を無線の送信スイッチにかける。

だが
待て。

先に、指揮所の指示を仰《あお》がなくてよいのか……？

一瞬、その考えがよぎる。

わたしは幹部自衛官だ。

幹部として、指揮所に指示を仰がず、勝手に行動してよいのか。

（…………）

いいや。

小さく頭を振る。幹部だからこそ、人命にかかわる大事な時には、自分の判断で動いてもよいはずだ。

一刻を争う。

指揮所の承認は、後から得ればいい……。

「ターン、レフト」

茜は送信スイッチを握ると、無線に告げた。

左横、吹き曝《さら》しになったコクピットを見やりながら、指示した。

「ターン・レフト、テン・ディグリーズ、イミディアトリー。アイル・エスコート・ユー・トゥ・エマージェンシー・エアポート」

『コンファーム』

打てば響くように、金髪の副操縦士は茜を見返し、確認してきた。

今の指示を、繰り返してほしい、という感じだ。

『コンファーム、ターン、テン・ディグリーズ・レフト？』

「アファーマティブ」

茜は答える。

「テン・ディグリーズ・レフト。アイル・エスコート・ユー・トゥ・エマージェンシー・エアポート。イッツ、オキ・エアポート」

●東京　横田基地
航空総隊司令部・中央指揮所（ＣＣＰ）

「先任、隠岐島です」

最前列から、北東セクター担当管制官が振り返って声を上げた。

ＣＣＰの全員が、頭上の拡大された長方形のウインドーに見入っていたが。

天井から女子パイロットの『オキ・エアポート』という声が降って来て、それで我に返ったように、担当管制官がウインドーの枠を広げる操作をしたのだ。

ぐぐっ、と広がった長方形の枠内に、左手から跳び入るように円形の陸地が現われた。

黄色い三角形の尖端の、やや左前方――

おぉ、おう、と声が上がる。

島だ。

島がある。

「隠岐島がありましたっ。距離、約三〇マイル」

ＣＣＰの正面スクリーンは、一部分の情況を拡大して見られるから便利だ。しかし拡大ウインドーのせいで隠れてしまう部分がある。

枠のすぐ外側に、島があったのだ――

隠岐島なら、空港もある。小規模でも、定期便の運航される空港ならば消防隊もいるはず。

だが

「──ちょっと待て」

工藤は、周囲から自分へ注《そそ》がれる視線を押しとどめるように、言った。

確かに、あそこならば十分くらいでたどり着ける……。

だが民間用空港だ。

周囲に、市街地はないのか。

「あの隠岐空港の、当該滑走路の長さと、周囲の地理情況を確認しろ」

すると
「先任」

すぐに横から、明比が呼ぶ。

「ご覧ください」

「……？」

見ると。

情報席の画面に、どう素早く操作したのか、拡大した地形図が映し出されている。

円形の島の下側──円みのある海岸の縁に、海に突き出すようにして東西に延びる滑走路。〈ＯＫＩ　ＡＩＲＰＯＲＴ〉というローマ字表記が，目に飛び込んで来る。

「ご覧ください。隠岐空港の滑走路は長さ六〇〇〇フィート──二〇〇〇メートルです。路面強度は不明ですが、一応、ジェット便が就航しているようです。空港は島の南岸の崖の上にあり、地図を見たところでは周囲に人家らしいものはありません」

「――では万一」

「はい」明比はうなずく。「万が一、ルクセン・カーゴ機が着陸にしくじっても、民間人の被害は皆無または最小限。また、もしも当該機の乗員がテロを起こそうとして、空港の数マイル北側にある市街地――隠岐の島町へ機を突っ込ませようとした場合は」

「――」

「考えたくありませんが、そのような場合は。あのF15二機は、訓練中を駆り出しましたから武装は使えません。しかしパイロットの二名は、若いですが幹部自衛官です。幹部自衛官ならば、そういう事態が起きようとした場合は」

「――」


工藤は、一秒間だけ考えたが、すぐにうなずいた。

「――よし、ただちに」

だが指示をしようとした時。

『CCP、ブルーディフェンサー・ツー』

頭上から声が被さった。

女子パイロット――舞島茜の声。

『具申《ぐしん》します』

すみません、と詫《わ》びるような感じが速い呼吸から伝わって来る。

『隠岐島へ、緊急着陸させたいと思います。緊急なので、指示を待たず針路を変えさせました。よろしいでしょうか』

地下空間がざわっ、として、また全員の視線が工藤に集まってくる。

●東京　永田町
総理官邸　地下

「――隠岐島？」

降下するエレベーターの狭い箱の中で、有美は手にした携帯に訊き返した。

「その貨物機を、隠岐島へ降ろさせる？」

『――そうです』

ホットラインの向こうで、工藤の声がうなずく。

『小松所属のF15が二機、いま当該貨物機に付き添い、エスコートしています。島へは十分以内にたどり着けます』

「隠岐空港？」

『現在、国土交通省を通じ、受け入れの要請をしています』

「分かった」

有美はうなずく。

隠岐島……。

日本海の地図が、すぐ頭に浮かぶ。

山陰の海岸線の沖合いに、ぽつんと浮かぶ円い形の島だ。竹島同様、島根《しまね》県に所属している。

テロに遭った疑いのある外国貨物機を、あの孤島へ緊急着陸——

機内の情況はよく分かっていない。

銃が使用された、という情報もあるが……。

工藤は、当該機をそこへ降ろすと決定した。

あの工藤のことだ。貨物機を降ろすに伴って生じる副次的な〈危険〉については、考えた上でのことだろう。

島の住民へ危険は及ばないかとか、通り一ぺんの訊き返しをする必要は無い。

自分は、国の危機管理を統括する者として動けばいい——

「——工藤君」

『はい』
「分かった。ここから先は」
言いかけると
チン
同時にエレベーターが停止し、扉が開いた。

●東京　永田町
総理官邸　地下　NSCオペレーション・ルーム

「ここから先は、わたしが預《あず》かる」

開いた扉から、地下空間へ歩み出ながら有美は携帯へ告げた。

「国土交通省の窓口は、どこ」

「あ、危機管理監」

白い地下空間だ。

壁の色と照明の明るさで、そう感じる。外国のSF映画に登場する宇宙船のブリッジのようでもある。

空間の中央に、大型のドーナツ型テーブルが鎮座し、その円周上に九つの席。各席には情報端末画面、さらにテーブル中央と壁面にも、複数の大型情報スクリーンがある。ドーナツ型テーブルは、多数の可動式補助席に囲まれている。さらに壁に向かう形で、いくつかの通信情報席。

九つの席は、総理をはじめ九名の閣僚たちが着席するためにある。取り囲む多数の補助席には、NSCをはじめ各省庁からやってきた官僚たちが着席する。補助席には各人持参のPCが接続出来る（固定式の情報端末は無い）。壁際の通信情報席には、自衛隊の管制施設のような管制卓がある。

これが自衛隊の地下施設ならば、攻撃を受けた際のことも考慮し、空間は普段から薄暗くしてあるものだ。しかし総理官邸地下のオペレーション・ルームは、さすがにそこまでは考えに入れていない。閣僚には高齢の者もいるので、むしろ字が見やすいように明るくしている。

天井の低い空間に、有美のローヒールの靴音が響く。ドーナツ型テーブルと、それを取り囲む補助席は今、すべて空だ。

壁際の通信情報席の一つから、ワイシャツの袖をまくった若い当直員が立ち上がって出迎えた。

「ご苦労様です」

うん、とうなずきながら有美は、自分がいつも使っている最前列の補助席へまっすぐに向かう。

「――東京航空交通管制部……？　分かった工藤君。いったん切る」

携帯を上着のポケットへ戻し、脇に抱えたPCを補助席のテーブルへ置く。

最前列のこの席は、使い慣れた自分のポジションだ。どかりと座り、黒いパンツスーツの脚を組む。

「川端《かわばた》君」

広げたPCをテーブルの有線アダプタに接続しながら、立ち上がった当直員に訊く。

「総理から、何か言って来たかしら。確かまだ会談中よね。ウラジオ郊外で」

「はい」

若い当直員（NSC戦略班員だ）は、自分の着席していた情報席の画面を指す。

「常念寺総理へ、NSC局長経由で『緊急事態発生の疑い』について通報。第一報を入れました。これに対し、随行《ずいこう》の秘書官から『メモを差し入れる』と返答してきました。ただし、会談の相手が相手です」

「そうね」

応えながら、有美は眉をひそめる。

PCの画面に『新しいメッセージが着信した』というサイン。

警察庁にいる湯川から、さらに何か、メッセージが届いている。しかし今は開いて読む暇が無い。

門たちは、うまくやっているだろう──

「──とりあえず」唇を嘗《な》め、有美は指示した。「即応態勢メンバーへ、招集をかけて。即応リストにある全員へ一斉送信」

「はい」

「それから、総理以外の八閣僚の秘書官あてに『事案発生』を一報。『事案発生』だけでいい、問い合わせてきたら、私が応対する」

「分かりました」


緊急事態が発生している。

今、分かるのはそれだけだ。

もし国として、危機に対応しなくてはならないとしたら。

〈危機〉の正体もはっきりしない段階だが──もし国として対処するなら、総理を筆頭とする〈国家安全保障会議〉の招集が必要だ。

総理が指揮を取り、行政の各分野を預かる八人の閣僚がその命を受け、それぞれの担当省庁を動かす。

国として危機に対応するため、強力なリーダーシップが発揮出来る。

しかし、危機管理監である有美には、オペレーション・ルームを実働させるスタッフを招集することは出来るが、〈国家安全保障会議〉を招集する権限は無い。

閣僚たちを、この地下へ呼び集められるのはただ一人。常念寺総理だけだ。

だがロシア大統領と会談の最中では、初期の対応が遅れる可能性がある――

とりあえず、〈保障会議〉のメンバーである八人の閣僚たちへ『事案発生』を伝えておけば、意識のある者は自発的にここへ来るか、問い合わせて来るだろう。

それまでに、情況を出来るだけ把握しておく。

「国土交通省の大臣官房へ繫いで」

有美は立て続けに指示した。

「出たら、私が話す」

「はい」

「あぁ――ちょっと」

有美は右手を上げて『ちょっと待て』とジェスチャーで示し、その指を額に当てる。

その前に——そうだ。
「ごめん。まず最初に官房長官の執務室へ連絡。事案発生、お助けください、と」

●埼玉　所沢
国土交通省・東京航空交通管制部

「——隠岐島？　隠岐島ですか……!?」

薄暗いコントロール・ルーム。

窓のない、横長の体育館のような空間だ。二十四時間、同じ暗さにキープされているので、業務に当たる管制官たちは昼夜の感覚をなくすという。

横に長い管制卓には、空域の情況を映し出す画面がずらりと並び、それぞれのセクターを担当する管制官が、各席で航行中の航空機の様子をモニターしている。

無線で各航空機と交信する声が、低いざわめきとなって空間を満たしているのは自衛隊の中央指揮所と同じだ。ただしここ——東京コントロールには、日本全域を映し出すような巨大な正面スクリーンは無い。

着席する管制官たちの背後で、立ったまま統括業務についているのはスーパーバイザーと呼ばれる主任管制官だ。

ついい小一時間前、横田のCCPへホットラインで連絡を入れた主任管制官は、今また同じ赤い受話器を握って、通話相手に訊き返している。

「ルクセン・カーゴ〇〇九を、隠岐島へ降ろさせるのですか」


少しこわばった声に、周囲からそれとなく視線が集まる。

ただし管制官たちは全員、それぞれの画面に集中しなくてはならない。視線はすべて横目で、控えめな反応だ。「どうしたのですか」と尋ねる者もない。

ルクセン・カーゴ〇〇九便がコースを外れ、迷走している。その事実はコントロール・ルームにいる全員がすでに知っていたが。

わが国の上空には、今この時にも数百機の民間機が飛行しており、刻々と位置を変えている。それぞれが亜音速《あおんそく》で動いている。

天候事由などにより、飛行コースの変更を求めてくる機も少なくない。管制官たちは、すべての民間機がクリアランス通りに航行しているか、互いに接近し過ぎることはないか、みずからの担当する空域の情況からは、一瞬も目が離せない。交信も聞き逃せない。

「現地に、ただちに受け入れ態勢を――とりあえず分かりました、いったん切ります」

主任管制官は、袖をまくったワイシャツの腕で赤い受話器を管制卓のパネルへ戻すと、日本海中央部を担当する管制席を背後から覗き込んだ。

「どうだ、河合」

「主任、ルクセン・カーゴはここです」

女性管制官が、透明マニキュアの指で、長方形のディスプレーの一か所を指す。

青い三角形シンボルが一つ、どの航空路からも外れた下の方の位置に、ぽつんと浮かんでいる。三角形は『中抜き』になっている（色の付き方が変わっている）。

「高度が低いので、航空路監視レーダーからはロストしています。これは当該機の自動位置通報《ADS》機能が送ってきている位置データです」

「005――五〇〇フィートか」

主任管制官は眉をひそめる。

高度の数値は表示されているが。三角形が中抜きになっているのは、レーダーで直接に確認しているターゲットではない、という意味だ。

ルクセン・カーゴ機は、先ほど理由不明の急降下をした。高度が低くなり過ぎ、航空路管制用のレーダーにはもはや映らない。

しかし国際線を飛行する民間機は、自機の位置と飛行諸元を、衛星経由で自動的に送信して来る。レーダーの届かない洋上空域を飛行する場合でも、各国管制機関が位置を把握出来るようにするためだ（ADSシステムと呼ばれる）。ただしデータの送信は数秒おきなので、表示には遅れがある。

「何とか、位置は摑めます。国際緊急周波数も、先ほどからモニターしています。空自のF15が二機、付き添ってエスコートしているらしいのですが、空自機はADSを持っていないので映りません」

「隠岐島の、二五マイル東──参ったな」

主任管制官は腕組みをする。

「いま横田が、ホットラインで『〇〇九を隠岐島へ降ろす』と言ってきた」

「えっ」

女性管制官は、目をしばたたかせる。

「でも、あそこは」

「議論する時間がもったいないから、とりあえず返事だけしておいたが。全く自衛隊は、ものを知らないから困る」

主任管制官は舌打ちすると、管制卓のパネルに埋め込まれているもう一つの受話器を取った。

赤ではなくベージュ色だ。受話器の横の通話選択ボタンの一つを押し込む。〈ＩＴＭ〉と表示されたボタンが点灯する。

「連中は、隠岐空港が一日じゅう運用されていると思っているんだ」

そこへ
「主任」

横長の管制卓の端の方から、管制官の一人が呼んだ。

別の受話器を手にしている。

「霞が関の本省から、呼び出しです。急を要するとのこと」

「ちょっと待ってもらってくれ」

●日本海上空
F15　ブルーディフェンサー編隊　二番機

「見えた――！」

茜はマスクの中でつぶやいた。

猛烈な勢いで、足下へ吸い込まれて来る海面。

そのずっと前方――煙《けむ》るような水平線の上に、微かに何かの影が盛り上がった。

高度が、低い……。

さっきの海面すれすれ――一〇〇フィートの超低空では、何かの拍子に海面へ突っ込むかもしれない。そう懸念し、副操縦士を促して五〇〇フィートまで高度を上げた。

しかしまだ低い。

茜の座るコクピットの位置から水平線までの『見通し距離』は短い。あまり遠くは見通せない。

これが三万フィートの高空ならば、パイロットの目線から水平線は八〇マイルの遠方にあり、広範囲が視野に入る。

だが五〇〇フィートでは『水平線見通し距離』は二〇マイルがいいところだ。それより遠方にあるものは、水平線に隠れてしまう。近づかないと見えて来ない。

VSDのMAP画面にある緑色の陸地——隠岐島へ機首を向けて飛んでいたが。

水平線にうっすらと島影が現われるまで、たっぷり二分間、待たねばならなかった。

「——ジ・アイランド、アヘッド・オブ・アス」

茜は、左横へ目をやると、747のコクピットにいる金髪の副操縦士へ告げた。

島影が水平線上に現われた。

貨物機の操縦席からも、見えているはず。

「ハブ・ユー・インサイト？」

『——ア、アァ』

ひと呼吸おいて

『オーケー、ナウ、アイヴ・ガット・ジ・アイランド』

そこへ

『ブルーディフェンサー・ツー』

ヘルメット・イヤフォンに別の声。

ＣＣＰの管制官だ。

『いいか、隠岐空港のランウェイは、ツー・シックスだ。空港の標高は高い。フィールド・エレベーションは二七〇フィート。気をつけろ』

「ラジャー」

空港は海面から二七〇フィートの高さ……？

応えながら、茜は眉をひそめる。

（高いな）

先ほど、茜が隠岐島へ誘導する旨を上申すると、ＣＣＰの先任指令官は比較的すぐに認めてくれた。

現地の空港へ、受け入れ態勢を取るように要請する、とも言ってくれた。おそらく国土交通省へホットラインを入れ、根回ししてくれるのだろう。

今、さらに担当の管制官から『ランウェイはツー・シックス』と告げて来た。ツー・シックスとは滑走路の向きを示す。磁方位で、約二六〇度を向いている。MAP画面で見た通り、ほぼまっすぐに滑り込める――

ただし滑走路の標高が二七〇フィートもあるというのは、意外だ。

管制官がわざわざ『気をつけろ』と言う。

日本国内の飛行場は、だいたい海に面していることが多いが、そういう空港の標高はゼロに近いのが普通だ。小松は二〇フィート。訓練で飛んだ防府北基地も二〇フィートだった。行ったことは無いが、羽田空港も二〇フィートだと聞いている。

二七〇フィートは、メートルに直すと約九〇メートルだ。MAP画面では、円形の島の南の端に滑走路は設置されている。

海面から、九〇メートルの高さ……？

（……見えて来た――う）

第Ⅲ章　見えない敵

1

●日本海上空
F15　ブルーディフェンサー編隊　二番機

（——何だ、あれは）

茜は目を見開いた。

コクピットのHUDの向こう——水平線の上に細く現われ、たちまち大きくなって来る灰色の影のようなもの。

一八〇ノットで近づいている。灰色の細長い影は、すぐに上縁部分がぎざぎざの青灰色《せいかいしょく》のシルエットに変わる。

あれは山か……？

山は、遠方からは青黒く見えるものだ。海面とは違う色味の蒼《あお》さ。ところどころ尖《とが》ったシルエットだ（島の山頂は高いのか）。

続いて、山岳の裾野部分の地形が水平線の上にせり上がって来る。

「……崖？」

崖だ。

左から右の端までずっと、海面から切り立つように立ち上がっている崖――

たちまち左右に大きくなっていく。あの島は、崖に周りを囲われている……？

シルエットの下の部分が一様に、白い。煙るように白い――あれは荒波が崖に当たって、砕けているのか。

（海から突き出した崖みたいな地形か）

滑走路は、どこだ……。

すでに視野の左右いっぱいに広がりつつある島影――灰色のシルエットの左端の方を、茜は目で探す。

あった――

「――ランウェイ・インサイト」

茜は、隣に並走する７４７の副操縦士へ教えるように、無線に告げた。

島のシルエットの左端が、岬のように突き出して見える。そこに何か、白っぽいものがある。

形はまだはっきりしない、しかしマップ上の位置から、あれが滑走路だ。

「キャン・ユー・シー・ダット？」

『アァ、イズ・イット、ベリー・レフトサイド・オブ・ジ・アイランド？』

「アファーマティブ」

『オーケー・インサイト』

そこへ
『舞島』

別の声が割り込む。

白矢だ。

後方にいる一番機から、呼んで来た。

同期生の発する『舞島』という一言に、『お前、勝手に一人でどんどん決めやがって』というニュアンスがこもっている。

俺に一言、相談しろよ。

そう言われた気がした。

「ごめん、白矢」

『いいけど』

だが茜の下した決断は、情況から見て、それしかない。緊急に貨物機を降ろさせてやるとしたら、あの島しか無い。

白矢の二言めには、いいよ同意するよ、というニュアンスもある。

『いいけど、あの滑走路、かなり短いぞ』

「そっちから見える？」

『三〇〇フィートで真後ろにいる』

ちらと目を上げる。風防の枠につけたバックミラーの中、ぽつんと一つ、F15の機影が浮いている。

白矢機はバックアップのポジション——後方のやや高い位置にいるから、茜よりは遠くが見通せる。

白矢の位置から見る隠岐空港の滑走路は、短いのだろう。

どのくらいの長さか。

VSDのMAP画面に、滑走路のシンボルが表示されているということは、少なくとも六〇〇〇フィートの長さがある。F15が緊急の着陸に使用出来る。でも大型機にも十分な長さの滑走路とは限らない。

「長さはどのくらい――あ」

言いかけて、茜は目を見開く。

見えた……。

（…………）

水平線からせりあがるように、姿を現わす島。それは切り立った崖の上に、山岳と裾野がすべて載っている感じだ――その一番左端、南へ向けて突き出す岬の上に、白っぽい『台形』のようなものがはっきり見えて来た。

（あれは）

短い……。

滑走路に間違いないが。

見慣れた小松の滑走路と比べ、明らかに短い。

茜の位置から『潰《つぶ》した台形』のように見える滑走路は、こちら側の下辺のすぐ向こうに上辺がある、という印象だ。前方へ長く伸びている感じはない。

あれでは、ジャスト六〇〇〇フィートくらい……。小松が八八〇〇フィートあるから、その三分の二くらいか。

「ザ・ランウェイ・イズ・ショート」

茜は無線に言う。

「キャン・ユー・シー？　キャン・ユー・メイク・ア・コンプリート・ストップ、ウィズイン・ザ・ディスタンス？」

『メイビー』

今さら『止まれるか？』なんて聞かれても、困るだけだろう。

でも、短く見えても、六〇〇〇フィートは約二〇〇〇メートルだ。

茜は、いま真横に並行して浮かんでいる７４７貨物機が、小松へ降りるところを何度か見ている。そうだ――これと同じジャンボは、着陸して停止するのに、小松の滑走路をいっぱいには使っていなかった。

『オーケー、アイル・セット・ジ・オートブレーキ、マックス』

副操縦士の声が告げる。

『メイキング・ファイナル・アプローチ。サンクス』

「――――！」

真横で空気を震わせる轟音が、さらに大きくなった。

同時に７４７の流線型の機首が、また後方へ下がってしまう。いったん見えなくなる。

振り返らないと分からないが、ジャンボは減速のためフラップをさらに展張したのか。

イーグルのフラップは単純で、〈UP〉と〈DOWN〉の2ポジションしかないが。大型機のフラップは主翼の後縁が何段階にもスライドして、段階的に揚力を増やし、より低速で飛べるようにするのか。

左手でスロットルを絞る（こちらも着陸形態にしないと、並走は難しいだろう）。左後方を映すミラーへ目をやると、ジャンボはすぐ後ろにいる。主翼の後縁を下向きにスライドさせ、さらに減速している。その機首が、やや持ち上がる。

高度はそのまま。水平に、五〇〇フィートをキープしたまま。


（――――）


茜は暗算をする。

前方の、岬の崖の上に伸びる滑走路は、目測でも海面から高い位置だ――五〇〇フィートの水平飛行から、あの標高二七〇フィートの路面へ下りるだけなら、滑走路末端へおよそ半マイルの位置から『飛び降りる』感じで下降を開始すればいい。そこまでは水平飛行でいく。

機を着陸形態にして、パワーで吊《つ》りながら行けばいい――

そう思うのと同時にゴトンッ、という重たい響きがして、左後方を映すミラーの中で巨人機が腹の下へ格納扉を開き、次々に着陸脚を下ろした。主脚《しゆきやく》は四本、前脚が一本。

（——こっちも、ギアだ）

一緒に着陸するわけではない。しかし低速で飛ぶためのエアブレーキとして、わたしもギアを下ろそう。

茜は左手を伸ばし、円い握りの付いた着陸脚レバーを摑むと、一度引くようにしてから下げた。

ゴンッ

途端に機体の下で、機の行き脚を止めるような抵抗が生じ、高度が下がろうとする。右手の操縦桿が重くなる——重みを支えるように引き、すかさずスロットルを出す。

ゴォオオッ、と風切り音が増す。

イーグルの機体の腹の下と、機首の真下で着陸脚——主脚と前脚が展張したのだ。抵抗が増し、宙に浮いているにはパワーが要る（その代わり、ゆっくり飛べる）。

一四〇ノット。着陸進入速度。

「——」

茜は、左側のミラーの中で７４７も着陸形態となり、五〇〇フィートの高度を維持したまま前方の滑走路へ軸線を合わせるかのようにわずかに左へ機首を振るのを確かめると、うなずいて、左の親指で無線の送信ボタンを押した。

「隠岐島タワー」

断崖が近づいて来る――滑走路を載せた岬が、目の前に迫って来る。潰れた台形のようだったシルエットが、〈26〉という白い数字を描いた滑走路の姿になる。そのすぐ手前が真下へおちこむ崖。日本海の青黒い海面から波が当たり、遥《はる》か下方で白く砕ける。

念のため素早く見回す。ほかに、進入しようとしている航空機はないか。島の周囲を飛行している機影は――？

同時に

『クリアーだ』

無線に白矢の声。

『ほかには誰も飛んでいないぞ』

「サンキュ」

前方へ目を戻す。飛行場は海へ突き出た岬の上だ（滑走路の手前と、左サイドはすべて断崖）。

小さな管制塔と、二階建てのターミナルの建物が右手の方に見えている。駐機場は滑走路の右サイドにあるらしい――

「隠岐島タワー、こちら航空自衛隊。緊急事態を宣言。着陸許可を要請します」

小さな管制塔へ目をやりながら、呼びかけた。でも、自機のコールサインを告げたところで、この空港へ飛行する旨のフライトプランも出していない。ブルーディフェンサー・ツーなんて言ったところで、いきなり呼びかけられた管制官は分からないだろう。

この際、日本語でいい。

「隠岐島タワー、こちら航空自衛隊。聞こえますか」

ついさっき、ＣＣＰの先任指令官は『国土交通省へ根回しし、受け入れ態勢を整えさせる』と言ってくれた。

空自機が貨物機を引き連れていくことは、隠岐空港の管制塔へは知らされているはずだ。

「隠岐島タワー」

茜は呼びかけながら、無線が国際緊急周波数にセットされていることを、目でちらと確認した。いや、確認する必要もあるはずがない。ルクセン・カーゴ機とは、交信できているのだ。

空港の管制塔が、国際緊急周波数をモニターしていないはずはない。

「隠岐島タワー、聞こえますか」

呼びかける間にも、目の前に岬が迫る。

右手で針路をわずかに修正、イーグルを滑走路の中心線の、わずかに右側——滑走路の右サイドのエッジの延長上に乗るようにする。

ミラーの視野に浮いているジャンボは、滑走路の中心線の延長上にいる。密集編隊を組むようにして、そのまま進入していく。白い波の砕ける断崖が機首の下側へ入り、見えなくなる。続いて滑走路面の走り出し位置に描かれた〈26〉という数字が、すぐ前方へ迫る。それも機首の下へ隠れる。

（今だ）

茜が思うのと同時に、左のミラーの中のジャンボのシルエットがフッ、と下側へ沈み込んで見えなくなった。

●東京　横田基地
航空総隊司令部・中央指揮所（ＣＣＰ）

「ルクセン・カーゴ機が接地」

担当管制官が、声を上げた。

「今、着陸しましたっ」

ざざっ、と地下空間がざわめく。

全員の視線が、頭上のスクリーンに集中する。

黄色い三角形が、その尖端を左――ほぼ真西へ向けたまま、円形の島の南端にある滑走路シンボルに重なった。横の高度表示が『003』で止まった瞬間、スクリーン上から消えた。

「――」

「――」

降りたか。

工藤はスクリーンを見上げたまま、右手を伸ばし、先任席のコンソールから赤い受話器を摑み上げる。

●隠岐島　上空

F15　ブルーディフェンサー編隊　二番機

（――！）

降りた。

右手で高度を維持しながら、茜は身を乗り出すようにして機首の左下方を見ていた。

ブルーの背を見せ、四発の巨人機が下方へ沈み込んで、〈26〉と数字の描かれた路面にタッチダウンした。主翼の下でパパッ、と白煙。

接地した……！

そう思う間もなく、急制動に入った巨人機は茜の視界の左後方へ見えなくなる。イーグルの主翼の下側へ隠れてしまう。

茜の機は、五〇〇フィートを保ったまま滑走路上を通過する。島の向こう側へ行き過ぎる――

「くっ」

すかさず、操縦桿を右へ倒す。

ぐるっ

世界が左向きに回転し、垂直近いバンクに。

島の地形が縦向きになる。

同時に左手のスロットルを叩くように前へ出す。その手をパネルへやり、着陸脚レバーを〈UP〉に。

右手の操縦桿を引き付ける。

グォオッ

茜はその場で、イーグルを垂直に近いバンクで右急旋回に入れた。島の上空から離れないよう、コンパクトに旋回する。

（——カーゴ機は……!?）

九〇度バンクの姿勢から、キャノピーの真上へ視線を上げる——ちょうど空港の様子が頭の上に見える。

短い滑走路を、主翼上にグランド・スポイラーを一杯に立てた747-8が四発エンジンすべてをフル・リバースに入れ、つんのめるように減速する。

止まれるかっ……!?

『舞島、やばい』

『ランウェイの向こう側も、断崖絶壁だ』

白矢の声。

「……!?」

視線を上げると。

本当だ。岬の上の滑走路は反対の端も、崖になって海へ切れ込んでいる——末端と崖の隙間にわずかな草地。

（う）

もしもオーバーラン——止まり切れなかったら。

滑走路から目を離さないように、右手でバンクを戻す。

五〇〇フィートを保ったまま、飛行場の場周経路《じょうしゅうけいろ》へ入った。滑走路と平行に、反対向きに飛ぶ。滑走路は右手に見えている。

青い７４７の機体が、つんのめるように、垂直尾翼を左右に振るようにして停止しようとする。

その機首のすぐ先が、反対側の滑走路末端のフェンス。その先は――

（――止まれっ）

念じながら目で追うと。

青いジャンボ機は、胴体下の四本の主脚の辺りから白煙を上げ、滑走路末端の低いフェンスを前車輪で突き破ると、そのままの勢いで草地に機首下面をめり込ませた。ちぎれた草が、パッと煙のように機首の下から散る。

止まれ――！

「――――」

音は聞こえない。しかし巨大な機首が草地にめり込み、猛烈な摩擦音《まさつおん》を立てるのが耳に届く気がした。

ざざざざっ、という音が聞こえるようだ。巨人機はそのまま、草地を乗り越えて反対側の崖へ流線型の鼻先を突き出す。

（やば）

だが次の瞬間、四発の巨人機は身をよじるようにして、停止した。

「と」

止まった……⁉

茜は、息を呑む。

ぎりぎりだ――後部胴体はまだ滑走路の上だが、主翼から前方は草地の中、機首は崖の上へ突き出している。

ちぎれた草と土煙が、その機首を包むように舞い上がる。

（………⁉）

茜は機体の様子に目を見開く。

停止はした――しかし７４７の主翼と、胴体の下からは白煙が噴出している。機首部分を包む土煙は海風に吹き払われるが、主翼下側から湧き出す白煙は勢いを増す。

「あれは」

あの煙――

そこへ

『――あぁ、航空自衛隊機、こちらは隠岐島リモート』

ふいにヘルメット・イヤフォンに声が入った。

女の声だ。

『こちらは隠岐島リモート。聞こえますか』


管制官か。

今、コールサインは何と名乗った……？

とにかく、助けてもらわなくては。

「隠岐島タワーですか。こちら航空自衛隊」

茜は右後方を振り向いたまま、無線に応えた。

「消防車を早く。早く寄越して。メイン・ランディングギアから煙を噴いてます」

『――あぁ、すみません、何が煙を噴いているのですか』

「――――？」

『今、カメラを切り替えます』

●東京　永田町
総理官邸地下　ＮＳＣオペレーション・ルーム

「——管制官がいない……？」

障子有美は、右手に握った館内電話の受話器に訊き返した。

どういうことだ……。

眉をひそめる。

握った受話器の通話相手は、国土交通省の東京航空交通管制部——東京コントロールの統括管制官だ。

施設は所沢にあるという。

たった今、国交省の大臣官房へ『航空管制を仕切っている東京コントロールと、じかに話をさせてほしい』と要請すると、電話を繋いでくれた。

じかに話をする、というのは要するに『その部署を官邸の指揮下に入れろ』という意味だ。

有美には、厳密には国交省に所属する各組織へ、じかに命令をする権限はない。だから『話をする』だけだ。後から国交大臣が招集されてきたならば、正式に配下の組織へ命令を出してもらえる。だが、それを待っていられない。

初動が遅れると大変なことになる。

多少の越権《えつけん》行為は、この際、仕方ない。

「すみません。もう一度、お願いします」有美は繰り返して訊いた。「『隠岐空港に管制官がいない』とは、どういう意味ですか？」

『ですから』

直通電話の向こうの声は、我慢強そうに繰り返した。

東京コントロールへ通話を繋げてもらった後。三十秒ほど待たされて、現場責任者らしい職員――統括管制官と名乗った――が出た。

隠岐島へ、ルクセンブルクの貨物機を緊急着陸させる。

当該機は、テロに遭っている可能性がある。

隠岐空港での受け入れと、空港施設での保安体制強化を要請したい。

地上にいる定期便利用客、送迎客など一般利用者はただちに空港施設から退去させ、空港敷地内全域を国交省のマニュアルに定められたテロ対策態勢とすること――

しかし
『受け入れと言われましても』

統括管制官は、受話器越しに返答してきた。

『隠岐空港には現在、管制官がいないのです』

管制官がいない――？

有美は耳を疑った。

いったい、どういうことか。

『隠岐空港は』統括管制官は説明した。『島根県の管理空港です。以前は、国交省から航空管制官を派遣していましたが、もともと定期便が午前中に伊丹《いたみ》から一便、出雲《いずも》から一便来るだけです。人件費を負担する島根県から要望もあり、管制官は常駐させず、フライトプランを提出した飛来機がある時のみ、伊丹空港の管制官が遠隔監視カメラの映像を見ながら無線で着陸許可を出しています』

「――えっ」

『ですから』

絶句しかける有美に、統括管制官は続けた。

『隠岐空港には管制塔の施設はありますが、管制室に管制官はおらず、三台の監視カメラが据えてあるだけです。飛来機がある時だけ、伊丹空港の管制官がカメラで滑走路上に障害物がないことを確認し、リモート無線局を通して着陸許可を出します。コールサインも隠岐島タワーではなく隠岐島リモートです』

●隠岐空港　上空
F15　ブルーディフェンサー編隊　二番機

『……７４７⁉』

無線の向こうで、女子管制官が声を上げた。

『ジャンボ機を、着陸させたのですか⁉』

「――⁉」

茜は眉をひそめた。

何だ、この驚いたような声。

それに今『カメラを切り替える』とか言った。

どういうことだ――？

しかし考えている暇はない。右後方を振り返りながら、茜は無線に重ねて言った。

「ルクセン・カーゴ機は、主車輪から煙を噴いてる。ブレーキが過熱している。このままでは火災になる、早く消防車を」

『えっ』

「水をかけてっ」

『え⁉』

何だ。

まるで話が通じていないぞ……？

この女子管制官は、何をぼやっとしているんだ。

目の前でジャンボがオーバーランしかけ、胴体下の主脚から煙を噴いているのだ。緊急着陸を要請して、降りて来たんだ。空港の交通を預かる管制官ならば、知らせを受けたらただちに消防隊を出動させ、滑走路の脇で待機させていてもいいはず。

何をやっているんだ。

（まさか）

話が、伝わっていない……？

「とにかく消防車を」

茜は重ねて言った。

「消防隊を出動させてっ」

『消防隊ですか。ちょっと待ってください、今、招集をかけます』

「えっ」

今度は茜が、驚いた声を出す。

今、なんて言った……⁉

●東京　永田町

総理官邸地下　ＮＳＣオペレーション・ルーム

「それならばとにかく」

有美は、受話器の向こうの統括管制官に促した。

「伊丹空港の管制官の主導で、隠岐空港に対テロ特別警戒態勢を。国交省のマニュアルにありますね」

『はい』

統括管制官は電話の向こうでうなずいた。

『この場合——隠岐空港でテロないし重大なアクシデントが生じた場合は、国交省大阪航空局の伊丹管制部がまず島根県知事へ通報し、県警と消防の出動を要請します。隠岐の島町の消防署から救急車も出動させます』

「対テロのオペレーションの現場の管轄は、島根県警ですね」

『その通りです』

管制官はうなずくが
『ただし、こちらの情報によりますと、隠岐空港には県警派出所があるだけです』

「派出所？」

『そうです。資料には〈派出所〉とあります。常駐警察官がいるのかどうか、確認しないと分かりません』

「分かりません？」

『旅客ターミナルは、午前中の定期便の発着が済んでしまうと閉めてしまうらしい。現在、空港はほぼ無人のはずです。警察官がまだいてくれているかどうか――消防隊も』

「消防隊も？」

『隠岐空港の消防隊は、民間警備会社に運営を委託しているのです。定期便の発着がある午前中は、即応態勢で待機しているはずですが、午後はどうだったか、ちょっと確認してみませんと』

「ちょっと」

有美は息を呑み、受話器の向こうに聞き質《ただ》した。

「隠岐空港の消防は、民間会社がやっているの⁉」

『隠岐に限らず』統括管制官は、我慢強そうな口調で続けた。『今の時代、わが国の空港はどこもそうです。消防車を運用しているのは、いわゆる消防官ではありません。民間警備会社に委託して任せています。空港には救急車もありません。空港の消防隊は、消防署ではありませんから』

「――――」

『知らなかったんですか？』

2

●東京　永田町
総理官邸地下　ＮＳＣオペレーション・ルーム

「――とにかく」

障子有美は、受話器の向こうの統括管制官へ重ねて告げた。

「島根県知事へ、マニュアルにしたがって通報を。島根県に初動態勢を取らせて」

『承知しました』

「あぁ、それから」有美は呼吸を整えながら、続けた。「当該貨物機の機内の情況が、分かりません。テロが発生している可能性がある。横田で把握したところでは、機長は撃たれて負傷している。もう一人のパイロット――おそらく副操縦士が、無線で助けを求めている。ただちに救命処置が必要と言うけれど、しかし機内に銃を所持したテロ犯がいて、まだ制圧されていない状態だとしたら、救急隊が到着しても」

『その通りです』

統括管制官の声は、同意する。

『まず、警察による機内の制圧が必要です』

「伊丹の管制官に、当該機の副操縦士に機内の情況を聞き出させて。出来るだけ詳しく、出来るだけ早く」

『はい』

「報告は」

言いかけ、有美は通信席のコンソールに目をやる。

この通話は、国土交通省の大臣官房を経由して、繋いでもらっている。

いま話している所沢の東京コントロールと、ここの直通回線は、スタッフに命じれば構築してくれるだろうが——

（くそっ）

白いオペレーション・ルームの空間を振り返り、舌打ちしたくなる。

まだ、招集をかけたスタッフたちは一人も姿を見せない（『招集』を指示してから二分も経っていない）。

「——報告は、今から言う携帯の番号にください」

『危機管理監の、携帯ですか』

「そうです。よろしいですか」

●隠岐島　上空
F15　ブルーディフェンサー編隊　二番機

（……どういうことだ⁉）

茜は右後方――隠岐空港の滑走路を振り返りながら、眉をひそめた。

いま、イーグルは空港の場周経路――滑走路を一方の長辺とする細長い楕円《だえん》状のトラフィック・パターンを飛行中だ。高度五〇〇フィート。

島の南側へ突き出す、岬《みさき》のような地形の上に短い滑走路がある。その向こう側の末端に半ばはみ出す形で、青いジャンボ機の背が見える。高い垂直尾翼。

やや斜めになって止まっている。

主翼の下から、白煙を噴いている。

あれは、おそらく主車輪のブレーキが急激な制動のために過熱し、摩擦熱を吸収し切れずに発煙しているのだ。このまま放っておけば主車輪のタイヤは熱でバーストし、潤滑油《じゅんかつゆ》に引火すればたちまち燃え始める。

火災を防ぐには主車輪に放水し、冷やすしかないのだが――

（これから『消防隊に招集をかける』――って……）

いったい、どうなっている。

自衛隊の基地であれば、消防車など緊急車両は常に出動待機態勢にあり、何か起きればすぐに滑走路へ向け走り出す。基地内には医療施設もあるから、救出した負傷者は迅速《じんそく》に処置を施される。

しかし、ここでは……。

「…………」

茜は、右手で機体の姿勢を維持しながら、振り向いて滑走路脇のターミナル、その横にぽつんと立つ管制塔を見やった。

あそこにいる管制官は、何をのんびりしているんだ……⁉

目の前の短い滑走路にジャンボ機が無理やり降りて、滑走路をはみ出しそうになりながらようやく止まった。それを目にした時点で、消防隊に出動を指示するのが当然ではないのか。

いや、『貨物機が緊急着陸する』と防衛省から通知された時点で、空港の交通を預かる管制官ならば、あらかじめ消防車と救急車を出動させ、滑走路脇で待機させていてもいいはず。

それが……。

「……くっ」

見ているうちに、茜の機はトラフィック・パターンを飛行して、島の東側の海上へ出てしまう。滑走路から離れていく。

舌打ちしたい思いで、操縦桿を再度、右へ倒す。

ざぁっ、と世界が左へ傾く。

さっきと同じ九〇度バンク――滑走路方向へ機を旋回させつつ、視線を上げる。

ヘルメットの目庇の上、崖の上に載った形の進入側の滑走路末端と、ターミナルと管制塔が見える。

そこへ

『舞島』

ヘルメット・イヤフォンに声。

白矢だ。

左の風防枠のミラーに、ちらと目をやると、上空にもう一機――一番機のイーグルの姿が見えた。白矢はバックアップしてくれている。高い高度で、やはり島を俯瞰《ふかん》するように旋回している。

『消防車、出て来る気配がないぞ』

「――――」

どうする。

滑走路へ機首を向けるように旋回しつつ、茜は考えた。

ルクセン・カーゴの機体が、主車輪から燃え始めたら……。

いまコクピットの副操縦士は、どうしている。

自力で、脱出出来るのか。

あの大柄な機長を、担《かつ》いで降りられるのか。さっき『十分以内に処置しないと危ない』と訴えた。機長は、出血しているのだ。

（―――）

もしも。

茜は一瞬、目をつぶる。

もし自分が、あの金髪の副操縦士だったら。

自分だったら、機体を何とかして停止させたならばすぐに席を立ち、ファーストエイド・キット（救急箱）を探すだろう。そして左席で動かず出血している機長に、応急処置を施《ほどこ》そうとするだろう。なぜなら銃で撃たれ、傷から出血している人間を引きずるようにして脱出しても、途中で出血多量になり死んでしまう。

今、あのコクピットでは―――

（――いや、待て）

茜は、ハッと目を見開いた。

テロリストは、どうなった……⁉


自分は、見ていなかったが。

白矢が無線でＣＣＰへ報告していた。貨物機が海面へ向け降下中、左席で操縦していた機長に何者かが覆い被さり、格闘のようになった。

そのとき銃声がした。

機長が『ウンゲホイヤ』とか叫んで（ドイツ語か……？）、揉み合うような音が無線に入ったのは、茜も耳にしている。

ルクセン・カーゴ機は、機内にいた何者かが銃を使い、機長に危害を加えた。

その瞬間より以前に、何が起きていたのかは分からない。


（――――）

目を上げる。

縦になった水平線が流れ、崖と滑走路が機首正面へ廻り込んで来る（トラフィック・パターンを一周したのだ）。

操縦桿を、戻す。

世界がぐうっ、と回転して水平に。

すぐ目の前が、滑走路だ。

（――消防車は……）

茜が思うのと同時に、前方視界のやや右手、ぽつんと小さく見える管制塔のさらに先にある角ばった建屋から、紅い長方形の車体が走り出た。

化学消防車だ。一台、二台。

赤色の閃光灯を瞬かせ、平たい形状の消防車二台は、駐機場へ出ると一列縦隊で進む。

滑走路へ向かう。

消防車が出動した。

（でも）

機内にまだ、銃を持ったテロリストがいたら……？

消防隊員は、主車輪に放水して火災を防ぐのと同時に、機内にいる乗員を救助しようとするだろう。たとえ救急救命士でなくとも、負傷者の応急処置くらいは、出来るだろう。たぶん出来るはずだ。

でも、機内のどこかに、まだ銃を持ったテロリストがいたら。

「ルクセン・カーゴ」

茜は無線に呼びかけるが
（う）

いかん、どう英語で訊いたらいいのか、出て来ない。

銃を所持したテロリストは、乗員の手によって制圧されているのか。消防隊員を機内へ入れても大丈夫か。

訊きたいが、あの副操縦士は今、きっと機長の応急処置をするのにかかりきりだ。すぐ無線には出られないだろう。

「くっ」


目の前に、滑走路が迫る。〈26〉と白くペイントされた路面。

それを見て、茜は反射的に左手のスロットルを絞った。カチン、とアイドル位置までクローズしてしまう。

ふわっ
機首が下がろうとするのを、右手で支え、機首姿勢を保ったままイーグルを斜め下方へ滑空《かっくう》させた。

『——あっ、舞島⁉』

無線に白矢の驚きの声。

お前、何をするつもりだ、と咎《とが》める語調だ。

だが言い訳している暇は無い。

（わたしが）

わたしが行かなくては――

〈26〉の白い文字がうわっ、と大きくなって機首の真下へ隠れた。吸い込まれるように、斜めに『落下』する。

途端に
ピピ
ピピーッ
鋭い警報音が、コクピットに鳴り響いた。同時に目の前のHUDに『CAUTION GEAR』の紅い文字が明滅。

何だ。

「――し、しまった！」

ギア・ウォーニングだ。

脚が出てない……！

鳴り響いたのは『着陸脚が出ていない』とパイロットに知らせる警報システムだ。脚を出すのを忘れた状態で着陸しようとして、低高度でスロットルをアイドル位置へ絞ると、警報音で知らせる。

そういえばさっき場周経路へ廻り込む時、燃料を無駄にしないため着陸脚を〈UP〉にしたのだ――

自分で脚を上げておいて、それを忘れていた。

何てことだ。

助けに行かなくては、という考えでいっぱいになり、いま着陸脚を上げた状態であることが頭から――

「――くそっ」

左手のスロットルを前へ。一挙動で中間位置へ出す。

グォッ

背中でエンジン燃焼音が高まり、推力が回復し機体を押す。

沈降《ちんこう》が緩《ゆる》む。

同時に右手の操縦桿を引き付け、機首をやや上げて機体の沈降を止める。失速寸前、地表すれすれ――HUDの電波高度計は『10』。地上一〇フィート。水平飛行。

機首が上がった姿勢だから、まっすぐ前は見えない。視野の両サイドを、滑走路脇の草地の緑が激しく流れる。左手をすかさず前へやり、着陸脚レバーを〈DOWN〉。ほとんど同時に、右サイドの視野の下側を何か紅い閃光が瞬きながらすり抜けた（消防車をすれすれに追い越した……？）。

次の瞬間

ゴンッ

油圧アクチュエータの働きで、機体の下へ何かが展張するのが分かった。脚が下がった――〈DOWN〉の緑の指示灯を確かめるまでもない、左手のスロットルを叩きつけるようにアイドルへ。

機体が沈む。ひと呼吸も待たず、茜のシートを下からドスンッ、と突き上げる衝撃。

接地した。

「くっ……！」

左の親指。スピードブレーキを全開。

機体の背で畳一枚の面積がある抵抗板が立ち上がり、空気抵抗がかかる。

同時に操縦桿は引き付けたまま、両足を踏み込む。

フル・ブレーキ……！

ぐんっ

「うっ」

上半身が前へつんのめり、両肩がハーネスに食い込む。

構わずに両足を踏む――機首上げ姿勢の胴体下面空気抵抗と、背中のスピードブレーキの抵抗、それに主車輪のブレーキの力で茜のイーグルは急減速する。

止まれ。

(と、止まれっ……!)

滑走路の長さは、小松の三分の二だ。でもF15は、本気で止まろうと思えば二〇〇〇フィートの制動距離で停止出来る。

すぐに速度は減る。操縦桿を引き付けていても、機首上げ姿勢が維持出来なくなる。

右手をリリース、機首を下ろす――

だが

「――う、うわっ!?」

機首が下がり、前車輪が路面を打つのと、前面風防いっぱいに巨大な垂直尾翼がそそり立つのは同時だった。目の前だ、青い機体が視野の左右いっぱいに。

すぐ前方に747が停止している。

やばい、追突――

「くそっ！」

まずい、ぶつかる……！

とっさに、右脚を踏み込んだ。右フル・ラダー、同時に右だけフル・ブレーキ、操縦桿はひっくり返らぬようフルに左。

「――ま、廻れっ」

ブンッ

途端に視界が、左横へ吹っ飛ぶように流れた。凄まじい横G。ハーネスをしていても左肩を何かにぶつけた。

「ぐわっ」

だが次の瞬間。滑走路上でちょうど一八〇度、ぐるりと回頭したところで茜のイーグルは停止した。

グラウンド・ループだ。

両エンジンのノズルが、進行方向を向いたせいか。その場にズズズッ、と滑りながらピン・ポイントで停止した。

すかさず足から力を抜く。前方視界は反対向きの滑走路。

前方へ伸びる白線の上を、赤い閃光灯を瞬かせながら、ずんぐりした車体が急接近して来る。二台の化学消防車だ。

と、止まった……。

「……はぁっ、はぁっ」

茜は肩を上下させながら、左手の手探りで燃料コントロール・スイッチをカットオフ。左右のエンジンを停止させる。

行かなくては。

左手を計器パネルの下側へ突っ込み、パーキング・ブレーキのレバーを引く。同時に右手でキャノピー開放レバーを思い切り引き、その指をみぞおちへやって、五点式ハーネスのバックルを回す。シュルッ、と音を立ててハーネスをリリースするとシートの両サイドに手をかけ、顔をしかめながら身を浮かせた。

わたしが、行かなくては。

『舞島、おい舞島っ』

「――白矢、これから中へ入って」

茜は風防の枠に右手をかけて立ち上がりながら、最後に左手の親指で無線の送信スイッチを押し、酸素マスクのマイクに告げた。

「中へ入って、テロリストを何とかする」
『お、おいっ――』
それ以上、交信している暇は無い。
そこへ
『ブルーディフェンサー・ツー』
別の声が無線に入った。しかし構っていられない。

●東京　横田基地
航空総隊司令部・中央指揮所（CCP）

「ブルーディフェンサー・ツー!?」

工藤が、先任席で赤い受話器を耳に当ててコール音に注意を向けていると、ふいに最前列で管制官が無線に呼びかけた。

「ブルーディフェンサー・ツー、どうしたっ!?」

「……………？」

手にした受話器は、永田町の総理官邸地下にあるオペレーション・ルームへダイレクトに通じている。取り上げただけで回線が繫がる。

たった今、ルクセン・カーゴ機が隠岐島へ着陸した。

工藤はそのことをまず、官邸にいる障子有美へ報告するつもりだった。

国として、いま起きかけている事態に対し、どう対処するのか――？　対処の要となるのが内閣危機管理監だ。

官邸のオペレーション・ルームでも、このCCPの正面スクリーンと同じ映像を、リピーター機能を使えば見ることが出来る。しかしそれには、専門のオペレーターが回線を操作する必要がある。事態を最初に報告してから、そう経っていない。初めにホットラインを繋いだ時には当直員一人しかいなかった。大事なことは、直接に口で伝えるのがいい。

だが

「ブルーディフェンサー・ツー、応答せよ。どうしたっ」

管制官の切迫した声が呼びかけ、同時に指揮所の空間全体がざわっ、とざわめいた。

「先任」

横の席で、笹が頭上を指す。

「あれを。ブルーディフェンサー・ツーがレーダーから消えました」

「――――!?」

工藤は受話器を耳につけたまま、視線を斜め上へやる。

正面スクリーン。

何だ。

眉をひそめる。

F15の一機が、レーダーから……？

同時に

『はい、オペレーション・ルーム』

受話器の向こうで、男の声がした。

「――あぁ、すみません」工藤は通話相手に断わった。「ちょっと待ってください」

自分で呼び出しておいて『ちょっと待て』はないものだが。

仕方がない。正面スクリーンでは、異変が起きていた。拡大された長方形のウインドーの真ん中で、緑の三角形が一つ、消失している。

つい今まで、〈BD02〉と〈BD01〉の二つの三角形シンボルが島の上空に浮かび、ゆっくりとその尖端を回しながら低空で滞空していた。

その片方が――

「おい、どうした」

受話器を手で押さえながら訊くと。

最前列の管制官が「先任」と振り向き、報告した。

「ブルーディフェンサー・ツーが、たった今レーダーから消えました。ルクセン・カーゴ機を着陸させた後、島の上空を五〇〇フィートの低空で旋回していたのですが」

「着陸しろとか、指示していないよな」

「していません」

「無線に応答もしないのか」

「しません。一番機に、情況を訊き出します」

「頼む」

工藤はうなずくと、受話器を耳に当て直した。

「すみません、お待たせした。危機管理監を頼みます」

●東京　永田町
総理官邸地下　ＮＳＣオペレーション・ルーム

「ルクセン・カーゴ機が、隠岐島に着陸――そう、分かった」

有美は、赤い受話器を耳に当てたまま、うなずいた。

さっきから、自分の定位置である補助席を立ち、ずっと通信オペレーター席にいる。

目の前のモニターに、情報を呼び出している。

これから先、事態へ対応する主体は、第一義的には島根県知事（実際の指揮は島根県警本部長）となる。

わが国には、全国を一元的に管轄する国家警察が無い（アメリカのFBIのような組織は存在しない）。国内の警察力は、すべて地元の自治体が個別に分担している。

隠岐島へ貨物機が降りる以上、その機内でテロが起きているとすれば、対処するのは島根県警だ。もちろん、島根県の手に余る場合は、後から国として警視庁の機動隊や特殊急襲隊（SAT）を送り込む、そして自衛隊の応援出動も有り得る――しかし最初に対処をするのは島根県だ。

東京コントロールの統括管制官に『報告は自分の携帯へ』と告げて切った後、有美は早速、通信席の画面に島根県警察のデータを呼び出した。

それによると。

県警の組織内には一応、国際テロ対策室がある。機動隊もある。

だが
（ヘリが一機……？）

有美はその項目を一瞥《いちべつ》し、眉をひそめた。

島根県警が保有している航空機は、ヘリが一機だけ。それも『定員九名』とある。これで機動隊を、どうやって離島まで運ぶ……？

では空港のある隠岐島には、どれくらいの警察力がある？

この項目にも、一瞥して舌打ちしたくなった。

空港のやや北に位置する隠岐の島町に、警察署がある。隠岐警察署の署員の勢力は七十五名。組織は、生活安全課と交通課だけ。空港には確かに〈派出所〉がある——防犯と、交通取り締まりだけか……。

唇を嚙《か》んだ時に、通信席の横で赤い受話器が表示灯を明滅させて鳴った。

当直員がホットラインを取り「危機管理監、横田からです」と渡してくれた。

かけて来たのは工藤だった。

『障子さん、貨物機の着陸については確認出来ましたが』

ホットラインの向こうで、工藤は報告を続けた。

『面倒なことになっています。貨物機をエスコートしていた小松のFのうち一機が、レーダーから消えました』

「レーダーから、消えた？」

有美はまた眉をひそめる。

「どういうこと。貨物機と一緒に着陸したの」

『それはありません』

工藤が通話の向こうで、頭を振るのが分かる。

『ルクセン・カーゴ機を着陸させてから、島の上空で旋回に入るところまでは見ています。低空で旋回をしていて、急に見えなくなった』

どういうことだ……？

「着陸したんじゃないの。何かの都合で」

有美は訊くが

『いいえ』

工藤の声は否定する。

声の背景は、ざわざわと騒がしい空気。

ＣＣＰの地下空間は、混乱しているのか……？

『こちらからの指示も許可もなしで、ブルーディフェンサー・ツーが――エスコート機が勝手に着陸することは、考えられません。現在――』

「とにかく」

有美は遮った。

そうだ。

推測を言い合っても、始まらない。

欲しいのはエビデンスの報告だ。

「何か分かり次第、追加で知らせて」

『承知しました。あ、障子さん』

「何」

『こっちの――CCPの正面スクリーンの映像は、そちらで見えていますか』

「まだよ」

有美は白い空間を振り向き、頭を振った。

「私では、映像の出し方が分からない。スタッフが来次第、やってもらうわ」

3

●隠岐空港　滑走路

降りよう。
茜はヘルメットについた金具を外し、酸素マスクを顔からはがし取ると、コクピットの中で立ち上がった。
途端に
「――うっぷ」

空気の流れが真横から、まともに顔をなぶる。

風が強い――

周囲の空気が、唸《うな》っているようだ（離島の飛行場は吹きさらしで、風が強いという。こんなものか）。頭上にも圧迫感のようなものを感じ、振り仰ぐと。

（う）

目を見開く。

７４７－８の垂直尾翼だ……。ちょうどコクピットの真上――背後の頭上から巨大なオブジェがのしかかるみたいに、そそり立っている。

（ここは）

周囲を見回す。

茜のイーグルは、舗装路面の上、滑走路の進行方向とは逆向きになって止まっている。オーバーランしかけて停止したジャンボ機と、背中合わせの恰好だ。７４７のテール・セクションの下面が、グレーの双尾翼の先端と今にも接触しそうだ。

ぶつかる寸前、ぎりぎりで止まったのか。

危なかった……。

（…………）

無謀ではないのか。

一瞬、その考えが頭をかすめる。

こんなことを、していてよいのか。

ＣＣＰの――指揮所の許可を得ず、勝手に行動した。許可を得る暇も無く、勝手に着陸してしまった。

（でも）

でも頭上の貨物機の機内に、銃を所持したテロリストがいるかも知れない――どんな意図で、何をしようとしていたのか分からない。

あの副操縦士は、７４７のコクピットで妨害を受けずに操縦していた。ということは、テロリストは機長を撃ったが、その後で乗員たちによって制圧されたのか。

あるいは、テロリストをコクピットから追い出すことには成功して、コクピットのドアには施錠をした上で飛んでいたのか。

副操縦士からは、多くを聞けなかった。

乗員が何名いるのかも――

「――くっ」

考えている暇もなく。茜の機の左右に分かれるようにして、紅色の化学消防車が二台、六輪タイヤを路面にざざざっ、と摩擦させるようにして停止した。

強烈な赤色閃光灯。

茜は目をすがめると、両手でヘルメットを外し取った。

行かなくては。

ヘルメットは頭部の防護になるが、自分にとっては周囲の空気の動きを耳で摑める方が有利だ。

「えいっ」

ヘルメットを風防の枠に引っかけると、両手でコクピットの左舷《さげん》の縁《ふち》をつかみ、宙に身を躍《おど》らせた。

乗降用の梯子《はしご》はない。コクピットの高さは地上から三・五メートル、そのまま跳んだら二階から跳び降りるようなものだ。

しかしF15の機首の左側面には、指を差し入れて摑む形式のハンドグリップと、キックステップが隠されている。両手でコクピットの縁につかまったまま爪先で探ると、蓋付きの窪《くぼ》みが右の足先に触れた。

蹴り入れる。キックステップを足がかりに、ハンドグリップを手探りで摑み、機首側面の円みを半分ほど降りると、後は跳び降りた。

「く」

多少、痛いが。

大丈夫だ――

茜は立ち上がる。そのまま身を低くし、イーグルの機体の腹の下を走った。増槽《ぞうそう》を避けるようにして進む。双発のエンジン・ノズルがまだ熱を持っていて、尾部《びぶ》の真下をくぐり抜ける時、ポニーテールに結んだ髪の毛が焼けそうになった。構わずに駆け抜ける。

「ハンドライン急げ」

「加圧、急げっ」

怒鳴り合う声がした。

二台の化学消防車は、茜のイーグルを避けるように、左右に分かれて停車していた。地面からは見上げる高さの車両――左右に紅い壁があるみたいだ。

オレンジの防火服に、シルバーのヘルメットを被った消防隊員たちが丸太のようなホースを抱えて走り出すのと、茜がF15の尾部の下から駆け出るのは同時だった。

前方から、白煙が吹きつけて来る。

ぶわっ、と風に乗って押し寄せる。

近づいたのに、巨大な747の機体が逆に見えない。

ひどい煙――

思わず立ち止まると
「そっちじゃないっ」

背後に人が近づく気配がして、声が茜を呼んだ。

「その人、退避してくださいっ」

男の声だ。

三十代か。

「ここは危険だ」

だが
「指揮官は!?」

茜は左手で煙を避けるようにしながら、訊いた。

顔をしかめながら、前方を見たままで訊いた。

「あなたたちの指揮官は、誰ですか」

「チーフは私だが」

その声の主が、横へ来た。

ホースを抱えた隊員たちを後から追うように、消防車を駆け降りて来たのはオレンジの防火服姿だ。茜の右横へやって来て、腕を振って後方を指す。

「ここは危険だ、早く退避──」

「航空自衛隊です」

その言葉を遮り、茜は前方の白煙を指した。

「貨物機の乗員の中に、負傷者がいます」


凄い煙。

ジャンボの主脚のブレーキが過熱すると、こんなになるのか──

「負傷者は、すぐ手当てをしないと危ない」茜は前方を指したまま、言った。「でも機内に銃を持ったテロリストが」

「──えっ」


茜の横へ来たのは、リーダー格の消防隊員か。

チーフと名乗った。

大柄な体軀。両脇に顔を保護するフードと、透明プラスチックのバイザーがついたヘルメットを被っている。

つい数分前、予定も無く、ジャンボ機が降りて来てオーバーランしかけた。

その様子を見て、隊舎から大急ぎで出て来たのだろうか。茜に『早く退避』と告げる呼吸が荒い。

興奮しているのか。茜が『負傷者がいる』と説明する声が、耳に入らないのか。

ただ腕で後方を指し示す。

「ここは危険なんだ、間もなくタイヤがバースト――」

「機内に、銃を持った〈犯人〉がいるんですっ」

吹きつける煙と風の唸り、それに消防車のコンプレッサーの運転音が重なっている。

テロリスト、なんて言ったって、よく聞き取れないだろう。茜は煙の向こうを指して、〈犯人〉と表現した。

「あなたたちが機内へ救助に入るのは、危険です。わたしが先に入って、安全を確かめます」

「えっ⁉」

大柄なリーダー格の隊員が聞き返すのと同時に
ずばばばっ
二本のホースから水流が放出され、何かに当たるような響きがした。

さらに猛烈な白煙。

「とにかく、あんたはここから退避――」

「担架《たんか》を用意させてっ」

茜はリーダー格の隊員へ強く言うと、白煙の中へ駆け出した。

「救命処置の用意をさせておいてっ」

「あ、おいっ」

リーダー格の隊員は驚いた声を上げる。

「おい、待つんだ。危ない」


危険は、承知だ。

茜は駆けた。

747の主脚なら、前に政府専用機が小松へ飛来した時、近くで見る機会があった。

旅客タイプと貨物タイプの相違はあっても、基本構造は共通のはず。

確か、タンデム式の主車輪には四本の主軸に四つずつ、合計十六個のタイヤが備わっている。タイヤ一つ一つの大きさは、茜の胸までの高さだ。それらが、過熱したブレーキの熱で破裂すれば、近くにいたらただでは――

(――タイヤにさえ、近づかなければ)

茜は、少し右手へ走る向きを変えた。

まだ目の前は白い。それにもの凄く、ゴム臭い。

焦《こ》げたゴムの臭いか。

息をこらえて走ると、ふいに白煙は切れ、前方が見えるようになった。

（……ここは？）

立ち止まり、息をつく。

呼吸しながら見回すと、頭上に何かが覆い被さっている。天井のようだ――

右の主翼……？

がらんがらん、と低い金属音が響く。

ちょうど、右の主翼の下――翼の下面に取りつけられた第三エンジンと第四エンジンの間に出たのだ、と分かった。

エンジンは、すでに燃料をカットされ、燃焼を止めているようだ。何かが空転するような響きは、エンジンのファン・ブレードがまだ惰性で廻っているのか。

主翼の下から前方へ歩み出る。

呼吸を整えながら、機体を見上げる。

「――――」

上半分を青く塗った機体に『LUX　CARGO』と大きくロゴ。貨物タイプだから、胴体側面に窓はない。旅客型なら一定の間隔で設けられている非常口扉もない……。

機首の方――コクピットの真下辺りの側面に一枚だけ、乗降用だろうか、ドアが見える。閉じている。

(よし)

機首の方だ。

また駆け出す。

見上げながら走る。機首上部にあるコクピット側面窓は、振り仰ぐ角度だ。内部の様子は見えない。副操縦士は、四基のエンジンを止めた後、あそこで機長の介抱《かいほう》をしているのか……?

二名のパイロットのほかに、無事な乗員がいれば、あのコクピットの真下に見える乗降用のドアを開き、非常用スライドを展張させるだろう。

主車輪のブレーキが過熱し、煙を噴いている。もうこのジャンボは動けない。機内から脱出するには非常用スライドを出して、滑り下りるしかない。

しかし

ドアは、開かない——

開く気配がない。

(くそ)

乗降用ドアを見上げる位置まで来て、立ち止まった。

高い。

ドアの位置は、かなり高い。ビルならば三階くらいの高さ——

ドア表面には、埋め込み式のハンドルが見える。外側から開けることは可能だ。しかし梯子がなければ届かない（通常はタラップかボーディング・ブリッジを使うのだ）。

茜は機首全体を見回す。

ほかに機内へ入る手段は——

（——そうだ）

方法はある。MECのアクセス・ハッチが、どこかにある。

前車輪はどこだ……？

目を走らせる。足下はすでに、滑走路の舗装路面から草地に変わっている。飛行場外周のフェンスは、このジャンボが突き破ったのだ。前車輪は、草をかき分けるようにして前方の地面へめり込んでいる（その先は崖だ）。

よし。

あの辺り……

だが再び駆け出そうとした時。

ふいに背後に気配を感じた。

「おいっ」

同時に怒鳴り声。

(………!?)

摑みかかる気配に、身体が反応した。

とっさに左足を引き、体を横にすると、目の前をオレンジの防火服の腕が空振りした。大柄な体軀が茜を追い越すように、前のめりに転んだ。

「――う、うわっ!?」

ざざっ、と音を立てて大男が草地の中へ転がった。背中にエアタンク。

あのリーダー格の消防隊員か。

し、しまった。

「大丈夫ですかっ」

三歳から実家の経営する合気道の道場に立ち、中学三年で師範代をしていた。

今のような形の『かかり稽古』は、もう何万回もやっている。大男が後ろから摑みかかって来たら、自分は何も考えなくても身体の方が自然にかわす。

「すみません」

茜は屈んで、防火服を助け起こす。

「しっかりしてください」

「う、うぅ」

リーダー格の消防隊員は、唸った。

茜を取り押さえて、連れ戻そうとでもしたのか。

後ろから二の腕を掴もうとしたら、空気しかなかった――そんな感じか。

「あ、あんたは――」

「航空自衛隊です」

大柄なリーダー格の隊員は、また「うぅ」と唸って、助け起こそうとした茜の手を払うようにした。

立ち上がって、肩で息をする。そこで初めて茜の姿――腰にGスーツを巻きつけたままの飛行服姿と、後方の様子を交互に見た。まだ巨人機の機体の後ろ半分は、白煙に包まれている。

「……あんたは、あそこのイーグルの？」

「はい」

茜はうなずく。

「パイロットです。時間がありませんでした。無茶な止め方でしたが」

「…………」

大柄な消防隊員は、呼吸を整えながら、バイザーの下で両目をしばたたいた。いかつい感じの、三十代の男だ。

「いったい、何が」

何が起きているんだ……？

その目が訊く。


混乱するのも、無理はない。

ここは離島――日本海の孤島だ。この空港へ飛来する定期便は少ないだろう。ジャンボのような大型機も、もちろん来ない。来るのはせいぜい一〇〇席クラスのリージョナル・ジェット機だ。

日に数便の、定期便の発着する時間帯以外は、消防隊も暇にしていたに違いない。

そこへいきなり、予定に無い大型貨物機が飛来し、短い滑走路へ無理やりに着陸してオーバーランしかけた。

「ヨーロッパから来た貨物機です」

茜は頭上の巨人機の機首を指した。

「あの機内でテロが発生し、機長は撃たれています。すぐに処置をしないと危ないけれど、機内には銃を持ったテロリストがいます。〈犯人〉の人数も――」

そこまで言いかけ、口が止まる。

（――――）

そうか。

自分で口にして、気づいた。

さっき白矢が空中で目撃した〈犯人〉――その人影は一つだけだったのか……？

いや、たとえ見えた影が、一つだったとしても。

テロ犯が単独とは限らない。むしろ単独ではないと思った方が……。

（どうする）

――『アイ・マスト・ディッチ』

一瞬、言葉に詰まる。

だが固まっている暇はない。

「あの」

茜はリーダー格の消防隊員を見やると、問いかけた。

「無線は、ありますか？　携帯無線。ほかの隊員の人たちと通話の出来る」

「……あ、あぁ」

消防隊のチーフは、うなずく。

右手でヘルメットの耳の辺りを指す。

「つけているが」

「ではわたしが、機首の下から機内へ入ります」

茜は、草地にめり込んで止まっている７４７の前車輪を指した。

「入口まで、一緒に来てください。内部の安全を確認出来たら呼びます。怪我人の搬出を手伝ってください。消防隊の人たちには、消火作業と並行して負傷者救護の準備を」

「…………」

「よろしい？」

4

●隠岐空港　滑走路

「よろしいですか」

茜が念を押すと。

向き合った大柄な消防隊員は、太い眉の下の眼をしばたたいた。

「――し、しかし……」

消防隊チーフは、茜よりも一回りは年かさだ。

この場で、茜が消防隊員へ指示出来る権限もない(むしろ火災現場なのだから、指示に従わなくてはならないのは茜の方だ)。

しかし情況を少しでも分かっている者が、必要な行動をとらなくては。そのために必要なことを――協力を依頼しなくては。

「しかし、あんたも」

三十代の消防隊員は、反発するというより心配そうな表情になり、見返して来た。

「銃を持った〈犯人〉――って。あんたも丸腰だろう」

「そうだけど」

「さっき伊丹の管制官が」

チーフの男は、ちらと一方を見やった。背にした巨人機とは反対の方角だ。

「俺たちに、出動するよう連絡してきた。そんな連絡なくたって、この有様を見ればどっちみち飛び出していたが」

「――――」

「管制官は、きっと警察にも通報している。アクシデントや、それに近いことが起きれば、マニュアルでは島根県警へ通報が行く。町の警察署からパトカーが来る」

「時間がない」

茜は頭を振る。

「それに、島の警察署の人たち、ジャンボ機の内部構造って分からないでしょ」

「…………」

「じゃ」

茜は消防隊チーフにうなずくと、歩み出した。

先に立ち、草地の中へ分け入る。

大柄な消防隊員がついて来るのは背中で分かる。

海風が吹きつけて来る。足下の雑草が波のようにうねるのを、膝でかき分ける。

「おい、足下の地面に気をつけろ」

後ろで消防隊員が言う。

「すぐ先が崖だ」

「はい」

「どこまで行くんだ」

「あそこの、前輪の辺り」

茜は頭上にのしかかるような、ジャンボの機首の下を指す。

「たぶんＭＥＣのハッチがある」

「？」

「メイン・イクイプメント・センター」

茜は口に出して、自分でも確かめるように言った。

「こういう大型機には、航法用電子機器を収納する専用の区画があります。たいてい、コクピットの真下に位置している。整備士が外側から出入り出来るように、ハッチがついている――ほら」

言い終える前に、眼が見つけた。

左手の頭上を、前方へ伸びる流線型――７４７の機首。

その下面、先の方でギア・ドアが開き、前車輪の軸が真下へ出ている（地面へめりこんでいるのか、タイヤは草で隠れて見えない）。

前車輪の開口部のやや後ろ――滑らかなアルミ合金の地肌の一か所に、四角い蓋《ふた》のようなものの輪郭が見える。

　思った通りだ……。

「あそこです。多分あのハッチから、中へ入れる」

「民間機にも詳しいんだな」

「大型機は、どれもだいたい一緒」

　茜はうなずく。

「わたしは整備も少し、やっていたから」


　茜には短期間、小松基地の整備隊に所属した経験がある。

　半年ほど前、〈もんじゅプルトニウム強奪事件〉の頃だ。一人前になる直前、戦闘機パイロットのコースから一時期、外されていた。

　政府専用機の747の機体を興味深く見たのも、その頃だ。

　だが今は、その時期のことを思い出している余裕は無い。

「あそこにハンドルがある」

　前車輪が、草地にめり込んでいるせいか。

　747－8の機首は、やや前のめりに沈み込んで、その下面は覆いかぶさるように低くなっていた。

機首の真下へ入り込むと、頭上にのしかかる曲面の天井があるみたいだ。アルミ合金の地肌に、茜の背丈でも手が届く。

角の円い四角形に切られた輪郭線は、確かに出入り用ハッチだ。表面に、埋め込み式の開閉ハンドルがある。

（ここだ）

茜は手を触れ、うなずく。

自分がいま触れているハッチの真上――おそらくメインデッキ床下の空間に、この機の〈頭脳〉ともいえるMECがある。コクピットで操縦に使われる計器画面、航法や、機体各システムの制御をするフライトマネージメント・コンピュータの『本体』が収められている。

何らかの電子機器トラブルが生じた際は、エンジンが廻っている状態でも、機が地上にあれば、ここから整備員が入り込んで修理作業を行なえる。

だが

「おい、ちょっと待て」

茜が、指ぬきの革手袋をはめた手で開閉ハンドルを掴むと、消防隊チーフは止めた。

「待て。本当に行くのか」

「――――」

茜がちら、と見返すと。

大柄な消防隊員は、押し止めるように言った。

「本当に、一人で中へ入るつもりか」

「それしかないし」

「しかし」

消防隊チーフは、迷うように目を泳がせた。

「俺は、情況がまだよく摑めんが――しかしあんたを、一人で行かせるわけには」

「あなたはチーフ――チーフと呼ぶんですね」

「あぁ」

「銃を持った人間と格闘した経験は？」

「あるわけない」

「なら」

茜は目を伏せた。

「あなたが一緒に来ると、そういう事態になった場合、わたしはあなたを護るためにも戦わなければならなくなる」

「………」

消防隊員は、また目をしばたたいた。

「あんたは、あるって言うのか」

「ここでは言えない」

茜はハッチへ視線を戻すと、埋め込み式のハンドルを両手で掴み上げ、回す。

ガコンッ

手応えがあった。ハンドルが廻るのと同時に、四角いハッチは内側へ引き込まれるように沈んだ。

両手でアシストするように押し上げると、ハッチの蓋は内側へ開き、人間ひとりが通れるくらいの開口部が現われる。

（コクピットで、ウォーニングが出ただろうな）

今、このハッチ――外気に通じる気密扉の一つを開いた。コクピットでは計器パネルのどこかに、与圧が完全でない旨の警告サインが出るはずだ。

あの副操縦士がまだ座席にいれば、気づくだろう――

「――」

茜は視線を上げ、頭上のハッチの内部――幅五〇センチくらいの開口部の上側を、目で探る。

赤色の照明でぼうっ、と何かが見える。

(――非常灯か……？)

真っ暗ではない。

でも、この弱い赤色灯――おそらくエマージェンシー・ライトだ。

今、エンジンは四つとも止まっているから、付属するジェネレーターも廻っていない。発電はされていない。機体電源はバッテリーだけのはず。

――『アイ・マスト・ディッチ』

この機が着陸してから、何分経過した――？

(急ごう)

背伸びをして、革手袋の両手を開口部の縁にかける。

すると

「ちょ、ちょっと待て」

消防隊チーフが、また止めた。

「これを持――」

その時

ドンッ

声を遮り、どこかで鈍い響き。

空気が震える――そう感じるのと同時に、頭上の『天井』――機首の下面がうわっ、と目の前に迫った。

「きゃ」

反射的にのけぞり、ハッチの縁から手を離す。隣で消防隊員も「うぉっ⁉」と声を上げる。

身体が宙に浮き、次の瞬間、仰向けに地面へ叩きつけられた。背中をつけた草地が一瞬地震のように上下した。

（な、何だ……⁉）

揺れは、すぐにおさまる。

静かになる。

遠くでほかの消防隊員たちだろうか、叫び交わす声がする。

「――く、くそっ」

消防隊チーフが、起き上がりながら後方を見やる。

「タイヤだ。タイヤが何本か、まとめてバーストしやがった」

「………」

気づくと、天井のような機体の下面がさっきよりも——三〇センチくらい、低くなっている。

一瞬で下がったのだ。

（……タイヤが、バースト……）

身を起こす。

だが目をやっても、後方は白煙の中だ。

危なかった……。

あの主車輪タイヤが、熱に耐え切れず破裂したのか。

そのせいで機体が三〇センチくらい、一瞬で沈み込んだ。

カラカラッ、と何かが連続して転げおちるような響きが、今度は反対の機首方向から空気を伝わって来る。

「い、急いだ方がいい」

消防隊チーフは起き上がりながら言った。

「前輪がめり込んでいる辺りは、崖の縁だ。崩れるかも——あぁ、俺だ」

「？」

「俺だ」

消防隊チーフは誰かの声を聞くように、フードの上から右の耳を手で押さえた。

顔をしかめ、後方の煙を振り向く。

「あぁ分かっている、大丈夫だ。皆は無事か」

消防隊のリーダーの男は、もう片方の手で防火服の喉の辺りを摑むと「そうか、分かった。すぐ戻る」と言った。

無線を使っている……？

男は、見ている茜に向き直ると
「これを持って行け」

今度はせわしない動作で、自分のヘルメットのフードをめくった。

右耳へ入れていたイヤフォンを抜き、ワイヤーを引き抜くようにして、防火服の胸から小型の黒い物体を取り外す。喉から何かをはがし取る。

「俺の携帯無線だ」

「？」

「持って行ってくれ」

イヤフォンのワイヤーごと、消防隊チーフは携帯無線キットを茜へ差し出した。

耳につけろ、と促す。

「使い方、分かるか」

「分かります」

「いいか」男は後方を指す。「俺は急いで一号車へ戻り、予備の無線をつける。中の情況が分かったら、呼んでくれ」

「はい」

茜はうなずき、イヤフォンつきの無線キットを受け取る。

そうだ。

機内から脱出する際のことを、打ち合わせておいた方がいい。

「チーフ」

イヤフォンを右耳につけながら、言うと
「梶《かじ》だ」

消防隊員は自分の胸を指した。

「そう呼んでくれ」

「では、梶さん」

茜まで自己紹介をしている余裕は無い。

手早くイヤフォンをつけ、薄型のモバイルバッテリーに似た無線機本体を飛行服の右胸ポケットへ押し込む。これと似たものを、整備隊にいた頃に使った。マイクは端子《たんし》を喉に貼り付け、声帯の振動を拾う（騒音の中でも通話出来る）。

「コクピットの怪我人を確保出来たら、メインデッキへ下ります。さっき見た乗降ドアを内側から開いて、脱出シュートを出します」

「うむ」

「シュートのすぐ下で、救命処置が出来るよう用意を。救急車は？」

「町の消防署から駆け付けて来ると思うが――最初の応急処置は、我々でする」

「空港に救急車は？」

「自衛隊の基地とは違う」

梶と名乗った消防隊員は、頭を振る。

「民間の空港では、救急車は外から呼ぶんだ。俺たちも消防庁の正規の消防士ではない。しかし救命処置の講習は受けている」

「――」

正規の消防士ではない……？

だがここで余計な会話をする暇は無い。

「分かりました。準備をお願いします」

茜はうなずくと、喉に貼り付けた声帯マイクの具合を指で確かめ、両手を頭上へ伸ばした。

「行きます」

●ルクセン・カーゴ〇〇九便　機内

ハッチは、四角い開口部がちょうど人間一人を通す大きさだ。

開口部の縁に手をかけ、懸垂《けんすい》のようにしてまず頭を入れ、素早く見回す。

(――――)

空調の音が、しない。

最初に感じたのは、そのことだ。電子機器の本体を格納する区画ならば、冷却ファンが強力に空気を循環させているはずだが――

やはりジェネレーターからの電力供給が失せ、機体電源は今、バッテリーだけになっている。

ぼうっ、と周囲を赤く染める非常灯も、いつまでもつか。

（人気《ひとけ》はない）

上がろう。

茜は「上がります」と足下へ声をかけると、両肘をハッチの縁にかけ、身体を一気に引き上げた。

ハッチの上の空間に、立ち上がる。

狭い。

暗がりには、茜の身体を左右から挟むように、黒い箱を収めたラックがぎっしり並ぶ。緑、赤色の小さなランプがいくつもあちこちで明滅する。

整備員一名が、やっと立って動けるスペースだ。

ここがＭＥＣか。

「俺は行く」

足下で声がした。

「頼む」

「はい」

返事をすると、消防隊員の気配は足下から消えた。

茜は一人になる。

どうやって、上のメインデッキへ……？

見ると、目の前に梯子がある。

幅の狭い梯子だ。垂直に上へ。

（―――）

見上げると、薄暗い空間は二メートル弱の高さで、天井に四角いハッチがもう一つ。

あそこが機内――メインデッキへの入口か。

「よし」

行こう。

梯子に手をかけると。

どこか頭上で、爆音がした。

「………？」

見上げると、くぐもった爆音が遠い雷鳴のように、機体の後ろの方から前方へ通過して行く。

白矢の一番機か。

上空を旋回している。

（ＣＣＰに、怒られているかな）

ちらと思うが、茜は足をかけて梯子を上る。

●東京　横田基地
航空総隊司令部・中央指揮所（CCP）

「確認するが――」

最前列の管制官が、念を押すように無線に質す。

「ブルーディフェンサー・ワン、ブルーディフェンサー・ツーは着陸したのか？」

『その通りです』

ざわめく地下空間。

高い天井から、スピーカーの声が応える。

『ツーはランディングしました。すみません』

若いパイロットの声には、酸素マスクの呼吸音が混じっている。

「すみません――って」

笹が副先任席で、あきれたように言う。

「何をやっているんだ」

「どういうことだ」

工藤は赤い受話器をコンソールへ戻しながら訊く。

「着陸しろなんて、誰も指示していないだろう」

「先任、私の聞き間違いでなければ」

明比が言う。

「二番機の舞島三尉は『中へ入って、テロリストを何とかする』とか言いました」

「何」

「そういえば」

笹もうなずく。

「僚機との間で、確か、そんなふうに」

「――――」

工藤は、絶句する。

ホットラインで官邸と話している間、そんなことが起きたのか。

「とにかく、レーダーから消えたのは、島の山頂にぶつかったのではないんだな?」

「そのようです」

「――――」

工藤は息をつく。

スクリーンを見上げる。

黄色い三角形シンボルは、すでに無い。貨物機は島の空港へ着陸したのだ。低高度までをカバーする空自の防空レーダー網からも、見えなくなった。

陸地へ降ろした以上、これ以降の対応の主管は官邸の危機管理機構と、警察になる。

「――テロリスト……って」


「明比」

ふと思い出し、工藤は訊いた。

「着陸した二番機のパイロット――あの女子パイロットは」

「舞島茜三尉です。第六航空団」

「あの舞島三尉だな」

「そうです」

明比はうなずく。

「あの舞島茜です」

5

●東京　永田町
総理官邸地下　ＮＳＣオペレーション・ルーム

「門君、そういうことなんだけど」

有美は、携帯の向こうの男に、念を押すように訊いた。

「情況、分かる？」


警察を動かすのに、助言が欲しい。いや、助けて欲しい——

横田のＣＣＰから報告を受けた後、有美はすぐ携帯を取った。

親指を繰って呼び出す相手は、門篤郎だ。

ＮＳＣ情報班長の門は、同い年だ。大学のゼミでも一緒だった。本郷キャンパスでは同じ教室で議論を戦わせ、卒業後に有美は志望通りに防衛省へ進み、門は警察官僚になった。法学部での成績がトップクラスだったので、門は財務省へも進むことが出来たが、針路に警察庁を選んでいる。ＮＳＣへも警察庁からの出向だ。

今、門は桜田門から坂を上がった警察庁の本庁内部で、拘束した中国工作員の取り調べに入っている。

有美のPCへも、断続的に知らせが入って来ているが、この地下へ降りてからはメッセージを読む暇が無い。

待つこともなく、門は通話に出た。開口一番、向こうから『そういうことなんだが、分かるか』と言ってきた。

有美が取り調べの進捗を訊いて来たと思ったのか。

「ごめん、門君。メッセージ見てない」

有美は詫びると、助けが欲しいこと、いま日本海で起きている事象についての説明を早口で伝えた。

急に呼び出して、いきなり早口で情況を訴えた。

理解してもらえただろうか……？

だが

『そういうことなら』

門は、すぐに答えてくれた。

ゼミの議論でも、門はメンバーの皆の話を聞いていないようで、最後にすべてをひっくり返すような鋭い意見を出したりした。不愛想《ぶあいそう》でシャイな感じの男だが頭は相当に切れる、と有美は見ている。

『助言は出来る。いいか、大阪府警も福岡県警も駄目だ』

「──大阪も、福岡も駄目？」

有美は訊き返す。

自分が情況を説明し、同時に相談をしたのは、隠岐島を管轄する島根県警では対応能力が不足しそうだから、大阪府警か福岡県警の機動隊をただちに現地の島へ向かわせるよう、根回しすべきかという質問だ。

全国の警察組織を動かすのなら、いずれこの地下へ駆けつけてくるはずの警察庁長官が正式に命令を出す。だがその前に、動いてもらう組織には事前に知らせておき、準備を始めさせる必要がある。

大阪にやらせるか、福岡にやらせるか。島へ向かう所要時間はどうか。あるいは大阪と福岡、両方を同時に動かすか。

しかし

『いいかい危機管理監、こういう時は、全部の事態を想定しろ』

「全部──って」

『あんたの話に出て来た、その貨物機』

門は言った。

『さんざん迷走した挙句、着水するとか言ったと思えば緊急着陸。機内からは銃声――いったい何が起きているのか分からない。単なるハイジャックでも、機体ごとどこかへ突っ込むテロでもなさそうだ。つまり』

「――――」

『こいつは、何が起きているのか分からない以上、すべてのケースを想定して動くのがいい。NBCまでだ』

「N、B、C――って、まさか」

「まさか、なんて言うな」

「あ」

でも、そうだ。

門の言う通りだ。

私は危機管理監だ。

この後で、とんでもない事態が起こってから『そんなことは想定外でした』などと言うのは通らない――

NBC。危機管理用語だ。Nは核、Bはバイオ、Cはケミカル。

確かに、あの機は大量の貨物を載せヨーロッパから飛来した。積み荷は何なのか。

まだ何も分かっていない。

最悪のケースを想定すべきだ。

「ごめん。じゃ、どうしたらいい」

警察関係は門が専門だ。

ここは素直に、アドバイスを仰ぐしかない。

『いいか』門は続ける。『隠岐島へは警視庁の機動隊とSAT、それに警視庁公安所属のNBC対応専門部隊を出すといい。一応、大阪にも福岡にもNBC対応部隊はあるが、後々のことを考えると公安の部隊を使うのがいい。公安を使うなら、SATは警視庁の部隊を使うのがベストだ。指揮系統が統一されていて連携がうまくいく』

「でも」

『距離が遠くても、その方がいい』

迷いのない口調で、門は告げた。

『警視庁のSATと公安のNBCをセットで急派しろ。輸送は空自で——こっちの方は、あんたの古巣だろ』

「分かった」

「ところで——ごめん、そっちはどうなの」

あらためて有美が訊くと

『忙しいんだろ』苦笑するような、いつもの口調で門は言う。『こっちの詳しい話は、後でいいよ』

「そう」

うなずく有美の背中で、急にざわざわと人の気配がした。

エレベーターが着いたのか。通路から、オペレーション・ルームの白い空間へ、十名近い人員が速足で歩み入って来るのが分かった。

「ありがとう。また何かあったら、頼ませて」

『公安には、俺からも電話を入れておく』

「助かる」

礼を言いながら、有美は携帯を耳につけたまま通信席の卓上のメモ用紙に手早く殴り書きをした。

根回しが必要だ。警察庁と、防衛省――

携帯を切ると「川端君」と呼んだ。

「ちょっと。連絡を二件、至急お願い」

●東京　霞が関

警察庁　地下特別取調室

「どうだ」

門篤郎は、携帯を上着の内ポケットへ戻すと、聴取《ちょうしゅ》ルームへ視線を戻した。

黒スーツにノーネクタイのいつもの恰好だが、不精髭は濃い。

壁一面のガラスに、その顔が映り込んでいる。

今日の〈作業〉に備え、ここ数日、シャワーを浴びる暇もなかった。

二名の現場工作員も大変だったと思うが、オペレーションのすべてが円滑に運ぶよう何パターンもオプションを計画し、神経を行き届かせねばならない指揮官には、気を緩める隙も無い。

実際、あの時——舞島ひかるがホテルのエレベーターに乗り遅れそうになった時には、指揮車の中で館内の監視カメラ映像をモニターしながら『依田美奈子による八階での急襲』に切り替えるか、あるいは『〈作業〉自体の全面中止』を決断するか、判断を迫られた（結果的には当初の段取りで成功したが）。

このオペレーションは綱渡りだ……。

もとより細身だが、ここ一週間でさらに体重が減ったことは、周囲の誰も知らない。

「やっこさん、協力を承諾したか」

「ディールの最中ですよ」

卓上にPCを広げた湯川武彦が、視線で聴取ルームを指す。

「漢民族です。要求が高飛車だ」

「――――」

門は、立ったままポケットに両手を入れる。

今、立っているここは、取り調べの様子をモニターしながら指揮を執るスペースだ。音響と映像を記録するシステムの管制卓を備え、壁一面のガラスの向こうに、半階分低くなった聴取ルームの様子を斜めに俯瞰出来る（もちろん聴取ルームからは、こちらの指揮スペースは見えない。昔ながらのマジックミラーだ）。

防音仕様の聴取ルームには、中央にテーブルが置かれ、こちらを向いて着席させられている被疑者――『畑中美鈴』の上半身がある。白いスーツは拘束した時のままだが、ジャケットは肩から羽織る形だ。

白のハイヒールサンダルは取り上げられ、スリッパを履かされている（ストラップ付きのサンダルの爪先に跳び出す刃物が仕込まれており、刃先に毒が塗られていたことが確認されると、容疑は『傷害未遂』から『殺人未遂』へ切り替えられた）。

刃物による殺人未遂なので『凶悪犯』の扱いになり、ここからは見えないが『逃走防止』のため腰縄がパイプ椅子に結び付けられている。

こちらに背を見せて被疑者に向き合っている係官、右横の位置で記録を取るなど補佐役をする係官も、警察庁外事課の捜査員たちだ。外事は門の古巣であり、捜査員も顔見知りだが、NSCのメンバーではない。

門の率いるNSC〈作業〉チームは、中国工作員を捕らえるところまでが仕事であり、後の取り調べは外事警察に任せる取り決めになっている（現行法規による取り調べから送検までは、やはり警察の仕事だ）。

ガラスの向こうの聴取ルーム内の音声は、集音マイクで拾われ、サーバーにいったん入ったのちに専用のヘッドセットでモニター出来る。

門は、携帯で通話する時に外していた自分用のヘッドセットを掛け直した。

『――煙草』

かすれた女の声。

『煙草を吸わせろ』

『ここでは駄目だ』

向き合って、こちらに背を見せている係官とのやり取りが聞こえる。マイクの性能がよく、息づかいまで耳に伝わってくる。

『ここは環境が悪い』

女の声。

無表情な切れ長の目。

内偵の段階で、銀座のクラブで撮影された画像は女らしく、しなを作るような印象のものばかりだったが、目の前の被疑者はまるで男が話しているようだ。

『警護付きのホテルを用意しろ』

『それも駄目だ』

「アメリカへの、安全な亡命」

湯川が、ＰＣの画面に書き込んだ〈条件〉を読み上げる。

取り調べを聞きながらメモしたものだ。

「日本の警察へ情報提供はしてやってもよい、しかし条件がある。見返りは、アメリカ合衆国への安全な亡命。身柄の輸送には、横田からのアメリカ空軍機を使うこと。アメリカ国内でＦＢＩ証人保護プログラムを適用して身辺の安全を確保すること。新しい名前と市民権、整形手術、そして日本を離れる前に、日本政府から一〇〇〇万ドルの謝礼金」

「――」

「しゃべってやるから、それだけ出せ――って、取り調べのしょっぱなからこうですからね」

湯川は息をつく。

「こうも簡単に手のひら返すとは。あの女、工作員のくせに愛国心とか無いんですか」

「無いよ」

門は、腕組みをして苦笑した。

「共産党のために生命をかけてやろうと考える中国人は、いない」

「そして一生懸命に仕事をする者も」

門は続けた。

「中国工作員にはいない」

「え」

湯川は見返す。

「どういうことです」

「あいつらを」

門は聴取ルームを顎で指す。

「あいつら工作員を束ねているのは、本国の国家安全部の幹部だが――実は、成績をつけて人事評価をするのは、安全部を管轄する共産党の書記だ。だから現場で、どんなに成果をあげようと、あいつらの評価はその書記に気に入られるかどうかで決まる。現場での成果は、昇給や昇進に一切、関係が無いんだ」

「本当ですか」

「あいつら工作員の『成功モデル』は」

門はこめかみのあたりを掻く。

「中国国家安全部に使われる工作員たちの『成功モデル』は、捕まらず殺されず、生命に別条なく勤めあげて引退し、任期中に秘かに貯めた金で大陸の大都市にナイトクラブを開業して大金持ちになることだ。実際、そうやって成功した女工作員がいる。日本に長くいた工作員だ。この国は、スパイ防止法のない〈天国〉だからな」

「…………」

「しかし」

「……しかし？」

「下手を打った、となれば話は別だ。あいつは、工作活動の真っ最中に現行犯で日本の警察に捕まり、大使館へ逃げ込むことも出来ずに警察庁本庁へ連れ込まれ、取り調べを受けた。これにより、あいつは日本側へ情報を提供したか、あるいは二重スパイにさせられたとの疑いをかけられる。もう、解放されて戻れたとしても『成功モデル』は無理だ。ならば」

門は不精髭の顎で、聴取ルームの女を指した。

表情のない、狐《きつね》のように尖った顔——

「ならば自らの持つ情報を出来るだけ高く売り、自由の国へ渡って顔と名前を変え、無事に余生を送るのがベストだ。アメリカには、情報提供者の身柄を犯罪組織などから守るシステムが確立されている。別人になれる。ただアメリカ政府は金には渋い。システムは整備されていても国家予算だからな。いい暮らしをするには金が要る。だが心配はいらない、お人よしの日本へ要求すれば、金は取れる」

「…………」

「今、そう考えているところだろうさ」

門はつぶやくように言うと、管制卓の上の固定マイクに屈み、発話ボタンを押した。

「ちょっと待っていてくれ。そっちへ行く」

●東京　霞が関

警察庁　地下特別取調室　聴取ルーム

防音壁に囲われた聴取ルームは、扉を開ける音や足音が壁に吸い込まれる感じだ。

指揮スペースから扉を開け、短い階段を降りると、門は中央のテーブルへ歩み寄った。

「ご苦労」

「門さん」

警察庁の後輩にあたる係官が、振り向いて門を見た。

何か言いたげにするが、被疑者を目の前にしているせいか、口を結んでただうなずく。

門は、テーブルのもう一方の横の空いている椅子を引き寄せると、腰を下ろした。

すぐ目の前に『畑中美鈴』がいる。

ホテルでの様子では、女は体術に長《た》けているようだが。

腰紐をつけられ、ジャケットを肩に羽織った恰好で、おとなしく座っている（暴れ出したところで利益にならないことは分かっているのか）。

おとなしく座っているが、その代わり動揺する様子も見られない。パイプ椅子にふんぞり返るように座って、微動だにしない。

「畑中美鈴さん、よ」

門も椅子に背をつけて座ると、女を見た。

「ずいぶん、ふっかけてくれたようじゃないか」

「私は、日本の刑法で捕まっているのだ」

女は低い声で、前を見たまま言う。

「取り調べは『可視化』だ。拷問すれば、貴様たちが失職するぞ」

「――」

「――」

「亡命はさせてやる」

係官が、女を見据えて言った。

「知っている情報を渡せば、アメリカ政府に諮《はか》ってやる。だが法外な謝礼金は駄目だ」

「フフ」

狐のような面差しの女は、鼻を鳴らした。

「なら、このまま送検し裁判にかけろ」

「――」

「――」

「起訴されれば、強力な弁護人が来る。国際的に活躍する、人権を守る弁護士だ。無罪か、執行猶予付きで私は合法的に釈放される。フフ」

「――」

「――」

「貴様たちの求める情報が欲しければ」

女はテーブルの下で脚を組んだ。

「私の指定する口座へ、今すぐに一〇〇〇万ドル振り込み、その証拠を見せろ」

「お前っ」

係官は気色《けしき》ばむが
「フフ」

女は尖った顎を上げる。

「早くしないと、勾留期限が切れるぞ」

「あのな」

面倒くさい、とでも言いたげな表情で門は腕組みをした。

「ちょっと言っておくが。お前さんがエレベーターの中で蹴り殺そうとした捜査員がいるだろ。あの捜査員は、俺の直属の部下なんだが。実はこうも言っているんだ。『あのとき蹴り殺されそうになったのは、わたしの勘違いだったかもしれません』」

「………？」

女は、初めてちら、と横目で門を見た。

何を言う？　と訝《いぶか》るような目の表情。

「お前さんの嫌疑なんだが」門は続ける。「当該捜査員が殺されかかったのは、実は勘違いだった、ということになると嫌疑はせいぜい公務執行妨害に住居不法侵入くらい、わざわざ拘留して取り調べるほどのことではなくなる」

「…………」

女は横目のまま睨んだ。

表情は変わらない。

門は視線を合わさぬように天井を仰ぐと、独りごとのように言った。

「間もなく、永田町の官邸で内閣官房長官の午後の記者会見が持たれる。そこで古市長官が、こう発表するだろう。警察が、ある女を公務執行妨害で逮捕してみたら、その女は『自分は中国工作員だ』と名乗り、わが国の政財界にどんな工作をしているのか、重要な情報を自発的に洗いざらいしゃべってくれた。その女の名前と顔はこうだ、とお前さんの写真も壇上から公開する。わが国のマスコミには、どういうわけか『報道しない自由』というのがあって、お前さんの国に都合の悪い情報は一切報じない新聞やTV局がある。しかし官房長官会見はネット経由で全世界に中継される。お前さんの本国の国家主席まで見るぞ。長官はこうもおっしゃるだろう、この畑中美鈴はこうも発言した。『国家主席はクマのぬいぐるみにそっくりだ、あんな奴のために働くのはばかばかしい、何もかもしゃべってアメリカへ亡命したい』これがお前さんの顔写真と共に、全世界へ流れる」

「…………」

「そうしたのちに、我々はお前さんを保釈してやる。そこの霞が関の路上へ、身一つで解放してやるよ。公務執行妨害程度じゃ勾留していられない、何せわが国には〈スパイ防止法〉がまだ無いんでね」

「………………」

「どこへでも、帰るがいいさ。地下鉄に乗って行くか？　乗れるかな、安全に」

門は言うと、内ポケットに手を入れながら立ち上がった。

「では長官にお願いして、会見の段取りを――」

「待て」

女は、白いジャケットを羽織った肩を、微かに上下させた。

表情をこわばらせ、立ち上がる門を睨みつけた。

「……やめろ」

「ん。なんて言った？」

「やめてくれ」

●東京　永田町

総理官邸地下　ＮＳＣオペレーション・ルーム

「障子君」

スキンヘッドのスーツ姿の男は、通路からの一群の最後に歩み入ってきた。

ぎょろりとした両目が印象的だ。古市達郎だ。

「どうした、大変なようだな」

「長官」


急にざわつき始めたオペレーション・ルームの空間。

招集したスタッフたちが、到着して持ち場につき始めた。もう足音も反響しない。代わりに壁やドーナツ型テーブルの周囲で、情報スクリーンが次々に明るくなっていく。

「ありがとうございます」

有美は、呼吸が楽になるような感じがして、思わず頭を下げていた。

助かった――

その人物を目にして、最初に覚えたのは『助かった』という気持ちだ。

官房長官が来てくれた。

総理大臣・常念寺貴明が留守である今、古市はその代理となる。

権限がある。

この人さえいてくれれば、政府の各組織に対しては事前の根回しとか、お願いとかでなく『命令』が出せる――

「情況をご説明します」

「頼む」

「こちらへ」

当直していた川端が、スタッフへ素早く指示してくれたのか。オペレーション・ルームの壁のメインスクリーンに、日本海を俯瞰するCG画像が現われている。

空自の総隊司令部の中央指揮所と、同じソースの映像だ。横田から通信回線を通じて送られてきている。ピンクの日本列島。その周囲に、飛行物体を示すものだろう、多数の小さな三角形シンボルが散っている。

「隠岐島の周辺を、拡大して」

有美はスタッフに指示しながら、ドーナツ型テーブルに歩み寄る。

古市は、定位置である官房長官席につく。

「君も座りたまえ」

古市が促す。

「遠慮するな」

「は、はい」

ドーナツ型テーブルは、当然だがすべて空席だった。

古市がいつもの定位置の官房長官席。

有美はその隣の、本来なら財務大臣が座る席についた。

落ち着かない、しかし、そんなことを言っている場合ではない……。

「最初の一報は――」

有美が言いかけると
「危機管理監、失礼します」

川端が速足で歩み寄って来て、告げた。

「今、仰せの通り伝えました。警察庁長官官房を通し、以下を依頼。警視庁機動隊、SAT、公安NBC対応部隊をただちに招集し出動準備。さらに市谷《いちがや》を通して、空自C2輸送機と陸自CH47ヘリの調達を依頼、横田と美保《みほ》に待機させます」

「ありがと」

有美はうなずくが
「あぁ、でもちょっと」

「は」

「警察の部隊を、これから陸路で横田へ行かせるのは時間が無駄。市谷にも大型ヘリを用意させ、都内から横田までの移動も空路とする。すぐにもう一度、両省庁へ根回しして」

「了解しました」

「対応が大変そうだな」

古市はスクリーンを見上げた。

「隠岐島か」

「はい」

「日本海で、何か起きたのか」

「はい長官」

有美はうなずき、あらためてメインスクリーンを指しながら説明を始めた。

今までに起きたこと。報告を受けている事態の経過について、出来るだけそのまま、シンプルに伝えたが、

（――う）

貨物機が緊急着陸したところまでを説明し、島を拡大しているスクリーンを見ながら言葉に詰まってしまう。

ヨーロッパからの貨物機が降りたという、隠岐島。

恐竜の化石も出るという、山岳の島だ。

ほぼ円に近い輪郭の島影の上には、貨物機を示すシンボルはない（着陸したのだから、スクリーンから消えて当然だ）。そこには先ほどから、緑の小さな三角形シンボルが一つだけ、浮かんでいる。

島の上空をゆっくり旋回しているのか、緑の三角形は少しずつ尖端の向きを変えながら、その位置にとどまっている。〈ＢＤ01〉という識別コードは、空自のＦ15だろう。

しまった。

さっきの工藤の話。

貨物機をエスコートした二機のＦ15のうち片方が、レーダーから消えた……？

ホットラインで、工藤からはそう報告されていた。しかし『レーダーから消えた』という程度では確かな情報ではないから、一応、そのままにしていたが……。

確かに、通常は二機のペアで行動するはずの空自戦闘機が、一機しか見えない。

どうしたのだ。

片方が依然として飛んでいるのだから、燃料切れではないはず。

では……？

何が起きた。

まさか、もう一機のＦ15は、貨物機を誘導して島へ着陸させた後、誤って島の山岳地帯に衝突《しょうとつ》した……？

絶句してしまった有美に
「どうしたね」
古市が訊く。

6

●東京　横田基地
航空総隊司令部・中央指揮所（ＣＣＰ）

「テロリストを、何とかする——って……」

工藤は唇を結び、正面スクリーンを睨み上げる。

どういうことだ。

まさか。

隠岐島と、その周辺の空域を拡大するスクリーン。

現在、日本海に浮かぶ孤島の周囲に、飛行物体の姿はない。円形の島に重なるように緑の三角形——〈ＢＤ01〉が旋回しているだけだ。

「ブルーディフェンサー・ワン」

工藤はスクリーンを仰ぎながら、自分のマイクを使って訊いた。

「二番機の様子は見えるか。舞島三尉と、連絡はつくか」

『応答しません』

若いパイロットの声が応える。

相変わらず、呼吸音が混じっている。

『ツーは、貨物機のすぐそばで停止しています』

●隠岐島　上空
F15　ブルーディフェンサー編隊　一番機

「ジャンボは、機体の腹の下から白煙を噴いています」

高度一〇〇〇フィート。

白矢英一は、島の南端にせり出すような滑走路を左横に見下ろし、トラフィック・パターンを飛行していた。

水色の747は、滑走路の端にややはみ出し、機体の下から白煙を噴きながら、少し斜めになって止まっている。流線形の機首の先端は崖の上へ突き出す形だ。

「化学消防車が二台、放水しています。そのせいで二番機の様子はよく見えません」

危なかった、あともう少しオーバーランしていたら――

すると
『貨物機は火災を起こしているのか――!?』

無線の声は、驚いた調子で訊き返してきた。

そんな大事なことをなぜすぐ言わない――そう詰問《きつもん》する感じだ。

『着陸に失敗したのか!?』

「いえ、そうではなく」

白矢は左下を見ながら答えた。

「あれはブレーキの過熱と思われます」

巨大な水色の機体は、とりあえずエンジンからは出火していない。機体を停止させた後、パイロットがシャットダウンしたのだろう。

白煙が風に運ばれる――

その後尾、反対向きに停止したF15の灰色の機体は、二台の赤い消防車に挟まれる恰好だ。機首のキャノピーが開いている。

「ぎりぎりですが、747は滑走路の端で停止しています。機体に大きな損傷は見られず、エンジンも発火していません。すぐ後方に、二番機が止まっています。コクピットのキャノピーが開いています」


くそっ……。

白矢は、酸素マスクの中で歯噛みした。

主のいなくなったF15を、振り返るようにして見続けた。

あいつ。

舞島のやつ。

勝手なことをしやがって――

中へ入る、と言った。

（――もう乗り込んだのか？）

分からない。

先ほど。舞島茜が突然、勝手に着陸した時。

自分はまだ、三〇〇〇フィートで島の上空を旋回していた。

細身の女子パイロットが機体を跳び降りる（乗降ステップが無いのだから、跳び降りたのだろう）ところも、じかに見たわけではない。

７４７‐８は主車輪から煙を噴いている。機体の周囲は、ここからは細部まで見えない。

背中合わせに止まるイーグルのキャノピーが上向きに開放されている。それが見て取れるだけだ。

そこへ

『ルクセン・カーゴ〇〇九』

国際緊急周波数で、女の声がした。

さっきの管制官か。

『ディス・イズ、オキノシマ・リモート。ハウ・ドゥ・ユー・リード？』

「隠岐島タワー」

思わず白矢は、割り込んで訊いた。

「こちらは航空自衛隊。聞こえますか。ルクセン・カーゴの機体の情況は？　消防隊から報告は上がっていますか」

●東京　横田基地

航空総隊司令部・中央指揮所（ＣＣＰ）

「キャノピーが開いている、ということは」

情報席から明比が言った。

「舞島三尉は、機体を降りたのでしょう」

「うぅむ」

工藤は、唸った。


舞島茜。

その女子パイロットを、じかに知っているわけではない。過去の複数の〈事件〉の過程で、声だけは聴いている。

女子パイロットは貨物機の機内へ入るつもりか。

乗員を助けるためにか。

機内に、銃を持ったテロリストがいるというのに……?

「無茶なことを」

この後のことは。

ひとまず官邸と警察に、任せればいい――そう思っていたが。

舞島茜三尉は今、工藤の指揮下に入っている。

自分の指揮下の幹部が、単独で、指示もしていないのに勝手に島へ降り、貨物機の機内へ入ろうとしている――いやもう、入ったかもしれない。

まずいことになった……。ここは出来る限り素早く情況を把握し、官邸の障子さんへ報告を上げなくては。

そこへ
「先任」

横から笹が言った。

「消防隊が出て、放水をしているなら。自衛隊のパイロットといえど、現場では部外者です。勝手に機内へ入ろうとしたら、消防士が止めるのではないのですか」

「うむ」

工藤はうなずく。

「そうだな。空港の消防隊なら、管制官の指揮下に入っているはずだ。東京コントロール経由で、現地の管制官に情況を聞いてくれ」

「はい」

笹はうなずくと、工藤に代わって東京航空交通管制部への直通電話の受話器を取る。

「ただちに、情況報告を依頼します」

「舞島三尉は」

工藤は腕組みをすると、つぶやいた。

「先ほどは空中で、貨物機のコクピットの真横に並走し、あの機の機長と無線で話している。じかに顔を見た人間を、助けてやりたくなる気持ちは分からんでもないが」

するると
「先任」

明比が情報席から言った。

「その機長のことなのですが。見てください」

「何だ」

「先ほど、お知らせしようとした情報です。ライナー・シュトレッカー元中佐の軍歴です」

「軍歴？」

「これを」


「よろしいですか」明比は自分の画面を指す。「二年前にドイツ空軍を退役したライナー・シュトレッカー元中佐。軍では、輸送機の飛行隊で隊長をしていたというのは、お知らせした通りです」

キーボードを操作し、明比は画面に顔写真と、プロフィールらしいリストを出した。

このCCPでは、NATO軍の情報データベースにもアクセスが可能だ。

銀髪の、彫りの深い男の正面からの写真。

四十代か。

「シュトレッカー中佐の率いていたドイツ空軍のA310飛行隊ですが。この隊の主任務が『要人輸送』なのです」

「要人輸送……？」

「そうです」

明比はうなずく。

「わが国でいえば、政府専用機です。彼は、わが国ならば千歳の特別輸送隊の隊長に相当します。要人を輸送するのが主任務。であれば」

「――そうか」

工藤は腕組みしたまま、うなずく。

「民間へ転出はしたが。その機長は、軍時代にはVIPをよく運んでいた。つまり航空機へなされるテロに対しては、専門家だったということか」

「その通りです」

明比もうなずく。

「要人輸送が主任務の飛行隊の隊長であれば、航空機に対して行なわれる可能性のある、あらゆるテロの手段やその対策について、熟知しているはず」

「――――」

工藤は顔を上げ、正面スクリーンを仰いだ。

島は、山陰地方の沿岸からは離れた位置にある。

絶海の孤島だ。

「確か、彼は倒れる前に、こう言ったな。『アイ・マスト・ディッチ』」

どういうことか。

私は着水しなければならない。

なぜだ。

もし北朝鮮の潜水艦にミサイルの部品を届けるとか、そういうことではないとしたら。

着水しなければいけない……

●隠岐空港　滑走路

ルクセン・カーゴ〇〇九便　機内

「――――」

ＭＥＣの天井ハッチは、気密式ではなかった。

簡単な開閉ハンドルは、片手で回すことが出来た。

軽い手ごたえと共にラッチは外れ、そのまま押し上げると、茜の頭上に開口部が開いた。

（――開いた）

思わず唇をなめる。

ここからメインデッキの床面へ出られる――

だが、すぐには蓋を撥ね上げない。

急がなくてはならないが。

茜は、数センチだけ押し上げた隙間から、メインデッキ――旅客タイプならば一階客室に相当する空間を素早く目で探った。

ぼうっ、と赤色に染まる空間。

窓はない。

ちょうど機首から、後方を見通す感じか……。

（…………）

耳に感じるのは、空間の広がりだ。

しかし物音はない。

空気の流れる音もしない（空調システムが完全に止まっている）。

この匂いは……？

茜は、音を立てぬよう鼻で空気を吸い、確かめた。

発酵したアルコール類か。

隙間から目に入るのは、巨大な木箱のようなもの——幅二メートルはありそうな焦茶色の物体が、ワイヤーで床にタイ・ダウンされている。

それしか見えない——視界の大部分を、焦茶色の物体が占めている。物体の左右には空間があるようだが……

（……誰もいない？）

たった今、主脚のタイヤが何本もバーストし、機体ががくんと沈み込んだ。乗員がいれば当然、危険を感じるはず。乗降ドアを開放して、脱出しようとするのではないか。

メインデッキには誰もいないのか。

（上がろう）

ハッチの蓋を押し上げ、素早く梯子を登り切った。

メインデッキへ出た。

暗い。

隙間から見た時には分からなかったが、床面には金属のレールが走っている。何本も、機首から後方へ向けて伸びている。巨大な木箱のようなものはアルミ合金製のパレットに載せられ、レール上に固定されているようだ。

中腰のまま、三六〇度を素早く見回す。

（ここは）

自分が出て来たのは、貨物室の空間の端――長大なメインデッキの最前方、機首に近いところか。

背中は行き止まりの壁。

天井は高い。

赤い灯がぽつん、ぽつんと天井にある。窓は全く無い。光源は、それだけだ。

茜は床を蹴り、目の前の木箱に素早く近寄ると、背中をつけた。

（――お酒か？）

発酵したアルコールのような匂い。

木製の箱は、一辺が二メートルほどもある立方体だ。張ってある板の隙間に、黒光りするガラス状のものがびっしり並んでいる。

後方は……？

巨大な立方体の端に寄り、注意深く後方の空間を覗いた。

暗がりに、まるで鏡の世界でも覗くみたいだ。同じ形の木箱――ワインでも詰め込んだ木製コンテナだろうか――がずらりとタイ・ダウンされ、後方へ並んでいる。


(コクピットは)

操縦室は二階にあるはず。

政府専用機も、そうだった。747の客室は二層構造だ。一階のメインデッキの上に、アッパーデッキと呼ばれる二階客室がある。二階も結構、広い。専用機ではコクピットの後方に乗員の休憩用区画も設けられていた。

貨物機なら、巡航中はクルーは二階のスペースにいるのだろう。

(――あれか)

どうやって上がる――そう思いながら目で探すと、あった。

簡素な造りの階段がある。

貨物の列を避けるように、狭い急な階段らしきものが、右舷《うげん》側へ寄せた形で床と天井を繋いでいる。

あの階段で、二階へ上がれる。

（急ごう）

だが木箱の陰を出ようとした時、

『チーフ、チーフ』

ふいに右耳に、ノイズと共に音声が入った。

『チーフ、圧力どうしますか』

無線か。

反射的に右の胸ポケットへ指をやると、茜は携帯無線の本体を探り、ボリュームを絞った。

消防隊員同士の通話も、聴けてしまうのだ。

後で救護を依頼する時に便利だが、今は周囲の物音に神経を集中したい。

音量調整のダイヤルを最低限にすると、一瞬だけ目を閉じ、周囲に人間の動くような気配がないことを確かめる。

（よし）

●ルクセン・カーゴ〇〇九便　アッパーデッキ

急な階段の天井も、長方形の蓋のようなハッチになっていた。ドアのような形だ。

耳をつけて音を聞いてから、片手でラッチを外し、両手でゆっくりと押し上げた。

隙間が開く。

上の空間――暗いのは同じ。

匂いがする。何だ。

オーブンで調理した洋食のような……

（ギャレーか）

茜はドア型のハッチを押し開くと、音をたてぬよう階段を上がり切った。

階段の上は、四角いスペースだ。メインデッキの空間に比べ、狭い印象。調理用機材だろうか、四周を金属キャビネットが囲んでいる。

やはり、ギャレーだ。

無人だが、匂いが残っている。一方の棚には、使い終わった食器か、トレーが重ねられている。この機が日本へ近づく間にも、ここで食事の支度がされていたのか。

（乗員の人数は）

重ねられたトレーの数からすると、少なくとも、ここを使用した人員は二名よりは多い。空自のＣ２輸送機でも、貨物の積み下ろしに携わる乗員を数名、乗せている。この機でも同様のはずだ。

コクピットは、前方だ。

ギャレーには、機首の方向に扉がある。

行こう。

頭の中に機体の大きさと、政府専用機を見学した時の７４７の機内構造を思い浮かべる。

この扉の前方は、おそらく乗員の休憩区画。

さらにその突き当たりに、コクピットがあるはずだ。

（――――）

今、コクピットでは、あの副操縦士が機長を介抱しているはずだ。手助けが要るだろう。救命処置も、早く施さなくては――

茜は、喉に貼り付けた無線マイクの具合を指で確かめてから、扉へ足を踏み出した。

だが

ぐらっ

「………!?」

ふいに床が頼りなく、前方へ傾《かし》ぐように揺れた。

足を止める。

何だ。

周囲を見回す。

すぐに揺れは止まるが――

地上に停止している機体が、頼りない感じに揺らいだ。

何だろう。

(タイヤが、またバーストするかもしれない)

消防隊チーフの言葉を思い起こす。

ほかにも何か指摘していた。

そうだ。機首の下の前車輪が、崖に突き出しかけている――

滑走路の路面は強固だろうが。飛行場フェンスの外側は通常の地盤だろう。もしも、崖の縁の部分が崩れたら……。

下の海面まで、九〇メートルある。

(急ごう)


茜は、ギャレーの機首方向に設置された扉へ歩み寄ると、耳をつけた。

物音は感じない。

右手で開閉ハンドルを摑むと、手前へ引いた。

途端に
どさっ
「――うわ」
何か、重量のある物が倒れこんで来て膝に当たった。
反射的に後ずさった。
何だ……!?

素早く身体を引き、扉の開口部から身を隠すようにした。

耳で気配を探る。

周囲の数メートルに、動く気配はないが……。

「……人？」

見下ろすと。

ごろん、という感じで茜の足元に何かが転がり、くるぶしに当たっている。

茶色いつなぎの作業服。人間だ。

乗員か。

息を呑む。

「………………」

音をたてぬよう、ゆっくり身体を低くして、膝をついた。
生きているのか。
いや、呼吸の気配がしない。
転がった作業服姿はまるで物体のようだ。
顔を覗く。
白人だ。年代は三十代か、やや太っていて体軀は大きい。
右手で、その顔に触れてみる。
「……駄目か」
茜は唇を噛む。
微かに体温は残っているが、硬直が始まっている。
すでに亡くなっている。
暗がりで、茶色の作業服では分かりにくいが、腹部が黒っぽく染まっている。
（――――）
目を上げると、扉の外側の床面も、カーペットが黒く染まっている。
やられたのか。
この人は、貨物を取り扱う専門のクルーだろう。

腹部を前方から撃たれるか、刺されるかして、大量に出血して倒れた。

（この向こうは）

休憩区画か。

テロ犯がいて、休憩区画の中でこの人を襲ったのか。

注意深く、目で探る。

扉の前方の空間も、同様に暗い。

ドアをくぐる。

●東京　永田町
総理官邸地下　ＮＳＣオペレーション・ルーム

「どうしたね」

古市が、絶句してしまった有美に訊いた。

「何か、まずいことでも」

「いえ、長官」

障子有美は、あらためてスクリーンを目で指すと、続けた。

情況説明が、中断してしまっている。

すべて正直に伝えなくては。

「実は、貨物機をエスコートし、島へ緊急着陸させた自衛隊機なのですが――」

その時。

有美のジャケットの内ポケットで、携帯が振動した。

「――あ」

門かもしれない。

直感的に思った。

警察の展開について、公安に根回しをしてくれる――そう言っていた。

有美は「すみません、情報班長かもしれません」と断ると、携帯を取り出して耳に当てた。

「はい、私です」

『東京コントロールです』

「……………?」

声は、門ではなかった。

東京コントロール……?

そうか。

所沢の統括管制官か。

情況報告を、頼んでいた。

「長官、追加の報告です。お待ちください」

有美は古市へまた断わると、手にした携帯へ「お願いします」と促した。

『お伝えします。隠岐島リモートを運用している、伊丹の管制官からのとりあえずの報告です』

統括管制官の声は、告げた。

通話の背景には、ざわざわと多数の人の声がある。見たことはないが、多くの管制官たちが働く場所なのだろう。

『ルクセン・カーゴ〇〇九を呼び出していますが、まだ当該便のパイロットから応答はありません。呼んでも、まだ応答がないとのこと。それが一つ』

「はい」

有美はうなずく。

貨物機は、副操縦士が着陸させたはず。

着陸前、空自機とは無線でやり取りしている。管制官が呼んでも、応えられるはずだが

――

現地は、どんな情況なのか。

「続けてください」

『管制塔に設置した三台のカメラで見る限り、当該貨物機は滑走路の端ぎりぎりの位置で停止しており、機体の下から煙を噴いている』

「――煙⁉」

有美は眉をひそめる。

「火災を起こしているのですか」

『いえ、消防隊の一号消防車と無線は通じており、当該貨物機は主脚部分から発煙しているが、ブレーキの過熱によるもので、放水をすれば機体が全焼するような恐れはないとのことです。ただ、もう一つ報告が』

「何です？」

『航空自衛隊のF15戦闘機が一機、当該貨物機のすぐそばに停止しています』

「え」

『消防隊の責任者の報告では、その搭乗員が、貨物機の機内へ入ったと』

「ちょっと、待ってください」

7

●隠岐空港　滑走路
ルクセン・カーゴ〇〇九便　機内

（――休憩区画か）

座席が、並んでいる……。

暗がりにも目が慣れてきた。

ギャレーの扉を機首方向へ出ると、やや広い空間だ。

休憩区画に違いない。

二階客室だから、天井は湾曲《わんきょく》している。

空間の奥行きは一〇メートル余り。真ん中に通路が通り、左右には幅の広い、おそらくビジネスクラス仕様の座席が並んでいる。乗員が座ったり、あるいは貨物に付き添って移動する客を乗せられるようにしてあるのか。

両サイドの側壁には窓があるようだ。しかしシェードがすべて下ろされている。何かの意図で下ろしたのか、あるいは貨物を取り扱う乗員が到着前に休息を取るため、室内を暗くして寝ていたのか――

「――――」

茜は、自分の呼吸もできるだけゆっくりにし、すり足で進んだ。

道場で稽古する時の歩み方だ。

実家の道場は板張りで、いつも裸足で稽古をしていた。カーペットの上を飛行ブーツで、それも周囲に座席がたくさん並んでいる中では、勝手が違う。

やりにくいが――でも気配は読める。自分の周囲五、六メートル以内に息をしている人間がいたら、必ず気づく。

「う」

何かある……？

三メートル先、休憩区画の中ほどの座席列の隙間に、何かが転がっている。

横たわっている。

(あれは)

身体の動きを止め、耳でその物体を『読んだ』。

呼吸の気配は伝わってこない。

茜は歩み寄ると、その傍らに膝をついた。

倒れているのは、先ほどの人と同じ、茶色のつなぎだ。顔には濃いひげ。浅黒い肌は中東か東アジアの出身か……ぎょろりと目をむき出したまま、固まっている。

（――――）

やはり、作業服の胸の辺りと腹の辺りが黒く染まっている。

これは……。

その時

キュィイイ

耳に、何かの音を感じた。

「…………!?」

何だ。

高いトーンの音。

顔を上げる。

高まる音は、機首の方向からだ。

続いて二階客室の空気を伝わりパンッ、と破裂するような音。

「う」

銃声……!?

（いや）

茜は目を上げる。

休憩区画の先には、通路に左右からカーテンがかかっている。今の破裂音は、その奥からだ――

「くっ」

床を蹴り、駆けた。

左右にシートの並ぶ空間に、人の気配はない。

カーテンの向こうにもない。両手で押し開ける。

座席のないスペースに出る。

ここは薄明るい――左右に広い。左右の湾曲した壁面に、非常口だろうか、窓のついたドアの輪郭が見える。赤い〈ＥＸＩＴ〉の表示。押し上げ式の開閉レバーらしきものがついている。

さらに目の前に通路。

狭い。左右を壁に挟まれている。

（この奥か）

進むと、右側は化粧室だ。奥に扉が見える。堅固な感じの扉が、こちら側へわずかに隙間を開けている。

パシッ

また破裂音がした。

突き当たりの扉の向こうからだ。

「ウェイクアップ」

声がした。

茜は立ち止まる。

ここだ。

扉の面に身体の右脇をつけると、息を吐きながら重たいドアを手前へ引いた。

「――うっ」

眩《まぶ》しい。

まともに、外界の光が茜の目を射た。

前方窓から日光が射し込み、風が吹き込んでいる。

「カモン、ウェイクアップ！」

叱りつけるような声がした。

聞き覚えのある声。

ウェイクアップ――『起きろ』か？

コクピットに出た。

７４７の操縦室だ。前方に窓。その手前の左右に正・副操縦席。前方へ向かって斜めに低くなる天井にも、スイッチ類と様々な表示灯を配置したオーバーヘッド・パネルがある。

左右の操縦席の後方にはオブザーブ席と、広くはないが床面がある。

あの副操縦士だ。金髪をなぶられながら床に膝をつき、仰向けにした大男に屈《かが》み込んでいる。風が吹き込んでいるのは側面窓が壊され、風防ガラスがなくなっているからだ。

「――大丈夫ですかっ」

思わず日本語で呼びかけると、茜も床に屈んだ。

寝かされているのは、あの銀髪の男――胸を大きくはだけたシャツに、翼の徽章《きしょう》がある。目は閉じているが、この彫りの深い顔は、上空で並走した時には蒼い目で見返してきた。

あの機長だ。北欧の血でも入っているのか、大男だ。

グフッ、と溜まっていた空気を吐き出すような音がして、大男が口を開いた。

目は、閉じたままだが――

「オォ」

金髪の、おそらく二十代だろう、若い副操縦士は声を上げる。

その両手に何かのコントローラーを握っている。

そうか、やはり。

茜は目を走らせ、うなずく。

仰向けにされた大男の機長は、胸板をむき出しにされ、銀色のパッドを右胸の上と、左の脇腹に貼り付けられている。パッドからはコードが伸び、副操縦士の手にしたコントローラーに繋がっている。

自動除細動器（ＡＥＤ）を、使ったのか。

金髪の副操縦士は、口から息を吐いた機長と、ふいに飛び込んできた茜を交互に見て、声を上げた。

「オォ、ユー――」

「航空自衛隊です」

茜は自分の胸に手を当てる。

「手助けに来ました」

「キャヌユー・スピーク、イングリッシュ？」

「イエス」

茜は英語に切り替えて、答えた。

「何とか、しゃべれます」

「助かる」

副操縦士はうなずき、蒼い目で茜を見た。

「一人では彼を運び出せないから、困っていたところだ」


「テロリストは」

茜は訊く。

素早く、周囲を見回す。

「銃を持ったテロリストは」

「そこだ」

金髪の副操縦士は、顎で茜の肩の後ろを指す。

「そこの、そいつだ」

●ルクセン・カーゴ〇〇九便　コクピット

「それが〈奴〉だ」

副操縦士は、肩で息をするようにして、コクピットの後方を示した。

「ウンゲホイヤ」

「え」

茜はハッ、として振り向く。

真後ろ――？

途端に
「――うっ」

思わずのけぞった。

何だ。

(何だ、これ)

コクピットの左側後方だ。

オブザーブ席の後ろに、窪《くぼ》みのようなスペースがあり、そこに茶色のつなぎ姿がのけぞるように倒れている。

すでに呼吸の気配はない。物体のように転がっている。

これは何だ……。

「…………」

茜の目を見開かせたのは、そのつなぎ姿——一見して東洋人だが。目を引いたのは、その黒髪の男性の顔一面を覆っている、赤黒いボツボツだった。顔だけではない、作業服の襟《えり》から覗く首筋、そして袖をまくった両腕にも、皮膚という皮膚を覆いつくし、無数の赤黒い斑点《はんてん》のようなものが広がっている——

口を開け、うつろに宙を見据えて倒れている。

この人も、貨物を取り扱う乗員の一人か。

「テロリストは、この人ひとりだけですか」

「独りだ」

「…………」

息を呑んでいると

「〈奴〉は、僕が撃った」

副操縦士は言った。

「機を着水させようとする機長に、〈奴〉は座席の背後から覆いかぶさり、銃を首筋に押し付けて『日本へ行け』と脅《おど》した。そのとき僕は『動くな』と言われていたが、その背中へ襲い掛かって銃を奪い取るのに成功し、背後から撃った。もうクルーが二人も撃ち殺されている、何とかして止めないと」

「――――」

茜は、早口の英語を完全には聞き取れない。しかし身振りを交えて説明されたので、ニュアンスは伝わった。

この、後方に転がっているつなぎ姿の男性が、テロリストだという。

単独犯らしい。

このテロリストは、飛行中（多分、あの時か）、左側操縦席の機長を後ろから羽交《はが》い絞《じ》めにし、脅した。そこへ副操縦士が襲い掛かって銃を奪い取った。もぎ取った銃をすかさずその背中へ向け、発砲し倒した。

そういうことか。

後ろの休憩区画にいた二名のクルーが、いつ、どういう経緯で撃ち殺されたのかは分からない。しかしコクピットにいた二名のパイロットは銃で脅され、何か要求されたらしい。

「〈奴〉は、臨時雇いの中国人乗員だが、どこかで戦闘訓練でも受けていたのか。撃たれてもすぐには倒れず、逆に襲い掛かって来て、格闘になった。再び銃を向けようとしたら消火器で殴り掛かってきた。頭をやられた。相打ちのようになり、しばらく気を失った。気づいてみたら――」

副操縦士は、頭を振った。

「――シュトレッカー機長が……。おそらく僕が〈奴〉に向けて三発撃ったうちの一発が、座席の背を貫通したんだ。彼の背中に」

「とにかく」

茜は床で仰向けにされた銀髪の機長を、指さした。

ＡＥＤを使うためか、もろ肌脱ぎにされた大男の機長は、腹部に包帯を巻かれている。副操縦士が、機を停止させてから大急ぎで、とりあえずの止血処置をしたのか。自衛隊に限らず、民間航空の操縦士も、負傷者を応急的に救護する講習は受けているはずだ――

「この人を運んで、ここから脱――う」

脱出しましょう――そう言いかけた瞬間だった。

ぐらっ

機体が揺らいだ。

（………⁉）

身体が一瞬、浮くような感覚がしてコクピット全体が前のめりに傾斜した。

傾く……⁉

ずざざっ

コクピットの床が前方へ向けて傾く。

固定されていない物が前方へ滑る。

何かにつかまろうとした瞬間、突き上げるような感覚と共に、傾斜は止まった。

やばい……！

止まった……？

「はぁ、はぁ」

茜は肩で息をすると、周囲を見回した。

揺れは、いったん止まった。

しかしまるで、機首を下げて降下に入った姿勢だ。膝をついている床が坂道のようだ。

「ノーズギアが、崖からはみ出しかけている。たぶん」

「――ノーズギアが？」

「脱出しましょう、すぐに」

「あぁ」

副操縦士も周囲を見回しながら、うなずく。

「時間もない。メインデッキへ彼を運び下ろすのは、二人がかりでも難しい。アッパーデッキの脱出スライドを使おう」

アッパーデッキのスライド……？

そうか、さっき通った場所の非常口か。

あそこから、地上まで脱出用の滑り台を出せる。

「二人で、そこまで引きずっていこう」

副操縦士は言った。

「スライドを展張したら、君は先に下へ降りて、補助をしてくれ。僕が彼を抱える」

「分かりました」

茜はうなずくと、胸ポケットの無線機のボリュームを上げ、その指で喉に貼り付けたマイクを押さえた。

「消防隊チーフ、梶さん、聞こえますか」

第Ⅳ章　報道テロ

1

●沿海州沖　上空
政府専用機ボーイング747－400

三時間後。

ポン

天井近くにある『シートベルト着用』のサインが消えた。

同時に

『こちら機長です』

天井スピーカーから声。

『ただ今、当機はロシア領空を脱しました。公海上です』

「よろしい」

巨大な機体はまだ上昇中らしく、床面は機首方向へ、やや上り坂になっていたが。コクピットから告げて来た通り、帰途についた専用機は、シベリア大陸沿岸から一二マイルの領空線を離脱したらしい。

常念寺貴明は、政府専用機メインデッキの中央に位置するミーティング・ルームで、定位置の総理席からうなずいた。

出発前、機長には『領空を出たらすぐ報告するように』と指示してあった。

「では、障子君」常念寺は正面の壁に向かって、呼びかけた。「これより国家安全保障会議を開催する。ロシア領空は出た、報告を始めてくれ」

『はい総理』

やや手狭だったが。ここ専用機ミーティング・ルームにも、総理官邸地下のオペレーション・ルームと同様の、情報端末を備えた楕円ドーナツ型テーブルが据《す》えられている。

微かに揺れる中、機首を向いて着席する常念寺の正面の壁に、メインスクリーンがある。

九人の閣僚が着席できる（ただし全席埋まった場合は少々窮屈《きゅうくつ》）のと、テーブルの周囲に秘書や官僚が控える補助席を設けてあるのも、官邸地下と同じだ。

空調の音とエンジンの唸《うな》りが空間を満たしている。

正面スクリーンで、肩から上を映し出された女性官僚が、うなずいた。

まるで宝塚の男役から女優に転身したような、肩までの髪と切れ長の目。危機管理監の障子有美だ。

『それでは、ご報告いたします。現在までに分かっている情況です』

「うむ」

相変わらず、無駄に美人だな——そう思いながら、常念寺もうなずく。

半年前、ＮＳＣ企画戦略班長から、内閣府危機管理監へと抜擢《ばってき》した障子有美は、能力を発揮してくれている。しかし美人であることは職務とあまり関係ない……。

「逐次《ちくじ》、君からメモの形で報告は受けていたが。混み入った話はあっちでは、どうもな」

『はい総理』

今日の昼過ぎ。ロシア大統領との首脳会談中に、〈事件〉——わが国の安全保障にかかわる事案が発生した。

日本海上空で、ヨーロッパから石川《いしかわ》県の小松空港へ向かっていた貨物便のジャンボ機が、テロに遭ったらしい。

単独犯のテロリストが、機内で複数の乗員を殺害、二名のパイロットにも危害を加えたが、駆け付けた航空自衛隊機の誘導により、日本海上の隠岐島へ緊急着陸をした。短い滑走路ではあったが何とか機体は停止、内部のテロ犯は、死亡していることが確認された
――

メモで受けた報告は、断片的にだが、そんなところだ。

正直、ちょっとわけの分からないところはある。

いったい、機内で何が起きたのか。犯人の素性は。その犯人は何をしようとしていたのか？　要求していたことがあったのか等、詳細については調査中だという。

しかしとりあえず貨物便のジャンボは、日本海の孤島へ着陸した。テロ犯はすでに死亡しているという。ならば総理として、緊急に何か判断を下すような必要はないだろう。

後で、おちついてから説明を聞けばいい――

なにしろ。

知らせの来たタイミングが、微妙だった。

〈事件〉が起きたちょうどその時、常念寺は取り込み中だった。『事案発生』を知らせる一枚目のメモが差し入れられたのは、ラスプーチン大統領との会談の真っ最中。常念寺が

KGB出身の大統領に対して『昔の日ソ共同宣言で、二島は返すって約束しましたよね』と念を押している、まさにその時だった。

後で首席秘書官が言うには、メモを差し入れようかどうしようか、迷ったという。そのくらい議論は白熱していたのだ。

続く二枚目、三枚目のメモで、当該機が島へ着陸し、テロ犯は死亡しているらしい、ということ。さらに留守中に総理臨時代理の権限を任された古市官房長官が〈国家安全保障会議〉をとりあえず招集してくれている、と知らされた。ならば、詳しい報告は帰国の途《と》についてから聞こう。機密の護《まも》れる政府専用機の機内で、なおかつロシア領空を出てしまえば、微妙な内容も話せる——

『総理、ご覧ください』

障子有美が、切れ長の目で横を指すと。正面スクリーン左横のサブスクリーンに、映像が出た。

動画だ。

『現在の隠岐空港の様子です。ライブです』

「――――」

「――――」

常念寺と、すぐ横の空席に腰かけた首席秘書官が、スクリーンへ目をやる。

うっすらと煙が流れている。

「これが、当該機か」


どこか、高い位置から滑走路を横向きに捉えた映像だ。空港の管制塔から見たショットだろう、と常念寺は思った。

胴体の上半分を水色に染めたジャンボ――この専用機と同じ系列の747だろう――が、滑走路の終端《しゅうたん》を半ばはみ出すようにして停止している。いや、前車輪は、滑走路の先の崖っぷちから宙へ出かかっている。

「ぎりぎりで止まったのか」

『そのようです』

スクリーンの女性官僚は、うなずく。

『この貨物機――ルクセン・カーゴ社の〇〇九便は、重量が重かった模様です。止まり切るために急制動をかけたのでブレーキが過熱し、停止直後には主脚から煙を噴いたために消防車が放水したそうです』

「うぅむ」

常念寺は腕組みをする。

「よく、止まってくれたが――しかし、もっと滑走路の長い、ほかの飛行場へ誘導をしてもよかったのではないかね」

『それなのですが』

障子有美は『困った』という表情をする。

美人の困った表情も、いいものだが――

（――？）

常念寺は訝った。

緊急着陸をさせる過程で、何か混乱でもあったか。

『実は』障子有美は続ける。『当該機の機長が負傷しており、処置に急を要するとのことで。誘導にあたっていた現場の空自パイロットの判断で、隠岐島へ降りてしまいました』

「――しまいました？」

常念寺は眉をひそめる。

言い回しが妙だ。

「障子君、あれは君か、もしくは空自の指揮所が指示して、降ろさせたのではないのかね」

『はぁ、それが』

そこへ

『常念寺総理』

スクリーンのフレームの外から、声がした。

渋い声色《こわいろ》だ。

その声が合図になったかのように、メインスクリーンのフレームがバックした。

視野が広がる――白い内装の空間は、確かに官邸地下六階のオペレーション・ルームだ。

障子有美がカメラの前に立ち、その後方に、いつものドーナツ型テーブルがある。九つの席が、すべて埋まっている。

(?)

すべて埋まっている――?

変だな、と感じるが
『総理、実は緊急に相談したい件がある』

渋い声の主は、空席となっているはずの総理席の隣――官房長官席に座るスキンヘッドの人物だ。

「おぉ、古市さん」

常念寺はスクリーンへ会釈《えしやく》する。

古市官房長官だ。留守を預かってもらっていた。

その隣、本来なら常念寺が座るはずの席には、細身の女性閣僚がついている。三十代後半。所在なさげで、落ち着かない印象だ。

厚労大臣……？

堤美和子《つつみみわこ》厚生労働大臣だ。だが厚労相は、本来は〈国家安全保障会議〉のメンバーではない。隣に座らせているということは、古市が呼んだのか……？

そう考えかけたが、とりあえず常念寺は、党歴では先輩にあたる古市へ礼を言った。

「留守中を、ありがとうございます。おかげで会談の方はなんとか」

『それは何よりだが』

スキンヘッドの官房長官は、毎日朝夕、官邸一階で報道陣の会見に応じる時のように、鋭い眼の表情で告げた。

『実はまもなく、午後の定例会見の時刻になる。それまでに、〈事件〉について、国民への発表の内容と文言をどうするか、詰めておきたい。それを相談したいのだ。まずは障子君の説明を手短かに聞いて欲しい』

●日本海上空
政府専用機　ミーティング・ルーム

「文言、ですか」

常念寺は訊き返した。

「会見で使う文言を?」

『そうだ』古市はうなずく。『何を、どこまで、今の時点で発表するか。大変微妙だ』

国民へ発表する内容……。

常念寺は、眉をひそめる。

ようやく、大仕事の首脳会談を済ませ、帰国の途に就くことが出来たところだ。

会談中にテロが発生し、でも初期対応は危機管理監をはじめ、皆がよく処理してくれた模様だ。こうして、遠隔会議システムを用いて〈国家安全保障会議〉も始めることも出来た。

だが
国民へ発表する内容を選ぶ必要がある——

微妙だ、という。

〈事件〉が、あまり大ごとにならず、片付いているのなら。

犠牲になったという外国貨物会社のスタッフには気の毒だが。

会見で発表する内容について、それほど微妙なことがあるのだろうか……？

「大変、微妙？」

『その通りです、総理』

障子有美が、古市に代わり答えた。

彼女はメインスクリーンの画面の、手前側に立っている。おそらくオペレーション・ルームでは、逆に常念寺の上半身のアップが向こうのスクリーンに出ているに違いない。

長身の女性危機管理監は、ドーナツ型テーブルを背にし、スクリーンの中の常念寺へ話しかける恰好だ。

閣僚たちが、テーブルからその様子を見ている。

（――）

おや、と思う。

顔ぶれの中に、もう一つ、常念寺はいつもと違うものを見つけた。国交大臣の吉富万作《よしとみまんさく》が、来ていない――

〈国家安全保障会議〉には九人の閣僚が集まる。メンバーは総理を筆頭に財務大臣、外務大臣、国交大臣、経産大臣、総務大臣、防衛大臣、国家公安委員長、そして内閣官房長官。

急な事案が発生し、会議が招集されても、その時にメンバーの閣僚が都内にいなければ、それは仕方がない。今の常念寺のように、遠隔手段で参加してくれればいい。国土交通大臣を任せている立教党《りつきようとう》の吉富万作は、出身母体の宗教団体の活動で、地方遊説《ゆうぜい》しているることが多い。立教党は連立政権のパートナーだから、常念寺もあまりうるさいことは言わない。

今、目の前のスクリーンの中で、代わりに国交大臣席についているのは柳刃《やなぎば》警察庁長官だ。目の鋭い男だ。

吉富万作がどこかへ行っているのは、いいとして。

国家公安委員長だけでなく、警察庁長官も呼んだか――

テロが起き、警察を動かすのであれば、確かに呼ぶ必要はある。

考える常念寺に

『総理』

スクリーンの手前側に立つ障子有美は、言った。

『まず経過を、順を追って説明いたします。これをご覧ください』

●東京　永田町

総理官邸地下　ＮＳＣオペレーション・ルーム

「皆さん、ご覧ください」

有美は、遠隔会議用のスクリーンに映っている常念寺貴明と、同時にドーナツ型テーブルを囲むように着席する閣僚たちも見回して、言った。

閣僚たちの中には、つい今しがた、この地下オペレーション・ルームへ到着した者もいる。

有美の進言で、古市官房長官が特別に呼んだ堤美和子厚生労働大臣も、その一人だ。数か月前の内閣改造で、民間から登用されたばかりの新しい閣僚だから、このような場には全く慣れていないだろう。

ドーナツ型テーブルの周囲には、NSCのメンバーである若手の官僚たち、その他にも各省庁から派遣されてきた連絡役《リエゾン》の官僚、そして各閣僚の秘書などが補助席を埋めている。

全員の注意を引いたことを確かめてから、有美は通信席についている当直スタッフの川端へ、指で合図をした。

メインスクリーンが、切り替わる――それまで流されていた隠岐空港のライブ映像は、横の壁のスクリーンへ移動し、代わって現われたのは黒を背景に浮かび上がるピンクの日本列島だ。

CG映像は、ややズームアップし、日本海全体の空域を拡大する。ちょうどシベリア大陸の南岸と、本州の背の部分に挟《はさ》まれる空域だ。

「これは、航空自衛隊総隊司令部が、わが国の防空のために空域を監視している。その防空システムの画像を使い、ルクセン・カーゴ機の飛行した軌跡をお見せするものです」

有美は説明した。

これと同じ映像が、洋上を飛ぶ政府専用機のミーティング・ルームでも、サブスクリーンに現われているはずだ。

「総理、空域図はご覧になれていますか」

『あぁ、大丈夫だ』

遠隔会議システムのスクリーンで、常念寺がうなずく。

『ちょうど、私も今この空域を、飛んでいるところだよ』

「では、経過を説明します」


「本日の、正午少し前のことです」

言いながら、有美はもう一度、川端へ合図をする。

「日本時間の未明にルクセンブルクを発ち、石川県の小松空港へ向かっていたルクセン・カーゴ社のボーイング747‐8F貨物機は、ハバロフスクの上空を通過して大陸沿岸から日本海へ出ました。国土交通省から同社へ照会した運航内容によると、当該機の乗員はライナー・シュトレッカー機長四十七歳、フィリップ・ディセルズ副操縦士二十七歳、両名はドイツ国籍、ならびにアメリカ国籍です。ほかに貨物の積載を取り扱うカーゴローダーと呼ばれる乗員が三名。ルクセンブルクの国籍は、この中の一名のみで、あとはトルコ国籍、中国籍です。最後の中国籍の一名は、先月、航空業界専門の人材派遣会社から応募のあった新人で、業務経験は持っているが、社としては試用期間中であったとのこと。この中国籍の男性が、テロを働いた犯人です」

「――」

「――」

『障子君』

スクリーンの中の常念寺が訊いた。

『それは、確かなのか。その中国籍の男が〈犯人〉だったと』

「現在、意識があり供述が可能な副操縦士から、島根県警本部の捜査員が聞き取った証言です。わが国の警察としての捜査と証拠調べは、これからとなります。後で申し上げますが、つい十分前に東京から急派《きゅうは》した警視庁警備部の機動隊、ＳＡＴ、公安ＮＢＣ対応班が現地空港へ到着、現場で機体の保全に入ったところです」

『うぅむ』

常念寺は腕組みをする。

『いいだろう、続けてくれ』

助かる、と有美は思った。

普通、こういった説明を行なう時。

この場にいる、つい今しがた到着した閣僚や、事情がよく分かっていない閣僚から必ず途中で『おいちょっと待て』とか、『いったいどうなっているんだ』『それはどういうわけだ』とか、不規則にインタープションが入るものだ。政治家、議員というものは人の話を最後まで聞かない人も多い。有美の官僚としての経験の中で、そう言える。

しかし、会議の主役の総理が真っ先に『うぅむ、いいだろう、続けてくれ』と言えば。ほかの参加者は『おい中国人が犯人って、本当なんだろうな』と言い出しづらい。

常念寺は、有美の説明をスムーズに進めさせるために、真っ先に口をはさんだのだ。それが分かる。〈国家安全保障会議〉がスムーズに進行することは、国益だ。

「航跡図を、ご覧ください」

有美がスクリーンを指すと。

画面の上側の大陸沿岸から、一本の線が伸び始めた。ゆっくりと、下向きにまっすぐ動いていく。

「このように、当該機——〇〇九便は、初めは日本海上をまっすぐ能登半島へ南下する航空路に沿って飛行していましたが、途中からコースを外れます」

有美の説明に従うように、航跡を表わす線はぐにゃっ、と曲がり始める。

「初めは左旋回してハバロフスク方面へ戻ろうとし、すぐに向きを変え、今度は本州の東北地方の海岸線へ向かおうとする。その後またぐるっ、と大きく向きを変えると、日本海の真ん中を真西へ進み始めました」

「――――」

「――――」

「東京航空交通管制部の管制官からの呼びかけにも、一切、応えません。航空路監視レーダーで航跡を見ていた統括管制官の感想は『まるでどこにも着陸したくないみたいだった』と」

●日本海上空
政府専用機　ミーティング・ルーム

（………？）

まるでどこにも、着陸したくない、ない……？

今、危機管理監はそう言ったか。

常念寺は、スクリーンの障子有美へ『いま何と言った?』と訊き返したくなったが。

今は、最後まで説明を聞く時だ。

腕組みをしたまま、我慢した。

『東京航空交通管制部から報告を受けた横田の航空自衛隊総隊司令部は、ただちに、付近の訓練空域で訓練中であったF15戦闘機二機を差し向け、当該機に並走させて情況を確認させました。自衛隊機からの呼びかけにも、初めは応答せず、横に並びながら当該機の操縦室を覗くと、ちょうど左側操縦席についた機長を、何者かが背後から襲い、同時に無線を通して銃声を聞きました』

「――」

「――」

2

●日本海上空

政府専用機　ミーティング・ルーム

銃声……。

常念寺はミーティング・ルームのテーブルに肘をつき、握った左の拳を口に当てた。

操縦室から銃声。

穏やかでない。

民間の、貨物機か。

ルクセンブルクから、わが国へ向かっていた大型貨物機。日本海の洋上で、いったい何が起きたのか——

『その直後』障子有美の声が続く。『〇〇九便は、海面すれすれにまで降下します。二機の空自機は並走しつつ、操縦席の機長に対し情況を説明するよう要請し、かつ上昇するように促しますが、機長は空自機に対し、このように言います。アイ・マスト・ディッチ——直訳すると、私は着水しなければならない』

「——」

「——」

常念寺は、いま首席秘書官だけを伴って、ミーティング・ルームへ入っている。

室内には、二名だけだ。

ミーティング・ルームの外、後方のメインデッキには、大勢が乗っている。

今回の訪ロには、いつも通り、報道陣も同行させている。

メインデッキ後部には、一三〇名を収容できる客席が設けてある。

今、そこには報道各社の記者、スタッフ、北方四島において将来的に工場などを展開する民間企業の幹部たちがぎっしり座っている。

政府専用機は、千歳に居を置く航空自衛隊特別輸送隊によって運用されている。政府所有の旅客機ではあるが、運用は自衛隊だ。

ベルトサインが消灯したから、いま後部客室では、特輸隊の客室乗員がそれら〈乗客〉へ食事を提供しているはずだ。

こういった首相外遊の帰途では、機が日本へ向け離陸するや、報道の記者たちが『酒をよこせ』『呑ませろ』と騒ぎ出すのが常だ。現地滞在中、アルコールどころか、ほとんど寝ずに取材にかかり切るからだ。

記者には態度の大きい者も多く、毎回、特輸隊の女子客室乗員を怒鳴りつけたり、反対にベテランの客室乗員からやり込められる者もいる。

常念寺は、ミーティング・ルームへ入る際、先任客室乗員の一尉へ『構わないから記者には好きなだけ呑ませろ』と指示しておいた。

機内と官邸地下を繋いで〈国家安全保障会議〉を行なうことは、まだマスコミには知らせない方がよい、と判断したからだ。

首席秘書官以外の秘書官たちには、客室の記者たちへの対応を任せた。離陸すると、報道陣からは必ず『機内での総理会見はまだか？』と聞いてくる。そうしたら『総理は会談で話した内容を精査し、ロシア側と確認をしたりするので機内会見はもう少し待ってほしい』と答えろ。

そのように指示した。

場合によっては、ロシア大統領との会談の内容に加え、日本海で起きたテロ事件についても会見で話さなければいけないかもしれない。どちらにしろ、時間を稼ぎたい。

アイ・マスト・ディッチ――

（――――）

常念寺は、その言葉を頭の中で繰り返した。

着水しなければならない……？

どういうことだ。

思わず、横の秘書官と目を見合わす。

『空自では』

スクリーンでは障子有美が説明を続ける。

『情況を監視していた総隊司令部の中央指揮所では、機長の発した「着水する」との意思に対し、様々な可能性を考慮しました。このような可能性もある。実は当該機が、特殊な物品を秘かに輸送しており、機長が「テロに遭った」という口実で機体を日本海の海面のある一点へ着水させ、待ち受ける北朝鮮の潜水艦などに、洋上で物品を引き渡そうとしているのではないか』

「――穏やかじゃないですね」

首席秘書官が、小声でつぶやくように言った。

「北が、核やミサイルの完成に不可欠の物品を、日本企業が発注したように見せかけて欧州から出荷させ、洋上で」

「うむ」

常念寺も、小声でうなずく。

「例の〈瀬取り〉か」

「韓国が軍艦を使って、秘かにやっているところを海自のP1に見つかり、追い払おうとして射撃管制レーダーを照射した事件が起きたばかりです」

「――――」

瀬取り、か。

もしも。

北朝鮮のかかわるテロだとしたら――

だが危機管理監の説明は、別の方向へ進む。

『しかし、この直後』

障子有美の声と共に、サブスクリーンのCG画面で航跡の線が横向きに伸びる。日本海の真ん中を、西向きに進む。

『機長は倒れました。並走する空自機から見ても、動かなくなってしまいました』

「――――」

「――――」

機長が倒れた……？

並走する戦闘機からも、見えたというのか。

説明の声は続く。

『操縦を代わった副操縦士から、訴えられました。機長は撃たれており、すぐに救命処置が必要とのこと。並走していた空自機は、時間に余裕がないと判断し、その時点で最も近かった隠岐島へ誘導を開始。中央指揮所も、その判断を追認しました』

「――うむ」

常念寺は、スクリーンの有美にうなずいた。

「続けろ、危機管理監」

この時。

官邸地下のオペレーション・ルームの様子を映し出すスクリーンで、有美の後ろのテーブルに着席しているメンバーのうち国家公安委員長と警察庁長官が、我慢ならないという感じで身じろぎした。常念寺は、彼らを押しとどめるように『続けろ』と説明の続きを促した。

警察の関係者であれば、あのような離れ島に、テロ犯に乗っ取られた可能性のある民間機を降ろさせるのは、困るだろう。地上に停止した機を包囲すべき機動隊を、どうやって送り込むのか。

しかし常念寺は、警察を統括するメンバーに文句を言わせるだけ、時間の無駄だと思った。貨物機はもう降りてしまったのだ。

『はい総理』

障子有美はうなずき、説明を続ける。

『ご覧ください』

航跡図がズームアップした。左へ伸びていく線のすぐ前方に、島が現われる。

航跡の線が、その島へ達し、消える。

さらにズームアップされる。円い形をした孤島——付随する小島もいくつかあるが、これはほぼ孤島だ。

『ルクセン・カーゴ〇〇九便の緊急着陸した隠岐島です。島根県松江《まつえ》市の沖約一二〇キロの日本海に浮かび、人口は一万三千余り。隠岐空港は島の南端の崖の上に位置し、滑走路の長さは二〇〇〇メートル。必ずしも７４７が停止できない長さではないとのことですが、重量が重ければオーバーランの危険はありました。実際』

スクリーンの画像が切り替わり、また隠岐空港のライブ映像になる。

『このように、当該機は滑走路をややはみ出して停止。過熱したブレーキから発煙したため、消防車が放水をしています』

「………？」

何だ。

常念寺は眉をひそめる。

「──障子君」思わず、メインスクリーンの障子有美へ問うた。「貨物機の、すぐ後ろだが。Ｆ15が止まっているじゃないか。空自機も降りたのか？」

『はい、総理』

有美のうなずく声と共に、ライブ映像がアップになる。

水色の７４７と、背中合わせのようにして停止しているライトグレーのイーグルが一機。その操縦席のキャノピーが上向きに開いている。

拡大されると、７４７は、機首の操縦室のすぐ後方辺りで非常口扉を開き、そこから銀色の細長い滑り台のようなものが地上まで伸びている。

そのほかに、機首胴体側面の扉も開かれていて、可動式タラップが横付けされている。タラップにはブルーシートが被せられ、黒い戦闘服を着たＳＡＴ隊員だろうか、人影が盛んに上り下りしている。アップにされても、ブルーシートで覆われた内部は、覗けない。

『停止した機内へ、最初に入ったのは、当該機に追随して着陸をした空自機のパイロットです。テロ犯がいる可能性のある機内へ、消防隊は入ることが出来ません。負傷した機長の救護のため、編隊二番機のパイロットが自発的に行動しました。命令は受けていません』

受けていません――

それはつまり、勝手に行動した、という意味か。

しかし
「――うむ」

常念寺は腕組みをすると、うなずいた。

「いいだろう」

障子有美の苦しげな言い方から、そのパイロットが勝手に行動したことは、分かる。

空自の司令部が『戦闘機を着陸させテロリストのいる機内へ入れ』なんて命じるわけがない。

たとえ現場のパイロットから上申されても、そのような行動を、指揮官は許可しないだろう（多分）。

だが、このような情況では──警察は駐在所くらいしかないような島だ。消防士をテロ犯に立ち向かわせるわけにはいかない。生命をかけて行動できるのが自分しかいない、とその戦闘機パイロットは思ったのだ。おそらく命令違反をやっているし、これからも各方面から文句が来るだろう。

「総理大臣として、皆に申し上げておく」

常念寺は、オペレーション・ルームに招集されているすべてのメンバーに聞こえるように、言った。

「人命のために行動できるのが、自分しかいないと分かった時、みずから判断して行動した自衛隊パイロットを、私は支持する」

『──』

『──』

「よし障子君、続けてくれ」

●東京　永田町
総理官邸地下　ＮＳＣオペレーション・ルーム

「はい総理」

有美は、また『助かった』と思う。

命令を受けず、単独で勝手に貨物機の機内へ入った空自パイロット。その行動を、総理が即座に『支持する』と言ってくれた。

これで、この場に集まった閣僚や官僚たちから『自衛隊は何をやっている』『勝手な行動を許したのか』と文句を言われずに済む。

有美自身も、最初は『何ということをしてくれた』と思った。あんな離れ島では、当該貨物機に対して、有効な警察力がまったく投射できない。

しかし、これからの説明になるが。

勝手に動いた、当の戦闘機パイロット――舞島茜が、わが国を救ったのだ。

あの子だ。

有美は、舞島姉妹の姉の方とは、会ったことがない。身上書の写真で顔を見ただけだ。

髪をポニーテールに結んだ細身の女子パイロット。

あの子が、また……。

「この停止した貨物機に」有美は続ける。「最初に入った舞島茜三等空尉は、機内において射殺されたと見られる二名の貨物担当乗員を発見。さらに操縦室で、機長の救命処置を実施中の副操縦士と出合います。操縦室には、機長と副操縦士のほか、テロ犯とみられる中国籍の貨物担当乗員が倒れ、死亡しておりました。舞島三等空尉は、ただちに非常用スライドで機長を機外へ搬出、消防隊へ以後の救命処置を任せると共に、副操縦士から機内での経過を聴取し、無線で中央指揮所へ報告してきました」

「――」

「――」

全員の視線が、ライブ映像を映し出す壁のスクリーンへ向く。

「副操縦士の話によると、経過はこうです。○○九便がハバロフスク上空を通過し、シベリア大陸から日本海へ出た直後のこと。航空路に沿って機は飛行していましたが、突然、貨物担当乗員のうち一名が、苦しみだしました。この男性は中国籍で、ルクセン・カーゴ社には中途で採用された新顔とのことです。○○九便は、ルクセンブルクを出発前に機材故障が見つかり、修理のため八時間遅れて出発しましたが、この中国籍の男は、遅れたことをひどく気にしていて、副操縦士は『変だな』という印象を持ったとのことです」

「――」

「――」

「その男性乗務員が苦しみだしたため、日本海へ出たところでしたが、シュトレッカー機長は機を引き返させ、ハバロフスクへ臨時着陸して、男を病院へ収容させようとします。ところが」

有美は全員を見回し、続ける。

「一度は休憩区画に寝かされた男は、所持品の中から拳銃――どうやって持ち込んだのか、今後捜査が待たれますが、拳銃を取り出すと貨物担当乗員の一人を人質に取って『このまま日本へ向かえ』『外部との連絡はするな』と強要しました。シュトレッカー機長は、いったんはハバロフスクへ向けた機を再び日本の方向へ向け直し、操縦を副操縦士に任せて、男と交渉します。男の要求は『日本へ向かえ』『日本に着陸しろ』と、それだけです」

『待ってくれ』

スクリーンの中から、常念寺が訊く。

『それが要求なのか。「日本へ向かえ」と、それだけか』

「そうです総理」

有美はうなずく。

「機長は、では日本へ向かうから、人質の乗務員を放すようにと説得をします。副操縦士は、その場面を直接には見ていません。操縦席にいたので見ていませんが、どうやら男の容体は急速に悪化し、大柄な白人の乗員を羽交い絞めにして銃を突きつけながら、ふらつきだしたらしい。

乱闘が起きたらしく、操縦室後方の休憩区画から物音と銃声がした。すぐに機長が操縦室へ駆け戻って来て、こう言ったそうです。『駄目だ、我々はどこにも着陸しない』」

「どこにも」

テーブルから、井ノ下《いのした》防衛大臣が思わず、という感じで訊き返した。

「どこにも着陸しない……？」

「そうです」

「機長は」

有美は続ける。

「操縦席へ跳び込むように座ると、四基の全エンジンをアイドルに絞って、ただちに機を降下に入れた。副操縦士には『このまま着水する』と告げた。わけが分からずにいると、男が銃を持ち、機長を追うように操縦室へ乱入してきた。副操縦士はとっさに席を立って、男を食い止めようとしました。男は、高高度で銃弾を窓に当てたら、固定していない物はすべて急減圧で外へ吸い出されることは知っていたのでしょう、立ちふさがる副操縦士を撃ちはしなかったが、銃把《じゅうは》で殴り、横向きに吹っ飛ばすと、操縦席の機長に背後から襲い掛かった。羽交い絞めにし、首筋に銃を押し当てて『小松へ向かえ』と要求した」

「――」

「――」

「機長が叫んだそうです。『この人で《ウンゲ》なし野郎《ホイヤ》』」

「――」

「――」

「副操縦士は、殴られて一瞬、気を失いかけましたが、その叫び声で我に返り、床から男の背中に襲い掛かった。男は高熱を出していたようです。副操縦士は、銃をもぎ取ることに成功して、もうすでに後部では乗員が撃たれている、撃つしかないと思い、男に銃を押し付けるようにして、撃った。この時に男の身体と座席の背を貫通した一発が、機長にも刺さったと見られます。一方、男は高熱でふらついていても、戦闘訓練を受けていたらしい、撃たれても反撃してきて乱闘になった。コクピットに備え付けの酸素ボトルで殴られ、副操縦士はまた気を失ったそうです」

「その証言は」

目の鋭い警察庁長官が言った。

「その副操縦士、一人のものだな。信憑性《しんぴょうせい》はどうなんだ」

「あくまで、空自の舞島三尉が機体を降りてすぐに聞き取って、いち早く報告してきたものです。警察による聴取は、後でまた行なわれるでしょう。問題は」

有美はそこまで言うと、壁際の通信情報席を見やった。

「川端君、写真は？」

すると

「たった今、届きました」

当直員の川端が、うなずいて見せた。

「現場のＮＢＣ対応班からです」

「分かった」

有美はスクリーンの前に立ち直すと、テーブルを見回した。

「皆さん、舞島三尉が、現地からの第一報で『テロ犯の様子』について口頭で報告してきました。すでに死亡していたテロ犯の、身体的特徴です。空自の総隊司令部中央指揮所経由で、その報告を受け取った私は、現地に急行中の警視庁公安ＮＢＣ対応班へ伝えました。すると」

「――」

「――」

注目してくる閣僚の中で、女性の厚生労働大臣が一瞬、怪訝《けげん》そうな表情をする。

有美はその表情を目の端で捉えながら、続けた。

「するとNBC対応班の責任者から、ただちに隠岐空港を閉鎖すること。空港内にいる者は誰も外へ出さず、今後誰も入れないこと。我々が到着するまで、貨物機の機体は保全し、誰も近寄せないようにと要請されました。最悪の事態になる危険性があると」

「最悪とは」

和田総務大臣が口を開いた。

「わが国の国民全体に対して、まさか何か禍《わざわい》になることか」

「そうです」

有美は指を上げ、自分が背にしているスクリーンを指した。

「ご覧ください、これが、舞島三尉が貨物機の操縦室で見たものです」

●日本海上空

政府専用機　ミーティング・ルーム

「な」

スクリーンに現われた、大写しの静止画を一瞥して常念寺は息を呑んだ。

「何だ、これは」

「――――」

隣で、首席秘書官も絶句する。

3

十分後。

●東京　永田町

総理官邸一階　記者会見室

「ただ今より、午後の定例会見を行ないます」

司会を務める担当秘書官のマイクの声と共に、記者会見室の右手前方の両開き扉が、係員の手によって開かれた。

スーツ姿のスキンヘッドの人物が入室してくる。壇上の国旗に一礼すると、三段の階段を上がり、中央の演台へゆっくり歩み寄る。

「質問をされる方は、社名とお名前を明らかにしたうえでご質問ください」

一斉に、卓上でノートパソコンの蓋《ふた》を開く動き。

小規模な体育館ほどもある空間だ。前方の演壇を向く形で、一四〇席の簡易テーブル付きチェアが並べられ、半数以上が埋まっている。

壇上の人物へ、視線が集まる。

「官房長官の古市です」

スキンヘッドの古市達郎が、演台につき、場内へ一礼する。

「今回は、政府からお伝えする事項もあるが、その前に質問にお答えします」

すると
「長官」

間髪《かんはつ》を容《い》れず、記者席の中で手が上がる。

古市が、慣れた動作で「どうぞ」と促す。

「同協通信《どうきょうつうしん》の前場《まえば》です」

中ほどの席から立ち上がった三十代の記者が、早口で質問を始めた。

同時に、ほとんどすべての記者席で、ノートＰＣのキーボードをせわしなく叩く音が響き始める。

●日本海上空
政府専用機　ミーティング・ルーム

「始まったな」

ネット経由で中継される映像が、サブスクリーンに映し出されている。

常念寺貴明は、機内ミーティング・ルームの総理席で腕組みをすると、息をついた。

「どうにか、間に合った――」

「間に合いましたね」

横の席で、首席秘書官がうなずく。

あれから。

一枚の静止画をスクリーンで見せられ、鳥肌が立つような感覚を覚えてから――

（――）

常念寺は腕時計をちら、と見る。

十分くらいか……。

慌《あわただ》しかった。

あの時。

一枚の静止画——警視庁公安NBC対応班すなわち〈核・バイオ・化学テロ対応専門チーム〉が現場で撮影し、送って来たという写真。

それを、目にした瞬間。

常念寺は思わず声を上げた。

「何だ、これは」

すると
『犯人です』

メインスクリーンの障子有美が、サブスクリーンを目で指すようにして、答えた。

『操縦室に倒れていた、これが犯人の姿です』

「——」

「——」

数秒、絶句したが。

常念寺は目をしばたたいた。

まさか……。

大写しにされた、すでに死亡したという〈犯人〉。

この人体の状態——というか特徴。

何かの資料写真で見た覚えがある。

「障子君、これはまさか、あの」

あ、あの病気か……？

常念寺は、古市達郎が〈国家安全保障会議〉に先駆け、『何を、どこまで、今の時点で発表するか。大変微妙だ』と口にした意味が分かった。

微妙だから、定例会見までに、常念寺と発表内容を詰めたい。

そうリクエストしてきた。

官邸で留守を預かっていた古市は、当然、事態の発生直後に地下のオペレーション・ルームへ降り、情況の把握に努めていたのだろう。

もう、何が起きたのか知っている。

だが、他の閣僚たち——臨時に呼ばれた厚生労働大臣や警察庁長官も含め、後から参集した者たちは、常念寺と同じに今この瞬間、〈犯人〉の様子を見たのだ。いや、画像として実物を見るのは、古市や障子有美も同じかもしれない。隠岐島で、滑走路をはみ出しかけて止まった貨物機の横から空自のパイロットが『機内で見たもの』を報告してきた。口頭での報告だけだったのだ。それでも——

情報を受け取った公安のNBC対応班が、ただちに空港を閉鎖するように進言した。

これは、只事ではない。

いや。

(ひょっとして、これは不幸中の幸いか?)

常念寺は口を開いた。

「障子君」

そうだ。

もしも、この貨物機が隠岐島でなく、かといって着水することもなく、本土内のどこかの空港へ着陸していたら。

そして、倒れた犯人の様子が的確に知らされることなく、NBC対応班の臨機の指示が出されていなかったら——

「障子君、これがもしも」

『はい総理』

常念寺の質問の意を汲み取ったか、障子有美がスクリーンでうなずく。

『当該機が、もしも本土の空港へ着陸していたら、大変なことになっていました』

『総理』

スクリーンの奥の官房長官席から、古市が言った。

『先ほど、NBC対応班は、空港を閉鎖するように進言してくれたが。空港だけでなく、私は直ちに、隠岐島そのものを封鎖すべきだと思う』

「――――」

絶句する常念寺を、スクリーンの向こうから古市は見据えて来た。

その目が『事は重大なのだ』と訴えている。

（――――）

あれが、十分前のことだ。

細かい議論を、している暇はなかった。

常念寺は古市の意見を採用した。ただちに関係各省庁の協力のもと、島の封鎖、いや隔離に向けアクションを取るよう、危機管理監の障子有美へ指示した。各閣僚、国の各組織は、危機管理監の要請に応じ、国民の安全と安心を確保するよう努めること。

具体的な手続き、手順については、危機管理監に任せておけばいい。防衛官僚出身の障子有美は、すでに自身と配下のスタッフによって、何をどうすべきか考えているだろう。

総理である自分は、承認を与えればいい――

「障子君、そういうことだ。ただちにアクションを取ってくれ」

『はい総理』

「島民の方々へは、一定期間、不自由を強いるかもしれないが。国民の安全のためだ、やむを得ないだろう。各閣僚諸君は、危機管理監の要請に応じて、配下の省庁を指揮してもらいたい。吉富国交大臣へも、連絡がつき次第、私からそのように指示をする。古市さん」

『うむ』

「国民の安全を確保したうえで、できるだけ真実を隠さずに、慎重に発表しましょう」

『賛成だ、総理』

それから、常念寺はスクリーン越しに、古市達郎と会見でマスコミ向けに出す事実や文言の細部について、急いで打ち合わせた。古市は毎日朝夕、記者会見をこなしているので、文言の使い方の提案は的確だった。例えば『島を封鎖』と言うと、政府が国民の自由を奪っているように聞こえるが、『隔離』と表現すれば、逆に政府が国民の安全を考えているように聞こえる。

五分間ほどで打ち合わせを済ませ、古市はテーブルを立つと、慌ただしくオペレーション・ルームを退出した。エレベーターで、官邸一階の記者会見室へ向かうのだ。定例会見の時刻が迫っていた。

「でも走られたようには、見えませんね」

横の席で、首席秘書官が中継映像を見ながら言う。

「いつもと同じです」

「うん」

常念寺もうなずく。

今、サブスクリーンの中継映像に映っている古市達郎は、廊下を走って来たようには見えない。呼吸も落ち着いている。

「あのお齢《とし》で、大したものだ」

「でも、政府から重大発表があるのに、古市長官は先に記者の質問を受け付けるのですか」

「それは、あの人の手だ」

常念寺は、スクリーンを顎で指す。

「格闘技でも、ベテラン選手は相手にまず攻めさせ、手の内を読むものだ。TVや新聞の連中が、事態について何か摑んでいたら、意気込んで訊いてくる。記者の質問の内容で、マスコミにどの程度知られているのか、読める」

●東京　永田町

総理官邸一階　記者会見室

「本日、ウラジオストック郊外で行なわれた日ロ首脳会談についてお尋ねします」

　立ち上がった大手通信社の記者が、壇上の古市へ質問する。

「会談で得られた成果について、聞かせてください」

「うむ」

　スキンヘッドの官房長官は、演台に置いたペーパーをちらと見て確認する。

「お答えします」

　途端に、体育館のような場内にまたカタカタカタッ、と潮騒《しおさい》のような響き。

　キーボードを叩く音だ。

　集まっている数十人の記者のうち、壇上の官房長官をじかに見ているのは、質問をしている記者のみだ。あとはほぼ全員が、卓上のノートPCにリアルタイムで長官の言動を〈テキスト起こし〉している。

「本日昼に行なわれました、常念寺総理とロシアのラスプーチン大統領の会談は」

　古市は会見場を見渡すようにして、答える。

「友好的な雰囲気の中で行なわれ、日ロ関係について一定の成果を得たというのが、政府の見解であります」

「一定の成果、と言われるのは」

通信社の記者が訊き返す。

「日ロ間で懸案《けんあん》となっている北方四島のわが国への返還についても、何らかの道筋がついた、という解釈でよろしいのでしょうか」

「それにつきましては」

●日本海上空
政府専用機　ミーティング・ルーム

『これまでに重ねられた会談により、常念寺総理とラスプーチン大統領の間には信頼関係が築かれており、両国間の懸案については、以前よりも確実に前進している、というのが政府の認識であります』

サブスクリーンでは、壇上で応える古市の姿がアップになっている。

古市の声に、カタカタというせわしない響きが混じる。数十台のノートPCのキーボードの音が、壇上のマイクにも拾われているのだ。

「ったく、うるさいなぁ」

常念寺はつぶやく。

今の時代、記者会見で、紙のメモにペンで記録するマスコミの記者は無い。ノートPC

の使えないぶら下がり取材では、マイクのようなボイスレコーダーが突きつけられる。

「君たち秘書官は、あんなことはやらないだろ」

「はい」

首席秘書官がうなずく。

「首脳会談の場で、横でカタカタやったりしたら、相手国の首脳に失礼ですからね」

首脳会談の内容については、会談直後に、両国の秘書官同士が手書きのメモを見せ合い、使われた文言や合意出来た内容について『すり合わせ』を行なう。両国とも、国内で発表するのは『すり合わせ』の出来た事項だけだ。

つまり日本政府が勝手に、相手の承諾なしに『ロシア大統領が島の返還を匂わせる発言をした』とか、憶測を言うことは出来ない。

すでに会談の内容については、ホテルからウラジオの空港へ向かう途中に、首席秘書官が車中からメールで官房長官あてに提出している（メールはロシア側に傍受《ぼうじゅ》されたかもしれないが、その文面は日本側がルール通りにやっていることを示すだけなので、構わない）。

『会談における具体的成果については』

スクリーンの古市が続ける。

『さらに総理自身から、わが国への帰途の機中、または羽田へ到着した後に国民の皆さんへ報告がされるでしょう』

（――よし）

とりあえず。

国民への最初の発表については、古市に任せておけば大丈夫だ――

「障子君」

常念寺はうなずくと、メインスクリーンへ視線を戻した。

官邸オペレーション・ルームと、この機内を繋いだ〈国家安全保障会議〉はまだ途中だ。

「それでは島の隔離の進行状況、島民へ投与するワクチンの在庫確保と輸送体制については、現状、どうなっている」

『はい総理』

スクリーンで障子有美が答える。

『すでに、国土交通省航空局において、隠岐空港へ向かう飛行計画は受付停止、すべて差し止める措置がなされています。もともと、民間航空の定期便は午前中に伊丹から一便、島根県の出雲から一便のみで、本日中はもう、飛ぶ予定の機はなさそうです。臨時に、何かの用事で民間機が島へ向かおうとしても、離陸の段階で差し止められるはずです。港湾についてもすべて閉鎖、フェリーの運航も停止です』

「うむ、ワクチンは」

『それにつきましては――』

女性危機管理監が、背後のテーブルの厚生労働大臣を目で示そうとした時。

ふいに

『長官、長官、長官っ』

素《す》っ頓狂《とんきよう》、とでも表現すればいいのか。

女の声がサブスクリーンから響き、常念寺の注意を奪った。

何だ……？

『長官、長官、質問、質問っ』

4

●日本海上空

政府専用機　ミーティング・ルーム

『長官、質問。質問ですっ』

女の声が、スクリーンの向こうの空間に響く。

通常、官邸の定例会見の場では、質問をする記者の声は早口ではあるが、感情を抑制した話し方であることが多い。

だが、この女の声は――『素っ頓狂』という表現が合う。

（むう）

注意を奪われた常念寺は、いまいましげに唇を噛む。

この声は。

また、あの記者か……。

場違いな甲高《かんだか》い声ではあったが。スクリーンの中で演壇に立つスキンヘッドの官房長官は「どうぞ」と指す。

『はい長官、首都新聞の芋生《いもう》ですっ』

●東京　永田町
総理官邸一階　記者会見室

「日ロ首脳会談に関連して、質問します」

記者席の中ほどから立ち上がったのは、髪を短くしたパンツスーツ姿の女性記者だ。三十代か。整った面立ちに、眼鏡をかけている。

「私が思うに、政府の発表は、いつも『進展している』『前進している』ばかりです。いったい、いつになったら、どの島とどの島が帰ってくるのでしょうか。具体的な政府の見込みを教えてください」

「それにつきましては」

壇上の古市は、声の調子を変えずに言う。

「両政府間で、両国の国民への情況の説明を、今後もすり合わせながら慎重に行なっていく予定であります」

「ちょっと待ってください、全然」

女性記者は、早口に続けた。

「そんなの全っ然、答えになっていません」

「政府として、正式にお答えできるのは、先ほどの記者の方の質問に対して答えた、その内容であります」

「官房長官、ではお聞きしますがっ」

芋生と名乗った新聞記者は、自分のテーブル付きチェアの卓上から、広げた週刊誌を摑み上げた。ばさっ、と両手で広げると演壇に向けて示した。

「見てください。この週刊誌によると、常念寺政権は『島が返って来る』『返って来る』と散々、嘘を言って国民に期待を持たせて騙《だま》し、支持率を実力以上にかさ上げすることで現行の平和憲法を改悪へ持って行き、日本を戦争のできる悪い国にしてやろうと企《たくら》んでいる。そういう陰謀を働いている、と報じられています。この報道について、政府の見解をお聞きしたい」

「そのようなことはありません」

「しかし長官、常念寺総理はですね、最近、インターネットTVにおいて『わが国の防衛費は今の倍の十兆円必要だ』とか、『わが国の武器をアジアやアフリカへたくさん売るべきだ』とか、危険な発言を繰り返しています。これは、平和憲法を改悪して、戦争のできる悪の軍事国家になろうとしている証拠ではないのですかっ」

「それについては、わが国周辺の安全保障環境を考えれば」古市は続けて答える。「防衛費の増額の話は、それは一つの見識と言うことができます。また、いま中国が主に発展途上国に対し、盛んに武器を販売している。このままではアジアや中近東、アフリカなどで中国製の武器がスタンダードになってしまい、中国の軍事的影響力が強くなる。中国に逆らおうとすると軍隊が運用できなくなるとか、そういう世界ができてしまう。これに対し、わが国も防衛装備品を輸出することによって、その流れをけん制することができる、というのもまた一つの見識であります」

「あ、あぁっ、何を⁉『武器を売る』だなんて」

女性記者は、大きく息を吸い込んだ。

「そんなこと言って、いいんですかっ。そんな発言が、許されると思っているんですかっ」

声を張り上げる女性記者の周囲で、他社の記者たちがキーボードを打ち続けている。話される語数が多いので、テキストに打つのが大変、という雰囲気だ。記者の誰も、卓上のPCから顔を上げようとしない。

「だいたい」

女性記者は、甲高い声を上げ続けた。

「だいたい総理は、なんでネットTVでこそこそ言うのよ。卑怯《ひきょう》じゃないですかっ」

「わが国には言論の自由があります」

古市達郎は、抑揚《よくよう》を変えずに淡々とした口調で答えた。

「政治家・為政者が、政策についてアイディアや見識を公に述べるのは、自由であります。また、常念寺総理は、どのようなマスコミの媒体の取材に対しても、同じ発言をしていると認識しています。発言した内容が、電波に乗るか、紙面に載るかは、各媒体の判断によっているのではないのでしょうか。ネットTVは、たまたま発言をそのまま流したものと思っております」

「そっ、それが問題なのよ」

女性記者は、手にした週刊誌をばさばさっ、と振った。

「いいですか、最近のそういう、無責任な、良識のない、いい加減なネットTVの放送のせいで、国民が騙され、まともで正しい平和を愛するマスコミである中央《ちゆうおう》新聞や同協通信が世論調査をしても、正確な、あるべき支持率が出ないのよっ」

●日本海上空

政府専用機　ミーティング・ルーム

『あぁ、情けないっ』

スクリーンの画面の手前側で、女性記者の後ろ姿が手にした週刊誌をばさっ、とテーブルへ叩きつける。

『いいですかっ、長官。最近では、心ある平和を愛する若者たちが国会前に大勢集まって、常念寺総理に対し「やめろ」「憲法を改悪するな」と声を上げている。平和のために毎日デモをしている。この国民の声を聞き届け、常念寺内閣は即刻、総辞職すべきではないのでしょうかっ』

「――――」

常念寺は息をついた。

「わが国には、言論の自由があるからなぁ」

「はい」

首席秘書官がうなずく。

「ああいう記者でも、報道パスがあったら官邸に入れちゃいますからね」

『国民の声は、選挙で聞きます』

スクリーンの演壇では、古市が続ける。

表情もほとんど、変わっていない。いつも通り――という雰囲気だ。

『客観的に、現在のわが党の議席の数が、常念寺総理をはじめとする与党に対する国民の評価と考えています。またここは質問をする場であり、記者が政治的主張を述べる場ではありません』

「その通りだ」

常念寺はうなずく。

スクリーンの古市は、大声でわめいた女性記者を気にする風もなく『ほかに質問のある方は』と聞く。

「よし」

古市の会見の受け答えは、いつものことだが危なげがない。

国民への最初の発表は、古市にこのまま任せ、〈国家安全保障会議〉を続けよう――

だがその時

『長官、お願いします』

待ちかねたような声と共に、記者席の後方から手が上がった。

古市が『どうぞ』と指すと、若い男性記者が立ち上がる。

『大八洲《おおやしま》TVの狩谷《かりや》です。緊急に質問します』

「――――？」

何だ。

通常とは、質問の仕方が違う。

普通ならば、記者は何々についてお聞きします、という常套句《じょうとうく》を使うが――

常念寺は、会見の中継を流すサブスクリーンにまた注目する。

『実は』若い記者は言う。『国内には、日常的に、航空機の運航状況を〈フライトレーダー〉というアプリを用いて眺《なが》めるのを趣味にしている人たちがおり、その人たちの間で今日の昼頃「日本海でヨーロッパからの貨物機が迷走している」という噂というか、一種の騒ぎになりました。また、日本海に浮かぶ隠岐島在住の人が「見たこともないような巨大な飛行機と、自衛隊の戦闘機が空港へ降りてきて無理やり止まった」という目撃談を、ツイッターで発信されました。これらの様子に気づいたわが関西の系列局が、早速、隠岐島へ向けて取材ヘリを飛ばそうとしたところ、ついさっきですが、離陸前に飛行許可を差し止められました』

「――――」

「――――」

『ヨーロッパからわが国へ飛行していた貨物機に、何らかの事態が起きたのでしょうか。また、隠岐島へ降りたのは、その貨物機だったのでしょうか。島で、いったい何が起きているのでしょうか。長官、系列局の取材ヘリの離陸を差し止めた、国土交通省の意図は何であったのでしょうか。長官、国民に対して、知っていることをお話しください』

「来たな」

「はい」

「やはり今の時代、国民に対して隠し事はできないよ」

『お答えします』

●東京　永田町

総理官邸一階　記者会見室

「お答えします」

古市は、再び演台に置いたペーパーに目をやると、読み上げるようにして答えた。

「今の質問ですが。これは、実はただ今より政府から国民の皆さんへお知らせしなければならない、まさにそのことに関連しております。申し上げます。本日の昼過ぎのことです。欧州ルクセンブルクから小松空港へ向かっていた貨物機の機内で、急病人が発生しました」

古市が『重要事項を間違わぬように』という感じで、メモを見つつ発表し始めると。

途端にまた、記者席全体からカタカタという音が湧《わ》き上がった。

「当該機は、ルクセンブルクに本拠を置くルクセン・カーゴ社の所属機で、便名は〇〇九便。ライナー・シュトレッカー機長以下、五名の乗員です。急病になったのは、貨物を取り扱うカーゴローダーという職種の乗員の中の一人です。当該機長は、この事態に、いったん日本海上へ出た機体をUターンさせてハバロフスクへ臨時着陸しようとした。急病人を病院へ収容させようとしましたが、当の病人がこれを拒否。所持品の中から拳銃を取り出すと、仲間の乗員の一人を人質に取り、このまま日本へ向かうように要求しました」

スキンヘッドの官房長官は、いったん言葉を区切ると、会見場を見渡した。

すごい勢いで、キーボードの音が響く。

記者たちが目の色を変えたように、打っている。〈テキスト起こし〉が追い付くのを待ってやるかのように、古市は一呼吸置いてから、続けた。

「機内では、この犯人の男と乗員の間で乱闘となり、機長は機を緊急着水させようとしますが、流れ弾に当たって重傷を負います。操縦を代わった副操縦士が、駆け付けた航空自衛隊機の誘導を受けて隠岐島へ緊急着陸。つい先ほど、警視庁機動隊および警視庁公安NBC対応班が現地に到着し、機体を確保。機内にて犯人の男がすでに死亡していることを確認いたしました」

猛烈な勢いで、キーボードを打つ音が響き続ける。

「か、官房長官」

ようやく、記者の一人が顔を上げ、質問した。

「中央新聞の紅城《あかぎ》です。国際線の貨物機の機内で乗員が急病となり、その乗員が銃で脅して、日本へ向かえと要求したと。これは機内でテロが起きた、ということでしょうか」

「そのような認識であります」

「犯人は、どのような病気だったのですか。また、なぜハバロフスクへ戻って臨時着陸するのでなく、日本へ向かえと」

「犯人が既に死亡しているため、正確な意図は分かりません。この犯人は、伝染病に冒《おか》され、発症していた模様です」

「病名は」

「NBC対応班が確認したところでは、天然痘《てんねんとう》であります」

●日本海上空
　政府専用機　ミーティング・ルーム

「堤厚労大臣」

常念寺は、会見の様子を横目で見ながら、メインスクリーンへ呼びかけた。

オペレーション・ルームのドーナツ型テーブルで、空席となった官房長官席の隣に着席している女性閣僚を、直接呼んだ。

「会議への出席、ご苦労です。早速だが隠岐島の島民へ投与するワクチンの確保について、どうなっているか。教えて欲しい」

『はい、総理』

　三十代後半の色白の女性閣僚は、スクリーン越しに常念寺を見返すと、答えた。

『生物兵器テロへの対応策として、千葉《ちば》県にあります国立感染症研究センターにおいて、現在、三十万人分の天然痘ワクチンを冷凍保存しています。自衛隊に搬送を協力して頂ければ、島民一万三千人の全員に対して、二十四時間以内に接種可能です』

「うむ」

常念寺は重ねて訊く。

「島民と、現地にいる警察官、自衛官など全員にワクチンを接種して、島自体を完全に隔離して消毒すれば、国民全体への感染は防げるのだね」

『その通りです、総理』

堤美和子はうなずく。

『ウイルスの潜伏期間を長めに考慮し、全島民へワクチンを投与してから最低でも十七日間、島を完全に封鎖する必要はあります。その間、第四級アンモニウム塩により島内全域を清掃します。それさえすれば封じ込められます。大丈夫です』

新人の女性閣僚は、場慣れはしていない様子だが、はっきりした口調だ。

メモも見ない（この程度の知識なら記憶している、という感じだ）。

さすがだ——

もともと、堤厚労大臣は、医薬業界に詳しいジャーナリストだ。

わが国がＴＰＰ（環太平洋パートナーシップ協定）を展開するのを機に、外国の保険会社や製薬会社が、わが国の健康保険制度や医薬品の市場を食い物にしようと狙っている

――このままでは、わが国の健康保険制度が、外国企業に乗っ取られるようにして壊滅してしまう、と警鐘を鳴らしていた。その記事を読んだ常念寺が『それならば君がリーダーになって防ぐんだ』と口説きおとし、さきの内閣改造の時に、民間出身閣僚として厚生労働大臣へ登用してしまった。

大臣になる順番を待っていた与党の厚生族議員たちは怒った。しかし、NSC情報班の門篤郎が、厚生族議員たちが普段から製薬会社や保険会社からどんなことをしてもらっているのか、全部調べて総理に報告書として提出すると、途端に全員、黙ってしまった。

「よし、分かった」

常念寺はうなずくと、今度は障子有美を呼んだ。

「危機管理監」

『はい』

「ただちに、いいか。厚生労働省と防衛省で連携、国立感染症研究センターの警備を固めると共にワクチンの緊急搬送にかかってくれ。公安NBC対応班だけでは、島民へのワクチン接種まで手が回らない、陸上自衛隊を防疫任務で出せ。警察と厚労省と自衛隊が島へ乗り込むから、放っておいたら指揮系統はぐちゃぐちゃになる。船頭は一人にする。君が全体の指揮をとれ」

『分かりました総理』

そこへ

『天然痘——!? きゃあっ』

素っ頓狂な悲鳴が、横のサブスクリーンから聞こえた。

●東京　永田町

総理官邸　一階　記者会見室

「天罰だわ」

女性記者が、記者席から叫んだ。

「常念寺政権が、平和憲法を改悪する陰謀を働いているから、きっと天罰が下ったんだわ」

「不規則発言は、おやめください」

甲高い声を、司会の秘書官がマイクで抑えた。

「ほかに質問の方は」

「はい。中央新聞の紅城です」

大手新聞社の記者が、続けて手を挙げた。

「長官。病原菌のことについて訊きます。この犯人が、天然痘にかかっていて、発症していたということですが。しかし天然痘という病気は、すでに二十世紀中に全世界から撲滅《ぼくめつ》され、もう地球上にウイルスは存在しない、といわれていたと思いますが。なぜ犯人は天然痘にかかっていたのですか」

「うむ」

古市がうなずく。

「分かる範囲で答えますが」

キーボードを叩く響きが、また高まる。それでも多くの視線が演壇へ集中した。

古市は、場内を見回して言う。

「天然痘ウイルスは、確かに二十世紀中に撲滅されて、自然界には存在しない、といわれております。しかしながら現在でも、いくつかの国の軍の施設に、サンプルの形で保存されているらしい。らしい、としか言えません。また犯人がなぜ感染していたのか。何を意図していたのかは、今後の警察の捜査を待つしかありません」

「大八洲ＴＶの狩谷です」

続いて、先ほど『緊急の質問』をしたＴＶ局の報道記者が手を挙げた。

「では現在の、島での防疫《ぼうえき》態勢はどうなっているのか。また、これが国民全体に伝染する、いわゆるパンデミックとなる危険はあるのかどうか、政府の見解をお聞かせください」

「うむ、防疫態勢だが」

古市は、演台に置いたペーパーの情報を読み取ってから答えた。

「現在、政府として、島全体を隔離し、国民全体へ感染が広がらぬよう万全の態勢を取りつつあります。島民の皆さんにはただちにワクチンを接種しますので、発症する心配はありません。しばらくは島の外との行き来が制限され、不便はおかけするが、政府としてできる限りのバックアップ態勢を敷きます。また、島外への伝播《でんぱ》は起きませんので、国民の皆さんはどうか、安心して頂きたい」

そこへ

「NHKの小杉《こすぎ》です」

最前列に着席している、公共放送の報道記者が手を挙げた。

「その犯人についてですが。どのような素性の人間なのですか」

「犯人についてですが」

古市はまた、手元のペーパーを読み取る。

キーボードの響きが、また高まる。

「犯人は、ルクセン・カーゴ社に最近中途採用された、三十代の中国籍の男性です。中国系の人材派遣会社からの紹介で、先月から試験採用されて――」

そこまで言いかけ、古市は怪訝《けげん》そうな表情で、目を上げた。

「――?」

会見場が、静まった……?

何が起きたのか。

それまで、嵐のように響いていたキーボードを打つ音がぱたり、と止《や》んだのだ。

いや。

一人だけ。

最初に事件について質問をした大八洲TVの記者の隣で、〈大八洲新聞〉という腕章を袖に巻いた記者が独り、カタカタとキーボードを打ち続けている。

一人だけ打ち続けているので、静まり返った場内に、かえって響く。

●石川 小松基地

航空自衛隊第六航空団・司令部

「あれ。どうしたんだ」

駐機場を見下ろす窓を背にして、デスクについていた橋本繁晴空将補が、眉をひそめた。

「中継が、切り替わってしまったぞ」

「変ですね」

デスクの横に立ち、一緒に応接セットのTVを見やっていた防衛部長の亘理《わたり》二佐も、首を傾げる。

NHKのBS放送が、官房長官の定例会見を生中継するというので、橋本空将補は執務をしながら団司令室のTVをつけていた。

ちょうど市谷からの知らせをもって報告に来た亘理二佐と共に、見ていたところだ。

「おかしいですね。急に中継が切れるなんて」

今日の昼頃、第六航空団の所属機——訓練中だった二機のF15が、臨時に総隊司令部の指揮下に入れられ、洋上で迷走していた国際線の貨物機に会合、監視と誘導を行なった。

その際、二番機の舞島茜三尉が、命令されていない行動をとって、隠岐島へ着陸してしまった。

そのため、第六航空団も忙しくなった。東京の市谷にある航空幕僚監部から『一番機が戻り次第、詳しい事実経過を聴取して報告するように』と指示された。

司令部では、燃料切れで帰投《きとう》してきた一番機の白矢英一三尉を会議室へ呼んで、つい先ほどまで報告を聞いていたところだ（空幕からは、初めは『二名は処分するかもしれないから、追って通知するのを待つように』と言われていた）。

白矢三尉の話では、貨物機はテロに遭っていたらしい。大変なことが起きている。

「天然痘テロなどと、重大なことが起きているのに」

亘理は「ちょっと失礼します」と断り、空将補の机上からリモコンを借りると、TVに向けて操作した。

番組表一覧を画面に出すと、ほかに定例会見を中継している民放がある。

亘理はその局を選択するが

「変だな。首都TVも、中継をやめているぞ」

●石川　小松基地

航空自衛隊第六航空団・司令部　一階　休憩室

「あれ、何だ」

「変だな」

ソファでTVを見ていた、休憩中の整備員たちが口々に「変だな」と声を上げた。

官房長官の定例会見を中継していたNHKの画面が、急に切り替わってしまった。

別のニュースの、中継映像に変わってしまったのだ。

「犯人が中国籍の男、とか言ったよな」

「確かに、そう言っていたみたいだが——画面が切れちゃったぞ」

「——」

白矢英一は、休憩室の後ろの壁に背を持たせかけ、独り立ったままその様子を見ていた。

TV放送の内容は、あまり頭に入ってこなかった。

ついさっき、司令部の会議室から放免され、出て来たばかりだ。

テロ犯に、制圧されかかっていたのか。あの機——

あの後。島の上空を旋回しながら、舞島茜がCCPへ無線で報告している内容を、白矢も聞いていた。

テロ犯は、舞島茜が機内へ入った時点で、すでに死亡していたらしい。

その〈犯人〉の様子について、舞島茜はできるだけ具体的に、客観的に説明をしていた。しかしその声は、白矢が感じた限りでは『あいつらしくなく、妙に興奮した』印象だ。

白矢は、自分も下へ降りて、手助けをすべきだろうか、と思った。

だがテロ犯も死亡しており、貨物機の救援には消防車が出動している。

上空から見下ろすと、空港の敷地の外から、赤い閃光灯を瞬《また》かせて救急車と、数台のパトカーがやって来る。自分が降りても、できることはなさそうだ――

そのうちに手持ちの燃料が『ビンゴ』になり、横田のCCPからも小松への帰投指示が出た。

（――あいつ）

白矢は、休憩室の窓を見やった。

薄曇りの空だ。

時間的に、今は飛行隊のパイロットたちは皆、午後の訓練フライトに出払っている。

飛行機もほとんど出払って、司令部前の駐機場は空になっていた。

舞島のやつ。

（帰って来られるのかな……）

情況を思い出すと、舞島茜の機体には、確かまだ八〇〇〇ポンド強の燃料が残っている。節約すれば、およそ二時間の巡航ができる。島で給油することなく、小松へ帰ろうと思えば、帰れるはずだが……。

窓の外を見ていると
「白矢」
呼ぶ声があった。

「白矢三尉」

呼ばれた声に、そちらを見ると。

髪を短く刈り込んだ、小柄なパイロットが休憩室の入口にいた。飛行服姿だ。

「ここだったか」

「あ、班長」

白矢は姿勢を正すと、敬礼した。

飛行服姿は、第一飛行班長の乾《いぬい》一尉だ。

三十代。白矢と舞島茜の直属上司だ。

「お帰りでしたか」

「フライトは途中で切り上げて、帰ってきた。大変だったな」

「は、はい」

「上空でも、無線が混んで、大変なことになっているぞ」

乾一尉は、顎で窓の外を指した。

「陸自のヘリが、たくさん飛んでいる。全国から美保基地へ集結しているみたいだ」

「そうですか」

「とりあえずは、ご苦労だった。俺はちょっとこれから、上へ行ってくる」

乾一尉は、右手の指で天井を指した。

「掛け合ってくるから、お前はここで待っていろ」

「う、上――って」

白矢は、目をしばたたかせた。

「まさか」

「そうだ、司令部だ」

乾はうなずいた。

「あっちで、聞いて来たが。お前たちを処分だと――？　そんなことは俺が許さん。現場のパイロットが、人命を最優先に、与えられた情況の中で考え抜いて行動したことを、後から地上の事務方が机の上に規定を開いて『ほら違反してる』とか、そういうのは我慢ならん」

「は、はぁ」

「もし何かされるにしても、最低限で済むようにする。ちょっと待っていろ」

だが

「その必要はない」

乾一尉の背後から、別の声がした。

「わざわざ上の階へ行く必要はないよ。乾班長」

5

●石川　小松基地

航空自衛隊第六航空団・司令部　一階　休憩室

「わざわざ行くことはない」

声が言った。

（――――？）

白矢が、声の主を振り向くと。

休憩室の入口に、もう一人、飛行服姿の幹部が立っている。

鋭い印象だ。

この人は——

「これは亘理二佐」

乾一尉が、向き直って敬礼する。

「ご苦労様です」

白矢も横でそろって、姿勢を正し敬礼した。

入口に立った人物は、防衛部長の亘理二佐だ。

ついさっき、白矢は上の階の会議室で、飛行任務の経過につき聴取を受けた。

白矢を室内の中央に立たせ、航空団の事務方の幹部たちがテーブルに並んで質問してきた。

そのテーブルの中に、一人だけ飛行服でこの人がいた。

「白矢三尉」

亘理二佐は歩み寄って来ると、白矢に向き合った。

乾同様、やや小柄なので上目遣いに、睨むような視線になる。

「いいか。たった今、市谷から通知してきた。お前たちの処分だが」

「はい」

「当然、無しだ」

「は」

「当たり前だ」

亘理は腕組みをすると、白矢と乾一尉を交互に見た。

「自衛隊幹部が、現場で考え抜いて行動したことを、後から事務方がマニュアルを引っ張り出してきてああだ、こうだと言う。俺は聞き飽きている」

「はい」

乾一尉がうなずいた。

「今回は、部長が上に掛け合ってくださったのですか」

「俺もだが、もちろん司令も言ってくださった。それでも規定をたてに、いろいろ言う人間はいてな。上に行くほど、そうなんだ。ところが今回は、そのさらに上の方から『現場パイロットの行動を支持する』と言ってきてくれたらしい。それでお咎《とが》めは無し、となった。白矢三尉」

「は、はい」

「結果的に、天然痘の脅威を隠岐島一島に封じ込めることができたのは、お前たちの功績《こうせき》だと思っている。よくやってくれた」

「はい」

「部長、白矢はすぐフライトに戻れるのですか」

「それがな」

亘理二佐は、東京とおぼしき方角を目で指した。

「官邸の方から、追加で何か訊きたい、と言ってくる可能性があるという」

「──官邸、ですか」

「NSCというやつだよ。国の危機管理をしているところだ。白矢、君も聞き覚えがあるだろ」

「はぁ」

NSC──

わが国の安全保障を担っている組織らしい。そのくらいの知識しかないが……。

「何か問い合わせがあった時に対応できるよう、白矢三尉は明日から別命あるまで、司令部待機とする。呼ばれたらすぐ対応できるところで、自習でも何でも、好きなことをしていていい」

「は、はい」

自習──

フライトには、戻れないわけか。

でも、少なくとも処分ではない。

自分と舞島茜が、あの時上空で、どうしようどうしようと考えながら、いわば夢中で行動した。そのことを、どこかの偉い人が認めてくれたわけか――

白矢は、目の前の防衛部長――航空団の実務上の責任者に対して、一礼した。

「ありがとうございます」

「本当は、すぐフライトの配置に戻したいんだ。アラートの手が足りない」

「アラートの、ですか」

乾が、白矢に代わって訊く。

「まさか、日本海ですか」

「そうだ――」

亘理がうなずいた時。

その声をかき消すように、急に窓の外から雷鳴のような轟《とどろ》きがして、休憩室の窓が震《ふる》えた。

●東京　横田基地
航空総隊司令部・中央指揮所（ＣＣＰ）

「築城、続いて小松からFを上げました」

北西セクター担当の管制官が、振り向いて報告した。

「両編隊ともアンノンへ指向します。およそ十五分後に会合」

「よし」

先任席で工藤はうなずく。

見上げると。正面スクリーンでは日本の山陰《さんいん》地方と、その沖の日本海が拡大されている。円形の隠岐島がぽつり、と浮かんでいる。その斜め左上には、覆いかぶさるような感じで、ぎざぎざの輪郭を持つ朝鮮半島のシルエットがある。

今、その朝鮮半島の海岸線から、ピンク色の小さな三角形が二つ、右下方向へ――ちょうど隠岐島へまっすぐ接近するコースでじりっ、じりと移動してくる。

「このアンノン二つ、さっきのと同様、韓国軍なのだろうが――」

「ええ」

横で、笹一尉がうなずく。

「しかし急に、連中の動きが活発になりましたね。わが国の防空識別圏へ入り込んでは、出ていくのを繰り返している。ついさっきから、これだ」

「――――」

工藤は、腕組みをしたままスクリーンを睨んだ。

気の休まる暇がない――

三時間ほど前。

ルクセン・カーゴ機が隠岐島へ降り、これで情況も一段落するか、と一度は安堵《あんど》したが。

甘かった。

その後、警察や、陸上自衛隊の部隊を輸送するために多数の輸送機、ヘリが日本海で活動を始めると、それに刺激されたかのように、対岸の朝鮮半島から飛来する飛行物体が増えた。

それら飛行物体は、動向からみて、韓国軍の航空機であることはおおむね明らかであったが。彼らはいちいち日本側へ飛行許可など求めないので、防空識別圏へ入り込まれる動きを見せられるたび、工藤は空自の各部隊へ〈対領空侵犯措置〉を発令せざるを得ない。

急にまた忙しくなった。

工藤たちだけではない。日本海に近い築城、小松の二基地では、次々にスクランブルがかかるため、アラート要員の補充として非番のパイロットを急きょ、呼び出したりしているらしい。

「あの連中には、偵察《ていさつ》衛星が無いからな」

「ええ。韓国軍には偵察に使える衛星がありませんから、上空から隠岐島を直接、見ることはできません。佐賀《さが》からは陸自のオスプレイまで支援に飛来しているんです。様子を知りたい、というのは分からないでもないですが」

そこへ

「様子を知りたい、どころではないみたいです」

情報席から、明比が言った。

「いま韓国のＴＶが、報じています。大統領府の声明です」

「大統領府？」

「そうです、先任」

明比はうなずくと、自分の席の画面を指した。

「見てください。韓国偉大ＴＶのサイトです。テロップは、こう読めます。『日本は、隠岐島へ天然痘《トクト》が持ち込まれたという発表を機に、これを口実に同島を軍事拠点化し、わが領土である独島への侵略を目論《もくろ》んでいる可能性がある。韓国政府は、この動きを厳重に監視する』」

「おい、ということは」

笹が、思わず、という感じで息をつく。

「今のこの動き、当分は続くということか?」

●東京　永田町
総理官邸地下　NSCオペレーション・ルーム

「危機管理監」

連絡調整担当のスタッフが、補助席に広げたノートPCから顔を上げ、振り向いて告げた。

「海保、防衛省、警察庁の各事務方とのTV会議、セット出来ました。五分後に始まります」

「了解」

障子有美は、補助席の列と壁際の通信席の間に立ったまま、うなずいた。

中央のドーナツ型テーブルでは、メインスクリーンに映った常念寺総理と閣僚たちの間で、まだ協議が続いている。

総理から現場の指揮を任された有美は、会議の進行役を外れ、すぐ各省庁との調整に入った。

各閣僚から、それぞれの配下の組織へ『危機管理監の指示に従え』と命じてさえもらえれば。

後は、自由にやれる。

「任務の分担の、割り振りは？」

「とりあえずこちらで、たたき台の案を作ります」

川端が言った。

「ＴＶ会議で揉んで、決まったらすぐ各組織に実行してもらいましょう」

「分かった、助かる」

「管理監」

別のスタッフが、情報通信席から告げた。

応援のスタッフをさらに呼んで、今、壁際の通信席には今、三名を張り付けている。

「千葉県の感染症研究センターへ、陸自のＣＨ47が到着。ただちにワクチンを積み、木更《きさら》津《づ》飛行場へ向かいます。空自のＣ２に載せ替えて美保基地へ移送、美保から島へはまた陸自のヘリです」

「分かった、了解」

「管理監、シュトレッカー機長ですが」

　また別のスタッフが、通信席から振り向いて告げた。

「島根県警から発表があり、島の病院のＩＣＵに収容されています。医師の所見では、助かるそうです」

「そう。よかった」

　有美はうなずく。

「彼は、わが国の恩人だわ。助かってもらわないと」

　そうだ。

　有美は思った。

　ＣＣＰの工藤の話では。〇〇九便のライナー・シュトレッカー機長は、元ドイツ空軍の中佐で、輸送飛行隊の隊長だったという。要人輸送の任についていたので、当然、テロには詳しい。

〈犯人〉の様子を見て、おそらく彼は『天然痘だ』と気づいたのだ。〈犯人〉の要求には従わず、機を着水させようとした。

　貨物機を日本海に着水させていれば。結果的に、救出した彼と副操縦士の二名、そして救難に当たったヘリの隊員だけを隔離すれば、ことは収まった。こんな大騒ぎにはなっていない。

シュトレッカー機長は、わが国を救おうとしてくれた。

操縦を引き継いだ副操縦士が、事情がよく分からず、島へ降りてしまったのは次善の策だが。それでも防疫態勢の整っていない本土の空港へ降りられるよりは、ずっといい――

（――ずっといいけど）

これから、島民全員へワクチンを投与しなくてはならない。一万三千人が十七日間、生活するための物資も、自衛隊が空輸しなくてはならなくなるだろう。それも、一度でも島へ足をつけた者は原則、ワクチンを投与した上で半月以上は足止めとなり、帰って来られないから、物資輸送はすべて〈物量投下〉になる。空港の敷地か、学校のグラウンドなどを集積地として指定し、ヘリは着陸せず、吊り下げた荷を下ろす。

「そういえば」

有美はつぶやいた。

「島の航空管制は、どうなっている」

これからは絶え間なく、支援のためのヘリ、いやヘリだけでなく、陸自は佐賀からオスプレイまで出している。自衛隊、警察、海保と所属の異なる多数の航空機が島へ群がってくる。

遠隔カメラで滑走路の様子しか見られない伊丹空港の管制官が、飛来する多数の機を仕切れるのか……？

「それでしたら管理監」

連絡を担当するスタッフの一人が、通信席から言った。

「もう、隠岐空港では、臨時の管制業務が行なわれています」

「そう」

有美はうなずいた。

「それならいいけれど。どこがやっているの。警察?」

「いえ、それが」

スタッフは、耳に付けたヘッドセットの音声を確かめるようにして、答えた。

「どうも、あの子みたいです」

「――あの子?」

「お聞きください」

スタッフはヘッドセットを差し出した。

「国交省の回線から引っ張ってきた、現地の交信チャンネルです」

「え」

差し出されたヘッドセットのイヤフォンを、有美は立ったまま耳につける。

途端に
『――こちらは隠岐島タワー』

アルトの声が、耳に飛び込んできた。

『進入を希望する機は、ポジションとコールサインを申告してください』

●隠岐空港
管制塔　管制室

「繰り返します」

パノラミック・ウインドーに、西日が射し込んでいる。

髪を後ろで結んだ舞島茜は、飛行服姿で管制室の中央に立ち、マイクを握っていた。

「こちらは隠岐島タワー。進入は順番です。物量投下を希望する機は、ポジションとコールサインを申告」

すると
『こちらヘラクレス・ゼロセブン』

太い男の声が、天井スピーカーで響いた。

『ナウ、スリーマイルズ・サウス・オブ・アイランド。物量投下を希望する』

「了解」

乗り出すようにして見やると。

水平線の上に、機影がある。『三マイル南』の位置を通報してきたのは、迷彩塗装のCH47大型ヘリコプターだ。南方から接近してくる。

「ヘラクレス・ゼロセブン、こちらも視認しました。先行するオスプレイが見えますか」

『見える。インサイト』

「了解。そのシーガル・ゼロワンに続き、トラフィック・パターンへ。ランウェイ26のダウンウインド・レグでホールドしてください」

『ラジャー』


見晴らしの良い管制室は、空港で一番高い場所だ。

視界は三六〇度。

東、南、西と、見渡す限りの海が広がり、茜が背にする北方は切り立った山だ。

南方の水平線からは次々、黒っぽい機影が列をなして近づいてくる。

三十分ほど前から、茜は独り、ここへ上ってきて自主的に無線のマイクを取っていた。

警察の機動隊とSAT、NBC対応班などを乗せて来た陸自のCH47を皮切りに、様々な型式の大型ヘリは自衛隊・警察・海保の区別なく、ひっきりなしに飛来した。

それらは物量や人員をホヴァリングしたままで降ろしていくのだが、勝手にやらせていると、互いにぶつかりそうだ。駐機場から見上げていても、危なそうで仕方がない。

この島には管制官がいない。

空の交通を仕切る者がいない――

しかし、自分なら。茜は思った。パイロットである自分なら交通整理ができる。

早速、協力をさせてもらおうと空港の管理責任者を捜《さが》した。だが空港長は警察との協議で忙しいらしい。つかまらない。

ええい、放っては置けない。

茜は消防隊の梶に頼み、管制塔の入口の鍵を開けてもらい、配電盤を操作して、無線のシステムを立ち上げた。階段を駆け上がって無人の管制室へ入ると、見晴らしの良い窓に向かって無線のマイクを握った。

それが三十分前。

「シーガル・ゼロワン」

トラフィック・パターン上で、旋回しながら待機していたオスプレイに、茜は空港敷地上空への進入を指示した。

「お待たせしました。フィールドへ進入してください。物量投下ポイントはランウェイ26の北側オープンスペースです。地上要員のマーシャリングに従って、ホヴァリングしてください」

『シーガル・ゼロワン、了解した』

今のところ、茜の交通整理に従って、飛来機による物量投下は整然と行なわれている。

大型ヘリやオスプレイは、滑走路脇の草地で待ち受ける陸自隊員たちの真上でホヴァリングすると、吊り下げた貨物を降ろし、ワイヤーをリリースすると速やかに飛び去る。

茜の足下——管制塔の真下には、中型旅客機が三機同時に停まれる駐機場がある。すでにそのスペースは、物量の集積場と化している。

茜は、滑走路上に停止したままの自分のイーグルを、駐機場へ移動させようかと考えたのだが。もしもF15をパーキングさせたら、貨物の集積スペースをその分、食ってしまう。仕方なく、機体はそのままにしている。

『隠岐島タワー、こちらはデビル・ファイブゼロゼロ』

また別の声が、天井スピーカーに入った。

女性の声だ。

『岐阜から来ました。F35Bです。島の精密3D画像を撮影するため、直上をフライ・パスしたい。許可してください』

「了解、デビル・ファイブゼロゼロ」

茜はマイクを握ったまま、水平線を見やる。

黒い機影が、ぐんぐん近づいてくる。

あれは。

F35って言った……？

黒い、ヘリに比べると華奢に見える小さなシルエットは、確かに最新鋭戦闘機の正面形だ。

（……本当だ）

でも、F35B……？

F35のB型は、海自向けだ。確か、まだ部隊配備はされず、空自の飛行開発実験団で運用試験が行なわれているはず。

島の画像を撮る、と言ったか。

そうか。合成開口レーダー――

「デビル・ファイブゼロゼロ、こちらも視認しました」茜は黒い機影を見ながら、マイクに告げた。「一五〇〇フィート以下には、ヘリがいます。一五〇〇以上を保ってフライ・パスしてください」

『了解』

●東京　永田町

総理官邸地下　NSCオペレーション・ルーム

「これ、許可は出ているの？」

ヘッドセットのイヤフォンを片耳に当てたまま、有美は訊いた。

無線では、てきぱきと交通整理をする声が、よどみなく続いている。

「あの子に、空港の管制をやらせる――って」

「いいえ」

スタッフは肩をすくめる。

「もしも、空港の管制業務を航空自衛隊の幹部に委託するなら。まず国交省から防衛省へ、省庁間協力の要請が必要なはずです。少なくとも三つくらいのハンコが要《い》ります。管制官でないパイロットに管制業務をさせるなら、さらに航空局長による特別許可も必要なはずですが、それらの手続きが行なわれた形跡は全く」

「――ったく」

有美は息をついた。

「仕方ない。すぐ追認して、許可してやって。各組織へただちに手を回して」

「はい」

あの子は。

有美は腕組みをして、唇を噛《か》んだ。

舞島茜。

ひかるの姉か……。

（有能なパイロットなんだろうけど――）

しかし何でも自分で判断して、勝手に行動する。

妹のひかるの行動力を見れば、姉の茜もそうなのだろう、と想像はできる。いや、妹以上かもしれない。

今のところは、舞島茜の行動は、わが国と国民のためになっている。

しかし勝手に積極的に行動する、この資質……。下手をすると、あの子は軍隊組織に一番いてはいけないといわれる『勤勉な愚《おろ》か者』になる危険性がある。

「――注意して、見ていないと」

つぶやきかけた時。

有美の内ポケットで携帯が振動した。

（――？）

取り出すと、画面の発信者は門篤郎だ。

『忙しいところを、手伝えなくて済まない』

通話を繋ぐなり、門篤郎の声は言った。

『こっちも取り込み中でね』

「何とか、やっているわ」

有美はオペレーション・ルームの内部を見回しながら、うなずいた。

「さっきはありがと。門君の『公安ＮＢＣ対応班を出せ』っていうアドバイス、助かった。おかげで島の封鎖は順調に進んでいる」

『そうか』

門の声は、うなずいた。

『こっちも、実は同じくらい重大なことがあって、手が離せなかった。あんたへも、急ぎ知らせておこうと思ってね』

「え」

『例の中国の女スパイだ』

門の声は早口に告げた。

『取り調べ中の、あの女工作員だ。しゃべり始めた。とんでもないことが判明した』

「――――?」

有美は、携帯を耳に付けたまま眉をひそめた。

今、門は何と言った。

とんでもないこと――？

6

●東京　霞が関
警察庁　地下特別取調室

「そっちの情況は、摑んでいる」

門篤郎は、耳に付けた携帯へ告げた。

同時に横目で、はめ殺しの『窓』を見やる。

もう三時間余り、この地下の取調室にいる。

向こう側からは鏡にしか見えない。横長のはめ殺し窓からは、一メートルほど低くされた聴取ルームの空間が見下ろせる。

白い服の女が、こちらを向いて座っている。

「あの女だが――アメリカへ安全に送ってやること、当面は食うに困らない援助をしてやるということを約束したら、ぺらぺらしゃべり始めた」

『とんでもないことって？』

障子有美の声が訊く。

その声の、通話のバックグラウンドが騒がしい。

ざわざわと、大勢が動く気配——官邸地下のオペレーション・ルームが、フル稼働しているらしい。

「いいか、管理監」門は続けた。「二つあるぞ。まず一つ目、供述によると、あの女は一週間前に〈予防注射〉を受けさせられている」

『——』

通話の向こうで、有美が息を呑む。

門は、その息づかいを確かめながら、さらに続けた。

「あの女だけじゃない、あの女の知る範囲だが。現在、国内でハニー・トラップの工作に従事している女工作員は、先週末までに全員、奴らの〈組織〉に呼ばれて何らかの予防接種を受けたらしい。工作員たちには、何のための予防接種なのかは知らされていない。ここ数週間の行動をすべて供述させる過程で、分かった」

『——門君』

「そういうことだ」

門はうなずく。

「国内で行動中の、中国共産党支配下の工作員たちが、あの女の知る範囲では全員、近々に何らかの予防接種を受けさせられている。それが一つ」

●東京　永田町

総理官邸地下　ＮＳＣオペレーション・ルーム

「どういうこと」

有美は訊き返す。

どういうことだ。

頭が、混乱しそうだ――

わが国で官僚や政治家にハニー・トラップを仕掛け、陥《おとしい》れている中国の女工作員たちが、先週までに〈予防注射〉を済ませている……？

何のための予防接種なのかは知らされず、おそらくは〈組織〉のアジトに一人ずつ呼ばれ、注射を受けさせられたのか。

工作員の女は、最近の日常活動をすべて言うように求められ、そういえば最近、〈組織〉に呼ばれて注射をされた、と事務的に供述したのかもしれない。

工作員同士に、どのくらいの横のつながりがあるのかは不明だが。

その女の知る範囲では、全員が注射をされたという。

『連中には、使命感とか、愛国心とかは無い』

門は続けた。

『〇〇九便を制圧しようとしたそのテロ犯が、「日本へ向かえ」と強要したのは。奴の〈任務〉を全うするためというより、おそらく小松かどこかで待ち受けている仲間の工作員に、ワクチンを投与してもらうためだったのだろう。貨物便は、すでに八時間もスケジュールから遅れていた。本当ならば、小松で荷を下ろし、積み荷のワインがトラックに載せ替えられ、東京・名古屋・関西の三大都市圏へ配送され終わるまでの間、発症しないはずだった。奴は、国内配送業者へウイルスをうつしたら、自分は発症前にワクチンを打って、何事もなくヨーロッパへ戻る』

「――――」

『そういう段取りだった。もしも〇〇九便が遅れてくれなかったら、今頃は』

絶句している有美に
『もう一つ』
門は続けた。
『重要な供述内容は、もう一つある。こっちは、もっと重大かもしれん』

●日本海上空
政府専用機　ミーティング・ルーム

「では皆さん、よろしく頼む」

常念寺はスクリーンに向け、一礼した。

スクリーンの向こうでも、ドーナツ型テーブルに陣取った閣僚たちが、一様に会釈して応える。

「それでは、本日一回目の〈国家安全保障会議〉を閉会します」

首席秘書官が、常念寺の横から、引き取るように告げた。

「各省庁の連携を、お願いいたします」


「やれやれ」

メインスクリーンが切れると、常念寺は息をついた。

「あとは、ひとまず現場に任せよう」

現在の情況を把握したうえで、各閣僚へ、必要な措置を取るように指示をした。

これで、内閣総理大臣が〈国家安全保障会議〉において当面するべきことは、した。あとは、各組織が危機管理監の指揮の下で円滑に動いてくれればいい——

一方、国民への事態の説明は、官房長官が先だって行なってくれたが。国政の最高責任者である自分からも、続けて呼びかけをすべきだろう。国民に正確な事実を伝えるのだ。

次は、機内での報道陣への記者会見だ。

「後ろの連中も、古市さんの会見は見ていただろうな」

「はい」

首席秘書官はうなずく。

「官房長官の定例会見は、ネットで中継されていますからね。後ろの客席でも、ＰＣなどで視聴出来たはずです」

「この後、出来るだけ間を置かずに機内会見をした方がいいな」

「はい」

「北方領土問題の交渉と、天然痘テロの事案――」

常念寺は息をつき、テーブルの上にノートを広げると、愛用のエマルジョン・ボールペンで殴り書きを始めた。

考えを整理するには、手で文字を書くのが一番いい、と常念寺は思っている。

二島の返還については、ラスプーチン大統領から好感触を得てはいる。しかしまだ、可能性は五分五分だ、先走って憶測を述べたりすれば、ロシア国内で反発を呼び起こす可能性がある。それでは逆効果だ。

天然痘については、テロが仕掛けられた可能性は濃いが――

「どう説明するかな。質問もされるだろうし――きつい会見になるなぁ」

「天然痘は、まだテロと決まったわけではありません」

「そうだな」

書きながら、四十代の総理大臣はうなずく。

「憶測で、総理大臣が国民へものを言うわけにはいかん――しかしなぁ、テロ犯が死亡してしまって、供述もないし、これでは実際に何が起きたのか、分かりようがない」

「テロならば、いずれ、それを起こした〈組織〉が犯行声明を出すのではないのですか」

常念寺は「ふうむ」と息をついた。

そうか。

犯行声明……。

でも、そんなものが、どこかから出されるのだろうか。

テロならば、あるかもしれない。

しかしこれが、どこかの国から仕掛けられた本気の〈戦争〉だとしたら――？

（いや）

考えたくはないが――

わが国への侵略は、すでに水面下で、様々な形をとってじわじわ進められている。着々と進んでいる。

これも、その攻撃の一つなのか。

次々に、わが国は攻《せ》められるのか。

それらを防ぐためには——

「総理」

考え込む常念寺に、首席秘書官が言った。

「すみません。実は」

「ちょっと、お耳に入れておこうと思いまして」

「何だ」

「何だね」

「はい。実は」三十代の首席秘書官は、目を伏せるようにして続けた。「私の学校時代の恩師から、様子を知らせるように頼まれているのです。今回のロシアとの交渉についてです。情報を漏《も》らせとか、あからさまには言われませんが」

「——そうか」

常念寺は、首席秘書官を見返す。

数か月前に、任用した男だ。

前任者が政府専用機の機内でテロを起こすという、前代未聞の不祥事が起きてから。後任の首席秘書官は、NSCの門篤郎に依頼し、素性の確かな官僚を選任した。いや、あの前任者の男だって『身体検査』は済ませていたはずなのだが……。門が「この男なら大丈夫です」と、財務省の中でもあまり出世コースではないところから、若手の官僚を引っ張ってきた。それでも東大法学部卒だ。

「乾君は、東大だったな」

「はい」

首席秘書官は、常念寺と二人だけの室内であったが、声を低めるようにした。

「実は、総理につくようになってからです。昔のゼミの教授とか、これまでは声をかけてくれなかった省内の先輩たちから『今度飲みに行かないか』と声がかかるようになりまして」

「――――」

「ちょっと、気味がよくないです」

「そうか」

常念寺はペンを置き、唇を結んだ。

「こういう説があるんだ。知っているか」

「は？」

「『東大と財務省を押さえれば、日本は占領できる』」

「占領……？」

「そうだ」常念寺はうなずく。「いいか。例えば、東大の教授に金銭を渡したりハニー・トラップに陥れたり、訪中させて大歓迎したりして持ち上げ、中国共産党の影響下に置く。さらにその教授が教えている優秀な学生も同様に影響下に置き、財務省へどんどん入省させる。そういうことを三十年も四十年も五十年も続ける。そうしたら、しまいにわが国はどうなる？」

「…………」

「東大をはじめとする学閥に、軍事に関連する研究をさせずやらせず、財務省が経済成長を止めてしまえば。やがてわが国は国力が弱体化し、相対的に弱小国になっていく。あと半世紀もすれば、中国の属国になるしかなくなる。いや、半世紀もかからないかもしれない」

「…………」

「東大を、こっそり押さえるだけでそれが出来るんだ。ここ二十年で、世界で経済成長を全くしていないのはわが国だけだ」

「…………」

「俺は」常念寺は自分を指した。「知っての通り、経済が専門だ。前の主権在民党政権が壊滅《かいめつ》寸前に追い込んだ日本経済を復活させようと、就任当初から経済政策を次々に打った」

「はい」

首席秘書官はうなずく。

「総理のデフレからの脱却政策は、よいと思って見ておりました」

「だが、その効果が見え出した瞬間だ。財務省の圧力で消費税を上げさせられ、デフレ脱却は潰されてしまった」

常念寺は手の中のボールペンを握りしめた。

「前の主民党政権が、約束していたことだったとはいえ――あれは不覚だった。しかも財務省は、消費税は今のままでは全然足りない、もっと上げろもっと上げろと大キャンペーンを張っている。君の、先輩たちだ」

「…………」

「GDPの七割を内需が占めるわが国で、消費に対する罰金ともいえる消費税を国民に課すことは、自殺行為だ。経済に明るい者ならば誰でも分かるような真理を無視して、財務省はここ三十年間、消費税を課してかつ上げることに邁進《まいしん》してきた。いったい、何者が操っているのか」

「…………」

「俺は」

常念寺は唇を結んだ。

「わが国を、見えない侵略から護るためには、憲法を変えなくては駄目だと思っている。『日本の周りは平和を愛するいい国ばかりですから、何をされても逆らいません』という今の憲法では、わが国はスパイ天国になるばかりだ。諜報活動をする外国の工作員を、警察が逮捕出来ない。国境の島を不法に占拠されたり、領海に侵入されたりしても何も手が出せない。このままでは——」

「…………」

「大きく変えるつもりはない。憲法九条は、実はそのままでも構わない。ただ一文、『前項の規定は自衛権の発動を妨《さまた》げない』と、九条の末尾に付け加えるだけでいい。それだけで全然、違ってくる。だが、わずかでも憲法を変えるためには、まず政権が盤石《ばんじゃく》で、国民の強い支持が得られていなくては。それでなくては変えられない。そのためには経済がよくならなくては」

「総理」

首席秘書官は常念寺を見返した。

「僕も、まだ勉強中の身ですが。あの前回の消費増税の悪影響を打ち消すには、一番いいのは消費税を元へ戻すことだとは思いますが」

「うむ」

「それが難しいのであれば、ここは経済を浮揚《ふよう》させるため、大規模な財政出動と、大胆な金融緩和をすべきだと思います」

「その通りだ」

常念寺はうなずいた。

財務官僚は、実はほとんどが東大法学部の出身者だ。財務省には、経済学部出身の官僚はほとんどいない。

法律を専攻した者ばかりなのだ。国の財政を支配する最強官庁が、実は、経済については素人の集団だ。

首席秘書官が『勉強中の身』と素直に言ったのは、そういうことだ。常念寺について仕事をして、ひょっとしたら初めて経済のことが分かり始めたのかもしれない。

「いいか。俺は帰国したら、早速、財政出動に取り組むつもりだ。一方の金融緩和は、日銀の専権事項だから、政権が直接にコントロールは出来ない。しかし中国のハニー・トラップにやられていた赤川総裁は退陣させた。後任には、俺が認める有能な人材に、ついてもらおうと思っている」

「それは槇《まき》さんですか、ひょっとして」

首席秘書官は顔を上げ、ヨーロッパとおぼしき方向をちら、と見た。

「噂の、現スイス大使の槇六朗《ろくろう》氏ですか。この人がもし日銀総裁についたら、ものすごい金融緩和をやるだろう、という記事を読んだことがあります」

「その通りだ。乾君」

常念寺も、後にしてきたシベリア大陸の方を、ちらと見やった。

「以前から、目をつけていた人材だ。しかし彼を国内に置いておいたら、財務省から何をされるか分からないから、俺がスイス大使に任命し、時機が来るまで外にいてもらった」

「なるほど」

「早速、戻って来てもらうことにした」

そこへ
「失礼いたします」

ミーティング・ルームの扉がノックされて開き、次席秘書官が顔を覗かせた。

「失礼いたします総理。機内での、報道陣との会見なのですが」

「おう」

常念寺はうなずいた。

「待たせはせん。早速やろう」

「いえ、それが」

若い次席秘書官は、戸惑《とまど》ったような表情をする。

今まで、〈国家安全保障会議〉の進行する間、後部客室での応対を任せていた。

随行の報道陣からは、「総理の会見はまだか」と催促され続けていたのではないのか。

だが。

常念寺が「すぐやる」と答えると、次席秘書官は戸惑った顔をする。

何だろう。

「どうしたんだ」

「いえ、それがですね」

次席秘書官は、頭を掻《か》いた。

「やらなくていい、と」

「何？」

常念寺の横で、首席秘書官も怪訝な表情をする。

「佐々木《ささき》、どういうことだ」

「いえそれが。先ほど官房長官の定例会見がネットで流される前までは、矢の催促だったのですが。それがついさっきから、別に総理の会見は、開かなくてもいい、と」

「報道陣から『会見はしなくていい』とか、聞いたこともない」

「そうだ。次席秘書官」

常念寺も言った。

「私は総理として、国民へ事実を伝えなければいけない。報道の諸君が、私の話を聞きたくないとでも言うのか?」

「いえ。正確には」次席秘書官は頭を振る。「ええと、NHKと同協通信、中央新聞、TV中央、首都新聞、首都TVが『会見は特に開いてもらわなくていいです』と言っています。一方で、大八洲新聞と大八洲TVだけが、会見を開いてほしいといっているのですが。どうしましょう」

7

●フランス　パリ
シャルルドゴール空港　ターミナル2E

九時間後。

「お疲れ様」

入国審査を通過して、エスカレーターを降りると、そこがターミナル到着階の手荷物引き取り場だった。

天井の高い、ホールのような空間には、到着した便ごとに乗客のチェックイン・バゲージを返却するターンテーブルが動いている。

すでに、舞島ひかるの乗務したフライト――Jウイング四五便から降機した乗客は大部分、手荷物を引き取り終わっていて、長大なターンテーブルには『CREW』という水色のタグの付いた乗務員のスーツケースだけが残って、廻っていた。

「舞島さん」

ひかるが、自分のキャスター付きスーツケースをターンテーブルから取り上げていると、同じ制服を着た客室乗務員の一人が、声をかけてきた。

「あ、上砂子《かみさご》チーフ」

ひかるはスーツケースを足下に置くと、思わず敬礼しかけて、やめた。

代わりに背筋を伸ばし、会釈した。

「お疲れ様です」

「舞島さん、ありがとうね」

制服は同じだったが。

声をかけて来た上砂子智美《ともみ》という三十代の乗務員は、ジャケットの胸に付けた金色の翼のバッジに、赤い線が入っている。Jウイングでは、それがチーフパーサーのしるしだ。

ほとんど同じ背丈の上砂子チーフは、ひかるに向き合うと、微笑した。

「あなたには、助けてもらったわ」

「いえ」


羽田から飛び立って、十時間あまり。

舞島ひかるの〈民間研修〉のフライトは、その片道が済んだところだ。

政府専用機を運用する特別輸送隊では、新人の客室乗員は皆、この〈研修〉をさせられる。一定期間、民間航空会社の旅客便に乗務して、旅客サービスや保安業務の実際について経験を得るのが目的だ。

本来なら、指定された期間のすべてを民間エアラインの便で飛ぶはずだが。

ひかるの場合は、ＮＳＣの工作員養成訓練と、最初の任務にほとんどの日数が費やされ、今回のパリ往復乗務が唯一の研修フライトになった。

それでも、一度は乗れたのだから、いいか――

そんなふうに思っていたところだ。

フライト中はビジネスクラスに配置され、実際にJウイングのレギュラーの乗務員と一緒に機内サービスにあたって、学んだ。

出来るだけ、足を引っ張らないように頑張ったつもりだったが。

十三週間にわたって、工作の基礎や、格闘の訓練ばかりしていたので、旅客機の機内サービス業務は久しぶりだった。

正直、ついていくのがやっと、という感じだった。

しかし。航行中、後部キャビンでちょっとした〈騒動〉が起きた。

ひかるがクルーの皆に頼りにされ、役に立てたと感じられたのは、その時だけだった。

「わたしは、別に」

でも。

ひかるが実際に、何かをしたわけではなかった。

「ううん」

上砂子チーフは頭を振った。

「後部キャビンのみんなが、助かっていたわ。あなたのおかげで、無事に収まったって」

「わたしは、何もしていませんよ?」

「そうかしら」

羽田発パリ行きの、Jウイング四五便の機内で、航行中に起きた〈騒動〉。

ひかるは思い出す。

それは離陸してから、二時間ほどしてからのことだ。

パリ行きの機材は、白地に青いストライプを入れたボーイング747-8——政府専用機よりも新しい、シリーズ最新のジャンボ機だった。

研修の乗務機種が、政府専用機と同じシリーズであることは一種の救いだった。少なくとも、機内の配置や、勝手は分かる。

客室では食事のサービスが進んで、ビジネスクラスではメインコースのトレーを出し始める、ちょうどそのタイミングだった。

「舞島さん」

ひかるがサービスエプロンをつけ、ヒートアップした食材をトレーにセットしようとしていると、ギャレーのカーテンを跳ね上げるようにして一人の乗務員が駆け込んで来た。

「舞島さん、あなた、自衛隊よね」

「――は？」

最初は、何が起きているのか分からなかった。

でも、駆け込んできた先輩乗務員の呼吸を見て、何か『怖いこと』でも起きたのか――

そう察した。

訓練のせいか。

人と向き合うと、自然に相手の呼吸を読むようになっていた。

「舞島さん、護身術とか、できる？」

「護身術ですか」

何か、乗客に関するトラブルだろうか。

これがテロのような事件の発生であれば。担当の乗務員は、ただちにコクピットの機長へインターフォンで通報をし、必要な措置が取られる。

民間航空でも、そのような保安措置がマニュアルで定められていることは、知っている。

そこまでのことではない。犯罪に類《るい》するようなことではなく、でも「護身術はできるか」とひかるに訊いて来た。

ということは――

「わたしに、できることなら」
「助かるわ。ちょっとお願い」

ギャレーを出て、通路を後方へ。後部キャビンに通じるカーテンをくぐると。
すぐに異変は、耳で感じ取れた。
くぐもったような、重々しい唸《うな》り——
(何だろう)
唸っている。
いや、これは唸りというか、喚き声か。
エコノミークラスの客席の最後方から、機内の空気を伝わってくる。
何者かが、太い声で喚いている……？
それも日本語ではない——
「あ、舞島さん」
若い、ひかると同い年だろう、新人の乗務員の子が、振り向いて呼んだ。
エコノミークラスには、新人の乗務員が多くあてられるらしい。
その子と、もう一人の新人乗務員が、通路に立っていた。
もう一人は、こちらに背中を向け、最後列の客席の乗客に対して、何か話しかけている。「おやめください」という声が、震えている。

「舞島さん、あそこ」

「どうし――」

訊き返す前に、がちゃんっ、と何かが放り出されて砕けるような音がした。「きゃあっ」と新人乗務員の子が悲鳴を上げ、後ずさる。

追い打ちをかけるように、喚き声が響く。それも単独ではない。

何だ、これは――

まるで雄牛の群れが興奮しているかのようだ。

「どうしたんです」

「原因は、機内食のトレーよ」

「え」

「後列は、韓国のサッカーチームの団体のお客様なんだけれど、お酒を散々召し上がった後で、食事を出したら急に怒り出されて」

「え？」

「機内食のトレーの蓋が、旭日旗《きょくじつき》の模様だって」

「え？」

「団体の中の一人の方が、そう言われ始めて。そうしたら周りの全員で『旭日旗なんか使っていいと思ってるのか』『謝罪しろ、賠償しろ』って叫び始められて、手が――」

手が付けられない、と言いかけた新人乗務員の子の頭を目がけ、何かが飛んできた。

ひかるは左手を出し、その子の側頭部に当たる前に、手の甲ではじき返した。

ぱしっ、と手ごたえがあり、通路の床へ軽い金属片のようなものがくるくる回転して、おちていく。

それは機内食の主菜のトレーについている、アルミ合金の蓋だった。目の端で確かめると、表面には放射状の模様がついていて、それが『旭日旗』に見えなくもない――

うがぉっ

雄牛の吠えるような声がした。

吠《ほ》えたのは――最後列の通路側のシートにいる、大柄な男だ。二十代後半か……？　肩幅があり、エコノミーのシートからははみ出すような印象だ。いかつい顔が、紅い。目を吊り上げ、荒い呼気を吐いている――

「手が付けられない。さっきから、お詫びのしるしに俺たちをファーストクラスに移せって。移さないと、移すまで抗議するぞって」

「分かった」

「下がって」

ひかるは通路を進むと、悲鳴をこらえながら乗客へ対処しようとしている、もう一人の新人乗務員を自分の背にかばった。

「わたしが相手をします」

「気をつけて舞島さ――」

その子が小声で言いかける暇もなく、大柄な男は自分の前の座席の背をがんっ、と蹴り上げた。

前の列に座っていたのは、日本人の女子学生らしいグループだ。その子たちからも「きゃあっ」と悲鳴が上がる。

（――――）

ひかるは、通路を進み出ると、大きく足を広げてふんぞり返るようにしている韓国人サッカー選手（横一列に、同じトレーニングウェア姿で並んで座っているから、同じチームの選手たちなのだろう）の前に立った。

「お客様」

吠えるような声は、朝鮮語なのだろう。

ひかるには分からない。構わずに、日本語で話しかけた。

「静かにしていただかないと、困ります」

すると
うがぁっ
赤ら顔の大男は、吠えた。

朝鮮語で、何か主張するように喚いたらしい。しかし言葉は分からない。

「★▽×※△！」

「分からないわ」

「おっしゃっていることは分かりません」

ひかるは、腰に両手を置いて、大男を見た。

「静かにしてください」

「★×←✖×▽！」

「静かにしなさい」

ひかるが睨みつけると。

次の瞬間、大男は動いた。

速い動作で腰を上げると、通路に立つひかるの目の前に
うがぁっ
「――――」

見上げるような大男だ。

荒い呼気が、頭上からひかるの前髪を吹き飛ばすように当たる。両腕を広げ、摑みかかるように覆いかぶさってきた。

「★▽×※✖×△！」

また何か怒鳴った。

降りかかる怒声に、周囲の座席にいた日本人女子学生たちが「きゃ」「きゃっ」と悲鳴を上げる。

だが
（――――）

何だ、この男。

ひかるは思った。

隙だらけだ。

みぞおちの動きが丸見え――

ひかるは微動だにせず、大男の上半身をただ見ていた。

もしも、摑みかかられたり、殴りかかってこられたら。

その手首を摑み、一瞬で後方へ投げ飛ばせる。

簡単だ。

そうだ、後ろはクリアだろうか。

この大男を後ろへ投げ飛ばして、通路に二人の新人の子がいたら、ぶつかってしまう。

その方が気になって、ひかるはちら、と後方を確認した。

「がるるっ」

その一瞬の隙に、大男は右腕でひかるの顔に掴みかかろうとしたが。

ひかるが視線を戻すと、その腕の動きが止まった。

「う」

まるで、見えない壁にでもぶつかったかのようだった。

大男は、ひかるの前髪の数センチ手前で手を止めた。その指が、ぶるぶる震えた。

「うが、うがが⁉」

ひかるに見返されると、大男は動きを止めた——いや、動けなくなった。その赤ら顔がみるみる汗まみれになり、自分でもわけが分からない、というように表情が歪《ゆが》んだ。

「お客様」

ひかるは、大男を見据えたまま言った。

「お座りになられたら、どうですか」

「うが、うがが」

「大したものね」

上砂子チーフは、機内での騒動を思い出すようにして、言った。

「私が駆け付けた時には、もうあの団体のお客様たち、飼い猫のようにおとなしくなられて」

「――――」

ひかるは困ったように笑った。

「何もしていません。お座りになったらどうですかって、それだけ言いました」

「あなたのような人が」

チーフは息をついた。

「うちの会社に欲しいわ」

「――――」

ひかるは、そう言われると、どう返していいのか分からない。

もしも、三年生まで通っていた大学を、普通に出ていたら。

普通に就職活動をしていたら、自分の第一志望はＪウイングだった。

〈民間研修〉はどこの会社がいい――？　門篤郎にそう訊かれた時。迷わずにＪウイングを希望した。

パリ便も、ついでに希望した。

お姉ちゃんに、これ以上、学費を頼れない。

その気持ちから、大学は中退して、曹候補で空自へ進んだけれど。

本当は――


（でも）

ひかるは思った。

三か月前の事件で、今村一尉を目の前で殺された。

テロリストに殺された。あの犯人は、親中派の政治家と共謀して、わが国を乗っ取ろうとしていた。そのために、尊敬していた今村一尉をはじめ、たくさんの人たちが――

もう、あんなことを起こしてはいけない。

起こさせないためには……。

（…………）

数時間前、あの知らない言葉で喚く大男を見上げながら、自分はこの男を素手でひねり殺せる、それだけの技術をＣＩＡ教官から伝授されている――そう思ったのも確かだ。

ひねり殺せる、と心の片隅で思いながら見ていたら、不思議に大男は自分に触ることすら出来なかった。

セルフ・ディフェンスとは。

防衛とは、そういうものだ。

ひかるを教えてくれたCIA教官は、去り際に言った。

いいかね、ヒカル。面倒な相手を、いざとなればひねり殺せる——そう思って、覚悟をもって対峙すれば、相手との間に初めから争いは起こさずに済む。

安全保障とは、そういうものだ。

「さっき、着陸前に会社から伝えて来たんだけれど」

上砂子チーフの言葉で、ひかるは我に返った。

「あなたに、迎えが来ているそうよ」

「——え」

「ほら」

8

●フランス　パリ
シャルルドゴール空港　ターミナル2E

「ほら」

ドゴール空港のターミナル到着階は、ＥＵ域内にあるだけあって、様々な手続きが簡素だ。

ホールのような手荷物引き取り場の出口は、簡単な税関ブースになっている。その外側がすぐ、到着ロビーだ。手荷物を引き取った人は、申告する物品を所持していなければ、そのまま緑ランプのブースを通過して外へ出られる。

税関ブースの向こう側には、人が行きかっている。

チーフの上砂子智美の指す方を見やると。

見慣れた色の制服姿が一つ、立っている（屋根の下だから制帽は脱ぎ、脇に抱えている）。

「あそこよ。お迎え」

「――――」

ひかるは視力がよい。

一人の男が到着ロビーに立って、こちらに視線を向けている。

それが分かる。

遠目に、その人物が襟につけている階級章まで読み取れた。

あの人は——

航空自衛隊の幹部だ。

二佐か。

制服で来られたということは、武官《ぶかん》の人かな……。

「舞島さん、明後日の帰り便の出発までは、自由にしていていいわ」

上砂子チーフは、ひかるの横で言った。

「滞在中は、大使館があなたの面倒を見るからって。そう言われてる」

「あ、はい」

確かに。

羽田を出る直前まで、NSCの工作に従事していた。

正式な報告書も、まだ上げていない。門情報班長が好意で、わたしを研修フライトへ送り出してくれた。本当ならば、依田美奈子と二人で新宿区の地下にある秘密基地へ戻り、詳しい聴取とオペレーションのデブリーフィング（振り返り）をさせられているところだ。

上砂子チーフが「じゃあね」と、先に行ってしまう。

「あ、ありがとうございました」

ひかるは、その背に向けて一礼した。

「駐在武官の当《あたり》だ」

四十代の長身の幹部は、「あたり」という姓らしい。珍しい名だ。

スーツケースを曳《ひ》くひかるが税関を出るのを待っていて、目の前に立つと、名乗った。

「大使館から来た」

「特輸隊、舞島二等空曹です」

ひかるはスーツケースを横に置くと、かかとをつけ、今度は敬礼した。

「ただ今、往路の研修フライトを終え、到着しました」

「うん、ご苦労だ」

当と名乗った幹部は、答礼をすると、姿勢を崩してポケットへ手を入れた。

四十代の前半か。

航空自衛隊の二佐の制服だが、国内で見る幹部の人たちに比べると、髪も伸ばしていて、少しくだけた感じだ。というか、恰好がいい。TVで見る俳優の誰かに似ている。

パリに来ると、自衛官も恰好良くなるのかな。

そう思ってしまった。

「早速だが、車を用意してある」

当は先に立つと、歩き始めた。

「パリは、初めてか。舞島二曹」

「はい」

ひかるは、スーツケースを曳いて後に続く。

広いロビーに出る。

ざわざわと、雑踏《ざっとう》だ。

外が明るい。

そうか、日本とは時差がある——

東京は今、夜遅いはずだが、ここはまだ夕方になる前だ。

西日が金色に、斜めに射し込んでいる。売店のケースにぎっしりと並んだ様々な形のパンに、光が当たっている。

パリか……。

くぐもったアナウンスの声は、フランス語だ。

ロビーから、外の車寄せに出るところに、大きなポスターが掛けられている。赤いロングドレスの黒髪の美人が三人、楽器を手にして舞うように演奏している様子のポスターだ。

何かの、公演の広告だろうか、フランス語のコピーは意味が分からない。

(パリなんだな)

周囲を見回しながら歩いていくと、前方に黒塗りのリムジンが停車している。

外交官の使う一画なのだろうか、警備がされている。黒い戦闘服に自動小銃を携えた武装警察官が立っていて、当が進んでいくと、姿勢を正し敬礼した。

当は鷹揚《おうよう》な感じで答礼し、前方のリムジンに手を挙げる。

運転席からフランス人の運転士が出てくると、きびきびした動作で車の後部を回り、ドアを開いてくれた。

金髪の青年だ。ひかるのスーツケースを指して、何かフランス語で告げた。マドモアゼル、何とか、と聞こえた。「お持ちします」とでも言ってくれたのか。

「乗りたまえ。今夜は、大使館の施設に泊まってもらう」

「は、はい」

●パリ市内

「早速なんだが」

車が動き出し、高速道路のランプを上がっていくと、後部座席に収まった当二佐は口を開いた。

「君に、やってもらう仕事が出来た」

「報告書のことですか」

ひかるは、四十代の駐在武官を横目で見た。

この人は。

当然だが、初めて見る顔だ。

在フランスの大使館へ派遣されるのだから、きっと防大卒で、出世コースの人なのだろう。

でも、日本国内で見る、いわゆる出世コースの自衛官たちとは雰囲気が異なる。

何となく、リラックスしている。

それが呼吸で分かる。

さっきは自衛隊の制服で、人目も気にせずに空港のロビーを悠々と歩いていた。堅苦しい感じがない。

ひかるは、自分が制服を着て基地の外を歩くときは、周囲の目を意識して、隙を見せまい、と思ってしまう。日本の社会では、自衛官は物珍しい存在だと、自分では思っている。

でもここでは――

そういえば、当が進んでいくと、警備の武装警察官が姿勢を正して敬礼してくれた。日本の社会で、警察官が自衛官に対して自然に自発的に敬礼してくれることなんて、あるのだろうか……？

「着いたら、すぐにかかろうと思っていました」

いろいろなことを考えてしまうが、ひかるは当に答えた。

昼に東京で行なった工作の経緯を、報告書にして提出しなくてはいけない。門からは「将来、銃を使うことがあったら、弾丸は何発、どこへ向けて撃ったかも全部書け」と指導されている。

そうだ。

ひかるは、座席に置いたショルダーバッグのサイドポケットに指で触れる。

小さな、固い筒状の物が押し込んである。

これの写真も、撮って添付しないと――

だが

「NSCへ出す書類とかは、後で暇を見て、やってくれたらいい」

当は、窓の外に広がり出した郊外の風景に視線を向けたまま、言った。

何か、考えている呼吸だ。

「それよりも」

「はい」

「舞島二曹。君は、天然痘のニュースは見たか」

「――え」

今、当は何と言った。

天然痘……？

「天然痘ですか」

「そうだ」

当はうなずく。

「日本時間の、今日の午後のことだ。日本では騒ぎになっているだろう。隠岐島を丸ごと封鎖したんだ」

「えっ」

ひかるは、目を見開く。

●東京　お台場
大八洲ＴＶ　報道部

同時刻。

「新免《しんめん》さん」

照明が降り注いでいる。

大八洲ＴＶの局舎四階の、報道部第一スタジオ。

スーツと髪を整えた新免治郎《じろう》（46）が、番組スタートの立ち位置につき、壁の時計を見上げていると、サブチーフ・ディレクターが小走りに近寄ってきた。

手には、昔ながらの紙製の進行台本を丸めて手にしている。

「お待たせです、新免さん。隠岐島の島民の人たちからＳＮＳ経由で集めたレポート、ようやく編集をし終わりましたっ」

「よし」

新免は再度、時刻のカウンターをちら、と見る。

〈ニュース無限大〉の本番オンエアの、ジャスト二分前。

間に合った――

「ようし、オープニングは打ち合わせ通りだ。ワクチン接種をしている自衛隊テントの様子から入るぞ。準備はいいいな」

「はいっ」

関西のローカルTV局で、局所属のアナウンサーをしていた新免治郎が、フリーのジャーナリストに転向して四年になる。東京のキー局である大八洲TVに招聘《しょうへい》され、夜の報道番組をキャスターとして仕切るようになって、二年。

東京と大阪では、放送の文化は違っている。

首都圏に比べると、比較的自由にものが言える関西のローカルTV局には、言論人が集まって、本気で議論を戦わせる『言論バラエティー』とも呼べるような番組が多い。新免は、若い頃からそのような言論番組でアナウンサーとして司会をしていた。しかし次第に、自分でも世の中に対してものが言いたくなり、フリーに転向した。

もともと『礼儀はわきまえるが遠慮はしない』というのがポリシーだ。

新免は、関西の番組で目立った活躍をするようになり、それがキー局の大八洲TV報道部の目に留まった。

夜の報道は、各局が競争をしているいわば激戦区だ。出来るだけ、やりたいようにさせるという約束で、大八洲TVの夜の報道番組〈ニュース無限大〉のメインキャスターを新免は任された。

以来、TV中央の〈報道プラットホーム〉、首都TVの〈22時ニュース〉などのライバル番組と、視聴率でしのぎを削《けず》る毎日だ。

「島へは、ヘリを飛ばせないし」

新免は唇を嘗めるようにして、つぶやいた。

「取材班も、送り込めなかったが。しかし島民の人たちがSNSで寄せてくれた映像や情報があれば、島の様子が活《い》き活きと伝わるはずだ」

「そうですね」

サブチーフ・ディレクターもうなずく。


今日の昼頃。

天然痘に感染し、発症したと見られるテロ犯に制圧されかけた欧州の貨物機が、隠岐島へ緊急着陸した。

それからもう、半日。

官房長官の定例会見によって事実が明かされる前から、大八洲TVの報道部では、兆候《ちょうこう》を摑んで独自に動いていた。

隠岐島へ飛ばそうとした取材ヘリは、飛行を差し止められてしまったが。

それでも、島民の中でフェイスブックやツイッターなどによって情報を発信している人がおり、報道部ではコンタクトを取って、素人ではあるが生の情報を発信してくれる取材源として確保した。スタッフは休まずに作業を続け、夜の報道番組〈ニュース無限大〉のオンエア時刻までには、専門の取材班を差し向けたのと変わらないレベルで、現地の様子を伝える映像レポートを作り上げることが出来た。

実際、午後遅くにははるばる千葉県からワクチンが届き、隠岐の島町の役場前には陸自の仮設テントが設けられた。島民の人々が整然と並んで、ワクチン接種を受けている様子は、静かではあるが凄い迫力の映像だ。

「最新の知らせでは、もう島民の半数近くの人たちが、接種を済ませた模様です」

サブチーフ・ディレクターは、スタジオを見下ろす副調整室へ目をやりながら、告げた。

「情報は、どんどん入っています」

「うん」

新免は、うなずいた。

「個人が、情報を発信する時代か――しかし、あの整然とした様子を見れば、全国の視聴者も無駄な恐怖をあおられずに済むだろう」

「でも、新免さん」

「ん」

「不思議なのですが――」

若いサブチーフが言いかけた時。

きぃいんっ

不意に、耳を打つような金属音が天井スピーカーから降った。

(な)

何だ……⁉

新免は、照明機材が鉄骨に木の実のように鈴なりになった天井を仰ぐ。

眩《まぶ》しいので、目をすがめる。

「おい、本番前だぞ、何だこの」音——と言いかけると。

それを遮《さえぎ》るように

『新免さん、新免さんっ。大変です』

天井スピーカーから、大音量の声が降って来た。

この声は。

「——チーフ・ディレクター？」

確かに、副調整室で番組の進行をコントロールしているチーフ・ディレクターの声だ。

何と言った。

大変……⁉

『新免さん、大変です』声は繰り返した。『VTRがオンエア出来ません』

「何⁉」

『すみません、すぐ来てくださいっ』

●パリ市内

「天然痘……⁉」

ひかるは、その単語を耳にして、目を見開いていた。

聞いたことは、ある。

いや、教わった。

十三週間の工作員養成課程の中で、テロに関する知識も教育された。

生物化学兵器テロは、わが国に対する大きな脅威だ。中でも二十世紀中に撲滅《ぼくめつ》されたはずの伝染病〈天然痘〉のウイルスは、感染すれば高い確率で死に至る。恐ろしい病原体だ。天然痘ウイルスは自然界にはもう存在しないが、いくつかの国がサンプルを保存しているという。自分たちが将来的に生物兵器として使えるようにするため、あるいは敵性国から攻撃された時にワクチンを量産するため、ともいわれる。

わが国は、もちろんウイルスは保存していないが、天然痘のワクチンは保有している。

実際、二〇〇一年にアメリカで同時多発テロ事件が起きた際には、わが国では予防的に、自衛隊員に対して投与している。

そのような情況だから、もしも天然痘の発症者が見つかった場合、それは自然に感染したものではなく、何らかの人為的な『攻撃』が行なわれたと見るべきだ。

そのように教わった。

もしも感染者が出て、近くで接触してしまった場合は。すでに自分にも感染している可能性が強いから、ただちにNSCへ通報したうえで、自らを隔離すること。潜伏期間を過ぎて発症してしまっても、ワクチンさえ打てば生命は助かる。

逆に、ワクチン投与が間に合わないと、生き残れる確率は五〇パーセントを切る。

しかし——

「島が、封鎖されたのですか」


当二佐の話してくれた内容は、唐突に感じた。

今日、そんなことが……？

四五便が羽田からパリへ飛行している半日の間に、そんな〈事件〉が起きていたのか。

「機内で、報道を目にしなかったか」

当二佐は訊く。

「私のところへ来た情報では。ルクセンブルク発の貨物機に乗っていた中国籍の男がウイルスに感染していて、飛行中に発症して暴れ出した。その犯人は『日本へ降りろ』と要求したが、わが空自のF15二機がこれを誘導、隠岐島へ着陸させた。今、島は封鎖されている。国内へのウイルスの伝播の可能性は、一応ない」

「………」

「知らなかったのか」

「はい」

「機内には、ネット環境があるはずだろう」

「お客様たちには」

ひかるはうなずく。

「わたしたちクルーは、フライト中にはニュースとか、見られませんし」

でも。

ひかるは、不思議に思った。

そうだ。

十時間余りの飛行中、ビジネスクラスのキャビンは、何度も歩いた。

ＰＣやタブレットで、乗客たちはＷｉＦｉ環境を活用して、仕事をしたり、情報をチェックしたりしていた。個人用画面で映画を見る人と、ＰＣやタブレットを使う人は半々くらいだった。

もし日本国内で天然痘テロのようなことが起きて、ニュースになっていたら。気づいた乗客同士が会話をしたり、微かにでも空気はざわつくはず。でもキャビンを歩いていて、そのような『呼吸』は感じなかった。

そういえば、ストリーミングで国内のニュース映像を見ている人もいた。一人だけではない、何人かいた。飲み物を頼まれて、運んで行ったときに、見るとはなしにＰＣの画面が目に入った。

よく報じられていたのは、デモの映像だ。『国会の前で、若い連中がデモをしているんだよ。暇だね』確か、一人のビジネス客が画面を指して、ひかるに言った。『常念寺総理はやめろとか、元気があっていいが――でも見てごらん、若者たちの後ろに労働組合の旗が見えるだろ』はぁ、と返事をすると、商社マンは教えてくれた。『こういうのは、組織が日当を払って動員して、やらせているんだ。十万人も集まったという触れ込みだけれど、千人がいいところじゃないのか。歩道がスカスカだ』――

「君に頼みたい仕事なのだが」

当二佐の声で、ひかるは我に帰る。

「実は、明日の便で東京へ戻って欲しい」

「──えっ？」

ひかるは、駐在武官の男を思わず見返した。

明日、帰る……？

そう言われたのか。

でも予定では。

自分は、明後日の四八便に乗務して、羽田へ戻る。

往きに一緒に飛んで来たJウイングのクルーたちと、同じ乗務パターンのはずだ。

しかし
「事情が出来たんだ、済まないが」

当は言う。

「いや、こちらにとっては好都合というべきか」

「どういう──ことです？」

●東京　お台場
大八洲TV　報道部　第一スタジオ　副調整室

「何をやっているんだ、本番一分前だぞ」

スタジオ内の階段を駆け上がった新免治郎は、ガラス張りの副調整室の扉を蹴破《けやぶ》るように開けると、怒鳴り込んだ。

「VTRがオンエア出来ないって、どういうことだ。機材トラブルか⁉」

「し、新免さん」

一回り若いチーフ・ディレクターは、新免の迫力に気圧されながらも、手にした携帯を差し出した。

「トラブルじゃありません。すみません、これを」

「なんだっ」

「報道局長からです」

「何」

壁のタイムカウンターにちら、と目をやり、新免はチーフ・ディレクターの手から携帯をもぎ取るように受け取ると、耳につけた。

「いっ――」

一体どういうことです、と訊きかけると
『新免君、すまん』

耳に付けた携帯で、男の声が告げた。

『今夜は放送内容を、全面的に差し替える』

「――――!?」

新免は、耳を疑った。

渋い声。

聞こえて来た声は、確かに大八洲ＴＶの報道局長だ。

二年前、新免を関西からスカウトして〈ニュース無限大〉のメインキャスターに据えた。

俺が防波堤《ぼうはてい》になる。圧力は撥《は》ね返すから、君は思い切り報道に専念してくれ。

六十歳前の、頼もしい印象の人物だった。

大八洲ＴＶは、大八洲新聞と同じグループだ。中央新聞系列のＴＶ中央や、首都新聞系列の首都ＴＶの向こうを張り、偏向をしない中立的な言論を展開している。

新免は、熱血的な誘いをしてくれた報道局長と意気投合して、〈ニュース無限大〉を預かったのだった。

だが
（――差し替える……!?）

どういうことだ。

報道局長の渋い声が、苦しげだった。

『俺も抵抗したのだ。しかし』

「しかし？」

『逆らえん。下手をすれば北京支局とソウル支局が、いっぺんになくなる』

「え⁉」

何だ。

この人の、こんな搾《しぼ》り出すような話し方は耳にしたことが無い。

ちら、とタイムカウンターを見やる。

本番スタートの二〇秒前。

『どうしようもない、上の決定だ』声は続けた。『冒頭は、別の中継録画に切り替える。すでにシステムに挿入されている。チーフに、切り替えを指示してくれ』

「わけが分かりませんよっ」

新免は言い返す。

「いいですか、局長。今夜のメインは、迫りくる危険の存在を国民へ伝える。しかし、皆でしっかり対処すれば必ず防げる危険だと知らせる。わが国にとって大事な内容なんです」

『すまんが、駄目だ』
　本番スタート、一〇秒前。
『駄目なんだ』
　局長の声は繰り返した。
『編集した島のVTRも、廃棄《はいき》することが決められた』
「な」
　何が起きている。
　VTRを廃棄……？
　なぜだ。
　どこから、圧力がかかったのか――⁉
　しかし国の危機を、国民へ知らせるのにどうして圧力をかけられなくてはならない。
「ならば局長。VTRが駄目なら私が下へ降りて、視聴者へじかに話して訴えます」
『それも駄目だ、新免君』
　声は、苦しげに続けた。
『今夜は、キャスターも差し替えられることにされた』
「――えっ」

今、なんと言った……⁉

そこへ

「新免さんっ、あ、あれを」

横でサブチーフが、ガラスの外を指した。

眼下のスタジオは、白く照らされた空間だ。

その一方から、見慣れない黒っぽい服装の一団が駆け込んで来ると、空間の要所要所へ散っていく。ぱらぱらと散る。三台のカメラ、音声、各種オンエア用機材を担当するスタッフたちを、押しのけるようにして代わりに位置につく。

「あいつらは、何だ」

「――⁉」

新免も、携帯を握ったまま眼下のスタジオへ視線をやり、息を呑んだ。

いったい、どこから現われた。

こいつらは。

黒っぽい服装の一団――何者なのか。たちまち第一スタジオの各所に散り、スタッフを押しのけ、本放送オンエアの位置についてしまう。

本番直前は、大八洲ＴＶのスタッフたちも気が立っている。押しのけられたカメラマンの一人が、激昂《げきこう》した様子で黒っぽい服装の一人に殴りかかるが、瞬時に殴り返され仰向けに吹っ飛ぶ。

「――お、おいっ」

新免は叫びかけるが。

次の瞬間だ。眼下のスタジオへ踏み込んできた人影を目にして、言葉を失った。

（……！？）

誰だ。

あの女は……。

新免の視界の中、スタジオの一方――入口の方から現われたのは、白いスーツ姿の女。

四十代か。女優のような歩き方だ。

黒っぽい集団が、全員で威儀《いぎ》を正して待ち受けるような中、悠々とした足取りでスタジオの中央へ歩み入る。

カールした髪をなびかせ、まるでヒールの音が聞こえて来るかのようだ。本番スタート時のキャスターの立ち位置（新免のいつものポジションだ）に来ると、クルリとかかとを合わせ、正面の第一カメラへ向き直る。

（……まさか）

新免は目をむいた。

あれは。

「は」

隣で、サブチーフが代わりに声を上げた。

「羽賀聖子だ」

「馬鹿な」

チーフ・ディレクターもうめく。

「保釈中のはずだぞ」

「チーフ、大変です」

胸にストップウォッチを下げた女性スタッフが、駆けよって告げた。

「変です。副調のシステムが、反応しません。変ですっ」

「何」

「オンエアを、コントロールできません。まるで、何者かに乗っ取られたみたいに——」

9

●東京　永田町
総理官邸　総理執務室

同時刻。


「しかし、困ったことになった」

常念寺貴明は、デスクのPCから顔を上げると、息をついた。

目の前の画面には、エクセルの一覧表が表示されている。

眉をひそめる。

「まさか。こんなことになっているとは――」

すでに夜は遅い。

ウラジオストックから東京へ戻って、半日。

一休みをする暇もなく、常念寺は駆け回らなくてはならなかった。

午後遅く、羽田に政府専用機が着陸するや、ただちに専用車に乗り換え官邸へ戻った。地下六階のオペレーション・ルームへ駆け込んだ。

機上から必要な指示は出していたが。現状は、どうなっているのか……? 障子危機管理監と、NSCのメンバーたちに直接会い、最新の情況につき報告と説明を受けた。

幸い、隠岐島での対応は順調に進んでいる。

島民の半数以上が、夕刻までにワクチン接種を済ませていた。隠岐島と本土との間で、人間の出入りもない。封じ込め策はうまくいっている。

危機管理監とNSCメンバーの労をねぎらい、引き続いて地上の執務室へ移ると、古市官房長官から留守中の報告を受けた。

その後、いくつかの委員会を回った。常念寺が出席してプッシュしないと、通りそうにない案件がいくつかあった。忙しいが、忙しいのは当たり前で、別に構わない。

問題は、その移動中にかかって来た電話だ。

そうだ。

常念寺は思い出す。

それはNSC情報班長である門篤郎からのコールだった。

『総理、門です』

声は、間違いはない。

ぼそぼそという、あの男独特の語り口だ。

『今、よろしいですか』

「おう、門君か」

常念寺は、専用車の後部座席で携帯を手に、大きくうなずいた。

赤川日銀総裁をハニー・トラップに陥れていた中国の女スパイを、門のチームが逮捕した——そのことはウラジオを出る前に、メールの形で報告を受けていた。

これで、日銀総裁を交代させ、大規模な金融緩和を実現させられる——

常念寺は早速機上から、新しい日銀総裁候補となる人物を海外任地から呼び戻すよう、指示したところだ。

「今日は、よくやってくれたな門君。おかげでわが国の経済を、立て直せるかもしれん」

『いえ、総理』

だが門は、通話の向こうでぼそぼそと続けた。

『ぜんぜん、そうではありません』

「……………？」

『総理。この通話は秘話《ひわ》回線です。盗聴の心配はありません。直接、報告をします』

門は、簡潔に報告をした。

警察庁での取り調べの結果について。

逮捕した中国の女スパイが、先週までにすでに〈予防注射〉を受けていた。

他の工作員たちも同様に、何らかの予防接種を中国共産党の組織から受けさせられている。その事実を伝えた。

それが、何を意味するのか。

女スパイ——畑中美鈴は、注射が何であったのかまでは、知らされていない。

しかしルクセン・カーゴ機で暴れ出した感染者の男が中国籍だったこと。貨物機が八時間も遅れていなかったら、発症はせずに何食わぬ顔で帰国し、そして今頃は東京・名古屋・関西の三大都市圏で、宅配ワインと共にばらまかれた天然痘ウイルスが爆発的に広まっている。

情況は、わが国に対し、天然痘テロが行なわれようとしていたことを示している。

『この証言はインパクトが強い。まだ障子危機管理監にしか、話していません』

門は続けた。

『〈予防注射〉の件もそうですが、さらにもう一つ』

「——」

もう一つ？

常念寺は携帯を握ったまま眉をひそめた。

中国の工作員たちが、すでに〈予防注射〉を済ませていた。

その事実だけでも、十分なインパクトだ。

だが門は、それだけではないと言う。

まだ、あるのか……？

『女スパイは』いつもの神経質そうな早口で、門は続けた。『もう一つ、重大な供述をしました。これも危機管理監にしか、伝えていません。障子さんには、私から直接総理にお伝えし善後策を考えて頂くから、と断わり、口留めをしています』

「どういうことだ」

『今から総理のＰＣあてに、ファイルを送ります』

「ファイル？」

常念寺は訊き返した。

「それは、何だね」

「――――」

常念寺は、自分の個人用ノートＰＣに表示させた一覧表を見ながら、腕組みをした。

「いったい、どうすれば……」

「総理。表が、真っ赤っ赤ですね」

隣に立った首席秘書官が言う。

「〈幹部候補者名簿〉の、ほとんどが『赤』ですか」

「……そうだ」

常念寺は息をつく。

「情報班長が、送って来たリスト——まさか内閣人事局の〈幹部候補者名簿〉だとは」

常念寺は官邸の執務室へ戻るなり、一人で、PCに届いたファイルを開いてみた。

現われたのは。

大部分のセルを真っ赤に塗られた、エクセルの表だった。

「財務省の、将来事務次官になれる出世コースの官僚が、ほぼ全員『赤』ですか」

首席秘書官の乾光毅《みつき》は、門篤郎が「この男なら大丈夫」と、財務省の中でもあまり出世コースではないところからスカウトしてきた。

常念寺は、門の送って来た名簿の中に名前がないことを確認したうえで、乾を執務室へ呼び、エクセルの表を見せた。

表は、女スパイからの供述をもとに、〈幹部候補者名簿〉の中でハニー・トラップに嵌《は》められている可能性の強い官僚を、赤で色付けしていた。

これは、困った……。

そう思った。

何と、わが国の財務省では、事務次官以下、将来次官になる可能性のある官僚たちまでがほとんど全員、中国の多数の女工作員によるハニー・トラップに嵌められていたのだ。

「うわ、『今度飲みに行こう』と誘ってくれた先輩たちが、全員リストに入っています」

乾光毅は、気味悪げに顔をしかめた。

「僕は、思えば学生時代から先輩と酒を飲むのは嫌いで、それで出世コースを外れたようなものですが。断ってきて、よかった」

「とりあえず」

常念寺は唇を噛んだ。

「NSCに指示して、色のついた官僚の身辺を調べさせよう。いや、もうやっているかもしれないが」

「しかし、数が多い」

乾も腕組みをして、言った。

「総理。仮に調査結果が出て、リストの赤い官僚を残らず放逐《ほうちく》したとしたら。財務省の機能がマヒするかどうかは分かりませんが、我々がハニー・トラップにやられた官僚の実態を把握したと、中国側へ知らせることになりませんか」

「ううむ」

常念寺は唸り、椅子を回した。

執務室の窓。遠目に、国会議事堂が見える。

ビル群と立木の稜線《りようせん》の上、青白くライトアップされた石造りの議事堂が、頭を出している。

「どうしたものか」

常念寺は考え込む。

すると、

「デモ、まだやっているみたいですね」

息詰まる空気を、変えたいとでも思ったのか。

三十代の乾首席秘書官は、窓の夜景を見やって言った。

「さっき、通りかかった時も凄かったけれど」


国会議事堂の正面の道路で、デモが行なわれている。

委員会の帰りに、専用車で近くを通りかかった時。通りを埋める人の群れが見えた。

様々なプラカード、横断幕、のぼりを携《たずさ》えた人々——ラフな服装の若者が多い、と感じたが、それらの人々がマイクや肉声で口々に叫んでいた。

「――常念寺やめろ、か」

「でも、変だったのは」

乾は、情景を思い出すように言った。

「道路の一角に、何百人かが密集して、ぎゅうぎゅう固まっていて――奇妙でした。もっと広がってシュプレヒコールをやれば、楽だろうに」

「気分が乗るんだろう」

「そうですかね――あ、そういえば」

乾はまた思い出したように、言った。

「総理。もう一つ、変なことがあります」


門篤郎が、「こいつは使えますよ」と言って推薦してきた。

確かに乾光毅という男は、財務省で出世コースから外れていたというだけあり、あまりキャリア官僚らしくないところがある。内閣総理大臣が相手でも、気やすい感じでものを言う。出世コースから外されたのは、能力がないのではなく、先輩から誘われても付き合わなかったためらしい。

「TVの報道なのですが」

「TV?」

乾は、上着のポケットから携帯を取り出して言う。

「はい総理」

「実は帰国してからずっと、隙を見つけては各キー局のストリーミング放送をチェックしているのですが。奇妙なことに天然痘のケースを報道しているTV局が、ほとんどありません」

「――――?」

常念寺は、秘書官を見返す。

「天然痘のことを、報道していない……?」

「はい」


(………?)

どういうことだ。

今日は、わが国がテロの脅威から危機一髪で助かった日だ。

隠岐島の島民諸君には、しばらく不便を強いるが、国自体は天然痘のパンデミックから救われた。

島では島民へのワクチン接種が、今この時も続いている。

マスコミの島への立ち入りは禁止とはいえ。こんな重大なことが、まさか——

（——報道されない……？）

常念寺は、何か背中に強い違和感を覚えた。

「乾、ちょっとTVをつけてみてくれ」

「はい」

乾はリモコンを取る。

時計に目をやる。

「二十一時五十七分——ちょうどTV中央の〈報道プラットホーム〉が、一足先に始まっている時間です」

『ご覧くださいっ』

乾がリモコンを操作し、執務室の応接セットに置いたTVをつけると。

途端に、大画面いっぱいに照明を当てられたプラカードと横断幕、それらを持ち上げて揺らしている人々の群れ、そして左右に揺れる人の波を背にしてマイクを握る女子レポーターの姿が浮かび上がった。

画面の左下に『LIVE』の文字。その横に『国会議事堂正面』という赤いテロップ。

揺れる画面を包み込むように、威勢のいい祭りのような喚声《かんせい》。

リズミカルだ。

『常念寺やめろっ、常念寺やめろっ』

『やめろ、やめろ』

『常念寺やめろ』

『お聞きくださいっ。国会前に集まった、この若者たちの叫びを。訴えを』

喚声に負けないように、女子レポーターも自分の耳に手を当てながらカメラに向かう。

『常念寺やめろ、常念寺やめろ――これは、平和を愛する若者たち、立ち上がった若者たちの魂の叫びです』

『常念寺はやめろぉっ』

『平和憲法をまもれぇっ』

「局を変えます」

乾は断って、リモコンを操作する。

ぱっ、と画面が切り替わる。

「首都TVの〈22時ニュース〉です」

今度は、浮かび上がったのは昼間の映像だ。

録画だろうか。

『みなさん、ご覧ください。私の後ろにいるのは、国会前に集まった、常念寺政権に対してノーを突きつける若者たちです。その数、実に三十万人』

若い男のレポーターが、マイクを手に立っている。その後ろにプラカードを手にしたラフな服装の人の群れが、ぞろぞろ歩いていく。

カメラが少し引いて、若者たちの頭上に国会議事堂が映り込む。議事堂前には濃紺の出動装備に身を固めた機動隊員が壁のように並んでいる。

『全国から、この危機を目の前に立ち上がり、いてもたってもいられずにここ国会前に結集した若者の数は、主催者側発表によると実に三十万人です。三十万人の若者が、今夜にかけて国会前から全世界へ向け、平和を訴えます』

「嘘くさい」

乾が眉をひそめた。

「三十万人——って。大騒ぎはしていたが、どうみても三百人くらいしかいなかったぞ？」

「いや」

常念寺は頭を振った。

「たとえ三百人でも、ぎっしり並べてそこだけアップにすれば『三十万人の一部』に見えなくもない……」

『以上が、今日の昼の光景です』

画面がスタジオに切り替わる。

『今この時も、国会前のデモは続いています。岸波《きしなみ》さん、若者たちは、憲法を改悪しようとする常念寺総理の政策に反対し、これを阻止《そし》しようと全国から集まっているわけですね』

四十代のキャスターが、横に座る白髪のコメンテーターに話を振る。すると
『まさに、その通りです』

首都新聞編集委員、と卓上に名札が出ている。

岸波と呼ばれたコメンテーターは、大きくうなずいた。

『常念寺総理は、今日、沿海州でロシア大統領と会談をしました。総理は常日頃から、北方四島のうち二島は、自分がロシアから取り戻すと公言し、あたかもラスプーチン大統領から返還の内諾《ないだく》を得たようなそぶりを見せています。しかしこれは、極めて危険な状態なのです』

『どう危険なのでしょう』

『よろしいですか』

コメンテーターは、カメラへ目線を向けて言う。

『常念寺総理は、北方の島が帰って来る、帰って来るぞと嘘を言って国民をだまし、支持率を実力以上にかさ上げすることで憲法を改悪――憲法九条を改悪して、戦争をしようとしているのです。いつか来た道です。軍靴《ぐんか》の響きが聞こえます』

『常念寺総理は、再びアジアの国々を侵略しようとしているのでしょうか』

『その通りです』

「アジアの国々を」

常念寺は、唸った。

「侵略しようとしているのは、どこの国だ。莫大な軍事費を投じて軍備を拡大し、〈一帯《いったい》一路《いちろ》〉とか言ってアジアの国々へ返しきれない借金を背負わせているのは、どこの国なんだ」

「局を変えます」

乾秘書官が、またリモコンを取り上げる。

「そうだ、大八洲TV――あそこだけは、昼間から隠岐島のことを報道していました」

「そうか」

「ただ一局ですが。まともな報道です」

「あの局の夜のニュースは、確か」

「ええ。新免治郎の〈ニュース無限大〉です。ちょうど二十二時、今から始まります」

乾は手を伸ばし、リモコンを操作する。

だが次の瞬間。

『──みなさん、こんばんは』

「…………!?」

「!?」

画面に大写しになった女の顔に、常念寺と乾は同時に目を見開いた。

●東京　お台場

大八洲ＴＶ　報道局　第一スタジオ

「全国のみなさん、こんばんは。前衆議院議員の羽賀聖子です」

白い空間──スタジオの中央に立ち、正面の第一カメラに向けて満面の笑みを浮かべて見せるのは、白いスーツ姿の女だ。

四十代。女優のようにも見える。

実際、訓練されたような端正《たんせい》な立ち姿は、ＴＶ出演の経験が豊富なためだ。つい三か月前まで衆議院議員であり、自由資本党では国会対策委員長を務めていたこの女――羽賀聖子は、政界へ進出する前までは在京キー局のアナウンサーだった。

「私は、この夜が来るのを心待ちにしていました。全国のみなさん、今夜は、この私が特別キャスターとして〈ニュース無限大〉をお届けします」

あらためて、という感じで、女は深々とお辞儀をした。

その姿に、周囲から三台のカメラが寄っていく。

●東京　永田町
総理官邸　総理執務室

「こ、こいつは」

「まさか」

常念寺と乾は、同時につぶやいた。

執務室のＴＶ画面に、浮かび上がった女の顔。

実物大よりも大きい――

「羽賀聖子だと」

常念寺は目を剝いた。

「こいつは、確か保釈中のはずだ」


三か月前。

イランを訪問した帰途に、常念寺の一行を乗せた政府専用機が乗っ取られた。

犯行を企《くわだ》てたのは、当時、常念寺の首席秘書官を務めていた九条圭一という男だ。九条の持ち込んだ特殊催眠ガスによって機内の全員――客室乗員一名を除く全員が眠らされ、専用機は九条の支配下におちた。

折りしも、尖閣諸島上空で中国籍の民間貨物機が撃墜され、これを『自衛隊が撃った』と中国は公言して、救助のためと称して人民解放軍の艦隊を同海域へ差し向けていた。緊張が高まる中、常念寺を乗せた政府専用機は応答しない。九条は、眠らせた常念寺本人を装い、機中から電文で『留守中の自分に代わり、羽賀聖子議員を総理臨時代理に指名する』と打った。中国共産党へ尖閣諸島を差し出そうとした。

もう少しで、総理の権限を乗っ取った親中派の羽賀聖子により、交渉が行なわれ、尖閣諸島は中国領土にさせられるところだった。だが専用機の機内でただ一人、催眠ガスの難を逃れた舞島ひかるが活躍して、機内からユーチューブへ動画をアップすることによって情況を伝えた。

結果的に事件は解決、九条は逮捕され、羽賀聖子も中国国家主席と電話会談する直前、公安警察に身柄を拘束された。

現在、九条は殺人を含む複数の嫌疑により起訴され、東京拘置所に収容されている。

ところが、九条へ指示を出していたと疑われる羽賀聖子は、保釈されてしまった。殺人教唆《きょうさ》を疑われていたが、強力な〈人権派弁護士〉が支援につき、証拠不十分を主張して裁判で争うという。いくつかの市民団体も支援に乗り出し、保釈された羽賀聖子に講演を依頼したりして、市民運動のリーダーのように担《かつ》ぎ上げ始めた。

しかし。

どうして、その羽賀聖子が今夜、〈ニュース無限大〉の司会者になっているのか……!?

常念寺は息を止めた。

（俺は）

こいつに、殺されかけたんだぞ――

その画面では

『みなさん、今夜は大事な夜です』

羽賀聖子――四十代の女優のような元議員は、カメラへまっすぐに視線を向ける。

アナウンサーをしていた期間の方が、国会議員よりも長い。

地元選挙区は紀伊《きい》半島の一角、もともと親中派で、日中議連・日韓議連を両方束ねていた与党の実力者が父親だ。

羽賀聖子は、数年前にその父・羽賀精一郎《せいいちろう》の跡目を継ぐ形で立候補し、難なく当選した。日中・日韓両議連の会長職も引き継いだ。今日、世界的に若い女性の政治リーダーが目立つ時代となり、羽賀精一郎も抜け目なく時流に乗って娘を前面に立て、みずからは院政を敷《し》こうとした、ともいわれる。

三か月前の〈事件〉により、聖子は議員辞職した。だがその補欠選挙には羽賀精一郎が再び出て、また難なく当選している。日中・日韓議連の会長職へも当然のように復帰した。

『なぜ私が』

羽賀聖子はカメラ目線で続ける。

『今夜、特にお願いして、このスタジオに立っているのでしょうか。その理由を国民のみなさんへお話しします』

●東京　お台場

大八洲TV　報道部　第一スタジオ　副調整室

『私は、訴えに来たのです』

白い空間を見下ろす副調整室は、階段を上がったところにある防音扉を閉めてしまえば、眼下のスタジオの物音は聞こえて来ない。もちろん肉声もだ。

通常はチーフ・ディレクターとタイムキーパーが並んで座る管制卓に、新免治郎がかじりつき、防音ガラスを通してスタジオの様子を見下ろしている。

管制卓のすぐ頭の上にはずらりとTVモニターが並び、中央の一台がオンエア中の画《え》を映し出す。元女議員のアップ。

スピーカーから音声が降ってくる。

『私に、今もかけられている嫌疑、そんなものはいいのです。いずれ疑いは晴れます。それよりも、このままでは常念寺政権——あの常念寺総理によって憲法が改悪され、戦争が始まってしまう。その動きを防がなくては。その一心で私は、特にお願いをしてここに立っています』

「新免さん、やはり駄目です」

サブチーフ・ディレクターが駆け戻ってきた。

「出口の電磁《でんじ》ロックが、外れません。スタジオへ下りる防音扉も駄目、キーコードもIDカードも受け付けない、開きません」

「何」

代わりに、チーフ・ディレクターが訊き返す。

「蹴っても駄目か」

「無理言わないでください、武装グループに襲われても立てこもって放送が続けられるように、副調の扉は防弾仕様なんです」

「――――」

新免は息をついた。

「閉じ込められた、というわけか。俺たちは」

さっき、〈ニュース無限大〉の本番が始まる直前。

島のVTRが放映できない、とチーフ・ディレクターから告げられ、新免は副調整室へ駆け上がった。どういうことなのか。

スタジオを見下ろすガラス張りの副調で、チーフ・ディレクターから携帯を渡された。

通話の相手は、大八洲TVの報道局長だった。どこからかけて来たのか、苦しげな口調で『今夜は放送内容を全面的に差し替える』と聞かされた。それだけではない、報道局長は『キャスターも差し替え』と口にした。

差し替え……⁉

オンエア開始まで数十秒だった。わけが分からないでいると、眼下のスタジオで異変が起きた。

黒っぽい服装の一団が、どこかから空間へ乱入してくると、本番に向け待機していた大八洲ＴＶのスタッフたちを押しのけ、代わって配置についてしまった。怒った様子のカメラマンが殴りかかろうとしたら、逆にあっさり殴り倒された。

何事が起きているのか。

スタジオが占拠されるや、黒装束の集団に迎えられるように白スーツの女が一人、空間の中央へ歩み入って来た。颯爽《さっそう》とした足取りだった。

あの女は――

冗談ではない。

新免は思った。

羽賀聖子……⁉　どうして俺の番組に――⁉

目を見開いている暇は無い、オンエア開始時刻になる。

新免はスタジオへ駆け下りようとした。しかし、副調の出口の防音扉が開かなかった。どうしたのだ。たった今、この副調整室へ怒鳴り込むのに蹴り開けたばかりだぞ――⁉

だが押しても引いても開かない。

局内の通路へ出る、別の出入口も同様だった。何をしても電磁ロックが外れない。出られなくなった。

オンエアが、始まってしまった。

『視聴者のみなさん』

管制卓の頭上モニターでは、実物大よりも大きいサイズになった羽賀聖子の顔が、カメラ目線で呼びかける。

少し悲痛そうな、真剣なまなざし。

『お聞きください。日本が危ないのです。今、私たちの平和憲法が危機にさらされています。あの常念寺総理は、皆さんをだまして憲法を改悪し、戦争をしようとしています。このままでは若者たちが徴兵され、常念寺総理によって作り出された戦場へ送られて、殺されてしまいます』

「──」

「──」

新免は、チーフ・ディレクターと共にモニターを見上げる。

いったい、どうなっているのか。

「やはり駄目です、チーフ」

胸にストップウォッチを下げた女性スタッフが、駆けよって報告した。

「カメラの切り替えも、割り込みもできません。番組の進行は、この副調以外のどこかからコントロールされてしまっています」

「――まさか」

チーフ・ディレクターは、唸るように言った。

「番組を、乗っ取られたとでも言うのかっ」

「……サイバーテロ」

新免は、腕組みをしてつぶやいた。

番組の放映は、間に入れ込むCMのタイミングも含め、ほとんどコンピュータ制御《せいぎょ》だ。放映する取材VTRも、システムに組み込んで流す。そのシステムを人間の手でコントロールする場所が、この副調のはずだが……。

副調からの操作に、放映システムが反応しない……？

目を上げる。管制卓の頭上には、左右に十台近いモニターが並ぶ。

大八洲TVのオンエア映像をモニターしている中央画面の左右に、他局のオンエアの画が、音声を消した状態で映し出されている（自局も含め、他局のオンエア映像もモニターされ、サーバーに録画され続けている）。

TV中央、首都TV、NHK――すべてが似たような画だ。国会前のデモの中継。

「いや、こいつは」

まさか――何者かが、わが国のマスコミを……!?

はっ、として新免は、懐《ふところ》へ手を突っ込む。携帯を摑み出す。

そうだ、どうして気づかなかった。この事態をどこか外部へ——いや、警察を呼ばなくては。

だが
（——圏外……!?）

馬鹿な。


「新免さん」

絶句する新免の横で、チーフ・ディレクターが「僕もです」と言う。

同時に思いついたのか、チーフも自分の携帯を手にしている。

「僕の携帯も駄目です、いつの間にか『圏外』になっている」

●東京　お台場
大八洲ＴＶ　第一スタジオ
「全国の視聴者・市民のみなさん」
女優のような元国会議員は、正面の第一カメラを見据えたまま、訴えた。

「子を持つ親のみなさん、聞いてください。今、みなさんの大切な子供たちが戦場へ送られ、殺されようとしています。あのアニメオタクの常念寺総理が、大切な子供たちを皆殺しにしようとしているのです。こんなことが、あってよいのでしょうか。許してよいのでしょうか。中国国家主席とも交流があり、日本と中国との間の平和の架《か》け橋になろうとしている私を、犯罪者に仕立て上げて刑務所へ入れようとした常念寺総理を、許していいのでしょうか」

そこへ

「羽賀さん」

呼びかける声があった。

羽賀聖子は、声に気づいたように振り返った。

その周囲では黒装束の『スタッフ』たちが三台のカメラを構え、音声機器を操作している。リーダー格の一人が左横の第二カメラを指す。

指された第二カメラの上で赤ランプが点《つ》く。

いつの間にか、大八洲TVのスタッフたちは姿が見えなくなっている。

「羽賀さん、きっと大丈夫ですよ」

呼びかけた声は、男だった。

スタジオの窓を背にした位置に、司会者であるキャスターとアシスタントの局アナ、そしてゲストとして呼ばれた有識者がコメンテーターとして並んで着席する大テーブルがある。

今、局アナの姿はなく、大テーブルのコメンテーター席に一人の男がいる。

第二カメラが、高さを合わせて近づく。ダブルのスーツを着た、口髭をはやした五十代らしい男だ。テーブル上に〈政治評論家　川玉哲太郎〉というプレート。

「市民の、平和を願う気持ちは変わらない。右翼の総理が、ちょっとくらい煽《あお》っても、きっと変わりませんよ」

「あぁ、川玉さん」

女は感激したように、大きな目をさらに見開くと、大股でテーブルへ歩み寄った。

「駆けつけてくださったのですね」

「あなたが今夜、必死の訴えをなさるというのです。駆けつけなくて、どうします」

男も立ち上がると、駆けよった羽賀聖子へ手を差し伸べた。

テーブル越しに、二人は両手を握り合う。大きなモーションだ。

「必死の訴えは、市民へ届いていますよ、羽賀さん。現にたくさんの市民が、羽賀さんの平和を訴える講演に集まって、全国どこの会場も満員ではないですか」

「嬉しいわ」

「そうだ。アンケートをしましょう羽賀さん。全国の市民の人たちが常念寺政権をどう考えているのか、アンケートを――」

男が言いかけた時
『スタジオの羽賀さん、スタジオの羽賀さんっ』

素っ頓狂な声が、オンエアに割り込んだ。

『羽賀さん、国会前で今、大変なことが起きましたっ』


（下巻に続く）

著者注・この作品はフィクションであり、登場する人物および団体名は、実在するものといっさい関係ありません。

TAC ネーム アリス 地の果てから来た怪物（上）

一〇〇字書評

切り取り線

購買動機（新聞、雑誌名を記入するか、あるいは○をつけてください）

□（　　　　　　　　）の広告を見て	
□（　　　　　　　　）の書評を見て	
□ 知人のすすめで	□ タイトルに惹かれて
□ カバーが良かったから	□ 内容が面白そうだから
□ 好きな作家だから	□ 好きな分野の本だから

・最近、最も感銘を受けた作品名をお書き下さい

・あなたのお好きな作家名をお書き下さい

・その他、ご要望がありましたらお書き下さい

住所	〒				
氏名		職業		年齢	
Eメール	※携帯には配信できません		新刊情報等のメール配信を 希望する・しない		

この本の感想を、編集部までお寄せいただけたらありがたく存じます。今後の企画の参考にさせていただきます。Eメールでも結構です。

いただいた「一〇〇字書評」は、新聞・雑誌等に紹介させていただくことがあります。その場合はお礼として特製図書カードを差し上げます。

前ページの原稿用紙に書評をお書きの上、切り取り、左記までお送り下さい。宛先の住所は不要です。

なお、ご記入いただいたお名前、ご住所等は、書評紹介の事前了解、謝礼のお届けのためだけに利用し、そのほかの目的のために利用することはありません。

〒一〇一―八七〇一
祥伝社文庫編集長　坂口芳和
電話　〇三（三二六五）二〇八〇

祥伝社ホームページの「ブックレビュー」からも、書き込めます。

www.shodensha.co.jp/bookreview